Franciscus Müller

Das Bürger-Hospital zu Echternach

SALZWASSER
VERLAG

Franciscus Müller

Das Bürger-Hospital zu Echternach

Unveränderter Nachdruck der Originalausgabe von 1864.

1. Auflage 2022 | ISBN: 978-3-75259-661-8

Verlag: Salzwasser Verlag GmbH, Zeilweg 44, 60439 Frankfurt, Deutschland
Vertretungsberechtigt: E. Roepke, Zeilweg 44, 60439 Frankfurt, Deutschland
Druck: Books on Demand GmbH, In de Tarpen 42, 22848 Norderstedt, Deutschland

Das Bürger-Hospital zu ECHTERNACH

(Großherzogthum Luxemburg).

von

FRANCISCUS MÜLLER,

Director der Echternacher Mittel- u. Gewerbschule,
Prof. der Staatsökonomie und Ruralgesetzgebung an der Ackerbauschule,
Ritter des König-Großherzoglichen Ordens der Eichenkrone,
Mitglied der Luxemburger Alterthumsgesellschaft, 2c.

Zweiter Abdruck.

Luxemburg.

1864

Das

Bürger-Hospital

zu

ECHTERNACH.

A. Einleitung.

I. Vorerinnerung.

1. Die durch ihre Springprocession so weit bekannte Stadt Echternach besitzt ein aus dem 7ten Jahrhunderte herrührendes Hospital, dessen wechselvolle Geschichte zwar noch keinen Bearbeiter gefunden, dessen Dauer und Wirken durch so lange Jahrhunderte herab jedoch immerhin auf geschichtliche Bedeutung Anspruch machen dürfen. Die spärlichen Quellen, welche dem Geschichtsfreunde über die Anfänge dieses Institutes vorliegen, die mangelhaften Berichte über die spätere Entwickelung desselben werden die Schwierigkeiten einer vollständigen und zusammenhängenden Geschichte hinreichend erklären. Unsere Arbeit wollen wir daher nur als einen Versuch gelten lassen.

2. Wenn schon eine geschichtliche Abhandlung über das fragliche Hospital die Aufmerksamkeit aller Freunde der vaterländischen Geschichte auf sich ziehen mag, so glauben wir das Verständniß unserer Mittheilungen dadurch zu steigern, daß wir letztern

eine kurze Besprechung derartiger Institute überhaupt, sowie gewisser damit in Beziehung stehenden socialen Fragen vorausschicken. Ehe wir daher zum eigentlich historischen Theile übergehen, erachten wir es für zweckdienlich, kurz das Wesen der christlichen Mildthätigkeit, der Kranken- und Armenhäuser, der Schenkungen und Vermächtnisse zur todten Hand zu erörtern.

II. Wohlthätigkeit.

3. Das bei der christlichen Weltanschauung zur Geltung gekommene und die wahre Freiheit bedingende Prinzip der Bruderliebe und der Gleichheit aller Menschen vor Gott konnte nicht ermangeln zur ausgebreitesten Wohlthätigkeit anzuspornen. Niemand sollte in der gläubigen Gemeinde Noth leiden; die Opferwilligkeit vereinte nicht allein die Christen ein- und derselben Ortschaft, sondern die des ganzen Erdkreises. Als die Kirche in Jerusalem durch ihren Versuch der Gütergemeinschaft bald nachher in tiefe Armuth gesunken war, da schickten in begeisterndem Wetteifer die Neubekehrten aller Länder ihre Gaben an die dürftigen Brüder der heiligen Stadt. — Spitäler jedoch zur Abwehr und Heilung der Leiden und Gebrechen, sowie zur Linderung jeglicher Noth wurden erst später, als die katholische Religion, siegreich aus den Verfolgungen tretend, zur herrschenden geworden war, gegründet.

Wohl nahm das heidnische Rom öfters in Zeiten der Hungersnoth und Kriegsbedrängnisse Getreidevertheilungen vor, wohl suchten gefallsüchtige Patricier durch Brod und Gladiatoren-Spiel den zügellosen Plebs zu ködern, aber eigentliche Armen- und Krankenpflege waren unverträglich mit dem römischen Materialismus.

III. Krankenhäuser.

4. Das Hospital, eine wesentlich philanthropische Anstalt, konnte nur im Christenthum aufkommen. Hier haben alle Menschen, vor Gott gleich, eine solidarische gesellschaftliche Stellung, um die Verschiedenheit der Anlagen, Kräfte und Befähigungen auszugleichen. Eigennutz und Genußsucht charakterisiren die Gesellschaft des Alterthums, Brüderlichkeit und wechselseitiger Beistand sind die Hauptzüge der christlichen Lehre.

Im Morgenlande beeiferten sich schon in den frühesten Zeiten die Bischöfe um die Wette, Waisen, Kranke, Preßhafte und Fremdlinge oder Pilger in besonders dazu errichteten Gemeinhäusern zu versorgen, in welchen man die Hülfsbedürftigen versammelte und so mit geringerm Aufwande verpflegen konnte. Denn bereits 325 auf dem Nicäischen Concilium wurden die Eigenschaften und Pflichten der Hospitalmeister bestimmt, und Schriftsteller aus demselben Jahrhunderte reden von dem Bau der Hospitäler als von einer bei den Christen längst bestehenden allgemeinen Gewohnheit

Im Abendlande wurde die erste Hospitalanstalt im Jahre 380 zu Rom von einer reichen Dame Namens Fabiola gegründet.

5. Die Gründung des ältesten Hospitals diesseits der Alpen, des Hôtel-Dieu zu Lyon, fällt ins Jahr

542 und geschah durch den König Childebert auf Antrieb des Bischofs St. Sacerdos; fast 120 Jahre später, 660 wurde das Hôtel-Dieu von Paris vom hl. Landericus, dem 29ten Bischofe dieser Weltstadt, gestiftet. Als dritte Anstalt dieser Art erscheint das vor dem Jahre 698 durch die hl. Irmina gegründete Hospital von Echternach. Die übrigen bekannten Hospitäler sind spätern Ursprungs (1). Wo es jedoch an Krankenhäusern fehlte, da boten die Klöster einen Ersatz dafür, und ihre Räume waren Zufluchtsstätten der Leidenden jeder Art.

6. Gegen die Hospitäler lassen sich allerdings verschiedene Einwände vorbringen. Die französischen Encyclopädisten des 18ten Jahrhunderts suchten dieselben als kirchlichen Ursprungs vielfach zu verschreien und als Mittel geistlicher Herrschaft zu verdächtigen. Allein in Folge der jetzigen politischen Freiheit und Gleichheit wird die große Ungleichheit der Anlagen und des Vermögens nothwendiger Weise Armuth und Elend für Einzelne nach sich ziehen. Wenn nun die Verminderung des Elends erzielt werden kann und soll, so wird jedoch dasselbe nicht gänzlich verschwinden, es wäre denn, daß die Gesellschaft eine andere Grundlage als die bisherigen erhielte. So lange man jedoch Privat-Eigenthum und unbeschränkte Mitbewerbung zuläßt, bleibt immer die Möglichkeit offen, daß durch Schuld oder Unglück Verarmung oder Erkrankung eintrifft, wogegen am füglichsten in Hospitälern Abhilfe gefun-

(1) Vgl. Dr. Roubaud, les Hôpitaux au point de vue de leur origine et de leur utilité. S. 67.

den werden mag. Ja, Elend und Siechthum können in einer Gestalt auftreten, daß nur in derartigen Anstalten Linderung verschafft werden möchte.

7. Das Hospital, das als Hauptaufgabe die zeitweilige Pflege mittelloser Kranken übernimmt, soll nicht mit einer Unterkunft verlassener Kinder und Greise oder arbeitsscheuer Bettler verwechselt werden. Den erstern soll die Gesellschaft die zur Genesung erforderliche Hülfe leisten; den andern soll die christliche Wohlthätigkeit durch passende Unterbringung in bürgerlichen Haushaltungen oder im schlimmsten Falle durch Straf- und Besserungsanstalten aufhelfen.

In Betreff dieses Punktes sagt das über die öffentliche Wohlthätigkeit erlassene Rundschreiben der Luxemburgischen Regierung vom 29. December 1846: „Möge man für die Waisen, die verlassenen Kinder, Häuser von rechtlichen Arbeitern und von Ackerleuten wählen, wo sie ein Handwerk und die Feldarbeit lernen; dort werden sie besser und mit geringern Kosten untergebracht sein, als in Armenhäusern, in einer Art von Pensionaten, wo sie wie eine besondere Classe von Staatsbürgern erzogen werden. — ... Die Greise werden in ihren Gemeinden unterhalten ... oder in Privat-Wohnungen untergebracht werden. Die Staatsökonomisten und das Studium auswärtiger Institute lehren uns in der That, daß die Armen- und die Krankenhäuser sich für alte und sieche Leute nur dann öffnen sollen, wenn zu deren Unterhalt und Unterstützung durchaus kein anderes Mittel vorhanden ist; daß der Greis in einem Armenhause so zu sagen vom Leben abgeschnitten ist;

daß man sich hüten muß für ihn die Familienbande zu zerreißen; daß der Unterhalt und die ärztliche Behandlung in seiner Wohnung weniger kostspielig sind als in Anstalten; daß die Heilung dort eher zu erwarten ist."

8 Seit vielen Jahrhunderten sind unterdessen in den meisten Ländern Europa's Häuser zur Aufnahme von Greisen und armen Kranken aufgeführt worden. Fromme Stiftungen legten den Grund zu diesen gemeinnützigen Anstalten, welche in der Folge sich allseitiger Verbesserungen zu erfreuen hatten. Männer, wie der vom Geiste der christlichen Religion wahrhaft beseelte hl. Vincenz von Paula leisteten Erstaunliches, ja Unbegreifliches auf dem Felde der vom Evangelium gepredigten Wohlthätigkeit: sie setzten ihren Ruhm nicht in Würden und Ehrenstellen, sondern in die Anzahl der von ihnen unterstützten Nothleidenden.

Wollte man den Grad des Nutzens der milden Stiftungen nach den unmaßgeblichen Ansichten unserer Zeit beurtheilen, so möchte man allerdings die ursprüngliche Gründung von Sparkassen ersprießlicher finden, indem dadurch Handwerker und Taglöhner sich an Sparsamkeit und Ordnung gewöhnt hätten; allein die Wohlthäter der Hospitien wurden in ihrem Denken und Handeln von der Weltanschauung ihrer Zeit geleitet, und unsererseits müssen wir dem von ihnen überkommenen Guten volle Anerkennung zollen und die Überlegenheit unserer Zeiten mit Bescheidenheit geltend machen, wenn auch uns hellere Begriffe für die Zukunft als Leitfaden dienen dürfen.

Anstatt also neue Häuser für Waisen und Greise zu stiften, möchte es zweckdienlicher sein, an der Verbreitung der Bildung, des Gewerbfleißes und der Gewöhnung an Ordnung und Sittlichkeit zu arbeiten; die Menge dürftiger Waisen, hilfloser Arbeiter und unbemittelter Kranken wird dann bedeutend abnehmen; als erste Frucht des gedeihlichen Unterrichtes und der Erziehung wird beim gemeinen Manne das Gefühl der eignen Würde erscheinen; er wird — wenn auch kleine — Ersparnisse machen, und der gebieterischen Pflicht, seine Kinder und altersschwachen Eltern nach Kräften zu unterstützen wird er Folge leisten. Seine in der Sparkasse verzinsten Gelder werden mit der Zeit hinreichen, um von der öffentlichen Unterstützung unabhängig zu sein; kurz, er wird den hohen Werth davon empfinden, das Leben zu fristen, ohne Jemanden zur Last zu fallen. Sittlich-gut und fleißig wird er ein nützlicher Bürger, ein guter Vater, ein guter Gatte und ein guter Sohn sein: Seine Arbeit und Vorsicht werden den Anforderungen der Bedürfnisse Genüge leisten.

9. Unerfreuliche Thatsache bleibt es zwar, daß die Aussicht auf sichere Unterstützung nur zu oft den Leichtsinn befördert, daß mithin die öffentliche und Privat-Wohlthätigkeit manchmal nachtheilig wirken kann; allein darf man ernsthaft sich mit dem Gedanken tragen, das Elend ganz und auf immer auszurotten? Man mag den Arbeitslohn erhöhen, den Preis der Lebensmittel herabsetzen, der Einstellung der Arbeit vorbeugen, die Wirkungen einer Theuerung, einer Stockung des Verdienstes ausgleichen:

alles das wird schon hoch anzuschlagen sein. Aber wird es je gelingen, die menschliche Natur der Art umzuändern, daß Leichtsinn, Faulheit, Trunksucht, Ausschweifung, und all die Laster, welche den Abgrund des Elends stets offen halten, aus der Welt geschaffen werden? Die auf den Grundsätzen des Wahren, Schönen und Guten fußende Erziehung wird zwar Großes leisten: aber auch die Besten kann das Unglück heimsuchen und sie zum Falle bringen. Wo ist dann eine Zufluchtsstätte, eine Hülfe für den dürftigen Kranken? Wenn die Gesellschaft ihm diese verweigert, was wird dann aus dem hilf- und obdachlosen werden, falls ihn eine schwere Krankheit anfällt? Soll er ohne Beistand verschmachten? Wird die Gesellschaft es der Privat-Wohlthätigkeit überlassen, ihn unter ihren Schutz zn nehmen, oder bleibt es nicht erwünschter, wenn ein Hospital ihm Pflege angedeihen läßt?

10. Hospitien sind, wie schon gesagt, eher entbehrlich. Frau und Kinder verunglückter oder dürftiger Einwohner können, so lange sie die Gesundheit genießen, bei mildthätigen Mitbürgern Pflege und Unterkommen finden. Wenn sich indessen auch oftmals der Fall darbietet, daß arme Greise oder verwahrloste Kinder besser in ordentlichen Familien statt in einem Hospiz besorgt werden, so treten doch auch Gebrechlichkeiten auf, die eine andere Zufluchtsstätte und jene Pflege, die das Hospiz allein gewähren kann, erfordern; für diese nicht wenig zahlreiche Gebrechlichkeiten erscheinen die Hospitien eben so gemeinnützig als die Hospitäler. In letztern werden die Unterhaltskosten für eine kranke Person durch-

schnittlich auf Fr. 0,20 täglich sich belaufen und dies für eine Besorgung, die man anderswo nicht um das Fünffache haben könnte.

In der Wohnung des Armen müssen übrigens zur Beschaffung der gewöhnlichen Bedürfnisse des Lebens alle möglichen Kräfte einheitlich zusammen wirken, und die Pflege eines Kranken würde mehrere Familien-Mitglieder von ihrer Tagsbeschäftigung abhalten und störende Unordnung in der ärmlichen Haushaltung verursachen. Nur die Einrichtungen des Hospitals entsprechen dem Nothstande des dürftigen Kranken, sie allein vermögen den vielfachen im Gefolge der Krankheit sich befindenden Uebeln zu steuern. Die Hausalmosen müssen füglich zu Rathe gehalten werden zur Abhilfe jener Leiden, die weniger andauernd und geringerer Unterstützung benöthigt sind.

IV. Stiftungen.

11. Es verräth immer Schwung der Gesinnung und Hoheit des Gedankens die Güter, die wir doch nur zeitweilig besitzen, für die Ewigkeit wuchern und dieselben noch verdienstvolle Früchte lange nach unserm Hinscheiden bringen zu lassen. Keinem Zweifel unterliegt es, daß bei Lebzeiten jeder über die ihm gehörigen Güter rechtskräftig zu wohlthätigen Zwecken verfügen kann und manchmal auch soll. Schenkungen unter Lebenden werden in dieser Hinsicht selten angefochten; besonders wenn der Geber keine directen Erben hinterläßt und es sich um Werthschaften handelt, die er nicht so wohl von seinen Familien-Angehörigen überkommen, als durch anhaltenden

Fleiß und Sparsamkeit erworben hat. Was die Familiengüter anbelangt, so macht hierin der richtige Volkssinn einen nicht zu übersehenden Unterschied. Gott wollte nämlich daß die Menschheit bestehe aus Völkern, Familien und Einzelnen in allerlei verwandtschaftlichen Abstufungen und Gliederungen.

Obgleich nun die Güter Eigenthum bestimmter Individuen sind, so werden dieselben aber auch als Familienvermögen betrachtet werden können, und den ärmern Anverwandten soll vorzugsweise damit ausgeholfen werden. So wird man es für einen die Billigkeit verletzenden Act halten, wenn z. B. bei einer kinderlosen Ehe das Vermögen des verstorbenen Theiles gänzlich in die Familie des überlebenden übergeht. Unrecht würde in dieser Hinsicht auch derjenige handeln, welcher seinen dürftigen Familiengenossen das angeerbte Vermögen entzöge, um es gänzlich zu milden Zwecken zu verwenden. In Betreff des Selbsterworbenen mag man nachsichtiger sein, und absolutes Verfügungsrecht ohne Weiteres einräumen.

Wie weit geht denn überhaupt das Eigenthumsrecht? — Die Güter dieser Erde sind Mittel, das Leben zu erhalten, zu verschönern, zu erleichtern, sich und Andern damit zu nützen und durch vernünftigen Gebrauch derselben dereinst würdig befunden zu werden, daß uns Höheres und Größeres anvertraut werde. Es war ein weitaussehendes Wort, welches der göttliche Heiland sprach, als er sagte: „Machet euch mit dem vergänglichen Mammon Freunde für die Ewigkeit!“ Nach Vernunft und Religion ist der Reiche nicht reich für sich selbst, sondern für seine Freunde, für seine Mitmenschen, für den Staat, für die Kirche, besonders aber für die darbenden Brüder.

Untersuchen wir etwas näher das Recht des Menschen, über seine Güter zu verfügen. — Es gibt überhaupt kein absolutes Recht. Beschränkungen und Erweiterungen begegnen uns überall. — Sicher steht es, daß den lebenden Menschen die Befugniß eingeräumt werden muß, über den Besitz und die Verwendung der Güter jene Bestimmungen zu treffen, die den herrschenden Ideen entsprechen. Unmöglich kann daher eingeräumt werden, daß der einmal eingeführte oder der von den Vorfahren angeordnete Güterbestand etwas Unabänderliches sei. So bedachtsam ein Volk auch in den Abänderungen seiner Grundgesetze zu Werke gehen soll, so wenig rathsam es auch ist, oft an den Bestimmungen über Eigenthum und letztwilligen Erklärungen zu rütteln, so darf doch nicht übersehen werden, daß jedweder Güterbesitz sich nur auf das positive Landesgesetz stützen kann, und sich nun nach diesem zu richten hat, mag es auch noch so bedenklich erscheinen, sogenannte ewige Grundsätze abhängig zu machen von der wechselnden Macht unserer gesetzgebenden Factoren. Allein Gesetz ist Gesetz in irdischen Dingen und Kraft muß ihm bleiben, so lange es den göttlichen Gesetzen nicht widerstrebt, bis bessere Einsicht zur Herrschaft gelangt.

12. Was nun die Testamente anbelangt, so bleibt es offne Frage, ob dieselben schon im Naturrecht Geltung haben oder erst ihre ganze Kraft dem Ei-

vilgesetze entnehmen. Ohne die Richtigkeit jener höhern Gründe, welche dem Willensacte des Menschen unbeschränkte Dauer zumessen möchten, ganz in Abrede stellen zu wollen, ohne uns auf das Ehrwürdige einer letztwilligen Bestimmung einzulassen, wagen wir es die unmaßgebliche Ansicht zu äußern, daß nach der Strenge des Rechtes, des absoluten Naturrechtes, der Mensch nur dasjenige, was er selbst errungen und zu seinem Dasein nothwendig braucht, beanspruchen kann; was er mehr besitzt, verdankt er blos dem Buchstaben des positiven göttlichen oder menschlichen Gesetzes. Dem Schutz des geschriebenen Gesetzes vertraut er seinen Besitzstand und die Bestimmung der Grenzen desselben. Die alten Germanen kannten die Testamente nicht: die Güter erbten sich nach Maaßstab des Verwandtschaftsgrades fort (1). Die römische Gesetzgebung hingegen hatte eine testamentarische Übertragung, welche in neuere Gesetzbücher aufgenommen, vorgesehen. Mit den sachkundigern Theologen und den meisten Juristen kann man also wohl annehmen, die Testamente entlehnen ihre ganze Kraft dem Ausspruche des jedesmaligen Gesetzes, und dies zwar um so mehr, wenn man erwägt, daß durch Testament über eine Sache verfügt wird für einen Zeitpunkt, wo sie dem Sterbenden nicht mehr

(1) Es galt bei ihnen nur die von dem Willen des Verstorbenen unabhängige Intestat-Erbfolge: Heredes tamen successoresque sui cuique liberi, et *nullum testamentum* Si liberi non sunt, proximi gradus in possessione, fratres patrui, avunculi. *Tacit.*, *Germania*. 20.

zugehört ([1]). So lange er lebte, wollte er Nichts veräußern; nun aber er todt ist, kann er es nicht mehr, da sein Willen sich für diese Erde nicht mehr bekunden kann, und ihm kein irdisches Gut mehr zu Gebote steht. Nur die im Gesetze vorgesehenen Formen schützen ihn gegen jede zu erwartende Nichtigkeit.

13. Erhalten nun die Testamente und Vermächtnisse ihre Kraft ausschließlich von dem Gesetze, das heißt von den Bestimmungen der jedesmal lebenden Menschen, so wird die Unveränderlichkeit der letztwilligen Verfügungen nicht eine absolut bindende genannt werden können. Wohl hegt man lange eine tiefe Ehrfurcht vor den letzten Willensäußerungen; entsprechen aber die Anordnungen derselben nicht mehr dem Zwecke, dem sie galten, oder sind sie nicht mehr vereinbar mit den hellern Begriffen eines geordneten Fortschrittes, so pflegt man die frühern Bestimmungen außer Acht zu lassen und nur die Bedürfnisse und Ansichten der neuern Zeit zu berücksichtigen ([2]). So wurden z. B. die im römischen

(1) « Ad dominii translationem necesse est ut voluntas et potestas transferentis cum acceptatione acquirentis concurrant eo tempore quo fit alienatio. Vivente autem testatore deest voluntas: nec testator dominium transfert, nec legatarius tum effectu acceptare potest. Mortuus autem testator transferendi jus non habet, quia mors omnia jura solvit, et dominium bonorum fortunæ cum homine extinguitur. » Ita Carrière et alii theologi.

(2) Man präsumirt nämlich, der Stifter habe vernünftig testirt und nützen wollen, und es der weltlichen Obrigkeit im Civilverband, so wie der geistlichen im religiösen anheim gestellt, das Beste vorzukehren.

Heidenthum heilig gehaltenen Tempel- und Priestergüter von den christlichen Kaisern confiscirt oder den neuen Religionsgenossenschaften übergeben (1), ohne daß diese Entfremdung getadelt wurde. Auf ähnliche Weise hat die Nationalversammlung von 1789 und die spätere republicanische Regierung über manche althergebrachte Einrichtung den Stab gebrochen, ohne daß man nachher auch im mindesten an die Wiederherstellung der abgeänderten Zustände gedacht hätte. Erst später lernte man die Tragweite und den innern Gehalt jener Neuerungen kennen, denen anfänglich oft durch Zwangsmittel Eingang verschafft worden war, und die Nachkommen konnten nicht umhin, selbst vielen revolutionären Gesetzen ihre volle Bewunderung zu zollen.

Wie wenig die Stiftungen immer unumstößlich zur Ausführung kommen, beweiset auch das Schicksal des berühmten Marienthaler Klostergebäudes. Zur Gründung eines Bettler-Depots oder Landarmenhauses hatte Hr. Legier von Weilerbach, ehemals Mitglied des französischen Tribunats, dem Wälder-Departemente die Gebäulichkeiten jener kolossalischen Abtei großmüthig geschenkt und die daranliegenden Güter für 30,000 Francs abgetreten. Diese Freigebigkeit und Retrocession ward von Kaiser Napoleon durch Decret vom 26. Januar und Präfectoral-Beschluß vom 18. März 1809 für jenen wohlthätigen Zweck feierlich angenommen und sollte sogleich vollzogen werden. Später jedoch scheint die

(1) Vgl. Cod. Theodos. L. 16, T. 10, L. 20; und Symmach. L. X, Ep. 54.

neue Stiftung gewisse nicht unbegründete Bedenken erregt zu haben, und die Stände-Deputation fand es rathsamer, die großartigen Bauten mit den dazu gehörigen Gütern zur theilweisen Deckung der bei der Errichtung der Stuterei in Walferdingen dem Großherzogthum zur Last fallenden Kosten zu veräußern. So nun wurde jene monumentale Kloster-Behausung, nachdem man unbesonnener Weise das Hauptgebäude der Steine wegen abgerissen hatte, für 12750 Gulden Hrn. Schneidermeister Petit von Luxemburg am 31. Juli 1824 kraft der Königlichen Beschlüsse vom 27. December 1822 und 25. August 1824 verkauft, und von der allerhöchsten Ortes sanctionirten Stiftung eines Bettler-Depots war keine Rede mehr (1).

14. Was für Ansichten aber auch der jedesmalige Zeitgeist zu Tage fördern mag, so ist doch leicht vorherzusehen, daß über die Zweckmäßigkeit der zu

---

(1) Vgl. über das von Theoderich Herrn zu Mersch 1231 gegründete und 1783 von Joseph II aufgehobene Marienthaler Dominicanernonnen-Stift für adelige Fräulein Hrn. Director Stehres, Leben der sel. Yolanda, Gräfin von Vianden, einer Urgroßtante unserer erlauchten Herrscherfamilie. — Bereits im Jahre 1297 lebten an 120 Nonnen im Marienthaler Kloster. Durch die Vermittelung Alberts des Großen in Cöln erhält die junge Gräfin Yolanda 1248 von ihren Eltern die Erlaubniß in dasselbe zu treten. Unter den Priorinen des 13ten und 14ten Jahrhunderts glänzten adelige Fräulein aus den Schlössern von Berburg, Meysemburg, Siebenbrunnen, Luxemburg, (Margretha, Schwester Kaiser Heinrichs VII, † 1330), Mersch, Apremont, Limpach), ꝛc. — Die gefällige Mittheilung der angeführten Regierungs-Erlasse verdanken wir dem Finanz-Büreauchef Hrn. Müllendorf.

Gunsten der Armen und Kranken gemachten Stiftungen nie das mindeste Bedenken obwalten wird. Die zur Linderung der leidenden Menschheit erfolgten Vermächtnisse werden immer im Einklang mit den Ideen der langsam sich entwickelnden Cultur und Aufklärung bleiben, und selbst in den Zeiten der rasendsten Willkühr wird der Gedanke nicht aufkommen, dieselben ihrem humanen Zwecke zu entfremden.

Die Art und Weise aber, wie die Einkünfte einer Stiftung verwandt werden sollen, muß troß aller Ehrfurcht für das Andenken des Gründers derselben dem wohlerwogenen Ermessen der Nachwelt anheimgestellt werden. Was kann den mit den Mängeln und Vorurtheilen seiner Zeit behafteten Menschen zur Anmaßung berechtigen seinen in einer zufälligen Gemüthsstimmung erlassenen Willensact den spätern Geschlechtern als unfehlbar und immer zeitgemäß aufdringen zu wollen? Was aber berechtigt auch den verfeinerten Enkel zum verachtenden Blicke, den er gewohnt ist auf die Periode der Altväter zu werfen, was treibt ihn dazu ihre von übersinnlichen Triebfedern geleiteten Schöpfungen über Bord zu werfen, ohne von der Unzweckmäßigkeit letzterer überzeugt zu sein?

Will man nun nicht von fernern Stiftungen abhalten, so mahnt schon die Stimme der Klugheit daran, den Vermächtnissen ihre wesentliche Bestimmung zu lassen. Daß aber in der Folge der Zeiten nicht Einzelnes in den Bedingungen und Vorbehalten abgeändert werden dürfe, das hieße dem Stifter schlechterdings die Fähigkeit absprechen den

Fortschritt würdigen zu können, und ihn als hartnäckigen Gegner aller beglückenden Neuerungen hinstellen. Daß aber die Willensabänderungen der Stifter nicht nach Willkühr erfolgen dürfen, sondern von den respectiven Obrigkeiten nach den ewig wahren Grundsätzen der Vernunft und in einem christlichen Staate nach der positiven Lehre der Kirche entschieden werden müssen, versteht sich von selbst.

Sollten diese Ansichten über das Wesen der Stiftungen von vielen unserer Leser nicht getheilt, ja sogar hart mitgenommen werden, so erklären wir unumwunden, daß es keineswegs unsere Absicht ist, Personen oder Körperschaften zu verletzen, noch Zwiespalt hervorrufen zu wollen. Bei einer derartigen Discussion ist es leider nicht leicht alle Zerwürfnisse zu vermeiden. Der Mensch scheint nämlich nun einmal von Natur so beschaffen zu sein, daß er seine liebgewonnenen oder gewisse von den Vätern überkommenen Ideen gleichsam als ein unantastbares Heiligthum betrachtet, die gegnerische Ansicht als eine Befeindung seiner selbst ansieht und mit allen Mitteln bekämpft. Dieses starre Festhalten am allgemein Angenommenen mag lobenswerth sein. Die Kritik des Althergebrachten darf nur sehr behutsam zu Werke gehen und in größter Ruhe Prüfsteine anlegen; aber daraus soll nicht gefolgert werden, daß keinerlei Untersuchung über die socialen Fragen der Gegenwart statthaft sei und die Welt einem immerwährenden Stillstande anheim fallen müsse. Nein, bei gemäßigter Leidenschaft, bei freier Gesinnung wird die unparteiische Kritik nur Gutes leisten können, und alle Vorurtheile des zu ängstlichern Beurtheilers besiegen.

V. Amortisationsgesetze.

15. Durch Verordnung des Kaisers Karl V vom 19. October 1520 ist allen Anstalten der sogenannten todten Hand (¹), wozu namentlich auch die Hospitäler gehörten, streng untersagt worden, ein unbewegliches Gut auf irgend eine Weise zu erwerben. Diese Verordnung, welche im Echternacher Hospital wenig berücksichtigt wurde, ist durch eine am 15. September 1753 von Maria Theresia erlassene erneuert und eingeschärft worden. Wie sehr auch diese hohe Regentin den wohlthätigen Stiftungen ihre Sorgfalt zuwendete, so beeilte sie sich den-

---

(1) Leute der todten Hand nannte man alle weltlichen und geistlichen Corporationen, alle öffentliche Stiftungen und Institute, die eine fortdauernde Existenz hatten, die Dorf- und Stadt-Gemeinden ausgenommen. Heute pflegt man in der juristischen Sprache die ehemaligen Ausdrücke « Gens de main morte » durch den weit vernünftigern « Personnes morales » zu ersetzen.

Die ehemalige todte Hand war nichts weniger als ein todtes Wesen; es war vielmehr zu lebendig und habgierig, indem diese Hand gewaltig um sich griff und sich oft Sachen per fas et nefas zueignete; daher die vielen Ordonnanzen, wodurch es der „todten Hand" streng untersagt wurde, ohne Ermächtigung des Staatsoberhauptes irgend ein Immöbel zu acquiriren. Allein vergebens: sie fand Mittel alle Ordonnanzen zu umgehen, sie mochten noch so streng sein. Dieses veranlaßte die Kaiserin Maria Theresia ernstere Maaßregeln zu ergreifen. Nach dem Luxemburger Landesbrauch, Titel V

noch einem einheitlichen Wunsche ihrer treuen Unterthanen zu willfahren, und verhinderte, daß durch gesetzwidrige Erwerbungen ein großer Theil der Grundstücke oder der diesen assimilirten Güter dem Verkehr entzogen würde. Allen Anstalten der fraglichen Kategorie war streng anbefohlen worden, innerhalb drei Monaten ein genaues und vollständiges Verzeichniß all ihrer Güter anzufertigen und den betreffenden Fiscal-Beamten einzuhändigen. Ob ein solches Verzeichniß für's Echternacher Hospital angefertigt worden und sich im Staats-Archiv in Luxemburg befinde, wissen wir nicht; jedenfalls sind alle darauf bezüglichen Angaben in den hiesigen Registern, Papieren und Rechnungen vorhanden. Es scheint sich unterdessen herauszustellen, daß jene sogenannten Amortisationsgesetze bei wohlthätigen Stiftungen, die nicht

---

waren alle Kaufverträge von liegenden Grundstücken nur als einfache Pfandschaften — antichretische Verträge — zu betrachten, so lange der sogenannte „Verzicht und Austrag" nicht stattgefunden hatte. Dieser „Verzicht und Austrag" bestand nämlich darin, daß Käufer und Verkäufer bei dem Ortsgerichte und zwar unter dem blauen Himmel erklärten, daß der eine dem andern das Grundstück eigenthümlich übertrage. Der Verkäufer überreichte dem Käufer ein Stückchen Holz — Besenreiß — und ein Stückchen Strohhalm, welche er kreuzweise in der rechten Hand hielt und welche der Verkäufer annahm. Beide mußten dann gemäß Art. 15 der Verordnung vom 15. September 1753 eidlich betheuern, daß der Verkauf weder mittelbar noch unmittelbar zum Vortheile einer „todten Hand" geschehen sei. Diese Erklärung mußte in Gegenwart der Gerichtspersonen erfolgen und zu Protokoll genommen werden unter Strafe einer Geldbuße von 500 Gulden für jeden Beamten im Uebertretungsfalle.

direct unter der Geistlichkeit standen, weniger streng gehandhabt wurden. Derartige Bestimmungen kommen in Deutschland schon 988 unter Otto III, ferner in den Jahren 1212, 1275 und 1370 vor; so auch in England 1225; in Rußland, 1580; in Frankreich und Italien während des 16ten und 17ten Jahrhunderts. In unserm Lande zählen wir vor 1792 an 24 Verordnungen über diese Eingriffe in die körperschaftliche Freiheit.

16. Zwar sind Stimmen für andere Ansichten laut geworden; zwar behaupteten Manche, daß wenn politische, polizeiliche und volkswirthschaftliche Rücksichten jene Amortisationsgesetze herbeigeführt hätten, entgegengesetzte Gründe für deren Abschaffung hervortreten würden. So wollen die Anhänger dieser neuen Ansicht der maaßlosen Zersplitterung des Grundeigenthums durch Herstellung großer unzertheilbarer Güter vorbauen und auch dadurch die Uebervölkerung hemmen (1). Allein die landwirthschaftlichen Zustände in Frankreich vor und nach der Revolution sind geeignet uns eines Besseren zu belehren.

---

(1) So lesen wir in Wetzer und Welte's Kirchenlexikon: „Die Politik bestimmt die Regierungen den Standpunkt Souveräner Allmacht zu verlassen, und körperschaftliche Selbstständigkeit zu begünstigen. Auch Rücksichten polizeilicher Art treten ein. Die durch eine excentrische Vermögentheilung sich verbreitende Uebervölkerung, der Mangel an gesammelten Unterstützungsfonds für die wachsende Armuth, zumal in Zeiten der Noth, die Einbuße großer Wirthschaften, welche allein die Mittel haben, die von Wissenschaft und Uebung gewonnenen ökonomischen Verbesserungen auszuführen, stellen

Vor dem Jahre 1789 war ungefähr ein Drittel des Landes von kleinen Eigenthümern bebaut, die in Flandern, Elsaß, Bearn und der nördlichen Bretagne wohlhabend, sonst aber, und vor Allem in Lothringen und Champagne, arm und elend gewesen sind. Die übrigen zwei Drittel des Bodens standen durchaus im Eigenthum großer Grundherren, theils des Adels und Clerus, theils der Magistratur und Geldmacht; aber eine Classe mittlerer Eigenthümer, groß genug um von dem Acker ein sorgenfreies Dasein zu gewinnen, und immer noch so klein, um zu steter und angestrengter Arbeit genöthigt zu sein, kurz ein ländlicher Mittelstand fehlte völlig. Heutigen Tages nun lassen sich die Eigenthümer Frankreichs in drei Massen sondern, deren jede ungefähr ein Drittel des ertragfähigen Landes besitzt. 18 Millionen Hectares fallen auf 183,000 große, 15 Millionen auf 700,000 mittlere, 15 auf nicht ganz 4 Millionen kleiner Eigenthümer. Zieht man den Vergleich mit dem alten Zustande, so ist das letzte Drittel armer Besitzer in genauer Uebereinstimmung auf beiden Seiten vorhanden, und merk-

---

in unsern Tagen den Nutzen der Amortisation immer dringender in Zweifel. Die maaßlose Zersplitterung des Grundeigenthums in Folge der Reaction gegen die Ansammlung des Eigenthums zumal des Grundeigenthums in der Hand geistlicher und anderer Körperschaften führt zu einer Reaction, die um so mehr wachsen wird, je kräftiger zum Gedeihen der Freiheit und der Wohlfahrt des Gemeindewesens und vor Allem des Rechtes der körperschaftliche Geist erwacht. So wird eine sich vorbereitende organische Zeit auch hier bessern, was eine kritische Zeit gefehlt hat."

würdig genug, es findet sich fast ungeändert 1815 und 1831, ebenso wie vor der Revolution und in unserer Zeit. Die furchtbarsten Stürme brausen über seine Oberfläche dahin und ändern nichts in seinem Bestande. Allein der tragischen Bewegung von 1789, der Freiheit des Bodens und der bürgerlichen Gleichheit verdankt jene Mittelklasse, welche jetzt ein volles Drittel des Ackerlandes inne hat, ihr Dasein. Man wird gestehen, ein merkwürdiges Ergebniß. Wie oft ist von Feodalen und Socialisten ausposaunt worden, die volle Freiheit in ökonomischen Dingen führe zur Vertilgung der Mittelklassen und zum Gegensatze der Geld-Aristokratie und Proletarier! Hier sehen wir das Gegentheil in einer der größten geschichtlichen Thatsachen. Die vielen Güter der „todten Hand" erschwerten den Erwerb des Grundeigenthums, das Feodalsystem hat durch seine Beschränkungen und hemmenden Privilegien den ländlichen Mittelstand in seinem Keime erstickt; die Herrschaft der Freiheit hat ihn umgeschaffen.

Ebenso haben wir gegen die Gewerbfreiheit in unsern Tagen viel schreien gehört. Reactionäre oder socialistische Parteien behaupten, es sei ein System der Vereinzelung, des Atomismus und Egoismus; mit der freien Concurrenz sei die Losung zu industrieller Anarchie, Betrügerei und Verarmung gegeben. Indeß ist jetzt die geschichtliche Erfahrung groß genug geworden, um die Thatsache ohne irgend einen Zweifel auszusprechen, daß die volle Freiheit der Arbeit in keinem Lande entschiedenere Früchte als in Frankreich, und dort auf keinem Gebiete reichern Ertrag, als auf dem industriellen gebracht hat. Die greifbare Wirkung schlägt hier alle Erörterung nieder. Welch ein Unterschied in Frankreich zwischen den heutigen Zuständen und dem tiefen Elende der Tausende und hundert Tausende, welche das System der feodalen Rechte, nicht durch seine Mißbräuche, sondern durch sein Dasein, zu Knechtschaft und Hunger die Jahrhunderte hindurch verurtheilt hatte und woraus leibliche und geistige Verarmung des Volkes entsprang (¹)!

VI. Eintheilung des Geschichtlichen über das Hospital.

17. Wer der wahre Stifter gewesen, sowie in welchem Jahr das Echternacher Hospital entstanden sei, war bis jetzt noch nicht sicher ermittelt worden. Diese Anstalt in ihrem späteren Umfang wurde nicht auf einmal, noch durch eine einzige wohlthätige Person gegründet, wie dieses bei den mehrsten derartigen Instituten der Fall ist. Die Meisten führen mit Recht dessen Gründung hinauf bis zur Abtissin Irmina aus Kloster Oeren in Trier ums Jahr 698, Andere aber nennen als Stifter den Grafen Siegfried von Luxemburg um 992, und wieder Andere als solchen den reichen Insassen Hermannus Cocus ante Portam, d. h. von Fulpert (Klostervorpforte) zu Echternach, um 1207. Die Stiftungsjahre fielen demnach in verschiedene Jahrhunderte, ins 7te, 10te oder 13te, in ähnlichen Abständen wie die spätern

(1) Vgl. H. von Sybel, Geschichte der Revolutionszei von 1789 bis 1795, Bd. I, S. 19 — 243.

Bereicherungen durch Schenkungen und Vermächtnisse bis zum 16ten und der großartige Vermögenszuwachs zu Anfang des 19ten durch Erwerbung von Nationalgütern, welche der Domäne verheimlicht worden waren.

Diese Zeitabschnitte geben uns eine passende Eintheilung der Geschichte des Hospitals in 5 Perioden ab, wovon die vier ersten zwei bis drei Jahrhunderte umfassen.

I. Periode.

Von der hl. Irmina und dem hl. Willibrord bis zum Grafen Siegfried und dem Abte Ravanger, 698 — 992;

II. Periode.

Vom Grafen Siegfried und dem Abte Ravanger bis zum Bürger Hermann Cocus und dem Provisor Isenbard, 992—1207;

III. Periode.

Vom Bürger Hermann Cocus und dem Provisor Isenbard bis zur Betheiligung der Bürgerschaft mit der Abtei an der Hospitalverwaltung, 1207 — 1515;

IV. Periode.

Von der Theilung der Hospitalverwaltung zwischen Bürgerschaft und Abtei bis zur gänzlichen Säcularisirung der Anstalt unter der jetzigen Verwaltungscommission, 1515—1797;

V. Periode.

Vom Schlusse des vorigen Jahrhunderts bis auf unsere Tage, 1797—1864.

Mithin stehen Irmina, Siegfried, Hermanus an der Spitze der drei ersten Perioden; Schöffenrath und Verwaltungscommission bezeichnen die zwei letztern.

B. Erste Periode.

Von der hl. Irmina bis zum Grafen Siegfried, 698—992.

VII. Die hl. Irmina.

18. Fürs Erste versuchen wir den Nachweis zu liefern, daß Irmina, die zweite Tochter Dagoberts II und Abtissin des St. Marienklosters Deren (¹) in Trier, die Gründerin des Echternacher Hospitals ist.

Es ist bekannt, daß diese gottgeweihte Königstochter dadurch wesentlich zur Gründung der hiesigen Abtei beigetragen hat, daß sie im Jahre 698 dem hl. Willibrord die Hälfte des damaligen Echternach schenkte, wovon die andere Hälfte Pippin von Heristal zugehörte, der ebenfalls zu Gunsten unseres Klosters dieselbe im Jahre 706 abtrat. Jedoch, wie aus ihrer Schenkungsurkunde vom 1. November 698 hervorgeht, hatte Irmina schon

---

(1) Vgl. Brower, Bd. I, S. 350: « Monasterium Horreense. Appelatus locus est ab Horreis regalibus, quæ in eam rem Dagobertus contulerat, Horrea» (Orrea). Also nicht Oehren oder Euren, sondern ad Horrea, bei den Kornspeichern: das jetzige Hospitalgebäude in Trier.

früher in ihrer Villa Echternach ein Hospital oder vielmehr ein Hospitium gegründet. Diese Urkunde lautet:

„Da nicht Allen unbekannt ist, daß ich auf Eingebung der Barmherzigkeit Christi nach dem Rathe der Apostolischen Männer, unserer Väter, der Herren Bischöfe Basinus und Leotwinus oder auch mit der Einwilligung unserer Christo dienenden, mit uns zusammen wohnenden Schwestern in meinem eignen an der Sauer gelegenen Dorfe Echternach Bethäuser (¹) und auch ein Klösterchen zur Aufnahme fremder Mönche und zur Almosenspende an die Armen gebaut habe (²), damit dadurch Gottes Ehre und das Heil meiner Seele gefördert werde,... so schenke ich dem heiligen und ehrwürdigen Herrn Vater in Christo, dem Bischofe Willibrordus, diese Stiftungen sammt allen meinen dortigen Gütern zur unumschränkten Verwaltung und Beherrschung, wie er es in Gottes Namen rathsam finden möge (³)."

---

(1) Basilica war damals eigentlich der Name für die einem Märtyrer geweihte Kapelle, aber noch kein Ort, wo das Meßopfer verrichtet wurde: ein Bethaus und eine Zelle. Vgl. V. Gamern, de Orat. r. pub. S. 40, und Alberdingk Thym., der hl. Willibrord, S. 136.

(2) Vgl. Hontheim, Bd. I, S. 90: Monasteriolum... ad monachos peregrinos conversandum vel pauperes ibidem alimoniam petendum ... in villa mea propria quæ vocatur Epternacus... construxi.

(3) Vgl. Den Text dieser Urkunde nach dem Liber Aureus der Echternachter Abtei unten im Anhange, Nr. 1 der Belege.

Also ein kleines Kloster, oder vielmehr ein wahres Hospitium ([1]) worin die in der Umgegend

---

(1) Wie Hr. Brimmeyr, Mitglied des Curatoriums der Mittel- und Gewerbschule, — der in der Local-Geschichte sehr bewandert ist und sich von Amtswegen eine gewissenhafte Prüfung unserer unmaßgeblichen Arbeit nicht verdrießen ließ, — richtig bemerkt, hat man sich unter dem von der hl. Irmina erbauten Monasteriolum oder Klösterchen nichts Anderes als ein eigentliches Hospitium — wenn auch mit doppelter Bestimmung — zu denken. Die fremden oder wandernden Mönche, von denen sie spricht, sind Glaubensboten, welche weither kamen, entweder aus den noch halb wilden Gegenden der Eifel oder von jenseits des Rheines. Sie kamen nach einander in dieses Klösterchen, wie in andern, um sich zeitweilig von ihrer Reise zu erholen, um von irgend einer Krankheit zu genesen oder um ihre übrigen Lebenstage darin zuzubringen. Weder der hl. Willibrord noch die fromme Irmina konnten vorhersehen, wozu es in der Folgezeit mit einer Stiftung gekommen, die in einem so menschenfreundlichen Geiste entworfen worden war. Die zweite mit dieser erstern innigst verbundene Bestimmung der Irminischen Schöpfung war die einer Zufluchtsstätte für kranke, alte oder von der Welt verlassene Armen. Da aber weder diese Armen, noch die wandernden Mönche, welche in der Anstalt Aufnahme fanden, mit der Besorgung einer ziemlich umfangreichen und verwickelten Haushaltung betraut werden konnten, sondern es dazu gesunder, einsichtsvoller und kräftiger Personen bedurfte, so ist man geneigt anzunehmen, das ursprüngliche Wirthschafts-Personal, das den thätigen und bleibenden Mittelpunkt oder Kern des Institutes gebildet, habe aus jenem Leibeignen oder Sclaven bestanden, welchen die Gott geweihte Stifterin in feierlicher Weise die Freiheit geschenkt hatte, und hinsichtlich welcher ihr Testament lautet: ... omnia ista ... ad ... loca sanctorum vel ad monasteriolum ibidem constructum ... volo esse donatum, exceptis hominibus illis

wirkenden Missionäre sich aufhalten und Arme ihren Lebensunterhalt finden konnten, war vor dem Jahre 698 von der hl. Irmina in dem ihr zugehörigen Theile von Echternach errichtet, und ist nun dem hl. Willibrordus zur Gründung der Abtei und Fortsetzung der Wohlthätigkeitsanstalt übertragen worden. Die hl. Irmina gilt daher mit Recht für die eigentliche Stifterin des Echternacher Hospitals. Um welche Zeit sie aber ihr desfallsiges Klösterchen erbaut hatte, läßt sich nicht genau ermitteln. Da man nämlich nicht zuverläßig weiß, in welchem

---

quos per epistolas nostras ingenuos relaxavi, quorum vocabula sunt Garario... Bacelinde... im Ganzen zehn Personen, von denen jede jährlich ein Pfund Wachs zum Gelicht der hiesigen Bethäuser entrichten soll.

In ähnlicher Weise äußert sich auch Hr. Prof. Marx. „Das Klösterchen, sagt er, hatte die Bestimmung, Missionären der Umgegend, die eben peregrini monachi waren, zum Aufenthalte zu dienen und nebenbei Almosen an die Armen zu spenden. Im 7ten und 8ten Jahrhunderte wurden häufig im fränkischen Reiche und in Deutschland eigne Xenodochien, Diversorien oder auch Hospitäler, wie sie genannt wurden, errichtet zur Aufnahme und Beherbergung der irischen und britischen Mönche, die als Missionäre herüberkamen und lehrend die Gegend durchwanderten. Dieselben hießen gewöhnlich hospitalia Scotorum. Ein solches zur Aufnahme und Herberge in der Umgegend wandernder Missionäre bestimmtes Diversorium war jenes monasteriolum der hl. Irmina zu Echternach,... dem sie auch die Bestimmung gegeben, daß es Armen Almosen und Erquickung spende, und welches sie mit dieser Bestimmung dem hl. Willibrord übergeben hatte... Es sollte dasselbe ein Rückhalt, Ruhepunkt und eine Zufluchtsstätte sein für Missionäre, wenn sie sich eine Zeit lang erholen wollten oder durch feindliche Invasio-

Jahre (1) der heilige Bischof Basin sich in die St. Maximiner-Abtei zurückgezogen und seinem Neffen, dem hl. Lutwin, dem Stifter und ersten Abte des Mettlacher Klosters, den Trierischen oberhirtlichen Sitz übergeben habe, so fehlt uns jeder Anhaltspunkt zur genauen Bestimmung des Stiftungsjahres unseres Hospitals. Dasselbe fällt allem Anscheine nach zwischen 685 und 695

19. Die vollständigeren Legendensammlungen enthalten über die ehrwürdige Stifterin unseres Hospitals folgende kurze Lebensskizze:

Die hl. Irmina, Jungfrau und Abtissin des

---

nen benachbarter Heidenvölker aus ihren Missionen verdrängt worden, so wie auch eine Bildungsschule neuer Missionäre." S. Bd. III, S. 329 und 330, Bd. II, S. 317 und 318.

Eben so sagt Hr. Prof. Schötter: „Wenn man Siegfrieds Urkunde über das Hospital von Echternach mit der Schenkungsurkunde der hl. Irmina vom Jahre 698... vergleicht, so ergibt sich, daß die hl. Irmina den Grund zu diesem Hospital legte, welches von Siegfried reichlich beschenkt und dadurch erweitert und befestigt wurde." S. Über die frühere Geschichte der Grafschaft Luxemburg, S. 36, Note 169.

(1) Man nimmt gewöhnlich an, es sei dies 695 geschehen. Da nun die hl. Irmina sagt, sie habe auf Anrathen beider Bischöfe ihre Hospitalanstalt eingerichtet, so möchte man glauben, solches habe nicht vor 695 statt gefunden. Allein sie konnte jenen Rath erhalten, ehe Lutwin Bischof war, und ihn dennoch als solchen bezeichnen nachdem er später zu dieser Würde erhoben worden war. Zuverläßig weiß man blos, daß die hl. Irmina ihre Kirchen und ihr Hospital-Klösterchen allhier nicht vor 675 erbaute, weil sie in diesem Jahre erst nach Trier kam, von wo aus sie jene Stiftung betrieb, und auch nicht nach dem Jahre 698, in welchem sie davon spricht, wie von längst vollendeten Schöpfungen.

Benedictinerinen=Klosters Oeren zu Trier, war eine Tochter des hl. Dagobert II, Königs von Austrasien und mit einem Grafen Namens Hermann verlobt. Als aber dieser plötzlich starb, schenkte sie ihre ungetheilte Liebe dem himmlischen Bräutigam ihrer Seele und erhielt von ihrem Vater hinreichende Mittel das Kloster Oeren reichlich zu beschenken und neu aufzubauen (675). Durch Frömmigkeit und Aufopferung war sie hier als königliche Abtissin den Ihrigen stets ein leuchtendes Beispiel. Als in ihrem Kloster eine ansteckende Krankheit ausgebrochen, nahm sie voll mütterlicher Sorgfallt ihre Zuflucht zur Wunderkraft des hl. Willibrord. Dieser zögerte nicht lange dem Wunsche jener edlen Gönnerin der Glaubensboten zu willfahren, begab sich nach Trier, verrichtete das Meßopfer im Kloster, besprengte die Kranken mit Weihwasser, und siehe! alle genasen. Zum Danke für die wunderbare Genesung schenkte die hl. Irmina durch Act vom 1. November 698 mehrere Liegenschaften, auf welchen nun das Kloster Echternach sich erhob. Sie starb um 720. Im 15ten Jahrhunderte befand sich ihr Haupt im Kloster Spanheim, der Leib aber im Kloster Weißenburg, Bisthum Speier (1).

(1) Vgl. Müller, allgemeines Martyrologium, am 24. December, S. 650. — Da der historische Charakter dieser weisen und tugendhaften Prinzessin durch ihre schönen Thaten berühmt geworden, so hätten die Chronisten gewisse romanhafte Züge ihres Lebens füglich weglassen können. Aus Gregors von Tours Geschichte der Franken ersieht man, wie ihre Biographie im Zusammenhang steht mit der ihres Vaters, der sehr freigebig gegen Bischöfe und Klöster war, in welche er seine Töchter beförderte, damit sie für seine Seele beteten.

VIII. Der hl. Willibrord.

20. Der hl. Willibrord, der 695 auf seiner zweiten Reise nach Rom am Festtage und in der Kirche der hl. Cäcilia seine Anstellung als Bischof erhalten aber erst am folgenden Tage, den 23. November, dem Feste des hl. Clemens in der St. Peterskirche die Salbung empfangen hat, um alsbald nach seiner Hauptkirche Utrecht zurück zu kehren, ward wenige Jahre nachher gewissermaßen der erste Provisor unseres Hospitals.

Die ihm für die Abtei Echternach von Irmina und Pippin gemachten Schenkungen waren wirklich großartig. Er erhielt ganz Echternach, wovon jene die eine Hälfte von ihren Eltern geerbt, dieser die andere von den Herzogen Theotar und dessen Sohne Theodard bekommen hatte, mit allen Ländereien, Häusern, Gebäuden, Mansen (Ländercomplex für ein Joch Ochsen) (1), dienstpflichtigen Leuten, Einwohnern, Leibeignen, Wäldern, Feldern, Weidestrichen, Äckern, Wiesen, Weingärten, stehenden und fließenden Gewässern, beweglichen und unbeweglichen Gütern, Mühlen, Kuh-, Schwein- und Schafheerden sammt ihren Hirten, nebst bedeutenden Gütern der Umgegend und auch noch einem Weinberge zu Vianden. Aber Pippin und seine Frau Plectdrudis lassen die Urkunde hinzufügen: es geschehe „in der Weise, daß das genannte Kloster zu

---

(1) Vgl. Hrn. Prof. Blum, die Begründung der Cultur in den Ardennen durch den Benedictiner-Orden, im Echternacher Schulprogramm 1852, S. 24.

ewigen Tagen unter ihrer und ihrer Erben Oberaufsicht und Schutz verbleibe" (1).

21. Das Leben unseres ersten Hospitalmeisters wollen wir in Folgendem kurz zusammen fassen.

Der hl. Willibrord (2), erster Bischof von Utrecht, um 657 in Northumberland geboren, erhielt im Kloster Rippon (Yorkshire) unter der Leitung des

---

(1) Diese Bestimmung hatte nun, wie leicht zu begreifen ist, zur Folge, daß Willibrord als Preis für diese Schenkung auf seinen unabhängigen Einfluß auf das Kloster Verzicht leisten mußte, und Pippin fortan über Disciplin und Wahl des Abtes zu gebieten haben sollte. In einer zweiten Urkunde des nämlichen Jahres erklärte er nochmals, daß er die Abtei unter seine Beschirmung nehme und dieses Recht auch seinen Erben vorbehalte, den dort versammelten Brüdern gestattend, nach Willibrords Tod einen von ihnen selbst gewählten Abt einzusetzen. Da diese Ernennung jedoch ganz unter der Aufsicht der fränkischen Regierung ausgeübt werden sollte, so wurde der Abt vom Majordomus abhängig. Es war dies eine Schlauheit, die den Schein einer Edelmüthigkeit hatte. Vgl. Alberdingk Thym, der hl. Willibrord, S. 117. — In diesem verdienstvollen Werke wird deutlich nachgewiesen, welchen Einfluß die Politik, so wohl der geistlichen als der weltlichen Gewalt, auf den Gang der Ausbreitung des Evangeliums gehabt hat.

(2) Sein Vater, ein sehr gottesfürchtiger Mann, hieß Wilgis, seine Mutter Mena. Nicht ohne höhere Fügung soll er in der Taufe den Namen Willibrord oder Willibrod erhalten haben, ein Name der so viel heiße als Willigbrod, hindeutend auf die freigebige Spendung des Brodes, das da ist das Wort Gottes, unter den nachherigen Holländern und Luxemburgern, wie denn, sagt Hr. Marx, Hindeutungen auf wichtige Missionen großer Männer durch die Namengebung in der göttlichen Heilsökonomie nichts seltenes sind.

hl. Winfrid die Anfänge seiner trefflichen Erziehung. Nach abgelegten Ordensgelübden wurde er zu seiner Ausbildung nach Irland, welches damals für eine Pflanzschule der Heiligkeit galt, gesandt. Kaum zum Priester geweiht begab er sich (690) mit Suitbert und zehn andern Gefährten in das Gebiet der Friesen, um, kraft der ihm vom Papst Sergius verliehenen Vollmacht, das Evangelium zu predigen. Nachdem er sechs Jahre als Missionar gewirkt, war die Zahl der Christen bereits so beträchtlich, daß Pippin von Heristal beim Papste beantragte, Willibrord zum Bischofe zu weihen (695). Der Heilige erwählte Utrecht zu seinem Sitze und erbaute dort den Dom zum heiligen Erlöser. Drei Jahre später stiftete er die Abtei Echternach bei Trier, deren Leitung er sich selbst vorbehielt, während er dem in Utrecht gegründeten Kloster den hl. Gregor als Abt vorsetzte. Unermüdlichen Eifers für die Ehre Gottes zu wirken, erstreckt er seine apostolischen Wanderungen bis nach dem Reiche der Dänen. Als im Jahre 719 Radbod, der christenfeindliche König des von den Franken noch unerobertcn Theiles von Friesland, aus dem Leben schied, konnte unser Heilige allenthalben die Wohlthaten des Evangeliums hintragen. Die ihm von Gott verliehene Wundergabe und der Ruf seines apostolischen Wirkens drang bald in alle Landen und selbst Bischöfe schlossen sich ihm als Gehilfen in Verkündigung des Wortes Gottes an. Am Abende seiner irdischen Laufbahn angelangt, übergab er die Leitung der Diöcese einem Coadjutor und zog sich in die Einsamkeit seines Klosters Echternach zurück, wo er im Jahre 739 in ein besseres Leben abgerufen ward. Er zählte damals 82 Jahre. Während 44 war er Bischof von Utrecht. Sein Leib wurde in der hiesigen Abteikirche bestattet ([1]).

In welchem Verhältnisse dieser Glaubensbote zu den Hausmeistern des fränkischen Reiches, den Vorfahren Karls des Großen, gestanden, mag wohl schwer zu ermitteln sein. Durch Gunstbezeugungen jeder Art, scheint es, wollten die Vorgänger der karolingischen Familie unsern Apostel zur Ausführung ihrer anfänglich antirömischen Plane gewinnen. Derartige Versuche mußten jedoch an der kirchlichen Gesinnung des hl. Willibrord scheitern und in Folge dessen ihm heimliche Verfolgungen zuziehen.

Sein angeblich im Kloster Echternach geschriebenes Testament, worin er jenem all seine Güter vermacht, ist in vielen Urkundensammlungen und Geschichtsbüchern abgedruckt ([2]). Ob dieses Document aber wirklich unseres Heiligen ursprüngliches Testament sei, kann der Inhalt desselben uns bezweifeln

---

(1) Vgl. Müller, allgemeines Martyrologium, am 7. November, S. 565.

(2) In neuester Zeit bei Stramberg, Metropolis Ecclesiæ Treviricæ, Bd. I, S. 520. Die darin vorkommenden Worte: « Quas res ipsas Dominus Carolus et genitor Pepinus, *tam me vivente quam de ista vita migrante*... condonaverunt, » scheinen mir ein hinreichender Beweis zu sein, daß das Ganze ein Machwerk viel späterer Zeit ist, wenn man nicht gewaltsam einen vernünftigen Sinn hinein interpretiren will, was jedoch kaum möglich sein dürfte. Vgl. Das bereits angeführte kritisch bearbeite Werk: der hl. Willibrord, von Alberdingk Thym, S. 180.

lassen. Es herrscht durchaus keine Ordnung in demselben. Nachdem die Schenkungen der Hausmeier darin angeführt sind, folgt unmittelbar die Aufzählung der letzten, dem hl. Willibrord selbst gemachten. Viele seiner Güter werden gar nicht erwähnt, wohl aber andere, die man in keiner Urkunde antrifft; darauf werden wieder Geschenke aufgezählt, die nicht ihm persönlich, sondern der Abtei gemacht worden waren, mithin Echternach bereits von selbst gehörten. Schließlich muß noch erwähnt werden, daß das zweifelhafte Document kein Datum trägt, und nur das Regierungsjahr Theodorichs II angibt. Die einzige Quelle übrigens, aus der es alle Geschichtschreiber geschöpft haben, der Liber aureus von Echternach aus dem 11ten Jahrhundert, ist von geringer Autorität. — Sicher ist jedoch, daß Echternach ausgedehnte Güter des hl. Willibrord in seinen Besitz bekommen hat, daß aber dieselben schon bald nachher von den Fränkischen Fürsten an ihre großen Niederländischen Vasallen vergeben worden sind. Das eben mag vielleicht auf den Gedanken gebracht haben, einen Rechtstitel zu schmieden, wie das auch sonst vorkam.

22. Die hl. Irmine brachte der Echternacher Abtei im Jahre 697 noch Gold, Silber, Edelsteine, Gewänder, Altartücher, Kirchengeräth von Erz und Eisen, verschiedenes Holzwerk, sowie die von ihrer „geliebtesten Muhme“ Ermentrud gekaufte Villa „Bergen“ oberhalb Sierck (1).

---

(1) Vgl. Hrn. Prof. Engling, Apostolat des hl. Willibrord, S. 38.

Diese Schenkungen wurden noch bei Lebzeiten des hl. Willibrord (zwischen 694 — 739) durch ungefähr dreißig sehr bedeutende, in verschiedenen Gegenden gelegene und von da ab bis zum Grafen Siegfried von Luxemburg durch 130 andere (zwischen 740 — 990) erweitert (1).

Bei solchen Mitteln und unter der segensreichen Leitung des hl. Willibrord und seiner Gehilfen mußte selbstverständlich das von St. Irminen gestiftete Armenhaus mit allem Erforderlichen immer versehen sein, mithin Namhaftes leisten. Ein bedeutender Umschwung der Ideen war seit einigen Jahrhunderten vorgegangen: Nehmen, rauben, erobern war das Prinzip der großen Weltreiche im alten Heidenthum; festhalten das des Judenthums; geben erst das des Christenthums (2).

Mit der Verbreitung der Religion Jesu war das Almosengeben allgemein, und seit dem die Kirche die Freiheit genoß, Einkünfte und Güter besaß, hatte man bestimmt, daß ein Viertel dieser Güter und Einkünfte zur Unterstützung der Armen und Pflege der Kranken verwendet werden sollte.

IX. Die ursprüngliche Elemosynie der Abtei.

23. In welcher Weise jene Vorschriften zur Ausführung kamen, läßt sich allerdings nicht genau er-

---

(1) Vgl. Hrn. Oberpräs. Würth-Paquet, Liber Aureus, in den „Publicationen" der Alterthumsgesellschaft 1860, 4—23.

(2) Vgl. Menzel, christliche Symbolik, II, 319.

mitteln. Aus einer spätern Urkunde erfahren wir Folgendes: „Im Namen der heiligen und unzertheilten Dreieinigkeit sei allen kund gethan, die zur Kirche des allmächtigen Gottes kommen, daß unser Herr Jesus Christus, als er noch körperlich auf Erden wandelte, sich zwölf Jünger zu Gehülfen erwählte und ihnen die Gewalt gab, nach seiner Himmelfahrt das Evangelium zu predigen und Wunder zu wirken. Daraus entstand nun bei den Geistlichen die Sitte, sich nach der Zahl der zwölf Apostel 12 Arme zu wählen, und diesen von ihrem eigenen Vermögen, so viel die Umstände gestatten, als Almosen zu geben. Unter diesen auserwählten Männern that sich besonders Einer, der hl. Willibrordus, ein Mann von großen Verdiensten bei Gott, hervor. Er hat diesen Ort nützlich ausgestattet und auch zwölf Almosenempfänger eingesetzt, damit alle, welche zum Heile ihrer Seelen ein Almosen geben wollten, in frommer Absicht diesen es gleichsam, wie Gott selbst, geben könnten" ([1]).

Nach dieser Urkunde des Grafen Siegfried im Jahre 992 bestand also wohl bis gegen Ende des 10ten Jahrhunderts im hiesigen Kloster eine Art Armenpflege nach dem Vorgange der vom hl. Willibrord getroffenen Einrichtung. „Die hl. Irmina hatte nämlich, wie Hr. Marx sagt, dem kleinen von ihr zu Echternach gestifteten Klösterchen auch die Bestimmung gegeben, daß es Armen Almosen und Er-

---

(1) Vgl. den Text dieses Actenstückes unter Nr. 2, a) der Belege, nach Bertholet, Histoire de Luxembourg, Bd. III, S. X u. XI.

quickung spende und dasselbe mit dieser Bestimmung dem hl. Willibrord übergeben. Nach bedeutenden Schenkungen an dieses Kloster hat der hl. Willibrord, wie aus der eben angeführten Urkunde entnommen wird, „zwölf Arme, nach der Zahl der Apostel, zu der Elemosynie oder dem Hosppitale aufgenommen. Trotz allen Wechselfällen der Abtei selbst, wird wohl, weil es an Nothleidenden und hier an Unterstützungsmitteln nie fehlte, solch eine humane Anordnung stets ausgeführt worden sein, und da der Graf Siegfried, wie wir unten sehen werden, in derselben Urkunde den hiesigen Armen alle Gaben und Vermächtnisse bestätigte, die ihnen von der Zeit des hl. Willibrord an bis zum Jahre 992, also während drei vollen Jahrhunderten, zugewendet worden, so folgt daraus, daß die mit dem Kloster verbundene Hospitalanstalt bereits von Anfang an eigenes und gesondertes Vermögen in Besitz hatte, mithin auch den langen Zeitraum hindurch als selbstständiges Institut betrachtet wurde.

X. Frühere sociale Zustände.

24. Um sich einen Begriff von den damaligen Verhältnissen zu machen, ist es nöthig sich einen Augenblick in die Zeit der großartigen Völkerwanderung zurückzusetzen. Die scythischen und nordischen Heerführer hatten die bestehenden Staatsgerüste zerbrochen, und sich mit ihren Rottenführern und freien Männern in den Besitz der römischen Colonen-Ländereien getheilt. Lehnsweise überließen die ersten Eigenthümer den alten Einwohnern oder fremden

Einwanderern die sogenannten Stockhäuser und Vogteigüter. Im deutschen Luxemburger Land blieben letztere, in denen ein getheiltes Eigenthum zwischen dem Herrn und den Besitzern bestand, bis zu der durch die französischen Gesetze herbeigeführten Abschaffung des Lehnswesens. Einerseits wurde ein Grundstück übergeben, andererseits die Prästation einer jährlichen Abgabe oder Leistung gefordert, am häufigsten aber beides zugleich: der Eigenthümer ließ seinen Schutz angedeihen, der Lehnsmann verband sich durch Eid der Treue und Ergebenheit. So entstanden Dörfer und Pachthöfe, die mehrere Immobilien und Leibeigenen, was — beiläufig bemerkt — beinahe alle Ackerleute waren, umfaßten; der Taglöhner, im heutigen Sinne, war wenig oder gar nicht bekannt. Die meisten Leute waren in der einen oder andern Weise Dienstpflichtige. Jede Haushaltung erhielt wenigstens einen Landcomplex (mansus, 12 Bünder oder 64 Morgen), der im Jahre mit einem Joch Ochsen bebaut werden konnte und zu Ernährung einer Bauernfamilie hinreichte (¹).

Durch die allmälig sich verbreitende Civilisation hat sich der Mittelstand gewaltig gehoben, allein bis zum 19ten Jahrhunderte war derselbe haupt-

(1) Vgl. Hrn. Laeis, die Stock- und Vogteigutsbesitzer, Bd. I, S. 120. — Diese Schrift bespricht zwar besonders die streitigen Waldungen, enthält aber zugleich eine ziemlich ausführliche Abhandlung über das ganze Stockgutswesen und genießt bei unseren Gerichten einer großen Autorität. Der gelehrte Hr. Verfasser beehrte uns auch noch privatim mit mehreren andern interessanten Mittheilungen, wodurch er uns zum verbindlichsten Danke verpflichtet.

sächlich nur in den Städten anzutreffen; das flache Land war fast ausschließlich vom Adel, dessen Vögten und andern Beamten, so wie von Leibeignen und Hirten bewohnt. So wohl beim Adel als bei den Leibeignen war das Erstgeburtsrecht vorherrschend. Das ältest geborne Kind erbte daher das ganze elterliche Vermögen (1).

Den nachgebornen Kindern war in der Regel der Ehestand nicht erlaubt, weil sie nur mit Herrn-Verwilligung heirathen durften. Die nicht in Klöstern untergebracht werden konnten, mußten ihr Leben als Soldaten oder Dienstboten fristen. Daher war der Mittelstand auf lange nicht so stark als heut zu Tage, wie denn auch nicht die ärmere Classe, namentlich nicht die Bettler, sei es auch schon aus dem einfachen Grunde, daß die Bevölkerung nicht so stark war, noch sein konnte durch die dem Ehestande angelegten Hemmschuhe. — Die Bildung war gewöhnlich trotz verschiedener Schulordnungen weit zurück. Zu Ende des vorigen Jahrhunderts gab es noch viele Gemeinden auf dem Lande, in welchen außer dem Pfarrer, dem Schullehrer und allenfalls noch dem Bürgermeister auch kein einziger lesen und seinen Namen schreiben konnte. Das Einzige, was man bei öffentlichen Acten fertig brachte, war ein Handzeichen.

XI. Politische Zustände.

25. Daß die Römer schon bedeutende Niederlas-

(1) Vgl. Coutumes générales du Pays Duché de Luxembourg et Comté de Chiny, T. I—III.

sungen in der Umgegend von Echternach gehabt, ersehen wir aus den großartigen Alterthümern, welche in der Nähe dieser Stadt aufgefunden wurden. Vermuthlich sind die in der Irminen-Stiftung genannten Orte Baida-Lingo und Ma-Thol-Fovillare germanisch-römische Villen mit Badeanstalten, die verlassen wurden, als man sich zum Schutze gegen die Normänner enger in unserm Städtchen zusammen zog (¹). Wie wenig wir aber von der Eroberung unseres Landes durch Cäsar's Legionen wissen können, hat unser verehrte Amtsgenosse Hr. Prof. Speck in einer jüngst erschienen Abhandlung gründlich nachgewiesen (²).

Zur Zeit des hl. Willibrord gehörte Echternach zum Bedgau (Pagus Bedensis), welcher an der Mündung der Sauer begann, sich an dem linken Ufer dieses Flusses bis unterhalb Echternach hinauf zog, wo er sich an dem rechten bis an die Mündung der Sauer und auf der andern Seite bis Hemsthal und Linster erstreckte. Von Waldbillig ging er an der untern Ernz zurück bis an die Müngdung der Our, überschritt wiederum die Sauer und dehnte sich auf dem linken Ufer der Our gegen Norden bis nach Prüm und bis an die Erft aus. Das Gebiet der Prüm umfassend, erstreckte er sich bis nach Manderscheid, folgte dem Laufe der Lieser

(1) Vgl. Hrn. Brimmeyer, Recherches d'antiquités romaines à Epternach, « Publications » 1850.

(2) Sur le séjour des légions de César dans le Pays de Luxembourg, « Publications de la Société archéologique de 1863. »

und berührte oberhalb Schweich das linke Ufer der Mosel bis Wasserbillig; bei Schweich jedoch überschritt er die Mosel, indem er, mit Ausschluß der Stadt Trier, auch das rechte Ufer dieses Flusses bis an die Mündung der Saar umfaßte (1).

Seit dem Jahre 511 gehörte unser Städtchen zu Austrasien, dem östlichen Theile des Fränkischen Ländergebietes zwischen Chalons an der Marne, Rheims, der Maaß, dem Rheine und Allemanien, mit Metz als Residenzstadt. Unter den Vorfahren Karls des Großen, unter diesem selbst, so wie unter dessen Nachfolgern, hatte sich das Land einer anhaltend guten Regierung zu erfreuen.

Im Jahre 843 kam unser Land zu Lothringen, d. h. zu dem langen Streifen zwischen Rhein und Máaß, der sich von der Nordsee bis zum Mittelmeere erstreckte. 870 wurde dieses Lothringen zwischen Frankreich und Deutschland getheilt; an letzteres kamen Metz, Trier, Echternach mit dem Bedgau, und die Ardennen jenseits der Ourte, von Beßlingen bis zur Maaß. 880 wurde ganz Lothringen wieder mit Deutschland vereinigt und zwei Jahre später von den abenteuerlichen Normannen verheert, ohne daß unsere reiche Abtei jedoch von einem Besuche der nordischen Gäste zu leiden gehabt hätte. 895 erhielt Lothrinhen einen eigenen König, 911 kam es an Frankreich, 925 jedoch wieder an Deutschland, und wurde nunmehr durch Herzoge verwaltet,

(1) Vgl. Hrn. Prof. Dr Schötter, Über die frühere Geschichte der Grafschaft Luxemburg, Athenäumsprogramm 1859, S. 12.

welche Vasallen des Reiches waren. 959 zerfiel das Land in zwei Herzogthümer, in Ober- und Unterlothringen, ersteres umfaßte die Diöcesen Trier, Metz, Verdün und Toul, letzteres die Diöcesen Cöln, Utrecht, Lüttich, Cambrai und Tournay. Die Grenze zwischen der Trierer und der Lütticher Diöcese ging von Weiswampach längs der Our bis Vianden, von da über Diekirch längs der Sauer hinauf. — Herzog von Oberlothringen wurde auf Verlangen und mit Einwilligung der Stände der Graf Friedrich, Wigerichs Sohn und Bruder des Grafen Siegfried, des Stammvaters der Ardennisch-Luxemburgischen Linie, des Restaurators unseres Hospitals.

XII. Die Echternacher Abtei im 8ten und 9ten Jahrhunderte.

26. Der ausführlichen Geschichte des Erzstiftes Trier von Hrn. Prof. Marx entlehnen wir hier das Merkwürdigste aus dem Zeitraume von der hl. Irmina bis zum Grafen Siegfried ([1]). Der hl. Willibrord (698—739) behielt die oberste Leitung des Klosters Echternach bis zu seinem Tode und wird also mit Recht als der erste in der Reihe der dortigen Äbte bezeichnet.

Als zweiter Abt wird der hl. Adelbert (739—775) genannt, in dessen Lebenstagen sich Pippin zur Königswürde emporschwang (752). Die Ehrfurcht

(1) Die Chronologie berichtigen wir nach Hrn. Prof. Michel, Catalogue des abbés d'Echternach (698—1477), im Echternacher Schulprogramm 1845.

und dankbare Liebe zu dem hl. Willibrord war von den fränkischen Majordomen, dem Großvater Pippin, dem Vater Karl, auf den Sohn Pippin den Kleinen, den der Heilige getauft hatte, übergegangen. Als König der Franken, Stammvater eines neuen und kräftigen Königsgeschlechtes geworden, war letzterer in Stand gesetzt seine Dankbarkeit durch reichliche Geschenke zu bethätigen.

Dem hl. Adelbert folgte als dritter Abt Bernerad (775 — 798), der bald auch Erzbischof von Sens geworden, jedoch die Leitung der Abtei beibehielt. Auf dessen Verlangen erneuerte und bestätigte Karl der Große die Schenkung mehrerer Villen zu Dreis (Droise) an der Salm, unweit Wittlich, und mehrerer Höfe an der Lieser. — Der König Zwentepold machte (895) neue Schenkungen in Gütern zu Steinheim, Kersch (Carascara), Eppeldorf, Bollendorf, Erntzen (Arensa), Meckel (Maquila), Gladbach, Uff-flingen und Kröf (an der Mosel).

Inzwischen waren Bernerad in der Abtswürde fünf andere Äbte (1) gefolgt. Die Zwistigkeiten der Söhne Kaisers Ludwig des Frommen, die langen Bürgerkriege, die dadurch entstandene Verwirrung im Reiche, endlich aber die Charakterlosigkeit Lothars I und Lothars II haben in der zweiten Hälfte des 9ten Jahrhunderts eine lange dauernde Zerrüt-

---

(1) Ado (798 — 818); Siegwald (818 — 826), Bischof von Spoleto, dem Kaiser Lothar die Abtei verliehen; Theugaud (826 — 832); Hetti (832 — 837), und Hieronymus (837 — 849), von dem Bertels sagt: « utrum monachus vel certe extraneus fuerit, nusquam constat. »

tung des geistlichen und materiellen Wohles in der Abtei Echternach herbeigeführt. Weltliche Herren und Grafen sowie Herzoge von Lothringen bemächtigten sich derselben, verliehen einem ihrer Söhne Titel und Einkünfte des Abtes. Letztere führten ein ganz weltliches Leben, verdrängten alle klösterliche Einrichtungen und nahmen statt der Benedictinermönche Canoniker auf. Die Reihe dieser weltlichen Vorsteher der Abtei eröffnet Adelard (849—856), Graf von Lothringen, und ihm folgten Hatto (—864), Reginer, Graf, bis 873, wo die Abtei dem geblendeten Königssohn Karloman, Bruder Karls des Kahlen, zu seinem Aufenthalt gegeben wurde. Dieser trieb sogar die bis dahin noch neben den Canonikern lebenden Mönche aus dem Kloster, so daß danach nur Canoniker die Abtei inne hatten. Bis auf Siegfried, den ersten Grafen von Luxemburg, und, wie schon bemerkt, den Restaurator unseres Hospitals, folgten noch sieben andere Schatten-Äbte ([1]).

27. Graf Siegfried war 957—971 Titularabt von Echternach, und wohnte, wie Pater Noel im Leben der hl. Kunigunde (S. 15) andeutet, mit Frau und Kindern in dem hiesigen Kloster, bemühte sich aber dasselbe zu seinem ersten Zwecke zurückzubringen. Auf seinen Antrag gab es Kaiser Otto I wieder an Benedictinermönche zurück (971) und stellte an die Spitze der Genossenschaft den tüchtigen Ravanger

(1) Adelard (877—889), Robert (—892), Graf von Lothringen, Radbod (—897), Reiner II (—915), Berengaud (—925), des vorletztern Sohn Giselbert (—949), Herzog von Lothringen, und Hermann (—957) desgleichen.

aus St. Maximin bei Trier. Mit vierzig Benedictinern, theils aus St. Maximin, theils anderswoher, führte dieser das Ordensleben in Echternach wieder ein und brachte es zu solcher Blüthe, daß das Kloster wiederum mit Recht „eine Schule des hl. Benedict" genannt wurde.

Daß nach so langer, 125 Jahre dauernder Güterverschleuderung, wie solche mit dem Regimente weltlicher Titularäbte verbunden war, gleich zu Anfang schon vierzig Mönche mit einem Abte Aufnahme und Unterhalt finden konnten, ist immerhin ein Beweis von ungewöhnlicher Wohlhabenheit des Klosters. In dieser Beziehung heißt es, dasselbe sei in alter Zeit so mächtig gewesen, daß dem Abte die Herrschaft über alle zwei und zwanzig Burgen des Luxemburger Landes zugestanden habe, mit Ausnahme der von Luxemburg allein, die der Abtei St. Maximin bei Trier zuständig gewesen sei.

Wie zur Zeit der Verweltlichung des Klosters die Armenpflege ausgeübt wurde, ist schwer zu ermitteln. Zwar nennt Abt Bertels unter den 847 — 856 dort eingeführten Würdeträgern auch einen Hospitalarius, doch sagt er uns nicht, ob dieser sich um die Aufnahme vornehmer Gäste oder um die Herberge der Obdachlosen und Pflege der Kranken gekümmert habe. Bei jener erbärmlichen Wirthschaft wird wohl für die Linderung des Elendes weniger geschehen sein, als zu erwarten gewesen wäre, und nun in Folge einer durchgreifenden Reform auch wirklich geschehen wird.

C. Zweite Periode.

Von Graf Siegfried bis zu Hermannus ante Portam, **992—1207.**

XIII. Wiederherstellung des Hospitals.

28. Der Gründer der Stadt Luxemburg, der fromme Graf Siegfried, der längere Zeit nicht nur als Schirmvogt, sondern auch als wirklicher Vorsteher die Abtei verwaltet hatte, faßte den Zweck der ursprünglichen Stiftung der hl. Irmina wieder ganz ins Auge und trennte das Hospital völlig von dem Kloster. Hierüber sagt er in der oben § 23 begonnenen Urkunde:

„Ich Siegfried, obgleich unwürdig zur Ehre des Grafenstandes erhoben, und durch besondere Gunst viele Jahre lang mit der Abtei des hl. Willibrordus als Lehen beschenkt, beherzigte die Einrichtungen dieses großen Heiligen zum Besten der Armen, und ich habe mir vorgenommen, zum Heile meiner Seele, ihnen etwas zu ihrem Lebensunterhalte auszuwerfen. Dann habe ich nach Berathung mit den Klosterbrüdern und der ganzen Genossenschaft den großmächtigen Kaiser Otto gebeten, mir zu erlauben, Etwas von den Einkünften jener Abtei den Armen für immer zum Geschenke zu machen, was er auch gnädigst gestattet hat. Demnach berief ich denn die oben erwähnten Armen, die gewöhnlich „die Elenden" (Miselli) genannt werden, und übergab ihnen einen Weinberg diesseits der Sauer neben dem St. Willibrords-Kloster als ein Almosen des allmächtigen Gottes, des heiligen Apostelfürsten Petrus und aller Heiligen. Desgleichen, als in der Folgezeit auf meine Anregung und Bitte der vorerwähnte Kaiser Otto zur Wiederherstellung des Ordenslebens den Abt Ravangerus zum Vorsteher der Kirche des hl. Willibrordus wiedereingesetzt hatte, hat dieser ehrwürdige Abt zugleich mit mir den vorgenannten nothleidenden Brüdern von Seiten jener Kirche eine Mühle an der Stelle, die Enge genannt wird, für immer hergegeben, so daß sie freie und unumstößliche Vollmacht haben, die fraglichen Gegenstände zu besitzen und zu verwalten, oder wenn sie wollen, zu verpachten. Derselbe Abt schenkte ihnen auch den Zehenten in Cruffta (Cruchten bei Vianden), in Wolfesfelt (Wolsfeld), in Kirst (Kersch?) und in Beche (Bech). Wir bestätigen denselben auch alle Gaben und Vermächtnisse, die ihnen von der Zeit des hl. Willibrordus bis jetzt zugewendet worden oder in Zukunft von irgend welchen Gläubigen geschenkt würden, so daß, wenn jemand ihnen etwas davon wegnehmen oder ihnen ihr Vermögen schmälern sollte, er sich den Zorn des allmächtigen Gottes, des hl. Petrus und des hl. Willibrordus, der die zwölf Armen einsetzte, zuziehen und das zurückgeforderte nicht erhalten würde. Die gegenwärtige Schenkung soll vielmehr für alle Zeiten fest und unverändert bleiben. Damit auch diese unsere Bewilligung größere Kraft erhalte, so haben wir beschlossen, daß ein Abdruck des Insiegels des hl.

Willibrordus diese Urkunde bestätige. Geschehen im Jahre des Herrn 992" (1).

Aus diesem wörtlich übersetzten Actenstücke ersehen wir, daß früher schon die Armen in der Abtei eigene, aber unter keiner besondern Verwaltung stehende Güter besaßen. Letztere trennt Graf Siegfried von den andern Gütern, und setzt die Armenstiftung in den Stand, sich als besondere von dem Kloster getrennte Anstalt einzurichten, indem er ihnen den diesseits der Sauer neben der Abtei gelegenen Weinberg schenkt. Dieser umfaßte damals den jetzigen großen Hospital-Garten, den Höhehof, die Schulhäuser und das ganze Hospitalgebäude: Alles in einem Bering an drei Seiten um die mitten in der Stadt auf einem Berge gelegene Pfarrkirche herum, und einen Flächeninhalt von wenigstens 75 Ares messend.

Wahrscheinlich sind auf diesem Raume an der Stelle des nachherigen Höhehofes oder des jetzigen Hospitalgebäudes Wohnhäuser für die Armen und Kranken aufgeführt und von nun an auch das Hospital als eigenes Institut angesehen worden, zu welchem die hl. Irmina vor dem Jahre 698 den Grund gelegt hatte, und welches nun von Siegfried reichlich beschenkt und dadurch, wie Hr. Prof. Schötter schreibt, erweitert und befestigt wurde.

---

(1) Vgl. den zweiten Theil der unten im Anhange unter Nr. 2, *b*) abgedruckten Original-Urkunde, die Pater Bertholet gegen 1746 aus den Handschriften des Echternacher Abreiarchivs gezogen hat.

XIV. Siegfrieds Biographie.

29. Bei Siegfried dem Restaurator oder zweiten Gründer unseres Hospitals, welcher, so wie seine Nachfolger, Schirmvogt der hiesigen Abtei und Stammvater der Grafen von Luxemburg war, müssen wir etwas länger verweilen. Sein Vater Wigerich (1) war Pfalzgraf unter Karl dem Einfältigen und auch Graf von Trier gewesen. Von diesem erbte er beträchtliche im Ardennergau gelegene Liegenschaften zu Feulen und zu Hosingen, im Wavergau solche zu Mersch und Monnerich, und im Moselgau zu Saarburg, Berncastel und Rütich (Roussy).

Im Jahre 963, den 17. April, erlangte er durch Tausch gegen andere Güter zu Feulen das Schloß Luxemburg, welches in der Grafschaft Methingau lag und seit der Schenkung durch Karl Martel der Abtei St. Maximin zu Trier gehörte. Aber erst Wilhelm, unser siebenter Graf (1096—1130) nahm den Titel dieses Schlosses, Comes de Lucelemburgh, an. Siegfried, wie wir oben gesehen, war mit der Abtei von Echternach belehnt worden. Als aber Kaiser Otto I im Jahre 971 einen Reichstag zu Magdeburg hielt, begab sich Siegfried dahin, und auf seine Bitten wurde, wie wir gesehen, durch

(1) Daß nicht, wie in den gangbaren Geschichtsbüchern erzählt wird, Ricuin sondern Wigerich der Vater Siegfrieds ist, hat Hr. Prof. Dr Schötter in der oben angeführten Programm-Abhandlung unumstößlich nachgewiesen. Desgleichen hat er die Geschichte unserer ersten Grafen manchfach berichtigt.

eine Kaiserliche Verordnung unsere Abtei den weltlichen Canonikern entzogen und dem Benedictinerorden wieder eingeräumt. Auf sein Verwenden wurde ihr auch 992 vom Kaiser Otto III das Münzrecht ertheilt und eben in diesem Jahre gründete oder restaurirte er unser Hospital.

Siegfried war ein treuer Anhänger der Deutschen Kaiser, so wie auch sein Nachkommen während des Investiturstreites es mit dem Kaiser gegen den Papst hielten. Als nun König Lothar von Frankreich in Lothringen einfiel, fand er kräftigen Wiederstand am Grafen Siegfried und dessen Neffen, dem Grafen Godfried von Verdün, die beide in Gefangenschaft geriethen und in ein festes Schloß an der Marne abgeführt wurden. Der gelehrte Gerbert, nachmaliger Papst Sylvester II, hatte freien Zutritt zu ihnen und tröstete sie durch häufige Beileidsbriefe. Erst im Jahre 985 erhielt Siegfried seine Freiheit wieder. Am 14. October 997 schenkte er der Echternacher Abtei das Dorf Monnerich (1). Er starb wahrscheinlich im Jahre 998, und wurde, so wie seine Gemahlin Hedwig, eine Schwester des Markgrafen Adelbert von Lothringen, in der Kirche der Abtei St. Maximin zu Trier beigesetzt (2).

---

(1) Monderchinga in pago Wavariensi (Mondereange). In der betreffenden Urkunde heißt es von ihm: Comes Sigifridus, supradicti (Monasterii Epternacensis) Advocatus oder Schirmvogt, eine Würde, welche, wie bekannt, in dem Hause des regierenden Grafen von Luxemburg erblich wurde.

(2) Der Echternacher Geschichtschreiber Bertels, der, wie es scheint, nicht begreifen konnte, daß das hiesige Kloster Layen- oder weltliche Äbte gehabt habe, macht aus dem Grafen

Von seinen sechs Söhnen nennen wir Heinrich, seinen Nachfolger, und von seinen vier Töchtern erwähnen wir die hl. Kunegunde, die 1002 mit Kaiser Heinrich II, dem Heiligen, vermählt und vermuthlich aus Echternach gebürtig war, da anerkannter Maaßen ihre Eltern von 957 bis 971 beständig hier wohnten und ihr Vater in der Hospitalurkunde von 992 sich noch immer wie ein hiesiger Insasse ausdrückt. Sie starb den 3. März 1040, und hatte 12 Jahre als Königin, 10 als Kaiserin mit ihrem Gemahl über das Deutsche Reich geherrscht, 1 Jahr im Wittwenstande und 15 im Kloster zu Kauffungen bei Cassel zugebracht.

XV. Luxemburgische Grafen im 11ten und 12ten Jahrhundert.

30. **Heinrich** I, 998 — 1027, überkam von seinem Schwager, als dieser Kaiser wurde, das Herzogthum Baiern. Ihm folgte sein Neffe

Heinrich II, 1027 — 1047; dieser erhielt mit der Advocatie der Abteien St. Willibrord und St. Ma-

---

Siegfried zwei verschiedene Männer: Der Eine, den er Grafen und Abt nennt, regiert, sagt er, bis 974. Nach dessen Tode that Siegfried, Graf von Luxemburg, bei **Kaiser** Otto I Schritte, um ermächtigt zu werden, eine bessere Ordensregel in dem Stifte einzuführen. — **Es ist sehr zu bedauern, daß dieser Schriftsteller, dem es leider an Critik und Gelehrsamkeit fehlte, die ihm für die Geschichte seiner Abtei so reichlich zu Gebot stehenden Urkunden und Actenstücke, die nun meistens verloren sind, nicht besser auszubeuten verstand.**

rimin das Hauptwesen der Grafschaft Luxemburg, welche sich unter ihm über den Bedgau hinaus erstreckte. Als regierender Graf schenkte er auf des Kaisers Heinrich III Bitten, im Jahre 1041, die von seinen Vorgängern Heinrich und Siegfried ererbte Stadt Echternach der Abtei St. Willibrord, eine Schenkung, welche in der Folge zu manchem Conflicte zwischen dem Abte dieses Stifts und der Stadtbehörde Anlaß gab. Nach ihm ist sein Bruder

Gieselbert, 1047 1057, und dann dessen Sohn —

Konrad I, 1057 — 1086, Graf von Luxemburg.

Heinrich III, sechster Graf von Luxemburg, 1086 — 1096, besaß die Advocatie des Stiftes St. Willibrord, welche nach dem ausdrücklichen Zeugniß des Convents in einem Schreiben vom Jahre 1194 an den Kaiser Heinrich VI, in dem Hause Luxemburg erblich war. Ihm folgte sein Bruder

Wilhelm (1096 — 1130), zu dessen Zeit Gottfried von Bouillon, Herzog von Niederlothringen, den ersten Kreuzzug unternahm. Wie alle seine Vorgänger war auch Wilhelm Schirmvogt der Abtei St. Willibrord, und der erste unserer Fürsten, der in den Urkunden sich nach seinem Stammschloß den Titel „Graf von Lucelemburg" beilegte. Auf Begehren seines in der Grafschaft ihm folgenden Sohnes

Konrad II (1130 — 1136) bestätigte der Kaiser Lothar im Jahr 1131 der Abtei St. Willibrord das Schifffahrtsrecht auf der Sauer. Unter seinem Vetter, dem folgenden Grafen

Heinrich IV (1136 — 1196) überfällt und plündert der Erzbischof von Trier die Stadt Echternach.

— Eine bessere Zeit tauchte auf, als seine Tochter **Ermesinde**, an zehnter Stelle Gräfin von Luxemburg (1106 — 1246), mehrern Städten, zu allererst aber Echternach, ausgedehnte Gemeindefreiheiten verlieh und so neues Leben in ihre Ländergebiete brachte.

Da unter dieser Gräfin eine große Veränderung in dem Hospital vorging, so müssen wir diese selbst ausführlicher kennen lernen. Zum Verständniß des Folgenden wird aber wesentlich ein kurzer Rückblick auf die Geschichte des Klosters während des 11ten und 12ten Jahrhunderts beitragen.

XVI. Siegfrieds Nachfolger in der Abtei und der Hospitalverwaltung.

31. Wie gesagt, hat Graf Siegfried, dem die Vogtei über die Abtei übertragen worden, das Kloster den Benedictinern zurückgegeben, durch neue Schenkungen den Vermögensstand verbessert und das aus der Zeit des hl. Willibrord herrührende Hospital restaurirt und erweitert. Er hat die frühere Elemosynarie der Abtei erst zum eigentlichen Hospital geschaffen, dieselbe bedeutend vergrößert und in Stand gesetzt, mehr Arme als früher aufnehmen zu können.

Vom Ableben Ravangers (1007), der der Abtei 34 Jahre vorstand, bis 1207 fehlen uns nähere Urkunden über das Hospital. Die Verwaltung desselben scheint also wohl 200 Jahre hindurch wieder ausschließlich in den Händen der Äbte gewesen zu sein.

Ravanger hatte Urold (1007—1027) zum Nachfolger. Unter der Regierung dieses Abtes wurde, nachdem am 16ten August 1017 fast das ganze Kloster mit der Kirche eine Beute der Flammen geworden war, der Bau der jetzigen Basilika in Angriff genommen, welche unter dem folgenden Abte Humbert (1031) vollendet und durch den Erzbischof Poppo eingesegnet wurde.

Unter den nächstfolgenden Äbten gelangte das Kloster zu kräftiger Blüthe seiner materiellen und geistigen Zustände und hat namentlich Beweise einer erfreulichen Thätigkeit auf literärischem Gebiete aufzuweisen (¹).

Auf Humbert folgte Regimbert (1051—1081), der von Papst Alexander II die Auszeichnung mit den bischöflichen Insignien für die vornehmsten Festtage erhalten hat. Ausgezeichneter noch war sein Nachfolger Thiofried (1081—1110), der sich auch durch Gelehrsamkeit und verschiedene Schriften einen Namen bei der Nachwelt erworben hat.

Aus der Geschichte der folgenden Äbte (²) heben wir hervor, daß vor dem 24ten April 1131 Kaiser Lothar nach Echternach wallfahrte und daß unter Godefried II (1181—1210) die Abtei vermittels

(1) S. über die schriftstellerischen Leistungen unserer Echternacher Mönche Hrn. Prof. Neuman, les Auteurs Luxembourgeois, im Athenäumsprogramm 1856, und Hrn. Prof. Marx, III Bd., S. 351—359.

(2) Gerhard I (—1122), Godefried I (1255), Gerhard II (—1173), Ludovicus (1181). Von ihnen ist nichts Besonderes zu berichten.

eines Tausches von dem Kaiser an den Erzbischof Johann von Trier übergehen sollte und das Hospital von derselben getrennt wurde.

Bis zum Jahre 1192 hatte die Abtei Echternach mit dem ihr zustehenden Städtchen und ihren übrigen Besitzungen unmittelbar unter der weltlichen Gerichtsbarkeit des Kaisers gestanden. Nun sollte sie gegen das Schloß Nassau vertauscht werden. Da wurde aber dem Kaiser Heinrich VI eine Denkschrift überreicht, worin hervorgehoben ward, wie viele Besitzungen der Abtei, um den königlichen Heerbann zu ergänzen, zur Bildung von Reichslehen und Würden in den Niederlanden verwendet worden seien. Die Burgmänner von wenigstens dreißig Luxemburger Burgen trugen größtentheils Güter zu Lehen, die früher der Abtei zugehört hätten... Daraus möge der Kaiser bemessen, welchen Schaden er dem Reiche zufüge, wenn er alle diese Lehen aus den Händen des Reiches gebe. Dazu besitze die Abtei 777 in den Bisthümern Trier und Metz gelegene Mansen (Bauerngüter), über welche, wie über die Stadt Echternach, der Graf von Luxemburg Oberschirmvogt sei, und die von verschiedenen Adeligen des Landes von der Abtei zu Lehen getragen würden. Darüber stutzte der Kaiser und der Erzbischof hat zuletzt freiwillig auf den Tauschvertrag Verzicht geleistet. Diese Wendung hat in dem Kloster und der Stadt Echternach eine unbeschreibliche Freude verursacht. Zum Andenken daran wurde ein eignes Fest für die kommenden Zeiten angeordnet und jährlich am 7. August unter dem Titel Commemoratio sancti Willibrordi gefeiert. Dieses Fest ist im Jahre 1794 das letzte gewesen, das die Abteiherren gefeiert haben; denn als die Mönche vernahmen, daß am 7. August des genannten Jahres die Franzosen bis nach Grevenmachern vorgedrungen seien, trafen sie sogleich alle Vorkehrungen zu schneller Auswanderung ([1]).

XVII. Mangel an Quellen.

32. Über Begebenheit, die sich während des 11ten und 12ten Jahrhunderts in unserm Hospitale selbst zugetragen haben, besitzen wir nur spärliche Notizen, widersprechende Nachrichten, kurz nur einzelne Bruchstücke und Conjecturen. Selbstverständlich kann bei solch mangelhaften Berichten, bei solch unvollständigen Belegstücken an keine zusammenhängende und Alles umfassende Darstellung gedacht werden. Weit entfernt uns anheischig zu machen, eine auf zuverläßigen Quellen beruhende Berichterstattung über diesen Zeitraum vorzulegen, tragen wir kein Bedenken offen einzugestehen, daß, nach vorgenommener Lesung der auf die Anfänge des 13ten Jahrhunderts bezüglichen Urkunden, wir über den wirklichen Thatbestand noch nicht ins Reine gekommen sind ([2]).

---

(1) Vgl. Hrn. Prof. Marx, Geschichte des Erzstifts Trier, Bd. III, S. 347.

(2) So schwer es uns auch fallen sollte, wir dürfen uns nicht verhehlen, daß des Menschen Wissen von den Einzelheiten der Vorzeit ein sehr beschränktes ist und bleibt. Man hat schon viele Mühe, die Wahrheit zu ermitteln, wo uns reichliche Urkunden und Quellen zu Gebote stehen; ja, wie Alberdingk Thym erklärt, „Einen vollständigen Beweis für

Jahrhunderte hindurch behauptete die Abtei, das Hospital sei gestiftet worden von Hermannus ante Portam (Kloster-Vorpforte (1), Fulpert) und es stehe unter der ausschließlichen Verwaltung des Echternacher Prälaten. Eine desfallsige Urkunde

---

die Wahrheit oder Unwahrheit der Behauptungen irgend eines Geschichtschreibers, wer derselbe auch immer sein mag, kann man erst dann beibringen, wenn wir zwei gleichzeitige Schriftsteller vor uns haben, welche die Ereignisse, die sie besprechen, mit erlebt haben, und von verschiedener Parthei oder entgegengesetzter Überzeugung waren.“ (Der hl. Willibrord, Apostel der Niederlande, erweiterte deutsche Ausgabe, S. 128.)

(1) Des Bequemlautes wegen wurde dahier Vorpforte bereits in den frühesten Zeiten Fulpert ausgesprochen. Die Verwandlung des **r** in **l**, besonders wenn sich das **r** in zwei Silben desselben Wortes befindet, kommt in den indo-europäischen Schwester-Sprachen häufig vor. So wird oberhalb der Stadt Luxemburg Baljer oder Beljer statt Barrière, auch Belger statt Berger gesagt; Marmor wird im Platt-Deutschen Malmer, Marmel, Marbel oder Marwel gesprochen. Verwandte Sprachen wechseln gerne für dasselbe Wort **l** und **r**. So sagen die Portugiesen Praça statt Plaça, Place, Markt, die Spanier Calalina statt Catharina, Katharina oder Treine, und die Franzosen orme statt ulmus, rossignol statt lusciniola. Die Verwandelung des **o** in **u** ist im Luxemburgischen Dialekte gäng und gebe: von, vun; Vogel, Full; auf'm, op'm, um. Daß der F-Laut und P-Laut einander ersetzen, sieht man jeden Augenblick; ebenso, daß die tonlosen Endsilben sich dem stummen **e** nähern: Decan Dekän Dechen, Dechant; wie Vulport, Fulpert. In letzterm wurde das Schluß-**t** beibehalten, weil der Deutsche, wie die Nordbewohner überhaupt, consonantische Ausgänge der Wörter vorzieht, während im Süden, wo man den Mund immer offen halten möchte, die meisten Wörter vocalisch auslauten, und im Französischen

liest man in allen dem Liber Aureus (1) entnommenen Sammlungen, und in dem spärlichen Hospital-Archiv befinden sich wenigstens fünfzehn Abschriften derselben. Beweisende Kraft jedoch hat diese Urkunde nicht: erstens ist dieselbe einseitig von Abt Godefried abgefaßt, zweitens konnte siie, troß wiederholter Aufforderung dazu, im Original nicht vorgezeigt werden, obgleich sie nicht älter ist, als die aufbewahrten, variantenvollen Copieen derselben, drittens enthält sie allerlei innere Unwahrscheinlichkeiten und steht im Widerspruch mit sonstigen ächten Urkunden, unter andern mit derjenigen des Grafen Siegfried, kraft welcher das Hospital bereits am Ende des 10ten Jahrhunderts seinen jetzigen Bering sammt seinem großen Garten, so wie auch eine Mühle und den Zehent von vier Dörfern erhielten. Jene Mühle und dieser Zehent mit Ausnahme der Hälfte desjenigen von Eruchten kamen aber nachher wieder, man weiß nicht wie, in den Besitz der Abtei und figuriren nirgends in den Verzeichnissen der Einkünfte unseres Krankenhauses.

---

die Schlußconsonanten selten gehört werden. Auch die vollen Laute **a** und **o**, die eine größere Öffnung des Mundes erfordern, finden sich in den südlichen Dialecten weit häufiger als in den nördlichern; ja, man bemerkt sogar, daß in ein- und demselben Lande die Thalbewohner die Vocale mehr dehnen oder breiter aussprechen, als die Bergbewohner, eben weil die Luft auf den Anhöhen schärfer ist, und man den Zudrang derselben durch schnellere Schließung oder Verengerung des Mundes vermindern möchte.

(1) Hauptbuch (Sommier des titres) der ältesten Actenstücke der St. Willibrords-Abtei.

D. Dritte Periode.

Von Hermann Cocus auf Fulpert (ante Portam) bis zum 16ten Jahrhunderte 1207—1515.

XVIII. Hermann Cocus führt das Gebäude des Hospitals zuerst an dessen jetziger Stelle auf.

Da unterdessen nach einer in der hiesigen Bürgerschaft sich fortgepflanzten Überlieferung das jetzige St. Georgen-Hospital (1) von dem vorerwähnten Stadtbewohner Hermannus ante Portam gestiftet worden, so beruhet wohl diese Ansicht auf einer Verwechselung des spätern Hospitalsitzes mit der Stiftung selbst. Diese Wohlthätigkeitsanstalt ist, wie oben bemerkt wurde, durch die hl. Irmina gestiftet, durch den Grafen Siegfried erneuert und erweitert worden, und hat nun einen dritten Gönner und Wiederhersteller am Bürger Hermann Cocus gefunden, der vermuthlich den Haus- und Hofbering desselben gegen das Jahr 1207 an jetziger Stelle gebaut und die alte Stiftung mit neuen Gütern bereichert hat.

Dies geht aus der erwähnten Urkunde hervor: „Daß Hermann von Vorpforte (ante Portam) und

(1) Dem hl. Georg wurde die Anstalt vermuthlich erst in der Zeit der Kreuzzüge gewidmet, da damals die Verehrung dieses ritterlichen Martyrers und Helden der Wohlthätigkeit anfing sich im Abendlande zu verbreiten.

seine Frau Gerburgis sich die Hand reichend und einstimmig die von deren Eltern überkommne Erbschaft der letztern zum Heile ihrer Seelen dem am Fuße des Berges der Pfarrkirche gelegenen Hospitale übermacht haben, das derselbe Hermann von Grund aus aufgebaut und mit Schenkungen und Almosen vermehrt hat." (Er hat also nur das Gebäude vom Fundament aus erneuert und die schon bestehende Stiftung erweitert.) „Und diese Schenkung (wohl die der Gerburgis) haben sie vor den Scheffen und andern Bürgern in die Hände des Abtes und an die St. Willibrordskirche gegeben, und zwar unter der Bedingung, daß dasselbe Hospital mit all seinem Zubehör auf ewig unter des Prälaten Schutz und Schirm erhalten werde, und was immer den Gläubigen als Almosen verabreicht worden ist, das soll keinem Menschen erlaubt sein, demselben zu entziehen oder zu anderm Gebrauche zu verwenden, als zum Dienste der dort aufzunehmenden Armen.... Geschehen im Jahre 1207"... Spätere Annotatoren setzen hinzu: „am 25ten December;" mit welchem Fug, weiß ich nicht (1)

XIX. Anmaaßungen der Abtei.

34. Unter dem Vorwande obigen Schutzrechtes glaubte die Abtei zur ausschließlichen Verwaltung des Institutes berechtigt zu sein. Ihrerseits protestirte die Gemeinde energisch gegen ein solches Ver-

---

(1) Vgl. Den Text dieser Urkunde im Anhange, unter Nr. 3, nach einer der weitschichtigern Ausfertigungen.

fahren. Das Kloster jedoch kümmerte sich wenig um die Einsprüche der Bürgerschaft und fuhr lange Zeit fort den jedesmaligen Provisoren oder Hospitalmeister einzusetzen, bis gegen Anfang des 16ten Jahrhunderts die Sache durch einen Scheffen weisthum dahin geregelt wurde, daß „ein Spitaler soll ge„setzt werden von Richter, Gerichten und Amts„meistern; und der Spitaler soll ihnen alle Jahr „Rechnung ablegen, und sollen die Gerichte ein„Auffsehen haben bei ihren Eiden, daß das Spital „recht gehandhabt werde" (1). Der Vertreter der abteilichen Rechte in dieser Provisoren-Commission beanspruchte indessen so viele Stimmen, als die andern Mitglieder alle zusammen. Bei Abhörung der spätern Rechnungen waren gewöhnlich der Abt, der Pater Kellner oder sonst Abgeordnete des Klosters zugegen.

Stadtgemeinde und Abtei führten übrigens häufig langwierige Processe gegen einander, bald über Ernennung eines Schullehrers oder eines Hospital-

---

(1) Vgl. die interessante Abhandlung des Hrn. Prof. Michel, Zwei Echternacher Weisthümer, im Programm 1851. Für die Veröffentlichung dieser Communal-Verfassungen aus früherer Zeit soll die Stadt Echternach dem gelehrten Hrn. Verfasser verbindlichst danken, weil es alte historische Documente sind, die sonst dem Publicum kaum bekannt worden wären. — Derselbe unermüdete Urkunden-Erforscher hat 148 uralte Pergamente des hiesigen Hospitals entziffert und eigenhändig abgeschrieben: eine Vorarbeit, welche mir die Zusammenstellung der Geschichte dieser dritten Periode außerordentlich erleichterte und mich ebenfalls zur aufrichtigsten Erkenntlichkeit verpflichtet.

meisters, bald über Einführung eines Syndicus, zur bessern Vertretung sämmtlicher Bürger, bald über streitige Waldungen oder die Fischerei und dgl. An Stoff zu Zwistigkeiten konnte es nicht fehlen, weil die Einwohnerschaft mit der Zeit voranschreiten wollte, die Abtei aber am Alt-Hergebrachten festhielt und sich oft über die Neuerungssucht ihrer Unterthanen beschwerte.

35. In der unter dem Namen Liber aureus (Goldnes Buch) bekannten handschriftlichen Sammlung Echternacher Urkunden, wovon sich ein Prachtexemplar in der Stadtbibliotheke zu Gotha und ein anderes in der Privatbibliotheke des Hrn. Dr. Neyen zu Wiltz befindet, begegnen uns zwei Actenstücke ohne Datum, welche vom Abte Godefridus II, 1181 1210, herrühren und einiges Licht verbreiten über gewisse Spannungen zwischen dem Kloster und den reichern Bürgern hiesiger Stadt gegen Ende des 12ten oder Anfang des 13ten Jahrhunderts. In der erstern dieser Urkunden thut der Abt Gottfried allen sowohl Zukünftigen als Gegenwärtigen kund und zu wissen, daß er sammt seinen Klosterbrüdern oft lange Beschwerden gegen den Hermann vom Markt (de Foro) gehabt, weil dieser sich ungerechter Weise den Zins von Bauernhäusern oder Hütten (Casarum) in Echternach und den Zehnten in verschiedenen Orten anmaßte und behauptete, er habe Solches von seinem Vater überkommen; durch die Vermittelung seines Schwiegervaters Ludovicus und auf den Rath seiner Freunde hat er sich zuletzt mit dem Abte dahin verständigt, daß dieser ihm Seitens des Gotteshauses sechs Talente gab, um sich ein Gut zu erwerben,

das er von jenem zu Lehen tragen würde; desgleichen sollte er von den streitigen Sachen auch lehensweise behalten die Hütte des Anselmus hinter dem Garten, die des Ravangerus und die des Hubertus Sturmen, eine in der untern Straße, die des Godefridus, welche sein Eigenthum (Allodium) ist, die Hälfte von Conons Hütte, u. s. w., auch vier solcher Hütten bei der Alven. Auf alles Uebrige aber, worüber geklagt worden, verzichtet er, nämlich auf den Zins der Hütten und des ganzen Zehnten in Echternach oder in Bech und überall; so daß, wenn er irgend Güter durch Kauf oder Verpfändung erwerbe, er von Allem den Zehnten entrichten werde, welchen weder er noch ein anderer Seitens des Gotteshauses veräußern oder verpfänden dürfe. Der Abt erließ ihm auch die anderthalbe Mark, die er von seinem Bruder schuldete. Das, worauf er weiter verzichtet, beläuft sich auf etwa 100 Denare, die auf verschiedenen Häusern und Grundstücken haften, und auf noch einige andere Güter.

Die zweite dieser Urkunden beginnt in feierlicher Weise: „Im Namen des Vaters ꝛc. Da durch Hilfe der Schrift die Menschen in den künftigen Jahrhunderten an die Dinge erinnert werden, die sich in den frühern Zeiten zugetragen haben, so will ich, Gottfried, der ich ein geringer Abt des Echternacher Gotteshauses bin, nicht sowohl den Gegenwärtigen als vielmehr allen Zukünftigen bekannt machen, daß wir den Hermannus, des ehemaligen Schultheißen Hermann Sohn, der unsere Ochsen zum Schimpfe des Gotteshauses getödtet und ein Pferd weggeführt, weiter noch einen Knecht des Gotteshauses geschlagen (ciciderat) und schwer verwundet hatte, dahin gebracht haben, daß er mit seinem Bruder Thomas das sogenannte Ulrichs Gut (Mansum), die Pfingstbrode ([1]), die zehnte Mark Silber und was er sonst noch von Seiten des Gotteshauses oder einer Pfründe der Klosterbrüder ungerechter Weise in Anspruch nahm, gänzlich abgetreten und eidlich darauf verzichtet hat (ex festucavit et abjuravit), und zwar in Gegenwart der Mönche, der Dienstleute und sehr vieler unserer Bürger, welche alle Zeugen dieser Handlung gewesen sind. Auch den Schaden der Ochsen und des Pferdes hat er ersetzt und dem Knechte die Prügelung vergütet; die von uns auferlegte Züchtigung (corrinam) hat er angenommen, und als er vom Kirchenbanne (a banno) befreit und genugsam öffentlich Buße gethan hatte, bat er mit all seinen Freunden demüthiglich, wir möchten ihn wieder zu Gnaden annehmen, was er auch erhalten hat. ([2])

---

(1) Bei der Procession zu Echternach am Pfingstdienstag, wie bei der zur Abtei Prüm am Tage vor Christi Himmelfahrt, wurden ehemals von den Springenden Brode auf dem Altare geopfert. Diese werden wohl hier Pfingstbrode (Panes pentecostales) genannt werden. Wenn nun erwiesen wäre, daß man bei diesen Feierlichkeiten keine Brode darbrachte, so lange dabei nicht getanzt oder gesprungen wurde, so hätten wir in dieser Urkunde einen Beleg für das Hinaufreichen der hiesigen Spring-Procession bis ins zwölfte Jahrhundert. Vgl. Hrn. Prof. Marx, Bd. III, S. 379.

(2) Nach den uns aus dem Gothaer Liber aureus von Hrn. Obergerichtspräsidenten Würth-Paquet gütigst mitgetheilten eigenhändigen Abschriften: Godefridus Epternacensis ecclesiæ abbas de querela contra Hermannum de Foro, fol. 105 vso., und Godefridus Epternacensis abbas de contumelia Hermanni, fol. 106 vso.

36. Ueber Hermann Vorpforten würden uns alle Nachforschungen im Dunkeln gelassen haben, wenn uns nicht durch die Vermittelung des um das Quellenstudium der Stadt Echternach so hochverdienten Hrn. Prof. Michel ein im Staats-Archiv entdecktes Document vom Jahre 1211 zugegangen wäre, welches über jenen großmüthigen Wohlthäter unseres Hospitals viel Aufschluß gibt. Aus diesem Documente geht nämlich hervor, das Hermann Ante-Portam eigentlich Hermann Cocus hieß, und daß er auf Walchern (in Seeland), wo die Kirche zu Westcapelle der Abtei Echternach unterworfen war, viele Renten und bedeutende Wertschaften sich erworben hatte. So besaß er eine Rente von 20 Solidis (1),

(1) Den Werth der vorkommenden Münzen nach Franken oder Thalern zu bestimmen, bietet eine große Schwierigkeit dar. Da beinahe jeder kleine Dynast das Münzrecht besaß, so ist leicht begreiflich, daß viel schlechtes Geld mit unter lief. Dieser Zustand mußte wohl die unzähligen Münzedicte und Werthbestimmungen des Geldes im Mittelalter nach sich ziehen. Fast in jedem Jahrzehnt erfolgten daher wesentliche Veränderungen. Ueber die einheimischen und ausländischen Münzen und deren Gebrauch in der Provinz Luxemburg haben wir vom 10. December 1526 bis zum 3. Februar 1794 nicht weniger als 54 Verordnungen. Zur Bestimmung des Werthes einer angegebenen Summe ist daher genau auf das Datum der Urkunde zu achten. Um die Solidi zu berechnen, die 1211 vorkommen, merken wir uns, daß die Gräfin Ermesinde in dem Freiheitsbrief, welchen sie 1236 der Stadt Echternach ertheilte, von Luxemburger Solidis spricht, deren 26 nebst 8 Denaren auf eine Mark gehen (a).

(a) Sie sagt: Quilibet Burgensis dabit XII denarios Luxemburgenses ejus ponderis juxta quod marca valeat XXVI solidos et octo denarios .. Bertholet Bd. IV S. LXVI.

die er der Abtei anwies für den Zehnten von Holzthum, eine andere von 30 Solidis, und ein

---

Nehmen wir nun die Mark, wie es damals üblich war, zu 2/3 (b) des gewöhnlichen Luxemburger Pfundes à Kilogr. 0.495282 oder zu Gr. 330.188, so gilt sie à Fr. 0.2222 per Gramme die Summe von Fr. 73.3269, und da der Solidus 12 Denare zählt, so macht der Denar Fr. 0.2291 und der Solidus Fr. 2.7497. Mithin betragen die 20 Solidi Fr. 54.995 oder 55 Francs. Im Jahre 1634 wird der Zehent von Holzthum und Schankweiler cedirt für 10 Malter Weizen, Korn und Hafer, welche damals allerdings, wenn man Roggen und Hafer zusammen für Weizen zählt zu 9 Fr. per Hectolitre, das Doppelte jener Rente werth waren, aber 400 Jahre früher sich vielleicht nur 40 bis 50 Fr. verkauft hätten, da ja zu den Zeiten Karls des Großen der Hectolitre Weizen 2 Fr. und von 1400 bis 1550 durchschnittlich Fr. 5.55 soll gekostet haben.

Außer unserer obigen Berechnung der Denare und Solidi gibt es noch andere. So heißt es in einer amtlichen Erklärung vom 7. October 1695: Wenn es sich um alte Denare handelt, wie man deren seit 1250 geprägt hat, so gelten sie 7 1/12 Patarts oder Brabäntische Stüber à Fr. 0.0907 oder Fr. 0.6424, wonach sich der Solidus auf Fr. 7.7092 belaufen würde (c).

Wieder Andere berechnen den alten Solidus als Solidus grossorum zu 12 Schilling à Fr. 0.5761 oder zu Fr. 6.9135.

(b) Vgl. Barthelemy, Nouveau manuel complet de numismatique du moyen-âge et moderne, S. 62.

(c) Vgl. M. F. Jos. Müller, einheimische und fremde Münzen im Herzogthum Luxemburg, S. 4. Dort heißt es aus der angeführten Verordnung oder amtlichen Erklärung vom 7. October 1695: Une livre de noirs tournois vaut présentement 36 patarts; et par ainsi les 5 livres valent 9 florins. Also 180 Patarts = 9 Brabäntische Gulden à 20 Patarts oder Stüber.

Gut, das er für 20 Talente (1) erworben, und dessen Ertrag nebst dem besagten Zehnten und einer

Alles das scheint nicht auf genauer Veranschlagung des heutigen Silberwerthes jener Münzen zu fußen, sondern in Erwägung zu ziehen, um wie viel die kostbaren Metalle in den frühern Jahrhunderten mehr werth waren als später im Vergleich mit den übrigen Lebensbedürfnissen.

Noch Andere halten 48 Denare für 70 Stüber, wonach der Denar Fr. 0.12 und der Solidus Fr. 1.44 betragen würde.

Schließlich folgende Zusammenstellung: 1 Denar und 1 Solidus gelten bald Fr. 0.12 und Fr. 1 44; bald 0.23 und 2.75; bald 0 58 und 6.91; bald 0 64 und 7.71. Da letztere Angabe sich auf eine amtliche Erklärung stützet, so möchte man dieselbe von der zweiten Hälfte des 13ten Jahrhunderts ab zeitweilig beibehalten.

(1) Das Wort Talent wird wohl nicht in seiner antiken Bedeutung zu nehmen sein, sonst hätte seine Berechnung wieder eigne Schwierigkeiten und es müßten verschiedene Vergleichungen angestellt werden. Das Babylonische Talent wog einen Babylonischen Cubikfuß Wasser, der sich zum Olympischen Cubikfuß verhielt wie 3 zu 2; dieser aber verhielt sich zum Attischen Metretes wie 20 zu 27, und ein Solonisch-Attisches Talent wog 2/3 Metretes Wasser. Da nun der Griechische oder Olympische Fuß zu Metre 0 3080559 angenommen werden kann, so wiegt das Solonisch-Attische Talent 0.0257519 Kubikmetre Wasser oder 25 Kilos 742 Grammes. Ein gleiches Gewicht rein Silber kostet Fr. 5720.42 und mit einem Zehntel Legirung Fr. 5148.38. Zwischen beiden Zahlen in der Mitte steht beiläufig der gewöhnlich zu 5400 Fr. angenommene Werth eines Talentes.

20 solcher Talente würden sich auf 108000 Fr. belaufen, was für die damalige Zeit eine überschwängliche Summe gewesen wäre, und es ließe sich in der Nähe Echternachs nicht leicht ein Gut ausfindig machen, das zu Anfang des 13ten

Rente von 20 Solidis ein Beneficium für seinen Sohn Isenbardus ausmachen sollten. Das Beneficium war in einer Kapelle, die er neben dem Vorhofe des Klosters erbaut hatte. Die 10 übrigen Solidi sollten zu Lichtern in der genannten Kapelle verwendet werden. Nach dem Tode seines Sohnes aber sollte der Herr Abt einem der Mönche den in jener Capelle abzuhaltenden Gottesdienst übertragen; die 10 Solidi für Kerzen und auch die 20 andern bleiben zum Gebrauche jener Kapelle; der Zehnte aber von Holzthum und die Einkünfte des für 20 Talente erworbenen Gutes gehen alsdann für seinen eigenen, sowie seiner Frauen Gepa und Gerburga und seiner Eltern Seelentrost zu ewigen Zeiten an das Hospital über.

Diese Verfügung wird getroffen mit Zustimmung des Abtes Bartholomäus und der Klostergenossen, so wie auch der drei Söhne des Schenkgebers, Isenbard, Priester, Hermann und Walther, und dessen Eidame Jakob und Thomas; weiter waren dabei zugegen verschiedene Würdenträger und Beamteten, deren zehn mit Namen genannt werden. (1)

Jahrhunderts um einen so hohen Preis hätte verkauft werden können. Wir denken uns daher unter dem Talente eine Bezeichnung für das Pfund, Libra oder Livre von 20 Solidis zu 55 oder 154.20 Fr. Diesem nach belaufen sich die 20 Talente auf 1100 Fr. nach unserer Berechnung und auf 3084 Fr. nach Annahme der obigen Verordnung vom 7. October 1695.

(1) Vgl. den Text dieser für die Hospitalgeschichte so wichtigen Urkunde, im Anhange unter Nr. 4 der Belegestücke.

So wie dieser Hermann sich ante Portam nannte, so hat man auch den Fundator des Hospitals von Bitburg Heinrich bei der Pforten genannt ([1]). Die Stiftung dieses Hospitals fiel in das Jahr 1297. Damals und lange nachher pflegte man den Familiennamen durch die Bezeichnung des Wohnortes oder der Wohnstätte zu ersetzen, so wie heute noch vielfach statt der Familiennamen die Hausnamen gebraucht werden ([2]).

Unser Hermann war höchst wahrscheinlich der Besitzer jenes noch auf Fulpert vorfindlichen Hauses, welches links am Eingange der Pforte der ehemaligen Abtei zu sehen und den Erben Genin, Berger und Oberweis gehört. Die Abtei war damals wie heute mit einer Mauer eingeschlossen und hatte zwei Pforten oder Thore. Obgleich die Stadt in jener Zeit auch lange schon Ringmauern gehabt hatte ([3]), so finden sich doch keine Spuren von Häusern außerhalb derselben. Aber mehrere Häuser, die wie das angeführte in der Stadt bestanden haben oder noch bestehen, bezeigen, daß sie durch reiche wahrscheinlich adelige Eigenthümer gebaut worden sind.

Die Kapelle neben dem Vorhofe des Klosters befand sich vermuthlich zwischen dem alten Abtei-Gebäude und der Basilika auf dem Raume des jetzigen

---

(1) S. Hrn. Marx, Bd. III, S. 331.

(2) Vgl. Hrn. Läis, Stock- und Vogteibesitzer, Bd. I, S. 66.

(3) Vgl. Hrn. Brimmeyr, Observations sur quelques anciens bâtiments et les remparts de la ville d'Echternach, in den «Publications» von 1850.

Kreuzganges, und mußte beim Neubau im vorigen Jahrhunderte abgerissen werden.

Das Gut von 20 Talenten, das nachher an's Hospital kam, wird wohl der Ernzerhof oder der Osweilerhof gewesen sein, von denen sich keine sonstige bestimmte Erwerbung nachweisen läßt. Hinsichtlich der Felsmühle und des Spelzbüsches mit den daran liegenden Ländereien geht die Sage, ein reicher Junggeselle habe dem Hospital in uralter Zeit diesen großartigen Güter-Complex etwa 100 Metres oberhalb der Stadt, am rechten Sauerufer, ohne Weiteres geschenkt.

XXI. Auflehnung gegen den Saalzehent in Holzthum.

37. Hermann Cocus von Fulpert war jedenfalls ein sehr reicher und hochherziger Mann, dem es bei wohlthätigen Zwecken auf einige tausend Francs nicht ankam. Spätere Urkunden bestätigen die Opferwilligkeit seines Sohnes Isenbardus und auch das Ansehen, welches er bei der Hospitalverwaltung genoß. Noch ehe Isenbardus Pfarrer zu Echternach ward (gegen 1220), traf er im Namen des Hospital-Provisors Henricus eine Uebereinkunft mit den Einwohnern von Holzthum über den oben berührten Zehnten dieses Dorfes, der in der betreffenden Urkunde Decima salica, später Saalzehnten genannt wird (1). Die Zehentpflichtigen hatten sich nämlich

(1) Was war die Decima salica, der Saalzehnte? — Bekanntlich gab es neben dem geistlichen auch einen Laienzehent,

gegen diese Leistung aufgelehnt und waren excommunicirt worden. Vor dem erzbischöflichen Commissarius Hrn. de Noviant, dem Pastor und den Schöffen des Dorfes verständigen sie sich nun dahin, daß der Zehnte fürderhin entrichtet werde, das Hospital aber beim Mähen der Wiesen (in tonsione prati) einen Sextarius (4 Maaß à 1 Litre) Wein, Brod für zwei Denare und auch für zwei Denare Brei, desgleichen auch bei der Getreide-Ernte (in messu für messe annonæ) einen Sextarius Wein verabreichen müsse.

Aus einer Menge Urkunden und Scheffenweisthümern geht hervor, daß die Dienst- oder Frohnpflichtigen im Mittelalter bei Ablieferung ihrer Naturalienleistungen immer von Seiten der Herr-

---

der z. B. von den Bauern an ihren Guts- oder Gerichtsherrn, für die Grundstücke, die ihnen zum Anbauen überlassen worden, zu entrichten war. Von den Saliern oder Saalfranken rührt das Salische Gesetzbuch her, das älteste Denkmal geschriebener Gesetze eines deutschen Volksstammes, das schon vor der Eroberung Galliens verfaßt worden war, und zum Theile bis ins 12te oder 13te Jahrhundert galt. Besonders merkwürdig ist der 62. Artikel, zufolge dessen bei Salischen Gütern, d. h. bei solchen, welche die Salischen Franken diesseits des Rheines erobert hatten, die Töchter von der Erbschaft ausgeschlossen und derselben nur die Söhne fähig geachtet wurden. Der Zehent von derartigen Gütern, die später wohl der allgemeinen Landesgesetzgebung unterworfen wurden, hieß nun Saalzehent. — Man weiß daß, obgleich jener Artikel nur von Privatgütern handelt, man doch auch auf die Krone Frankreichs davon Anwendung macht. Vgl. Ise's Polyhistor, sowie Wetzer und Welte's Kirchenlexikon.

schaften Anspruch hatten auf entsprechende Bewirthung, die sie sich nicht leicht verschmälern ließen, wie man aus obigem Streit über den Saalzehnten zu Holzthum ersieht. In manchen Fällen war sogar die herkömmliche Gegenleistung kostspieliger als die dargebrachte Huldigungsgabe.

XXII. Isenbard's Wirksamkeit.

38. Aus einer nicht mehr im Original wohl aber in authentischen, obgleich theilweise einseitigen Abschriften vorfindlichen Urkunde vom 10. März (1) (Feria IV ante Dominicam Lætare) 1238 erfahren wir, daß derselbe oben genannte Isenbardus, damals Pfarrer in Echternach, als er in Begriffe stand, aus Liebe zum gekreuzigten Heilande über das Meer

(1) Hier wie in den später vorkommenden Urkunden habe ich immer das Datum auf einen bestimmten Tag unseres gewöhnlichen Kalenders zurückgeführt. Zu diesem Zwecke bediente ich mich des Calendrier usuel pour 2200 ans, von Warin-Thierry, Paris 1840, welchen ich, so viel ich nachrechnete, durchgehends richtig fand, welcher aber nichts desto weniger das Datum vor der Gregorianischen Kalenderverbesserung manchmal verfehlt haben mag. — Auch die in vielen Urkunden vorkommende Trierische Zeitrechnung wurde nach der gewöhnlichen berichtigt. Die Trierer Kirche begann nämlich das neue Jahr mit dem 25. März, und hielt diesen Gebrauch bis zum Jahre 1567. Um diese Besonderheit anzudeuten, pflegte man «secundum stylum Trevirensem oder more Trevirensi» hinzu zu fügen, wobei dann die angegebene Jahreszahl um eine Einheit zu erhöhen. Notarien und öffentliche Scribenten bedienen sich dieser Datirungsweise mitunter noch im 17ten Jahrhundert.

zu fahren (In præcinctu transfretandi mare pro amore Crucifixi constitutus), dem Echternacher Hospital, wozu sein Vater den Grund gelegt (?) und das er selbst hinreichend vermehrt hatte, alle seine Weinberge zu Euren bei Trier vermachte, unter der Bedingung, daß, wenn er auf seiner Pilgerfahrt sterben sollte, die Schenkung eine unwiderrufliche sein würde, falls er aber zurückkäme, er wiedrum frei darüber verfügen könnte. Auch hat er von Ritter Hugo aus Rodenmacher einen gewissen Zehnten erworben, den der jedesmalige Vorsteher der Miselli oder Armen erhalten wird, dagegen aber 10 Solidos jährlich den Mönchen entrichtet, damit sie das St. Margrethenfest mit zwölf Lectionen in Alben feierlichst begehen. Auch vermacht er seinem Neffen Hermann die Nutznießung einer Rente von 15 Solidis, die er in Euren erworben und die ans Kloster kommen soll, um nach dem Ermessen des Abtes und der Mönche vorgenanntes Fest feierlicher zu begehen und dem Schenkgeber am darauf folgenden Tage ein ewiges Jahrgedächtniß abzuhalten (1).

Jene Pilgerschaft fällt zwischen den sechsten und siebenten Kreuzzug; ob dieselbe sich an einen kleinern Kreuzzug anschloß oder in Verbindung stand mit dem Wirken des zehn Jahre später auch in Vianden eingeführten Ordens der Trinitarier zur Befreiung gefangener Christen aus den Händen der Ungläubigen (2), oder aber blos eine Privatpilgerfahrt

(1) Vgl. den Text dieser Urkunde im Anhange unter Nr. 5.

(2) Vgl. Hrn. Dr Neyen, Histoire de la ville de Vianden et de ses comtes, S 82.

gewesen sei: wissen wir nicht näher; wohl aber sehen wir aus einer Original-Urkunde vom 16. April 1245, daß der ehrwürdige Isenbardus wirklich aus dem gelobten Lande zurückgekommen, und als Pastor von Echternach und Verwalter des Hospitals mittelst Geldern des letztern von Heinrich Stattencruchel eine jährliche Rente von 20 Trierischen (1) Schillingen (Solidis) gekauft, das heißt demselben 3 bis 400 Solidos geliehen hat.—Als Pfand sollten dienen die Einkünfte seiner von der Echternacher Kirche in Erbpacht genommenen Weinberge in Badenoge und in Harpach, und ein Theil seines in Bergestraßen gelegenen Hauses. Diese Urkunde, eine der am besten erhaltenen und ältesten des Hospital-Archivs zeichnet sich durch ihren nüchternen Inhalt von den nur abschriftlich vorhandenen und von der Abtei einseitig angerufenen vortheilhaft aus, und würde ihres paleographischen Werthes wegen in den «Publications archéologiques» zu erscheinen verdienen. Dieselbe schließt die Notizen über die Familie des Hermannus Cocus und nennt noch unter den Zeugen dessen Tochtermann Thomas von Vorpforten (Fulpert) (2).

---

(1) Der Trierische Solidus war, wie anderwärts, der 20te Theil einer Libra, Pfund Livre, welche in spätern Zeiten 40 Petermännchen oder circa 20 Neugroschen (Fr. 2 50) zählte; ein Trierischer Solidus war demnach ungefähr dasselbe wie der heutige Silbergroschen, deren 900 ein Halbkilogramme Silber enthalten. Im 13ten Jahrhunderte galt er wohl bedeutend mehr.

(2) Vgl. Den Text dieser Urkunde im Anhange, Nr. 6.

XXIII. Älteste Urkunden.

39. Weiter finden sich noch 276 Pergamente vor, wovon 180 direct Bezug auf die frühern Besitzungen oder Erwerbungen des Hospitals haben, die übrigen scheinen großentheils aus der Abtei zu stammen und in Zusammenhang zu stehen mit den Gütern oder Renten, welche die Wohlthätigkeitsanstalt in Kraft des Gesetzes vom 4. Ventose Jahr IX (23. Februar 1801) erhalten hat; in letzterm heißt es, daß alle der Regierung damals verheimlichten Nationalgüter an die zunächst gelegenen Hospitäler fallen sollten; — oder es sind Rechtstitel ehemaliger Besitzer von nachher ans Hospital gekommenen Gütern.

Mehrere dieser Documente sind fast gänzlich unleserlich, weil sie zu sehr verblichen und schadhaft geworden. Bei der Entzifferung und Analyse einiger derselben haben mir nebst Hrn. Prof. Michel der Hr. Prof. Speck, der sich auch die gefällige Durchsicht dieses ganzen Aufsatzes nicht verdrießen ließ, Hr. Stadtvicar Diederich, Hr. Repetitor Simon und Hr. Kaplan Schou dahier wesentliche Dienste geleistet und mich zu Dank verpflichtet.

Die erste deutsche von allen unten angeführten Urkunden ist vom 25. October 1373; jedoch finden sich deren schon von 1319, 1348 und 1353 vor, die nur indirect auf's Hospital Bezug haben. Die lateinischen werden im letzten Viertel des 14ten Jahrhunderts immer seltener.

Das oben angeführte Actenstück von 1245 ist das

älteste, das sich noch wohl erhalten im Original vorfindet. Die frühern von deren einige abschriftlich auf uns gekommen, sind sammt und sonders verloren gegangen und lassen die wichtigsten Gütererwerbungen und Besitzveränderungen der Anstalt ganz im Dunkeln. Obgleich indessen die nunmehr noch nachweisbaren Schenkungen oder Erwerbungen im Einzelnen nicht sehr bedeutsam sind, so hat sich doch von Mitte des 13ten bis zu Ende des 15ten Jahrhunderts ein nicht geringer Zuwachs des Hospitalvermögens angesammelt, und das Gefühl der Dankbarkeit der Nachwelt erheischt es, daß wir, so viel jetzt noch möglich, jener großmüthigen und hochherzigen Vorfahren ehrfurchtsvolle Erwähnung thun. — Um einen bessern Begriff von Inhalt und Form der betreffenden Urkunden zu geben, lassen wir den Text der ältesten lateinischen und einiger deutschen des 14ten Jahrhunderts unten im Anhange buchstäblich folgen.

XXIV. Die Aussätzigen auf Fehl, Flur bei Echternach.

40. Da in den nunmehr zu analysirenden Actenstücken zwischen 1328 und 1409, also über 80 Jahre hindurch, auch Schenkungen für die Aussätzigen auf Fehl vorkommen, so wollen wir vorläufig noch etwas Näheres über die Leproserien (Siechenhäuser) jener Zeit mittheilen. Der Hof Fehl wurde zwar erst, wie wir sehen werden, am 25. October 1373 angekauft, aber ein Krankenhaus für Aussätzige besaß dort das Hospital schon seit Anfang

des 14ten Jahrhunderts, ja vermuthlich noch früher. Jedenfalls ersieht man aus einer Urkunde vom 9. März 1361, daß damals das Hospital dort eine Scheune besaß, die vermuthlich mit jener Anstalt für Aussätzige in Zusammenhang stand. Man weiß nämlich daß, als in Folge der Kreuzzüge der Aussatz nach Europa kam, und die damals gewöhnlichen Quacksalbereien oder abergläubischen Mittel nichts helfen wollten, man die Angesteckten absonderte und sogenannte Leproserien entstanden. Man zwang die Aussätzigen, die menschliche Gesellschaft zu meiden; nur zu gewissen Zeiten durften sie in die Stadt kommen, und nur mit einem Stabe die Gegenstände berühren, welche sie kaufen wollten. Wenn sie unterwegs Jemanden begegneten, so mußten sie sich eiligst entfernen oder sich gegen den Wind stellen, damit die ihrem Körper entsteigenden Krankheitsmiasmen gesunde Personen nicht berührten. Sie waren verpflichtet, unaufhörliches Geräusch mit einer Klapper oder Schnarre zu machen und zwei künstliche Hände von weißer Wolle zu tragen, damit man sie von ferne erkennen konnte. An den Orten, wo kein Lazareth für die Aussätzigen bestand, errichtete man ihnen, wie hier auf Fehl, Hütten auf freiem Felde. Sie wurden feierlich aus der menschlichen Gesellschaft verbannt: Man führte sie nämlich in die Kirche, wo man das Todtenamt abhielt, sie mit Weihwasser besprengte und alle Ceremonien eines vollständigen Leichendienstes vornahm (1).

---

(1) Vgl. Sprengel, Geschichte der Medizin, Traduction française de Jourdan, Bd. II, S. 375.

In seiner Verordnung vom 6. October 1531 gegen die Bettelei und Anderes sagt Kaiser Karl V von den Aussätzigen, sie dürften unter gewissen Bedingungen Almosen in Empfang nehmen (¹): Ein Beweis, daß damals diese furchtbare Seuche noch nicht ganz verschwunden war.

XXV. Schenkungen um die Zeit des Provisors Hermann und des Pfarrers Guerardus.

41. Nach dem hochehrwürdigen Isenbardus finden wir als Hospitals-Verwalter den Rektor Hermannus gegen 1259, den Provisor Guerardus gegen 1296, den Priester Mathias von 1328 bis 1362 und Priester Johann Frapp 1363 bis 1380. Gehen wir nun über zum Inhalte der Schenkungs-Urkunden.

a) 1255, den 25. Februar, befreit Cono, Herr von Bülant, die dem Hospital zugehörigen zu Euren gelegenen Güter von dem Jahrgedinge (annali placeto), das ist von den Diensten, welche der Vasall dem Lehnsherrn bei Gelegenheit des Jahrgedinges

---

(2) Vgl. Recueil d'édits etc. concernant le Duché de Luxembourg, S. 36, wo es in jener Ordonnanz heißt: « Que nuls ne s'avancent de dorénavant demander l'aumône.... De ce excepté les religieux, les prisonniers et les ladres, lesquels pourront pourchasser l'aumône à la manière accoutumée; ayant lesdits ladres leurs chapeaux, gants, manteaux et enseignes comme avoir doivent; à condition quand ils voudront faire leur eau, qu'ils s'éloignent du peuple le plus qu'ils pourront, à peine d'être punis de prison au pain et à l'eau à la discrétion des juges.

oder Gerichtes über Forst- und Feldfrevel zu leisten hatte. Die fraglichen Güter bestanden in zwei Morgen Ackerland die zur Manse des Klosters von Wadegocingen (sonst Wadegossia, heute Wadgassen oberhalb Saarlouis) gehörten, welchem das Hospital dafür einen Pacht von 12 Denaren (Fr. 1 50) schuldete (1).

b) 1259, den 15. Mai, ermächtigt Papst Alexander IV die Echternacher Benedictiner-Mönche dem Hospital die Einkünfte der Pfarre Meckel zuzuweisen, vorbehaltlich eines gebührenden Antheiles für den an die Stelle des dortigen Pfarrers zu setzenden Kaplan oder Verwalter (2).

c) 1275, den 1. Januar, schenkt der Trierische Bürger Ordulphus dem Echternacher Hospital seine vier Grundstücke in Medale zu Euren und verkauft ihm seinen dort vor einem Hause dieser Anstalt gelegenen Weingarten für 27 Trierische Denare (Fr. 67 50) (3).

d) 1296, den 7. August, schenkt der Echternacher Kleriker Heinrich Porcellus dem Hospital eine jährliche Rente von 52 Schillingen (Fr. 6 50), welche er dem Pfarrer und Provisor Herrn Guerardus so-

---

(1) Vgl. den Text dieser Urkunde im Anhange, Nr. 7.

(2) Daß das Hospital früher Güter in Meckel besessen, ersieht man aus einem Verzeichniß verschiedener Actenstücke, die in einem Processe angerufen wurden, worin es heißt: Verpachtung eines Ackerfeldes des Hospitals, gelegen im Dorfe Meckel, durch den Abt Monreal 1519. Locatio cujusdam agri Hospitalis in pago Mekell siti ab Abbate Monreale 1519). — Vgl. den Text dieser Bulle im Anhange, Nr. 8.

(3) Vgl. den Text dieser Urkunde im Anhange unter Nr. 9.

wie der Hospitals-Schwester Beatrix anweiset, und die da haften auf einem Felde bei der Alve-Brücke, auf zwei Häusern in Sauerbrückgasse und für 22 (Fr. 2 75) derselben auf einer anzulegenden Summe von 22 Trierischen Pfund Denaren (Fr. 55 00), unter der ausdrücklichen Bedingung, daß jenes Geld zur Pflege der jedesmaligen Kranken dort vertheilt werde, und daß jeden Freitag um zwölf Denare Fische für dieselben gekauft werden, der Ertrag der Schenkung aber nicht zu etwas Anderm verwendet werde.

e) 1306 schenkt Johann Kump sechs auf verschiedenen Gütern lastende jährliche Renten im Betrag von 121 Schillingen (Fr. 15 12 ½).

f) 1310, den 31. Juli, erläßt Graf Johann von Luxemburg, Sohn des deutschen Kaisers Heinrich VII, ein Schreiben an seine Beamten, damit sie die Güter des Echternacher Hospitals in gehörigen Schutz nehmen sollen (1).

XXVI. Schenkungsacten unter Provisor Mathias.

42. a) 1328, den 31. Januar, vermacht der Echternacher Kleriker Heinrich Prichel, unter etwa fünfzig Legaten an verschiedene Bruderschaften, Klöster, Wohlthätigkeits-Anstalten, Altäre und Verwandte, den Kranken im Hospital drei Jahre lang nach seinem Tode jede Woche 3 Trierische Schillinge und sein Bett mit Zubehör, desgleichen seiner Schwester

(1) Vgl. den Text dieser Urkunde im Anhange, Nr. 10.

Agnes, Beghine in demselben, eine jährliche Rente von 6 Trierischen Schillingen, die nach ihrem Tode dem Hospitale zufallen, endlich auch noch den Brüdern und Schwestern in demselben 10 Trierische Pfund (Fr. 25 00) für Kerzen; die Aussätzigen auf Fehl (in Veile) erhalten zwanzig Schillinge und die Lichter zum Muttergottesaltar in der Krypta (1) werden mit einer jährlichen Rente von 3 Schillingen bedacht.

b) Durch Codicill vom 8. November 1330 vermacht er dem Hospital weiter alle seine Ackerfelder, worüber er in seinem Testamente nicht verfügt hat; desgleichen verordnet er, daß, wenn seine zur Hospitals-Schwester ernannte Verwandte Angela nicht in dasselbe eintrete oder nachher wieder austrete, sein ihr vermachtes Wohnhaus mit allen Geräthen Kleinodien und Werthschaften sammt Garten, Scheuer und Zubehör, sowie auch sein Weinberg auf Badenowe frei ans Hospital fallen werde, während sonst eine Rente von 10 Schilling, jedes Jahr an die Priester zu entrichten wäre, die an seinem Sterbetag sein Grab besucht hätten.

---

(1) Vom Jahre 698 bis 1017 war diese Krypta, die noch unter der Abteikirche besteht, in gehörigem Aufbau die wirkliche Basilika der Urzeit, mit einem St.-Marien-Altar, vor welchem der hl. Willibrord begraben worden; von 1031 bis 1635 diente sie, durch Ueberwölbung in eine unterirdische Kirche verwandelt, ausschließlich für den Gottesdienst; von 1635 bis 1864 wurden diese kühlen Gewölbe als Keller für Obst und Getränke benutzt. Vgl. das scharfsinnige Schriftchen des Herrn Brimmeyr, Notizen über die St. Willibrordus-Kirche in Echternach, S. 13.

c) 1328, den 28. April, schenkt der Echternacher Kleriker Johann Cono dem Hospital sechs auf verschiedenen Gütern haftende Renten im jährlichen Ertrag von 99 Trierischen Denaren 1 Obol und 2 Hähnchen, und durch eine zweite Urkunde vom 22. März 1332 schenkt er demselben auch seinen hinter der Bruylgasse neben einem Hospitalsgarten an der Burgmauer gelegenen Garten, den ihm aber der Hospitalmeister für jährlich 2 Trierische Denare lebenslänglich verpachtet.

d) 1333, den 7. März, schenkt der Echternacher Priester Johann Frappe dem Hospitale und den Brüdern und Schwestern desselben seinen an den Hospitals-Weinbergen in Irrel gelegenen Weinberg, vorbehaltlich einer lebenslänglichen jährlichen Lieferung von drei Ohmen Wein, und für jede fehlende 20 Schillinge schwarze Turnosen (Fr. 3 27) (1).

e) In seinem Testamente vom 13. September 1348 vermacht er dem Hospital sein Bett und eine Rente von 5 Schillingen und 6 Denaren; die oben genannte Angela, Mitschwester oder Verwalterin (Consoror oder Gubernatrix) des Krankenhauses macht er zur Vollzieherin seiner letzwilligen Bestimmungen. Zeuge ist unter andern der Provisor Priester Mathias, welcher 1335 einen Hospitals-Weinberg auf Delle und 12 Pfund schwarze Turnosen (Fr. 39 13) gegen einen Weinberg und Baumgarten auf Beidelingen vertauscht.

---

(1) Das Pfund schwarze Turnosen wurde in der amtlichen Erklärung von 1695 festgesetzt auf 36 Patarts oder Fr. 3.2652, was für einen Solidus oder Schilling Fr. 0.16326 beträgt.

f) 1331, den 5. Februar, kauft mehr erwähnte Angela, Heinrich Prichels Verwandte und Hospitalsschwester für sich und nach ihrem Absterben für die Anstalt um den Preis von 10 Pfund guter rechtmäßiger kleiner Turnosen eine jährliche Rente von 10 guten Trierischen Schillingen Pfennigen (solid. trev. denarior. bonor.), haftend auf einem Hause auf dem Markte, das schon vorher 2 Denare und 1 Obol schuldete.

g) 1345, den 7. Juli, stiftet die Echternacher Priester-Bruderschaft am Hospitals St. Georgen-Altare drei Wochenmessen, die Dienstags, Donnerstags und Samstags beginnen sollen, sobald in der Pfarrkirche das Glockenzeichen die Consecration in der Frühmesse ankündigt. Dafür erhält der eigens zu bestellende Beneficiat, der sich gar nicht um die Hospitals-Verwaltung kümmern darf, an den vier Haupt-Muttergottesfesten 24 Turnosen Schillinge gangbarer Münze (solid. tur. monet usualis). Vermuthlich solidi grossorum à 12 Schillinge oder Fr. 6,91358.

h) 1357 erkennt Johann Pyntequarte von Neuerburg, daß er die dem Hospitals-Pfleger Hrn. Mathias anvertrauten Gelder und Güter wiedererhalten hat, gleichsam als sei damals die Anstalt eine Art Depositen-Bank oder Pfand-Haus gewesen.

i) 1350, den 23. Juni, vermacht Mechtildis Viole oder Blümchen von Echternach dem Hospital und den Kranken in demselben die hintere große Kammer ihres Hauses auf der Hostert vom Grunde aus bis zum Gipfel sammt dem an dieselbe stoßenden Rasenplatz, so wie auch ihr Bett mit Zubehör. Nach mehrern andern Legaten überläßt sie es dem Provisor Mathias und der Vorsteherin Angela Prichel zu frommen Zwecken über ihr übriges Vermögen zu verfügen.

j) In einer Urkunde vom 5. Juni 1358 erklärt Heinrich Rimpinars, daß seine Schwester Mechtildis, genannt Blümchen, dem Hospital ihr Haus in Orstraße mittelst einer Rente von 10 Schilling (solid.) und ihren Weinberg am Gousberg up der Eusin mittelst einer solchen von 25 Denaren vermacht hat. Provisor Mathias verpachtet beide dem Heinrich für eine lebenslängliche Rente von 3 Denaren und nach dessen Tod dem Simon Hermann den Weinberg für einen Erbzins von einer Ohm Wein jährlich, und dessen Bruder Friederich das Haus für eine Erbrente von 10 Schillingen (solid.).

k) 1350, den 25. Juli, vermacht Fräulein Ida Frap dem Hospital alle ihre beweglichen und unbeweglichen Güter, wo immer dieselben sich befinden mögen.

l) 1351, den 14. Dezember, schenkt der Bäcker Balduin Poney dem Hospital zwei Weinbege jenseits der Sauer auf Harpach und auf der Guedenbach. Provisor Mathias verpachtet sie ihm wieder lebenslänglich für einen jährlichen Grundzins von 6 kleinen Trierischen Denaren.

m) 1352, den 14. Mai, schenkt Johann Kumper, mit Bewilligung seiner beiden Söhne des Pastors Thilmannus von Ysfzig und des Benedictiners Wilhelmus von Luxemburg, dem Hospital 8 auf bestimmten Gütern lastende Renten im Gesammtbetrag von 121 Solidis, unter der Bedingung, daß der Provisor wöchentlich 3 Seelenmessen abhalte; widrigen Falls diese Einkünfte zu andern frommen Zwecken verwendet werden.

n) 1355, den 7. Februar, erkennt ein von Arnold dem Jüngern von Liesheim, Probst von Bitburg, im Namen des Herzogs Wenzel von Luxemburg in letzter Instanz gefälltes Urtheil, dem Hospitals-Hof auf dem Ernzerberg das Weiderecht zu auf dem Banne des Dorfes (villæ) Ernzen.

o) 1355, den 7. Dezember, schenken Johann de Rode und Katharina seine Ehefrau dem Hospital ihr Haus.

p) 1357, den 1. Mai, vermacht Angela Conon, Wittwe des Heinrich Ueme, unter vielen andern Legaten dem Hospital a) ihren Garten in der Brulisgasse, welcher der Kloster-Infirmerie eine Rente von 12 Denaren schuldet; b) ihr Ackerland Ayn me Adeyl, und c) ihren obern Weingarten in Baydelingen, vorbehaltlich eines Malters Roggen als Leibrente an Johann Gottfried von Bickendorf; sie verfügte zu Gunsten der Klosterkirche über einen Weinberg in Badenowe, der dem Hospital eine Rente von jährlich 6 Denaren schuldet. — Durch eine Urkunde vom 12. October 1365 nennt sie neue Testaments-Executoren, und bestimmt, daß diese ihre noch etwa übrigbleibenden Güter an die Armen des Hospitals übergehen lassen sollen.

q) 1357, den 22. Juli, erkennen Peter Verner auf der Enge und seine Ehefrau Margretha, daß sie dem Hospital eine jährliche Rente von 3 Trierschen Schilling-Pfenningen (solid. trev. den.) und einen Kapaun wegen eines Weinberges schulden.

r) 1358, den 5. Juni, schenket Peter aus Hoveloch nach Anordnung seiner Frau Marie dem Hospital einen Weinberg auf Growe, auf welchem eine Rente von 3 Schilling (solid.), und sein Haus, auf welchem eine von 5 Schilling (solid.) und 9 Denaren lastet. — Provisor Mathias verpachtet ihm beide lebenslänglich für 3 Denare jährlich.

s) 1359, den 3. Februar, vermacht der Pfarrverwalter Nikolas Iliane zu Noerin unter etwa 54 verschiedenen Legaten von über 480 Pfd. Denaren nebst Liegenschaften und kostbaren Möbeln dem Hospital a) ein Bett mit Zubehör, b) 52 Pfund Denare (libr. denarior.), um zwei Jahre lang jede Woche 10 Schilling (solid.) zu besserer Beköstigung der Kranken und Schwachen zu verwenden, c) 50 Pfd. Denaren um Brod oder Getreide an der Thür des Hospitals unter die Dürftigen und Bettler auszutheilen, d) seiner Nichte Angela und ihrem Manne Henkinus (Heinrich) gibt er seinen am Irreler Wege gelegenen Weinberg, der dem Hospital zufällt, falls jene kinderlos sterben, e) auch Provisor Mathias und sein Gehülfe Johann Fray, die Vorsteherin Angela Prichel, Bruder oder Wärter Achilles und die Magd im Hospital werden alle mit Geld oder silbernen Bechern bedacht, die Aussätzigen auf Fehl (Vele) erhalten 200 Schilling (solid.) (¹).

t) Durch eine andere Urkunde vom selbigen Tage schenkt derselbe Echternacher Priester seinen Testa-

---

(1) Vgl. den Text dieser Urkunde unten im Anhange unter Nr. 11.

ments=Executoren, dem Provisor Mathias und dem Pastor Thilmanns Kumper von Ifcig, alle seinen beweglichen und unbeweglichen Güter, vermuthlich um denselben die Vollziehung seines letzten Willens zu erleichtern.

u) 1360, den 29. Februar, verkauft der Luxemburger Bürger Ludwig Weyntz mit Einwilligung seiner Frau Agnes dem Hospital für eine ungenannte Summe 17 auf verschiedenen Häusern und Grundstücken lastende Renten, nämlich zwei von 5 Quart Oel und 1/2 Ohm Wein, 6 von 24 Schilling (solid.) und 9 von 126 Denaren.

v) So erkennen auch in selbigem Jahre Heinrich Yskin, genannt Regart, und seine Ehefrau Elisabeth, daß sie dem Hospital vom Kaufe eines Hauses eine jährliche Rente von 20 Trierischen Schillingen Denaren schulden. — Ebenso verkauft am 29. November 1368, der Pelzer Nikolas Burgere mit seiner Ehefrau Sophie dem Hospital eine Rente von 12 Trierischen Schillingen auf einem Hause in Berilsgasse.

w) 1361, den 11. Februar, vermacht Katharina, Wittwe des Johann Henschon, auf Vorpforte, unter andern sehr bedeutenden Legaten von Baarschaften, Kostbarkeiten und Grundgütern, dem Hospital 4 Gulden znr Anschaffung von Kerzen, ferner die jährliche Lieferung einer Ohm Wein aus ihrem Weinberge in Münderley und eines Malters Roggen von ihren Gütern zu Menningen, um die Armen in der Anstalt oder in der Stadt während der Fastenzeit besser zu beköstigen. Auch Provisor Ma=

thias erhält 3 Gulden. Dem Hause der Aussätzigen auf Fehl gibt sie einen Gulden und ein Malter Roggen, so wie auch ein Bett mit einem Kopfkissen und zwei Leintüchern.

Dieses Testament wird auf Betreiben des Provisors Johann Frappe buchstäblich angeführt in einer Urkunde vom 2. Juli 1376.

x) 1361, den 9. März, vermacht der Kleriker Johann Conon unter Andern dem Hospital für die darin lebenden Kranken sein Ackerland bei der Mauer, eine Wiese am Orte Burne mit einem kleinen Acker daselbst, dann ein Grundstück am Girster Wege mittelst einer an die Girster Kapelle zu entrichtenden Rente von 12 Denaren, weiter sein Feld auf Vele unterhalb der Scheuer des Hospitals, unter der Bedingung jedoch, daß an seinem Sterbetag 20 Pfund in Echternach gebräuchlicher Münze zu frommen Zwecken verwendet werden, endlich auch sein Bett und seinen besten ehernen Becher. Sein Haus in Berrilsgasse gibt er dem Bitburger Hospital unter der Bedingung, daß wenn die dortigen Hospitalenser es nicht durch sich oder ihren Boten bewohnen, es zum Gebrauche der Echternacher Kranken dienen soll. — Die Aussätzigen auf Fehl erhalten 20 Schillinge (solid. m. usual.).

y) 1361, den 11. April, schenkt Heinrich Koucheln dem Hospital den dritten Theil seines Hauses nebst Zubehör im kleinen Frohnsgarten, wovon seine Tochter Elisabeth derselben Anstalt schon zwei Drittel gegeben hat, vorbehaltlich jedoch der Nutznießung eines Gartens jenseits der Brücke und eines Feldes in Harpach mittelst verschiedener Renten im Gesammtbetrag von 52 Schilling (solid.).

z) Den 21. Juni 1361, Tauschact über mehrere Güter.

XXVII. Urkunden unter der Verwaltung des Provisors Joh. Frapp.

43. a) 1363, den 1. December, setzt ein Urtheil des Schöffengerichtes das Hospital auf Betreiben des Provisors Johann Frapp in Besitz verschiedener Liegenschaften, worauf Renten hafteten, die nicht entrichtet wurden, und zwar nach dem Rechte, das man hier Ergangen nannte.

Die so geerbten Güter sind: a) ein Haus mit Garten in der Enggasse, das eine Rente von vier Schilling und einem Hähnchen schuldete, nebst einer andern von 8 Schilling an die Priesterbruderschaft, b) ein kleiner Weinberg am Irreler Weg, wegen 12 Trierschen Denaren rückständiger Renten, c) ein zerfallenes Haus mit einer Schmiede in Sauergasse und zwei Gärten jenseits der Brücke, auf denen 12 Schillinge und 9 Denare Renten hafteten, nebst noch zweien von je 8 Denaren an die Kloster-Infirmerie nnd an die Klerikerbruderschaft.

b) 1365, den 23. August, schenken Pfarrer Thilmannus zu Ifcig, Pfarrer Wiricus von Karpena zu Richisdorf, und Vicar Johann von Domen zu Echternach dem Hospital zum Gebrauch der darin weilenden Kranken ein Grundstück in der Alven neben des Hospitals Wiese gegen den Tole-Berg hin, und zwar zum Seelentrost des Priesters Johann Kesenbroyt, der ihnen drei Wochen früher sein Haus in der Wolfsgasse dem Minoriten-Hause gegenüber so wie alle seine Güter geschenkt hatte.

c) 1365, den 10. November, schenkt Osilia an Muckenburnen mit Einwilligung ihrer Tochter Elisabeth dem Hospital ihr neben demselben gelegenes Haus, und ihren Weinberg auf Hunreburnen neben Tole, sowie alle ihre Güter.

d) Gemäß zwei anderen fast gleichlautenden Urkunden schenkt auch die genannte Elisabeth dem Hospital und dessen Provisoren Priester Johann Frappe und Bruder Achilles ihren Weinberg am Hunreburnen neben Toyl, damit die Kranken bessern Unterhalt bekommen sollten.

e) Am 6. Februar 1368 verpachtet Priester Johann Hilissenn für 5 ½ Trier. Schilling Zins einen Garten bei der Alve-Brücke, auf dem eine Rente von 18 Pfenningen ans Hospital lastet.

f) 1373, den 25. October, verkaufen Heinrich von der Welschen-Fels, Scheffen zu Echternach und Else (Elisabeth) seine Frau, so wie auch letzterer Kinder Diederich und Jeannette dem Hospital ihren Hof auf Fehl mit allem Zubehör zu Osweiler oder sonst wo gelegen für 70 Gulden an die Clarissen hier und 190 Gulden an die Kinder der Verkäuferin, nebst einer an dieselben Nonnen zu entrichtenden Rente von fünf Malter Mischler, zwei Trierischen Schillingen und zwei Kapaunen, desgleichen noch zwei Kapaunen an Jemanden aus Bitburg und eine Leibrente von 40 Schillingen an eine Nonne.

g) Den 18. April 1378 genehmigt Katharina des

Wilne Welter und der Frau Else Tochter und des Hrn. Heinrich von der Welschen=Fels Stieftochter, die zu iren Dagen kommen ist, den Verkauf von dem Houe uf Vele, gleich wie ihre Schwester Jeannette, Nonne zu Differdingen, gethan hatte.

h) Am 30. October 1364 war derselbe Hof auf Fehl, dessen Gebäulichkeiten vor etwa 50 Jahren abgerissen worden, die Ländereien aber jetzt zum Theil an die Ackerbauschule verpachtet sind, für 25 Gulden nebst den obigen Renten und noch 40 an die Clarissen zu entrichtende Schillinge verkauft worden.

i) Den 3. März und 20. August 1377 Tausch=acten über verschiedene Güter.

j) 1378, den 19. August schenkt Henkin Weinze, Wilne Schiriners Eidam, dem Hospital eine jährliche Rente von einer Ohm Wein aus Clais Pfleps Weingarten am me Honreborne by den Nunnen von Sent Claren, in me Heriste zu entrichten.

k) Den 26. November 1378 wird ein Weinberg un dem Geren verkauft, der alle Jahre einen Trierischen Schilling ans Hospital schuldet.

l) 1379, den 10. Juni, schenken Heymann Rake und seine Frau Agnes dem Hospital al ir Gut, Erue, Muvel, Hencschatz, bewegelich vnd vnbewegelich (1).

m) 1380, den 15. Januar, vermacht der Priester Johann Wylant dem Hospital alle seine Güter.

---

(1) Vgl. den Text unten im Anhange, Nr. 12.

n) Ebenso vermacht 1381 Elisabeth Broyt dem Hospital ihr Haus in Öhrstraße, und was sie noch ersparen werde, desgleichen eine Rente von 17 Trierischen Schillingen und ein Quart Oel, haftend auf einem Weinberge an Steinberger Aychten.

o) 1381, den 24. April, vermacht Priester Peter Isel dem Hospital seinen Weingarten in me Geren ouent desselben Spidails Wingarde.

p) Am 23. August 1382 vermacht Theodor von Schönecken dem Hospital alle seine Güter.

XXVIII. Provisor Peter von Rosport.

1) Schenkungsurkunden.

44. Unter seiner 43jährigen Verwaltung von 1382—1424 erhielt das Hospital besonders viele Schenkungen.

a) 1382, den 29. November, vermacht Agnes Briesen demselben ihr Haus in Neugasse nebst allen ihren Gütern.

b) 1385, den 19. Januar, schenken Thys von Osweiler, Nasatz des Wilne Thelen Beclen, und seine Frau Margreth dem Hospital alle ihre Güter.

c) 1387, den 16. November, schenken Scheffen Johann von Bitburg und seine Frau Angela dem Hospital a. ihren Weingarten auf dem Langenberge al zu male uf der Drillen, b. ihr Feld am Tholer Wege, c. ihre Wiese uff die Lichen und d. 3 Pfund Pfennigen (Pont Peymentze) jährliche Rente, unter der Bedingung eines Jahrgedächtnisses nach ihrem Tode (1).

d) 1387, den 20. December, schenkt Elisabeth Weitschellen dem Hospital ihr Haus in Sauerbrücken, und ihren Weingarten am Ernzerberg.

e) 1389, den 16. December, schenken der Leineweber Thileman und seine Frau Elisabeth aus Hoveloch dem Hospital einen halben Morgen Weinberg, nämlich ein Viertel im Cleberg, wovon demselben jährlich 5 Trierische Schillinge zu entrichten sind und ein Viertel in deme Gallegenberg, der ebenso 6 Peninke Peymentz und einen halben Sester Weizen Grundzins schuldet (2).

f) 1391, den 2. August, schenkt Thileman Mynten, Sohn, dem Hospital ein Haus in Sauerbrücken.

g) 1391, den 9. Dezember, schenkt Priester Peter Mengas dem Hospital sein Haus sammt Garten in Hoveloch, unter der Bedingung, daß sein Jahrgedächtniß, wie das des Hrn. Frap gefeiert werde, nämlich mit Vigilien, Messen und Präsentation.

h) Den 3. Februar 1394 schenkt er zu diesem Zwecke auch noch seine zwei Weinberge auf Holbach.

i) 1396, den 4. August, schenkt Heinrich Porcellus dem Hospital eine jährliche Rente von 72 Schillingen (solid.) zur bessern Beköstigung der Kranken,

(1) Vgl. den Text unten im Anhange, Nr. 14.

(2) Vgl. den Text im Anhange unter Nr. 15.

und namentlich zur Anschaffung von Fischen für 12 Denare jeden Freitag.

j) 1398, den 15. April, schenken Heyman Rytzer und seine Frau Agnes dem Hospital ihr Haus in Wolfsgasse.

k) 1398, den 31. December, schenkte die (oben sub c) genannte Angela, Wittwe des Johann von Bitburg, dem Hospital die Gelder und silbernen Gefäße, die sie mit ihrem Manne bei demselben hinterlegt hatte.

l) 1398, den 31. December, vermacht die Wittwe des Paulus Weiwertz dem Hospital ihr Haus mit Zubehör.

m) 1399, den 7. Januar, schenkt Priester Peter Yrhl dem Hospital seinen großen Weinberg auf Brümich.

n) 1399, den 22. December, vermacht Sara, Wittwe des Hennekin Proyschinz, dem Hospital alle ihre Güter (1).

o) 1400, den 20. Februar, schenken Cleischen (Kläschen), Grenschins Eidam, und seine Frau Grete dem Hospital ihre zwei Felder auf Fehl, das eine von 2¼ das andere von 1¼ Morgen.

p) 1400, den 30. Juni, schenken Stadtschreiber Welter und seine Frau Elisabeth dem Hospital all ihr Recht und Vortheil an einem Hause in Hoveloch und den Zins, den sie aus jenem Hause beziehen.

q) 1401, den 2. Februar, schenken Clais Zicke

(1) Vgl. den Text im Anhange unter Nr. 18.

und seine Frau Katharina dem Hospital alle ihre Güter: Huß, Henf, Erue, Henfftschaft, u. s. w.

r) 1401, den 15. August, schenkt Priester Heinrich Greselin dem Hospital sein Haus mit Garten in Sauerbrücken, belastet mit einer Rente von 7 Trierischen Schilling (solid.), und ein Viertel Weinberg in Evenet, schuldend eine Rente von 5 Schillingen.

s) 1403, den 19. October, schenkt der alte Scheffen Heinrich Zyck zur Ablegung einer gewissen Schuld und zu Almosen dem Hospital 3 Häuser, 2 Scheunen, 4 Wiesen, etwa 35 Morgen Land, 2 Gärten und 6 Morgen Weinberg, nämlich: a. sein Haus, Scheuer und Garten in Krämerstraße, b. seine Scheuer und Garten in Oirstraße, c. seine Häuser in Nußkoichenhove in Oirstraße, d. seinen Weingarten von 1½ Morgen in Münderley mittelst 10 Sester Weinzins, e. 1 Morgen Weingarten auf Beydelingen, f. 2 Morgen im Langenberg, g. 1 Morgen auf Harpach, h. 1/2 Morgen auf den Eusen, i. seine Wiese in der Alve, j. seine Wiese zu Oiswilre, k. seine Wiese zu Errinzen, l. 1 Morgen Feld in den Aichten, m. 2 M. in den Geren bei den Lyschen, n. 1 kleines Feld bei dem Compost-Garten, o. 1 M. vor Boirchelt, p. sein Feld von 5 M. auf Thole uff dem Kiesel, vermitz dat Dryßichts und sine Zienß, q. sein Feld von 3 M. auf Thole zu Hove, r. sein Feld auf Fehl von 2½ M., s. sein Feld auf Fehle von 3 M., t. sein Feld in Gudenbach von über 4 M., u. 3½ M. Feld zu Oisweiler in drei Enden, v. sein Feld von

4 M. zu Osweiler uff dem Hogesten, w. 1 M. Feld daselbst bei zu Rosboeme, x. 4 M. Feld in dem Grunde von Osweiler nach Echternach bei in Rodenacker: Unter der Bedingung eines Jahrgedächtnisses für ihn und die Seinigen auf den Gräbern seiner Eltern in der St. Willibrord's Kirche am St. Peters Altar, und der Beleuchtung der Gräber zu Alre Seelen Missen, rc.

t) Nach einem Auszug aus alten Urkunden schenkte derselbe Heinrich Zick dem Hospital (in usum infirmorum) die Hälfte des Zehnten in Cruchten bei Vianden, der ja schon von Graf Siegfried und Abt Ravanger geschenkt worden, wovon aber das Kloster auch später immer die andere Hälfte bezog.

u) 1406, den 24. August, schenkt der Steinmetzger Diederich Meist, des Johann Modius Sohn, dem Hospital einen Garten auf dem Gruwen, 1/2 Kelter in Hal, 1 Haus in Buithnis-Hove, einen Weingarten in Münderley und seinen Theil an einem Berge in Gudenberg.

w) 1407, den 25. Februar, vermacht Pastor Bartholomäus Frapp zu Kersch dem Hospital eine Rente von einem guten Mainzer (Menscher) Gulden guten Goldes und rechten Gewichtes (1), haftend

(1) Ein Mainzer oder Rheinischer Goldgulden vom Jahre 1371 findet sich fürs Jahr 1763 zu 120 und ein dergleichen vom Jahre 1400 zu 156 Trierischen Petermännchen à 1/2 Silbergroschen, also von 2 bis 2 3/5 Thaler P. C. berechnet. Der gewöhnliche Rheinische oder Mainzer Gulden galt später 27 Stüber oder Fr. 2.222, gerade 10 Grammes Silber, etwas mehr als heute, wo 52 1/2 Rheinischen Gulden seit

auf einem ihm für 23 Gulden versetzten Weinberg in Münderley: *dat die Siechen, die in dem Spidale ligen, uff unseres Herrn Lychnams Dach ein gud Maylezyt haven von Essen, Drinken, Gesoden und Gebroden als verre der Gulden bezahlen mach, vnd dat allewege uz zu ewigen Dagen anne Auelaißen* (ohne Ablassen).

Auch sein Brevier gibt er dem Hospital, vorbehaltlich, daß sein Neffe, Diederich Frapp, es bis zu dessen Tode brauchen dürfe.

x) 1407, den 7. December, schenken Heinrich Kep und sein Sohn aus Irrel ein Grundstück alldort dem Echternacher Hospital.

y) 1409, den 7. März, schenken Hennekin Altbusser und seine Frau Grethe dem Hospital einen halben Morgen Ackerland auf *Grove*.

z) 1409 schenkt *Maroye vur Vorporten*, Wittwe des Symon Irhel, eine Wiese in der *Alve* und ein Feld auf *Scherbarde*, wovon die Siechen *auf Vele* ein Vierzel (1 Achtel Malter oder 2 Echternacher Sester, etwa 1/4 Hectoliter) bekommen, so oft Frucht auf demselben wächst; unter der weitern Bedingung eines Jahrgedächtnisses.

a') Am 24. Januar 1415 schenkt dieselbe Marie

1857 ein Zollpfund fein enthalten, mithin Fr. 2.1164 werth sind, welchen Curs bei uns die Niederländischen Gulden von 1817 bis 1848 hatten.

Früher wurden die Rheinischen Gulden längere Zeit nach dem 24 1/2 Guldenfuß geprägt, d. h. es gingen 24 1/2 auf eine Kölnische Mark (à Grammes 233.855) fein.

von Bulpert ihren Garten vor dem Haller-Thor für eine Schuld ihres Bruders Heinrich von der Welschen-Bels von 30 guten Gulden und 10 Ohmen Wein.

b') 1410, den 15. Juli, schenkt Fräulein Katharine von Hachilstorff aus Echternach dem Hospital einen ihrer Gärten in Brülsgassen, also dat die armen Siechen den allmechtigen Gott getreuwelich biden vur sy vnd all die ghiene da der vurg. Garden herkommen ist, und daß man ihrer und ihrer Eltern gedenken soll in den Jahrzeiten daselbst.

c') Durch eine Urkunde vom 3. Februar 1432 schenkt dieselbe Dame dem Hospital einen Weinberg in Münderley von einem Morgen und ihr halbes Feld in der Alven.

d') 1413, den 29. October, schenken Ritter Robin, Herr zu Fischbach und Everlingen, und seine Frau Katharina von Methzig dem Hospital wegen der ihnen von demselben erwiesenen Freundschaft und Gunst, und um der guten Werke, Messen, Vigilien, Gebete und Almosen alldort theilhaftig zu werden, — ihr Feld auf Fehle beim Spitalshofe und ihre Wiese bei Echternach in der Alve, vorbehaltlich einer Leibrente von 1/2 Malter Roggen an Herrn Heinrich Nachthube von Düne, Scheffen dahier (1).

e') 1414 schenken Johann Hesse und Philipp Heyden aus Viespach (Fischbach) einen Garten außer dem Hall-Thore.

f') 1414, den 6. Mai, schenken der Echternacher

(1) Vgl. den Text im Anhange, Nr. 19.

Bürger Hermann Koch und seine Frau Katharina alle ihre Güter: ein Haus bei der Pforte und verschiedene Felder und Renten.

g') 1416, den 1. März, schenken Richard Wiekaat und seine Frau Jutte, die ins Hospital getreten waren, diesem alle ihre zu hinterlassenden Güter.

h') 1417, den 22. September, schenkt die Juncfrawe Ida, Wittwe des Johann Schaiff, dem Hospital einen Weinberg auf Münderberg und einen auf Harpach vur der Clusen.

i') 1418, den 14. Februar, schenkt Priester Diederich Frapp, Kaplan der Muderkirche zu Echternach dem Hospital 1/2 Morgen Weinberg in Münderley und seine Wiese in der Alve, von welcher eine Rente von 50 Schillingen für den St. Magdalenen-Altar in der Abteikirche zu entrichten sein wird.

j') 1420, den 10. Februar, schenkt Johann Würfel von Echternach dem Hospital a. 1 Feld in Winne, b. 1 Feld uff Fynauffe uff den Wingarden, c. 1 Wiese in den Lieschen an dem Stein, d. 1 Weingarten uff den Cussen, und e. 1 Pont Triersch erblichen Grundzins auf Kannegießers-Haus in Wolsgasse (1).

k') 1420, den 29. November, schenken der Faßbinder Kirstchen und seine Frau Katharina dem Hospital einen Weingarten auf Koeckelberg und ein Feld auf Toile.

l') 1424, den 19. September, schenkt Johann Frank von Echternach, Schöffe zu Luxemburg, dem Hospital alle alsulche Erue vnd Guyt as

(1) Vgl. den Text unten im Anhange, Nr. 20.

en hait zu Echternach und vmb Echternach gelegen, nemlich Velt, Ackerland, vnd Wißen, cleyn vnd groiß, nas vnd drucken, Nuß nit vßgenommen, vnd dazu die alde Heuffelryne, die dat vurg. Erue vnd Guyt mit eynander cleirlich innehaltent vnd ußwisent van Stücke zu Stücke so wie die sint und wo sy vff allen Steden gelegen sint, u. s. w.

Dieses ist eine der letzten Urkunden worin Provisor Peter von Rosport noch genannt wird, und worin ihm schon Herr Johannes zur Seite steht.

2) Kaufacten und Beständnisse.

45. Die unter seiner Verwaltung ferner vorkommenden Pacht und Kaufacten wollen wir kurz anführen:

a) 6. Juni 1384, Erbverpachtung eines Hauses in Kyk für jährlich 25 Trierische Schillinge, die Hälfte der Birnen eines Baumes und die Benutzung einer Kelter (1).

b) 28. Februar 1390, Kauf einer Rente von 9 Solidis.

c) 1391, lebenslängliche Verpachtung eines Weinbergs in Münderley.

d) 29. Januar 1393, Kauf einer Rente von ½ Sester kalten Oel.

e) 1393, den 9. April, verkaufen Ritter Heinrich

(1) Vgl. den Text unten im Anhange, Nr. 12.

von der Fels, Herr zu Scheichingen und seine Frau Katharina, so wie Thomas, Herr zu Uttingen und seine Frau Jutte dem Hospital für 305 gude mensche (1) Gulden guden Golz und schwaren menschen Gewichts (an gereidme Golde empfangen) und einige andere Leistungen, all ihre Güter zu Euren, Zeven, und Igel und dar aichter an den Campanien, haltend 61¼ Morgen nebst zwei Weinbergen (2).

f) 1394 Kauf eines Hauses in Eynstraße.

g) 18. November 1394, Kauf eines halben Weinberges im Kaldenberg.

h) 1396, Zinsen, die auf einem verkauften Hause haften.

i) 9. Juli 1397, Kauf eines Feldes in Borhelt.

j) 1397, Schuldbrief über 28 Mainzer Gulden.

k) 1398, Kauf eines Weinberges up Aichtern von Joh. Hesse und seiner Ehefrau Marie.

l) 4. Mai 1398, Kauf eines Weinberges auf Aicht von Johann Speicher.

m) 1398, den 3. August, Verständigung über die Ausführung des Testamentes der Eheleute Cremersen.

n) 1399, Kauf eines Grundzinses von 5½ Pfund (seistehailff Pont) in Trier.

o) 9. April 1400, Kauf von 17 Parcellen Landes enthaltend 16 Morgen von der Wittwe des Jacob Kempen, Schöffen zu Trier, für 114 Gulden.

---

(1) Mainzer oder Rheinischer Goldgulden von Fr. 7 89 bis 9 75, durchschnittlich etwa Fr. 8 88.

(2) Vgl. den Text im Anhange, Nr. 16.

p) 20. August 1401, Güterverzeichniß vom Ernzerhof.

q) 14. December 1402, Verzichtleistung auf Ansprüche wegen eines Processes über Sachen, die ans Hospital gegeben waren.

r) 12. October 1403, Kauf von Gütern und Renten in Cruchten bei Vianden, welche gemäß Act vom 18. Januar 1404 der Verkäuferin lebenslänglich überlassen werden.

s) 1404, Kauf eines Weingartens und ¼ Morgens Land in Euren für acht Gulden.

t) 28. Juli 1405, Verzichtleistung auf streitige Schulden.

u) 1406, Erbverpachtung von 2½ Morgen Weinberg auf Beidelingen und auf Grove zu einem Drittel des Ertrages.

v) 9. Juni 1407, Schuldbrief über eine Rente von 10 Schillingen Trierisch.

x) 10. September 1407, Vermiethung eines Hauses in Hovelech für drei gute weiße Pfenninge.

y) 29. October 1407, Verzichtleistung des Johann Buuer auf alle Ansprüche ans Hospital.

z) 1408, ähnliche Erklärung der Angela, Wittwe des Clais von Altscheit.

a') 1. März 1409, Verpachtung eines Grundstückes auf Slupenacker (?) für 2 Quarten Oel und 1 Vierzel Weizen.

b') 7. März 1409, Quittung über 12 Mainzer Gulden, die Peter Weickert bezahlt hat.

c') 6. März 1409, lebenslängliche Ueberlassung

eines Weinberges in der Alve an Hennekin Altbußer wegen geleisteter Dienste.

d') 1. December 1411, Erbverpachtung eines Weinberges auf Grove und eines auf Beidelingen für ein Drittel des Ertrages, und Vorstreckung von 2 Mainzer Gulden guten Goldes auf ein Haus in Haal.

e') 1411, Schuldverschreibung von 9 Schillingen Trierisch, die Katharina Sturens zu entrichten hat von ihrem Garten über die Sauerbrücke.

f') 3. Februar 1412, Quittung über alle Ansprüche des Nikolas Schins und Consorten ven Bettisdorf.

g') 18. August 1412, Schöffenurtheil, das dem Hospital einen Garten auf dem Markte zuspricht, wovon 9 Schillinge Trierisch und 2 Pfund Mandelkerne jährlichen Zins längere Zeit ausgeblieben waren.

h') Am 17. Januar 1417 verpachten Hr. Peter von Rosport, Clais Abeln und Johannes, seine Gesellen und Priester im Hospital dem Welter Symontz und seiner Frau Grethe Clockarz die Güter zu Osweiler, die der Pfleger-Meister Mathias von Osweiler (1328 — 1362) in dasselbe gebracht hat, nämlich ein Haus mit Garten und Pesch (enclos), drei Wiesen mit Feldern daran, und noch 12 Felder von 11 — 12 Morgen zusammen, und zwar für eine Erbrente von ½ Malter gutes Roggen-Korn.

i') April 1418, Verpachtung des Ernzer Hofes. — Diese ist nebst dem obigen p) Beleid oder Güterverzeichniß von 1401 das älteste Document über jenes bedeutende Landgut des Hospitals.

j') Am 16. August 1420 bekommen Robyn der Spander und seine Frau Grethe für ihre Lebzeiten ein Haus in Muckenbure unter der Bedingung, daß ihre Güter an das Hospital fallen werden.

k') 12. März 1423, Tausch eines Feldes auf Finnave gegen eines auf Fehl.

l') 19. October 1424, Kauf einer Rente von 36 Trierischen Schillingen.

XXIX. Provisor Johann Schuol von 1424—1464 und dessen Nachfolger bis zum 16ten Jahrhundert.

46. Gegen 1432 hören alle Schenkungen auf, und es schien große Unordnung in der Hospitalverwaltung geherrscht zu haben. So verkauft am 3. Januar 1432 Provisor Johannes einen dem Hospital zugehörigen Weinberg auf Grove für eine sichere, d. h. bestimmte Summe Geldes, die gar nicht näher angegeben und wahrscheinlich auch nicht in Rechnung gebracht wird. Daß Derartiges mag vorgekommen sein, kann man unter Anderm schon aus der Thatsache folgern, daß der Hospitalarius Johann Schuol, der zu gleicher Zeit Pastor von Pessingen war, am 5. November 1459 vom Officialat von Trier mit der Excommunication bedroht werden mußte, weil er sich mehrere Verbrechen, Excesse und Verschleuderung des Hospitals-Vermögens zu Schulden kommen ließ (1).

---

1) Die Monilio erga Hospitalarium wurde fulminirt kraft

Die Kirchenstrafe scheint jedoch gefruchtet zu haben, und Provisor Johannes Schuol ließ es wohl nicht zum Äußersten kommen, sondern brachte Alles wieder in Ordnung, da er noch mehrere Jahre nachher in seinem Amte blieb, und sein Nachfolger seiner mit großer Achtung gedenkt.

47. Die spärlich vorliegenden Urkunden von 1430 bis 1500 sind von geringem Belang. Als Hospitalmeister oder Provisoren figuriren darin gegen das Jahr 1464 der Priester Peter Engelbert aus Echternach, der als Provisor dem Abt einen eigenthümlichen Eid leistet (1); gegen 1467 Johannes Irhel, Pastor zu Edingen und Provisor; gegen 1476 Priester Johannes; gegen 1482, Johannes Sichel, Pastor in Edingen, und gegen 1489 Johannes Irrel, Pastor zu Edingen: offenbar seit 1467 fortwährend derselbe Herr.

a) 1435, den 3. Mai, Verpachtung des Hofes zu Euren.

b) 1445 (?), den 25. (?) Juni, verständigt sich Provisor Johann Schuol, Pastor zu Peffingen, im Namen des Abtes, der Scholtessen, Richter und Scheffen mit Diedrich Ruelkin und seiner Frau

---

einer päpstlichen Bulle von Tilmannus de Oxweiler, Decanus Ecclesiæ Sancti Simeonis Treviris, judex et conservator jurium Domni Abbatis, wegen plura facinora et excessus nec non dilapidationem Xenodochii de rectore illius etc.

(1) Die betreffende Eidesformel, aus welcher man unter Anderm ersieht, wie man sich schon § 45, h') merken konnte, — es sei früher Sitte gewesen, daß der Provisor alle seine persönlichen Güter dem Hospital überlasse, werden wir im Anhange unter Nr 21. folgen lassen.

Margaretha dahin, daß diese von verschiedenen Ansprüchen gegen Nutznießung mehrerer Grundstücke abstehen. — Richter und Gericht werden hier auch wohl aus dem Grunde zugezogen, weil auch abgesehen von dem Antheil, den sie an der Hospitalverwaltung haben mochten, ihre Dazwischenkunft in einem Streit über liegende Güter erforderlich war.

c) 1448, den 29. März, Verpachtung des Weinberges auf Grove an den Steinmetzen Hansen Welter für ein Drittel des Ertrages.

d) 1467, den 11. Juli, Cession eines Weinberges in der Alven für den vierten Theil des Wachsthums.

e) 1476, den 21. September, trifft Margaretha de Holsy mit dem Hospital hinsichtlich aller bisherigen Klagen, Streitigkeiten und Gerichtshändel ein Uebereinkommen. Der Notar fürchtet, man möge die Aufrichtigkeit ihrer Aussage bezweifeln und verklauselt sich feierlich gegen jedwede Erschleichung ihrer Einwilligung (1).

f) 1482, den 29. Juni, Kauf einer Wiese in der Alve zu Nutz des Hospitals.

g) 1489, den 11. November, verleiht das Hospital dem bescheidnen Johannes Steinmetzen von Schönecken und seiner Frau Schoffartz das Recht einer gemeinschaftlichen Mauer an der Hoistard im Sacke.

---

(1) Er schreibt: Non vi, dolo, metu aut aliqua sinistra machinatione ut asseruit circumventa, sed sua mera, spontanea atque libera voluntate bene deliberata recognovit et confessa fuit: . . .

XXX. Die Abtei vom 13ten bis zum 16ten Jahrhunderte.

48. Da die Regierung der Äbte zu Anfang dieser Periode kein besonderes Interesse darbietet, so wollen wir dieselbe nur kurz berühren. Der 30te Abt von Echternach hieß Bartholomäus (1210—1232), der 31te Reiner (—1242) und der 32te Arnold I (—1269), unter welchem Papst Innocenz IV durch Breve datirt zu Lyon am 2. Januar 1247 den am Pfingstfeste nach Echternach kommenden Wallfahrern einen Ablaß von 40 Tagen verleiht (¹).

---

(1) Vgl. M. F. Jos. Müller, kurz gefaßte Geschichte der Abtei Echternach, S. 65; und Bertholet, Bd. II, S. XXXV. Aus der Lebensbeschreibung des hl. Willibrord von Alcuin ergibt sich, daß Pilgerungen nach dem Grabe desselben zu Echternach bereits gegen Ende des 8ten Jahrhunderts stattgefunden haben; ähnliches bezeugt der Abt Thiofrid in Bezug auf das Ende des 10ten, und der angeführte Päpstliche Erlaß gegen Mitte des 13ten Jahrhunderts. Allein in allen diesen ältern Nachrichten ist keine Spur und keinerlei Andeutung davon zu finden, daß bei den Pilgerzügen oder einer Procession in Echternach Musik, Springen oder ein Tanz vorgekommen sei. Merkwürdig ist es daß der Abt Bertels, der doch so Vieles zu erzählen weiß, der Springprocession mit keinem einzigen Worte gedenkt. Die erste Meldung davon findet sich bei dem 1559 geborenen Trierischen Geschichtsschreiber Brower, welcher behauptet, seine Zeitgenossen haben gesagt, sie hätten als Knaben von den ältesten Leuten gehört, daß bei jeweiliger Unterlassung dieser Procession, das Vieh in den Ställen zu tanzen angefangen und nicht eher zur Ruhe gekommen sei, bis die Menschen die Springprocession wieder gehalten hätten. Vgl. Annales Trevirenses L. 16, n° 95.

Ein Beweis, daß die hiesige Bittfahrt bereits damals sehr berühmt sein mußte. — Weiter folgen die Äbte Heinrich (1269—1270), Richard (—1296), und Ludwig (—1298).

Seit dem 13ten Jahrhundert aber wich die Abtei, reich an Einkünften und Privilegien, von Tag zu Tag mehr ab von der Einfachheit der Sitten und der Lebensweise der Ordensregel, und wurde an klösterlichen Tugenden immer ärmer. Unter dem Abte Heinrich von Schönecken (1298—1324) übertrug der Kaiser die Advokatie über Echternach, die Abtei und die Stadt, dem zeitlichen Abte selbst und belehnte ihn mit den Regalien (1), so daß von jener Zeit der Abt auch Herr von Echternach war. Als solcher hatte er alle weltliche Gerichtsbarkeit zu Echternach, Dreis und in einigen andern Ortschaften, setzte einen Schultheiß, Richter und sieben Schöffen zur Ausübung der Gerichtsbarkeit, bestimmte die Zunftmeister, gab Maaß und Gewicht, bezog Marktzoll und ordnete alle Angelegenheiten des weltlichen Regimentes.

Auf Heinrich von Schönecken folgte Arnold II (1324—1329) und auf diesen Theodorich (—1340), welcher mit seinen Mönchen verschiedene Unannehmlichkeiten hatte, so daß der Trierische Erzbischof Balduin als Vermittler auftreten mußte, um den Con-

---

(1) Regalien, königliche Rechte, werden überhaupt alle Hoheits- oder Majestätsrechte genannt; in engerer Bedeutung die Gegenstände, welche zwar im Ganzen dem Staate angehören, deren Benutzung ehedem aber ausschließlich dem Staatsoberhaupt zukam. Es gehören dahin die Domänengüter, die Zoll-, Post-, Salz-, Bergwerks-, Jagdregalien 2c.

ventualen Gehorsam, und dem Prälaten Mäßigung beizubringen (1).

Meistens wurden Söhne aus vornehmen Familien mit der Abtswürde bekleidet (2).

Nach dem Tode des Jacob von Fay aus Neuerburg (1479—1490), welcher durch verschwenderischen Aufwand und zuchtloses Leben den zeitlichen Wohlstand des Klosters zerrüttet, und die geringen Ueberreste klösterlicher Lebensweise bei seinen Untergebenen vernichtet hatte, bestand der ganze Convent noch aus drei Professen und drei Novizen, die alles gemeinschaftliche Leben abgelegt hatten, und gesondert ein jeder für sich in Häusern um das Kloster herum

---

(1) In einem Actenstück des Klosters hat M. F. Jos. Müller ehedem Folgendes gelesen: Anno 1330 Balduinus... ordinat imprimis monachis ut abbati debitam exhibeant obedientiam... et abbas illis subministret integras præbendas... negligentes corrigat, *censuras revocet* nec tales sine seniorum consilio fulminet. Vgl. Hr. Prof. Michel, Catalogue des Abbés d'Echternach, S. 18.

(2) Solche waren im 14ten und 15ten Jahrhundert nebst Theodorich von Arl, Johann von Winningen (1340—1353), Johann von Növel (Neuville) (— 1363), Wilhelm von Kerpen (—1372), Hartwich (Hertwig) von Waldeck (—1377), Philipp Arnoldi von Homburg (Hohenburg) und von Fels († 1377), [Robert I (1377—79), Wirich von Attembach (—1399)], Petrus (—1414) und Nicolaus (—1432) von Gymnich, dann Peter von Huben oder von Hübingen, auch Hubeyn genannt (1432—37). Unter Winand Glüwel (1437—65) sind 1444 das Kloster, die Kirche und über 200 Häuser abgebrannt; Colin Plick von (Oirwich) (1465—76) und Franz von Oirwich (1476—77) haben gleich jenem ein tadelloses Regiment geführt.

wohnten, das nicht einmal mehr eine Ringmauer hatte. Sein Nachfolger Burkard Poßwin (1490—1506) brachte wieder 12 Mönche zusammen und stellte die klösterliche Zucht wieder her, die nahezu 300 Jahre verkommen gewesen war (1).

XXXI. Herrscher Luxemburgs zur Zeit des Aufschwunges und der Blüthe unseres Hospitals.

49. Gleich wie in der zweiten Hälfte des 10ten Jahrhunderts Graf Siegfried durch mehrjährigen Besitz der reichen Einkünfte der hiesigen Abtei in den Stand gesetzt wurde, das Schloß Luxemburg zu bauen und dort eine neue Dynastie zu gründen, so war auch noch in der ersten Hälfte des 13ten Jahrhunderts Echternach die wichtigste Stadt unseres Landes und die Gräfin **Ermesinde** gab ihr sieben Jahre früher als der jetzigen Hauptstadt bürgerliche Institutionen. Hier die Hauptbestimmungen der betreffenden Verfassungs-Urkunde vom November 1236:

a) Die Bürgerschaft (Scabini et Burgenses) wählt jährlich ihren Richter (Justiciarius), welchen der Herr der Ortschaft zu bestätigen hat: er handhabt das Recht für Bürger und Landesherr. b) Eine Schöffenbank steht demselben zur Seite um das Recht des Herrschers, des Abtes und der Bürger zu wahren und wie bisher Rath zu geben und Urtheile zu

(1) Vgl. Hr. Prof. Marx, Geschichte des Erzstifts Trier, Bd. III, S. 360. —

fällen. c) Jeder Bürger bezahlt seinem Landesherrn jährlich zwölf Denare. d) Von dem Werthe aller verkauften Lebensmittel, Getreide ausgenommen, muß von 5 bis 10 Solidi ein Obol oder Halbdenar, für jede 20 Solidi dem Herrn 2 Denare (5/6 %) entrichtet werden. e) Die Bürger sind zur Kriegsfolge verpflichtet. In den ersten acht Tagen derselben müssen sie auf eigene Kosten leben; für ihre Pferde aber können sie vom zweiten Tage an das Land ausfouragieren; erst in der zweiten und den folgenden Wochen werden sie in Allem vom Landesherrn verpflegt. f) Je nach dem Geschlechte des Landesherrn soll die Bürgerschaft als Ehrensold beim Empfange des Ritterschlages oder als Brautsteuer bei der ersten Vermählung 50 Luxemburger Pfund (Livres) zahlen. — Weiter folgen auch einige Bestimmungen über Geldbußen u. s. w. Gegen jene Leistungen werden die Echternacher Bürger für ihre Personen und ihre Güter ewig Freiheit und Sicherheit genießen. Die Urkunde wurde von Ermesinde und deren 28 ersten Vasallen beschworen und unterzeichnet oder besiegelt ([1]).

Ihr Sohn **Heinrich** V (II) (1246—1274), ein thatkräftiger Fürst, machte noch in seinen alten Tagen den 7ten Kreuzzug mit, und übergab die Regierung **Heinrich** VI (III) (1274—1288), der in der Schlacht bei Wöringen ([2]) umkam und seinen minderjährigen Sohn **Heinrich** VII (IV) (1288—1310),

---

(1) Vgl. Bertholet, Bd. IV, S. LXV—LXVIII.

(2) Am untern Rheine, wegen der Erbfolge in Limburg.

den nachherigen deutschen Kaiser (1308--1314), zum Nachfolger hatte.

Johann (der Blinde) (1310—1346) war schon bei Lebzeiten seines Vaters als 17jähriger Prinz Graf von Luxemburg geworden und nahm unser Hospital in seinen besondern Schutz. Während der Regierung seines zweiten Sohnes **Wenzel** I (1346—1383) ward das Land von furchtbaren Unglücksfällen: Hungersnoth, Erdbeben und Pest heimgesucht, und nachweislich bestand damals schon die hiesige Springprocession ([1]).

Bekanntlich wurde 1354 die Grafschaft Luxemburg zu einem Herzogthume erhoben. Aus der Geschichte unserer Herzoge ([2]) heben wir hervor, daß durch eine Verordnung von 1462 der Herzog Philipp der

(1) Man kann nämlich füglich annehmen, daß die hiesige Springprocession zur selben Zeit entstanden ist, wie die ihr in allen Stücken ähnliche, welche ehemals zu Groß-Prüm gehalten wurde. Nun aber erzählen die Chronisten Heinrich Brandt und Servatius Otler, daß um die Zeit des dortigen Abtes Heinrich von Schönecken (1288—1342) die Springprocession zu Prüm aufgekommen sei.

(2) Unter **Wenzeslas** II (1383—1419) unheilvollen Regierung wurde 1388 das Land wie ein verschuldetes Eigenthum verpfändet, und unter dem deutschen Kaiser **Sigismund** (1419—1437) führte die Pfandinhaberin Elisabeth von Görlitz, die den Einwohnern von Echternach ihre alten Rechte und Freiheiten bestätigt hatte, ein sehr drückendes Regiment, bis **Albert** von Oesterreich (1437—1439) nach kurzer Regierung, aber langen Kriegsunruhen den Herzog von Burgund zum wirklichen Nachfolger erhielt. Seit der Burgundischen Herrschaft hörte das Herzogthum auf, ein selbstständiger Staat zu sein, wurde Deutschland entfremdet und

Gute von Burgund (1443—1467) der Stadt Echternach einen Zoll von Wein und Vieh zu erheben gestattet, um die Ringmauer, Pforten, Thüren und Brücken allda zu unterhalten ([1]), und daß bei Gelegenheit des Reichstages zu Trier (1512) der Kaiser Maximilian mit hohem Gefolge eine Bittfahrt zum Grabe des hl. Willibrord machte ([2]).

---

trat ein in den Schicksalswechsel der Belgisch-Niederländischen Provinzen. — Nach dem Tode **Karl's des Kühnen** (1467—1477) wurde später dessen Tochter **Maria** von Burgund (1477—82) vermählt mit dem österreichischen Prinzen **Maximilian** (1482—95), der, als er den Kaiserthron bestieg, seinem Sohne **Philipp dem Schönen** (1495—1505) die Verwaltung der Niederlande abtrat.

(1) In jenem Actenstücke heißt es: »Que comme la dite ville d'ancienne fondation, assise sur la frontière du pays de Trèves, de l'Eifle et de toutes les marches environ, close de portes et grosses murailles anciennes, en laquelle a un très-grand pont par-dessus le fleuve de la Soure, garni d'une grosse tour au bout de celui pont, et en laquelle ville ayent par ci-devant été plusieurs grands et notables édifices et aussi garnis de notables et riches gens, qui de leur propre et sans que la dite ville eust un denier de rente, entretenaient les portes, murailles, pont et passages etc.»

Vgl. Hrn. Brimmeyr, »Observations sur quelques anciens bâtiments de la ville d'Echternach», in den Publicationen der Alterthumsgesellschaft für 1850.

(2) „Dieser Besuch, sagt M. F. Jos. Müller, sollte aber nicht allein dem hl. Willibrord gelten, sondern (wegen einer ansteckenden Krankheit) vorzüglich dem hl. Sebastian, dessen Haupt und einen bei dessen Märtirisirung gebrauchten Pfeil man angeblich in der Abteikirche aufbewahrt hat. Der Kaiser veranstaltete in dem Städtchen Echternach einen feierlichen Umgang; das Kleid, welches er bei dieser Gelegenheit trug und

E. Vierte Periode.

Von der Betheiligung der Bürgerschaft an der Hospitalverwaltung bis zur französischen Revolution (1515—1795).

XXXII. Spannung zwischen Abtei und Stadt im 17ten Jahrhundert.

50. Das 16te Jahrhundert kennzeichnet sich durch Streitigkeiten zwischen der Stadtverwaltung und der Abtei hinsichtlich der Oberaufsicht über das Hospital und die Ernennung des jedesmaligen Provisors.

---

welches bis zum Jahre 1794 im Kloster aufbewahrt wurde, war sehenswerth: Die Farbe war weiß, der Faden von Aloé, die Aermel sehr weit und nach spanischer Mode aufgeschnitten, und, sowie das ganze Kleid, der Länge nach mit einer Menge kleiner Knöpfchen vom nämlichen Stoffe besetzt; endlich war dasselbe mit einem rothen seidenen Faden durchaus brodirt" rc. Auch schenkte der Kaiser damals eine Votivkerze von 354 Pfund, welche in der Procession umgetragen worden und bis zum Einrücken der Franzosen hier zu sehen gewesen. Bald nachher gestattete er dem hiesigen Abt Robert von Moreal die Einnahme der Schatzung der Stadt Echternach für ein Jahr um damit die große — 70 Zentner schwere Glocke gießen zu lassen, die sich seit 1797 in einem der Thürme unserer Pfarrkirche befindet. — Auch den berühmten Kronleuchter der St. Willibrordskirche bringt unser Gewährsmann in Verbindung mit jener Bittfahrt Max I. „Derselbe war an einer eisernen Kette aufgehängt, von Messing und so reich vergoldet, daß Kunstverständige diese Vergoldung auf 360

Durch Urkunde vom 1. September 1515 hatte der Abt den Peter Prinz mit dessen Frau Treine zum Verweser des Hospitals eingesetzt. Diese Eheleute, die, wie man Beschwerde trug, nicht einmal Echternacher Bürger waren, sollten Gespann halten, gewisse Ländereien bebauen, und den Haushalt der Armen und Kranken bestens besorgen. Die Bürgerschaft betrachtet diese Neuerung als einen Eingriff in ihre Rechte und macht Vorstellungen dagegen. Am 7. Januar 1516 findet nun ein Vergleich zwischen dem Abt und den Richter und Schöffen der Gemeinde Statt, durch welchen nach Verlauf eines Jahres wieder ein Geistlicher mit der Hospitalverwaltung betraut werden sollte.

Über die Ausführung dieser Verständigung geriethen die Parteien wieder in argen Streit. Die Stadtverwaltung wählte 1517 oder 1518 den Hrn. Johannes Schlick zum Hospitalmeister, wogegen der Abt ihr 1519 einen Proceß anhängig machte, und eigenmächtig ein dem Hospital zugehöriges Ackerfeld im Dorfe Meckel verpachtete. Eine ähnliche Verpachtung nahm er auch 1521 vor.

Unterdessen wurde der von der Bürgerschaft er-

Gulden geschätzt haben; er hatte 32 franz. Schuh (M. 10 396) im Umfang; an dem Reife desselben, der einen Schuh in der Breite maß, waren die Bildnisse der 12 Apostel angebracht; rundum war eine Inschrift in lateinischer Sprache zu lesen, worin ein jeder Apostel mit einem Propheten verglichen ward. Oben auf dem Rande waren 72 kleine Leuchter angebracht, in welchen jährlich am Pfingstdienstage Kerzen aufgesteckt und angezündet wurden".

wählte Provisor Hr. Johann Schlick Cantor und Canonicus an der Collegiat-Kirche zu St. Arnual (Diocese Metz), und verzichtet am 16. Februar 1524 auf sein Vorsteheramt am hiesigen Hospital; der Prälat aber fuhr fort das Amt des Ober-Hospitalmeisters auszuüben, und so verpachtet Abt Roprecht von Monreall am 1. Mai den Hof „uff Feel" für 24 Jahre dem Hansen von Ernzen, und zwar zu einem Pachtzinse von 12 Malter Getreide halb Weiz und halb Korn, 1 Malter Erbsen, einem Schweine von 4 Gulden, Kapaunen, 1 Bocke, 100 Eier ꝛc.

Trotz der am 24. August 1539 abgegebenen Erklärung des Vice-Pastors von Echternach Johannes uhm Berg, der Abt Matheis von Lützenrath, so wie Richter, Gericht und Amtsmeister, habe ihm die Hospitalverwaltung übertragen, werden dennoch die Schöffen und Bürger am 16. November 1540 nach Mecheln geladen, um der Abtei die Verwaltung des Hospitals zu überlassen. Die Bürgerschaft nämlich hatte den Hrn. Johann am Berge («Jean Du Mont» heißt es in der französischen Citation) zum Provisor ernannt, während der Prälat den Mönch Jean Vanneroy vorgeschlagen hatte. Den Pächtern von Fehl und Felsbach war eingeschärft worden, nicht dem so ernannten Hospitaler ihre Grundrenten zu entrichten; deshalb wurden auch sie nach Mecheln zum Obergerichtshof beordnet. Jedoch alle diese Gerichtsklagen und Vorladungen scheinen dem Abte wenig genutzt zu haben: Hr. Johann am Berge ist und bleibt Hospitalmeister, und erledigt die in dessen Amt einschlagenden

Geschäfte, und verpachtet unter Anderm am 3. Februar 1547 eigenmächtig die Hofgüter zu Euren bei Trier.

Seinerseits setzt der Abt seine Rechtshändel fort, und am 19. März 1554 läßt er nochmals die Stadtverwaltung vor den hohen Appelhof nach Mecheln laden behufs Wiedererlangung seines von undenklichen Zeiten herstammenden Rechtes, den Hospitalarius zu ernennen. Die über diesen Streithandel ergangenen Urtheile finden sich nicht in dem jetzigen Hospitals-Archiv vor; andererseits erscheint auch die Sache nicht bedeutend genug, um in den betreffenden Gerichtshöfen Nachforschungen darüber anstellen zu lassen. Indessen ersehen wir aus einem Actenstücke vom 1. Mai 1555, daß Hr. Johann uff dem Berge. Pfarrverwalter und Provisor des Hospitals, Krankheitshalber letzteres Amt niederlegt und von seiner ganzen Verwaltung Rechnung abzulegen verlangt. Der Hohe Rath von Luxemburg mischt sich diesmal in die Sache: er nimmt das eingereichte Entlassungs-Gesuch an, und ernennt den Priester Mathisen Prinz zum Pfleger der Anstalt. Ferner verordnet er, daß ein von ihm dazu bezeichneter hochgestellter Rechtsgelehrter die Rechnungen an Ort und Stelle prüfe und abschließe.

XXXIII. Die ältesten Hospitalsrechnungen.

51. Die Rechnungen des genannten Hrn. Johannes A Monte, Du Mont oder Auf dem Berge sind die ältesten von denen, die sich im Hospitals-Archiv

vorfinden. Die erste reicht vom Weißen=Ostertag (13. April) 1539 bis St. Johannes (24. Juni) 1540 und schließt bei einer Ausgabe an Geld von 674 Gulden (à 32 Beyer) und 6½ Beyer mit einer Schuld von 281 Gulden 24½ Beyer. An Getreide waren verkauft worden 36 Malter Weizen und 26½ Malter Roggen. Die Einnahme an Naturalien war nicht unbedeutend.

Die Rechnungen desselben Hospitalverwalters von 1540—41, 1541—42 und 1544—45 wurden bereits früher, letztere am 15. Februar 1547 auf Supplication durch Johann Bernner Undengen, Commissarius der Herren Gubernator, Präsident und königl. Räthe abgeschlossen.

Die spätern Rechnungen des Hrn. Johann Auf dem Berge von 1545—54, so wie auch die zwei von 1542—44 scheinen, nach dem Grade der Beschädigung mehrerer noch vorhandenen zu urtheilen, vor Nässe ganz unleserlich und allmälig zernichtet worden zu sein.

Aus dem Zeitraume von 1554 bis 1600 ist wohl die Hälfte der Rechnungen verloren gegangen. Die erhaltenen sind mit genauer Sorgfalt angefertigt und in römischen Ziffern aufgestellt. In denselben gilt der Echternacher Gulden 32 Beyer und wird zu 10 Stüber oder Fr. 0.823045 berechnet, das Malter aber zu 8 Vierzel oder 16 Sester, das Fuder zu 6 Ohmen. Jede Naturalienlieferung hat ein eignes Conto.

Für 1540—41 beträgt die Einnahme an Weizen 56 Malter 6 Sester, wovon 22½ Malter auf dem Bodenraume (Speicher) vorgefunden wurden; an

Korn 114 Malter 7½ Sester, wovon 38 Malter auf dem Speicher gewesen; an Hafer 8½ Malter; an Oel 12 Quart; weiter Butter, Schinken 2c.

Verkauft wurden 29 Malter Weizen zu je 4 Gulden oder Fr. 3.29, und 42½ Malter Korn zu 3 Gulden oder Fr. 2.47.

Die Einnahme an Geld betrug 383 Gulden 8 Beyern, der Überschuß 94 Gulden 26½ Beyern.

Der Oberknecht bekam an Lohn und Bedarf 14 Gld. 21 B.; der zweite Knecht 12 Gld; die Oberhausmagd 5 Gld. 12 Beyern, die zweite Magd eben so viel, und die Viehmagd 4½ Gld.

Wir lassen hier die Preise folgen, um welche in verschiedenen Jahren Getreide im Hospital verkauft wurde:

1541—42 Weizen 3½ Gld. à 10 Stüber das Malter, Korn 3 Gld;

1554—55 Weizen 7 Gld.;

1556—57 Weizen 14 Gld., Korn 10 Gld.;

1560—61 Weizen 7 Gld., Korn 5 Gld.;

1563—64 Weizen 7 Gld., Korn 6 Gld., Hafer 4 Gld.;

1564—65 Weizen 15 Gld., Hafer 4 Gld.;

1565—66 Weizen 10 Gld., Korn 8 Gld., Hafer 4½ Gld.;

1566—67 Weizen 7 Gld., Korn 6 Gld., Hafer 5 Gld.;

1567—68 Weizen 8 Gld., Korn 7 Gld.; Hafer wurde nicht verkauft, sondern zur Fütterung der hier liegenden Mansfeldischen Reiterei-Pferde verbraucht. Im Jahre 1552 stattete auch Markgraf von Brandenburg der Stadt Echternach einen Besuch ab; jedoch auf Fürbitte des Pfarrers Johann Monticula (Uff dem Berge) ließ er es bei der Forderung einer Brandschatzung bewenden ([1]).

1569—70 kostet der Weizen 11 Gld.; Korn wurde nicht verkauft wegen zu großer Bettelei;

1570—71 Weizen 14½ Gld.;

1583—84 Weizen 6 Thaler (à 30 Stüber) oder Fr. 14.81.

Nach des Hrn. E. Fischer „Historischen Notizen über den Zustand der Landwirthschaft im Großherzogthum Luxemburg" kostete 1595 das Malter Weizen hierlands Fr. 19.80, Roggen 17.30; aber 1598 und 1599 nur je Fr. 9.90 und 8.30; für die zwei Jahre 1600 und 1601 durchschnittlich 12 Fr., während das Hospital damals das Malter zu 15 Gulden oder Fr. 12.35 verkaufte, welches wirklich der Mittelpreis vom Jahre 1600 war. Die Preiseverzeichnisse für Echternach und Luxemburg waren also in jener Zeit ziemlich genau übereinstimmend.

Am Schluß der Rechnungsablegung von 1595—96 fügt der Hospitalarius Johann Höhöver die Bemerkung hinzu, am 24. Mai 1596 haben die Freibeuter ([2]) des Brückerthor zersprengt, Echternach furchtbar ausgeplündert, unter Anderm den Kassenbestand das Hospitals im Betrag von 461 Gulden 4 Stüber und 6 Liards geraubt, und schließlich den Hrn. Abt Bertels gefänglich fortgeführt.

(1) Vgl. Trierisches Wochenblatt von 1819, N° 10.

(2) Vgl. Hrn. Prof. Mongenast, „Ueberfall der Stadt Echternach im Jahr 1596", im Diekircher Schulprogramm 1851.

Die geraubte Summe wird natürlich als Ausgabeposten eingetragen.

Kehren wir hierauf zum Jahre 1555, namentlich zu den seitherigen Rechnungsablegern zurück.

XXXIV. Die Hospitalmeister in der 2ten Hälfte des 16ten Jahrhunderts.

52. a) Bereits am 6. Januar 1555, also mehrere Monate vor seiner Anstellung durch den Hohen Rath, verpachtete der neue Vorsteher des Hospitals Hr. Mathias Prinz dem Michael Reiners auf 50 Jahre den Hof von Osweiler für eine jährliche Grundrente von 4 Maltern Weizen, 4 M Korn, 4 M. Hafer, 1 M. Erbsen, 1 Mastschwein, 4 Korden Holz 2c.

b) Ferner ist er beflissen, die Besitzungen des Hospitals besser abzurunden. So vertauscht er am 3. März 1557 einen Weinberg in Münderley gegen ein Feld, das an ein Eigenthum des Institutes gränzt, und bezahlt eine Herausgabe von 20 Gulden ächter Münze.

c) Desgleichen vertauscht er am 6. Juni 1564 ein Feld im Sonnenberg gegen einen Weingarten im Galgenberg.

d) Und am 29. September 1570 eine Wiese beim Folkenbach, ein Driesch auf Beidlingen und einen verfallenen Weingarten gegen zwei Wiesen zu Ernzen und einen Berg

e) 1571, den 2. Juni, vergleicht sich der Spitaler Hr. Mathias Printz über eine Schuld von 20

Trierischen Schillingen dahin, daß er sie zu 6 Brabäntischen Stübern verzinsen läßt, und 5 Thaler baar enthält für Rückstände.

f) 1563, den 14. October, wurde vereinbart, daß das Patronatsrecht der Pfarrei Cruchten bei Vianden, welches abwechselnd der Abtei und dem Hospital zustand, bei der damaligen Erledigung derselben von dem Provisor auszuüben sei (1).

g) 1571, den 21. December, bittet das Hospital um Nachlaß einer Staats-Steuer von 180 Carolus-Gulden (à Fr. 1 81), was am 15. April 1572 vom Grafen von Mansfeldt gestattet wird.

h) 1575, den 20. December bescheinigen wiederum Richter und Gericht, daß das Hospital keine Steuern entrichten kann, falls es nicht gezwungen werden soll die Armen zu entlassen. — Am 21. Juni 1592 kommt die Hospitalsverwaltung nochmals bei der Regierung mit einem Gesuche um Nachlaß einer Steuer von 55 Carolus-Gulden ein.

i) Im Jahre 1600 klagt der Hospitalverwalter Johann Höhöffer, die Kirchenornamente seien vor wenigen Jahren vom Feinde gänzlich geraubt worden. Durch den Dürwarter Pütz wurden damals 220 Carolus-Gulden als Contribution gefordert; das Hospital aber ist der Ansicht, daß, wenn es nicht ganz steuerfrei bleiben könne, ihm doch die

---

(1) Das Patronatsrecht war die Befugniß, bei einer jedesmaligen Erledigung der Pfarrstelle den Nachfolger zu bestimmen. Vgl. darüber Hrn. Prof. Dr Stronck, Geschichte des Schlosses und der Herrschaft Linster, Athenäumsprogramm von 1863.

Hälfte nachgelassen werden möge, und zwar um so mehr, weil man ja rückständige Forderungen von mehreren Jahren mache.

Somit hatte die Anstalt in den drei letzten Decennien des 16ten Jahrhunderts auch Händel mit dem Fiscus.

Hr. Mathias Printz, auch Princianus genannt, führt das Ruder von 1555 bis 1570; auf ihn folgt Hr. Clemens Mütsch; dann figurirt 1578—1583 Hr. Sonntag von Lucy, Pastor zu Bollendorf, und 1583 — 1584 Hr. Johann von Lymeslert, ersetzt durch Hrn. Johann Höhöver 1584 — 1596 oder 1599. — Die Rechnung von 1599 — 1600 sowie noch zwei andere, und vermuthlich auch noch drei fehlende, wurden unterschrieben von Hrn. Johann Agricola, der bereits dem folgenden Jahrhundert angehört.

XXXV. Abtei und Staatsregierung während des 16ten Jahrhunderts.

53. Nachdem wir so den bescheidenen Entwickelungsgang unserer Anstalt während des thatenreichen 16ten Jahrhunderts urkundlich dargestellt haben, wollen wir die auf unsere Stadt bezüglichen Begebenheiten der gleichzeitigen Geschichte der Äbte und des Landes überha t hervorheben.

Poßwin's Nachfolger in der Prälatenwürde, Rupert von Monreal (1506—1539), hat ein lobenswerthes Regiment geführt, und manche dem zeitlichen Wohlstand früher geschlagene Wunden wieder geheilt; mit dem Hospital aber, oder vielmehr des Hospitals wegen mit der Stadtgemeinde führte er stets langwierige Processe, die schwere Klagen gegen ihn und die nächstfolgenden Äbte laut werden ließen. Unter ihm wurde das unter dem Namen Dingstuhl bekannte gothisch-arabische Gebäude neben dem Marktplatze aufgeführt, das leider nachher durch moderne Fenster verunstaltet worden.

In Folge von Streitigkeiten um die Abtswürde ist der Wahlmodus dahin abgeändert worden, daß ernunmehr der Kaiser oder der König den Abt ernannte. So sandte Karl V an die Stelle des Mathias von Lützeradt (1539—40) den Godefried von Aspremont 1540—1562), der unter Bedeckung von Kriegsknechten gegen Jacob von Alten-Eberstein eingeführt werden mußte, und Philipp II den Anton Hove (1562—68), früher Besitzer der Abtei Egmont, die dem neuen Bischof von Harlem als Commende überwiesen worden war. — Eben so ist nachher der Probst Martin Maas oder Masius (1568—84) von Philipp II zum Abt von Echternach befördert worden, indem die Probstei Mers unweit Utrecht zur Dotation des Bisthums Ruremond gezogen wurde. Auf Johannes Glaadt aus Luxemburg (1585—94) folgte der berühmte Johannes Bertels aus Löwen (1594—1607), dessen Gefangennehmung durch holländische Freibeuter, so wie seine Luxemburger Geschichte (Historia Luxemburgensis) allbekannt sind (1).

54. Man weiß, daß die beiden verhängnißreichen Vermählungen Maximilian's I mit der Erbtochter

(1) Vgl. Hrn. Marx, Bd. III, S. 362—366.

von Burgund, und seines Sohnes, **Philipp** I (des Schönen) (1495 — 1506), mit Johanna von Spanien, **Karl'n** V (1506—1555), Johannens Erstgebornen (1500), zum Herrn unermeßlicher Länder machten. Dieser großmächtige König von Spanien und deutsche Kaiser hatte in der Wiege den Titel eines Herzogs von Luxemburg erhalten, und unter ihm treten auch für unser Land viele Vervollkommnungen der Staatskunst, so wie eine gewaltig vermehrte Regierungsthätigkeit in der Gesetzgebung und in der Administration ins Leben. Durch eine Verordnung vom 6. October 1531 ließ er die Landstreicher und Bettler aufsuchen und bestrafen; er hatte aber auch Maaßregeln getroffen, daß die armen und hilflosen Kranken gehörig unterstützt und gepflegt wurden ([1]). In derselben Verordnung befindet sich auch eine Menge Bestimmungen über die Banqueroutiers, die Ketzer, die Kleiderpracht, die Kirchweihfeste und dgl. Wie wir oben in unserer Einleitung gesehen, hat er auch Verordnungen erlassen über die von so genannten todten Händen zu machenden Güter-Erwerbungen. Bei seiner Abdankung kam unser Land unter die finstere Herrschaft **Philipp** II von Spanien (1555 —1598), unter welchem die Pest zweimal wüthete, und die mit Frankreich verbündeten nunmehr von Spanien abgefallenen Holländer Echternach einnahmen und der Plünderung Preis gaben. Dabei nun hatte das Hospital sich doppelt zu be-

(1) Vgl. Recueil d'édits, ordonnances, déclarations et règlements concernant le Duché de Luxembourg et comté de Chiny, S. 35—41.

klagen, einerseits, wie wir oben gesehen, wegen der Beraubung seiner Casse und seiner Kirchenornamente, andererseits wegen der Steuern, die in den letzten Decennien für einen Schutz gefordert wurden, den man demselben sehr mangelhaft angedeihen ließ, während der eingebrochene Nothstand größere Ansprüche an dasselbe machte ([1])

XXXVI. Hospitalsurkunden des 17ten Jahrhunderts.

55. Die meisten aus dem 17ten Jahrhunderte stammenden Urkunden haben Bezug auf die Einkünfte des Hospitals, und sind somit als gewöhnliche Verwaltungsvorkommnisse von geringer Wichtigkeit. Wir wollen jedoch der Vollständigkeit halber die vorzüglichsten derselben anführen.

a) 1608, den 12. Juni, wird ein Theil Haus

---

(1) Philipp II von Spanien übernahm im 16ten Jahrhundert für den Westen Europa's die Aufgabe, welcher um dieselbe Zeit die polnische Adelsrepublik, erfüllt von Tapferkeit, Übermuth und Glaubenseifer, für den Osten nachstrebte, Beherrschung der Welt im Namen des katholischen Glaubens. Man ließ sich von einem Kampfe zum andern treiben, während alle Interessen der Nation nach Frieden riefen. Überall wurde man geschlagen. Spanien aber trat aus dem endlosen Ringen eben so ermattet und lebensunfähig wie Polen hervor. Die Lenkung der Politik nach politischen und nicht nach theologischen Gesichtspunkten führte Friedrich II zum ersten Male in die Wirklichkeit ein, und brach damit dem nationalen und geistigen Leben der modernen Zeit die Bahn. Vgl. H. v. Sybel's Revolutionszeit, Bd. I, S. 157 und 161.

und Garten in Sack verkauft, auf welchem ein Albus (Fr. 0 06) Grundzins ans Hospital haftet.

b) 1620, 23. Juni, Kauf einer Rente von zwei Thaler (à 30 Stüber) und 2½ Stüber für 33 Thaler und 10 Stüber.

c) 1623, 15. Februar, Ausstellung eines Capitals von 44 Thalern zu 2 Th. 24 St. jährlich.

d) 1623, 28. Juli, Kauf eines Baumgartens unterhalb der Hospitals-Mühle für 28 Luxemburger Thaler (à 30 Brabäntischen Stübern oder Fr. 2 72).

e) 1623, 12. December, Ausstellung von 33 Th. 10 St. zu 2 Th. 2½ St. jährlich.

f) 1624, 24. August, Verkauf einer Rente von 4 Thalern 10 Stübern.

g) 1626, 13. Januar, Ausstellung eines Kapitals von 50 Luxemburger Gulden zu 3 Gulden 10 Pf.

h) 1626, 28. April, Obligation von jährlich 6 Th. 7½ St.

i) 1626, 23. Juni, Ausstellung von 100 Gulden (à 10 St.) zu 6 Gld. 2½ St. Zinsen, also zu 6¼ pCt.

j) 1634 wird der Zehnte von Prüm-zur-Ley verkauft für 8 Malter Mischler, der von Cruchten für 12, der von Holzthum und Schankweiler für 10.

k) 1637, 6. Mai, kauft das Hospital in Ernzen einen Garten, etwa 5 Morgen Wiese, 6 Morgen Ackerfeld und 10 Morgen Roidland.

l) 1669, 27. März, Kauf eines Gartens in Bruellgasse für 10 Reichsthaler (à 56 Stüber oder Fr. 4 61).

m) 1670 werden dem Hospital für 100 Gulden Güter adjudicirt.

n) Ausstellung von 44 Luxemburger Thalern auf einen Garten in Sack, welcher am 22. October 1687 mit einer daran gelegenen Hostert als Bezahlung angenommen wird.

o) 1685, drei Actenstücke über die bisherige Wirthschaft im Hospital, wovon ausführlicher unten.

p) 1687, 20. October, Erwerb des versetzten Dieschburgshaus in Sack mittelst einer Herausgabe von 30 Luxemburger Thalern.

q) 1688, 9. September, Ausstellung von 200 Gulden auf einen Garten in Brühlgasse und einen am Deich, welche später dem Hospital cedirt worden.

r) 1689, 26. Februar, Verpfändung des Nießbrauches eines Gartens in Hundeswinkel für 100 Luxemburger schlechte Gulden von einer frühern Obligation.

s) 1692, 17. Mai, Beleid oder Güterverzeichniß des Höhhofes, enthaltend 123 Morgen Ackerland, und Wiesen für ungefähr 18 Fuder Heu.

t) 1694, 17. Juni, Kauf eines Gartens in Hundswinckel für 8 Thaler (à 5 Schilling). Die Urkunde ist controlirt oder einregistrirt, wofür 5 Stüber entrichtet worden.

u) 1694, 27. August, Ansteigerung a. 1/2 Morgen Land im Hartberg, b. 1/2 Morgen auf Feinnagel, c. eines Gartens auf Hork, d. noch eines Gartens allda, e. eines Gartens vor der Haalpforte, für 71 Thaler 20 1/2 Stüber.

v) 1696, 3. Januar, wird dem Hospital der Nießbrauch eines Gartens auf Credepull und einer Wiese in der Velkerbach für ein schuldiges

Capital von 100 schlechten Thalern und rückständigen Zinsen von 6 Jahren verpfändet.

w) 1696, 13. Februar, Cession zweier Gärten bei der Felsmühle, worauf ein Capital von 20 Reichsthalern und eines von 100 schlechten Gulden lasteten, gegen 48 Reichsthaler für rückständige Zinsen und Herausgabe.

x) 1696, 16. Juni, Kauf einer Behausung nebst Scheune, Stallung und Misteplatz in Berggasse, neben dem Hospital, gegenüber dem Masius, für 220 Luxemburger Thaler.

y) 1698, 31. October, Kauf von 5/4 Morgen Ackerland auf Brahr (?) am Mühlenteiche für 15 Reichsthaler Species.

z) 1699, 26. December, überläßt das Hospital die am 16. Juni 1696 erworbene Behausung neben demselben dem Nicolas Welter unter der Bedingung, daß er alles auszutheilende Brod backe. Am 25. December 1711 kam dieses Haus wieder ans Hospital zurück, weil die Wittwe Welter jene Bedingung nicht erfüllen konnte.

Werfen wir noch einen Blick auf die Rechnungen des 17ten Jahrhunderts.

XXXVII. Hospitalsrechnungen von 1601—1700.

56. Herr Johann Agricola scheint von 1599--1606 mit der Verwaltung beauftragt gewesen zu sein; es finden sich jedoch von ihm nur drei Rechnungen vor. Hr. Johann Wolff von Neuerburg ersetzt ihn und unterschreibet die Rechnungen von 1606 bis 1609,

nach welchen wieder eine Lücke von etwa neun Jahrgängen eintritt.

Die Rechnungen von 1618 bis 1622 werden abgelegt durch den Provisor Hrn. Johann Born, Pastor zu Edingen, und die von 1622—1624 durch Hr. Nicolas Warken.

In letzterm Jahre war die Einnahme an Weizen 18 Malter $15\frac{1}{4}$ Sester, an Korn 60 Malter 6 Sester, an Hafer 13 Malter $12\frac{1}{2}$ Sester, an Erbsen 2 Malter, an Wein 2 Ahmen, an Geld 367 Thaler (à 30 Stüber), nebst den gewöhnlichen Naturalgefällen an Schweinen, Hühnern, Eiern, Oel etc. — Das Malter Weizen wurde verkauft 10 Thaler (Frs. 24 69), das Korn 8 Thaler, um ein Drittel theurer als der damalige Mittelpreis.

Die Rechnungen für 1624—1628 sind unterschrieben vom Computanten Joannes Mathias Batens Mechlinensis. Zur Abhörung derselben bekommen Gericht, Bau- und Amtsmeister 8 Stüber per Person und Vacation, der Stadtschreiber nur 4 Stüber, aber 5 Thaler um sie in Form zu setzen und zweimal ins Reine zu schreiben. So kostet die Rechnung von 1624—25, welche von 10 Personen in Einer Sitzung abgehört wurde, 13 Thaler 10 Stüber. — Für ersteres dieser Jahre war die Einnahme an Geld 347 Thaler 14 Stüber 2 Denare, dann etwa 120 Malter Früchte, 53 Schinken, &c.

Hr. Warken verwaltete wiederum das Hospitalsvermögen von 1628 bis 1636. Im ersten Jahre seiner nochmaligen Geschäftsführung waren die Zehnten erstanden worden wie folgt: Zu Cruchten, die der Abtei nicht zufallende Hälfte, für 13 Malter

Weizen und Korn; zu Nußbaum, von so genannten Cruchtener Gütern allda, für 10 Sester Korn; zu Holzthum und Schankweiler für 8 Sester Weizen, 3 Malter und 8 Sester Korn und 4 Malter Hafer; zu Prüm-zur-Ley, nach Abzug des an die hiesige Pfarrkirche kommenden Drittels, für 6 Malter Korn und Hafer; zu Kirschenbach (nachher Kaschenbach) für 4 Malter Korn. — Die ganze Einnahme betrug an Weizen 47 Malter 7 Sester, an Korn 62 Malter 13 Sester, an Hafer 26 Malter 14 Sester, an Erbsen 3 Malter, an Geld 360 Thaler u. s. w.

Von 1636 bis 1639 war Caspar Medernach, Pastor zu Hemsthal, Hospitalarius dahier. Dieser bezahlte, wie seine Vorgänger, unter Anderm ans Kloster 5 Stüber und 7½ Denare Schaftgeld (1) für die Güter von Osweiler.

Hr. Johann Schrötter legt Rechnung ab für die Jahre 1639 — 1641, und Hr. Nicolas Braun für

---

(1) In uralten Zeiten war das Grundeigenthum von unbedeutendem Werthe und viele Strecken blieben gänzlich unbebaut; nichts desto weniger betrachtete man solche Grundgüter als ein Principale und deren Bewohner als ein Accessorium, so daß bei Schenkungen oder Verkauf der Grundgüter zugleich die Bewohner derselben als Leibeigene an den neuen Eigenthümer übertragen wurden. Waren aber diese Menschen aus der Leibeigenschaft entlassen, ohne daß ihre Verbindlichkeit zu dienen ganz aufhörte, so nannte man sie Schaftleute, von Schaffen oder Arbeiten, und ihre Güter, Schaftgüter, ihre Leistungen aber Schaftdienste, Schaftgeld, auch wohl Medeme, Medum, wenn dieselben in Naturalien bestanden. Derartige Schaftzinse lasteten vor der Revolution auf verschiedenen Gütern. Vgl. M. F. Jos. Müller, Natur der Grundgüter im Herzogthum Luxemburg.

1641 — 1644. Die Einnahme des letzten Jahrganges beläuft sich auf 28 Malter Weizen, 65 Malter Korn, 28 Malter Hafer, 3 Malter Erbsen, 672 Thaler, 5 Schweine, 38 Pfund Speck, 22 Schinken, 22½ Pfd Schmalz u. s. w.

Für die Zeit zwischen 1644 und 1649 findet sich nur eine Rechnung vor, deren Ableger Hr. Michael Reichhardt gewesen zu sein scheint.

Mit Hrn. Mathias Masius 1649—1654 kam etwas mehr Ordnung ins Rechnungswesen, was aber vielleicht mehr Sache des Stadtschreibers als des Schatzmeisters war. Die Zahlen erscheinen nicht mehr in römischen sondern in den jetzt gebräuchlichen arabischen Ziffern, und das Datum aller Einnahmen und Ausgaben ist wie in einem Tagebuch angegeben.

In dem Jahre 1650 kaufte das Hospital ungeachtet der vielen Lieferungen ein Malter Korn für 16 Thaler. Zur selben Zeit hatte es fortwährend französische Soldaten zu verpflegen, und eine sogenannte Salvaguarde oder Sicherheitswache fiel demselben schwer zur Last. Nichtsdestoweniger wurden die Mahlzeiten für die sämmtlichen Herren Provisoren an den drei Hauptfesttagen der Anstalt St.-Stephans-, Weißenoster- und St. Elisabethen-Tag unausgesetzt eingenommen. Der dazu erforderte Wein zu 7 oder 8 Stüber das Maaß kostete in den Jahren 1650 und 1652 je 23 und 33 Thaler (Fr. 56 79 und 81 45). — Ein Paar Schuh für eine arme Frau wurde damals 1 Thaler 6 Stüber bezahlt.

Der Ernzerhof lag 1653 und 1654 pfleglos, da der frühere Pächter ruinirt worden war und sich kein neuer Liebhaber mehr anbot. Ähnliches fand auch in den Jahren 1650 und 1660 auf den beiden (1) Höfen zu Osweiler Statt.

Die Rechnungen von 1654—56 und 1657—58 fehlen. Diejenige von 1656—57 scheint von Hrn. Mathias Billig abgelegt worden zu sein. Dieses Jahr hindurch hatte man besonders viele Fremde, Arme oder Kranke zeitweilig im Hospital zu verpflegen.

Die Rechnungen für 1656—61 sind von Hrn. Michael Reichardt oder Richardi. Die vorletzte zeigt eine Einnahme an Geld von 660 Thalern, eine Ausgabe von nur 250 und mithin einen Ueberschuß von 410 als Cassenbestand.

Hr. Michael Pontianus von Houffalize verwaltete das Hospitalvermögen von 1661 bis 1668. Die Einnahme an Geld schwankt zwischen 260 und 390 Thl. Die Naturaliengefälle bleiben sich ziemlich gleich.

Von 1668 bis 1675 ist Michael Leonardi Schatzmeister. Die erste und die zwei letzten Rechnungen jener Zeit sind nicht mehr vorhanden. Die jährliche Einnahme an Geld belief sich durchschnittlich auf 313 Thaler. Korn wurde ausgetheilt an verschiedene Almosensammler, die weit hergekommen waren.

In den Jahren 1675—1684 war Verpfleger der Armen des St. Georgen-Hospitals Hr. Valentin Fisch, Canonicus zu St. Paulin bei Trier. Unter seiner Führung wuchs der Cassabestand von Jahr zu Jahr. Die Ueberschüsse betrugen nach einander 358, 524, 1115 und 1235, zuletzt jedoch nur 947

(1) Es scheint, als habe man damals die Osweiler Güter in zwei Loosen verpachtet. Es war eigentlich nur ein Hof oder Pachtgut.

Thaler. — Im Jahre 1680 sollten die Meiereien Bollendorf und Ernzen von einem Kapital von 100 Thalern eine Pension von 6 Thl. 6 St. und 4 Den. entrichten; weigerten sich aber zu bezahlen, indem sie die Richtigkeit der Schuld in Abrede stellten. — Vier jener Rechnungen wurden fast zu gleicher Zeit, am 4. — 6. Mai 1683, abgehört.

Die Rechnungen für 1684 — 1699 werden abgelegt von Hrn. Johann Nicolas Irell, unter dessen Verwaltung viele französische Soldaten vom Condé'schen Regimente und von Marschall Boufflers im Hospital verpflegt worden. Vom 9. Januar bis zum 1. Juni 1690 belaufen sich die desfallsigen Auslagen auf 80 Thaler 22 Stüber. — Auch verschiedene Krüppel finden zeitweilig hier Aufnahme und Unterhalt.

Die Abhörung der Rechnung fürs folgende Jahr kostet 16 Thaler 21 Stüber, wovon 6 Thaler 15 Stüber an vier Patres im Namen der Abtei und 10 Thaler 6 Stüber an zwölf andere so genannte Provisoren von Seiten der Bürgerschaft kamen; die der Rechnung von 1691—92, 13 Thaler 15 Stüber, die Aufstellung so wie doppelte Ausfertigung der letztern, 6 Thaler.

1693—94 bekommt der Bäckermeister 7 Thaler, um jede Woche ein halb Malter zu backen. — In der Fastnachtszeit erhalten die Pächter, der Pförtner und Fuhrmann 15 Maaß Wein zu 6 Stüber, und die auswärtigen Gäste Bier für 3 Th. 6 St. und 4 Den. Für Aushauen des Bildnisses auf dem Hospitalthor werden bezahlt 24 Stüber. — Ein Paar Schuh kostet auch 24 Stüber. Die Mahlzeiten für sämmtliche Provisoren an den drei hohen Festen werden ersetzt durch Vacationen für Theilnahme an den alsdann abzuhaltenden Sitzungen, welche sich diesmal auf 47 Thaler 18 Stüber 4 Denare belaufen, später 22 oder 23 Thaler nicht übersteigen. — Gewöhnliche Einnahme an Geld 300 bis 480 Thaler. — Vom Thaler heißt es in einer der letzten Rechnungen, er werde zu 30 alt-brabäntischen Stübern berechnet, die sich damals zu den Luxemburgischen verhielten wie 6 zu 7.

Fortwährend werden viele Hausalmosen ausgetheilt, und kranke Soldaten, arme Reisende, Obdachlose jeder Art aufgenommen und zeitweilig ernährt und verpflegt.

XXXVIII. Klagen des Luxemburger Hospitals über die hiesige Hospitienverwaltung.

57. Wie wir aus den bisherigen Rechnungen und dem Provisoren-Reglement (1) ersehen können, haben zwar Nothleidende immer eine zeitweilige Verpflegung im hiesigen Hospital gefunden, aber schon seit längerer Zeit schien die Anstalt weder Kranken noch Armen eine bleibende Stätte zur Pflege und zum Unterhalte dargeboten zu haben. Gegen das Jahr 1672 stellten nun die Provisoren des Bürger-Hospizes von Luxemburg bei der Regierung den Antrag, die Hospitäler von Echternach,

(1) Vgl. den Text dieses Regulativs unten im Anhange unter Nr. 22, Art. 19.

Bitburg, Bastnach und Marche dem der Hauptstadt einzuverleiben. Die Einkünfte der erstern, behaupten sie, würden gegen den ausdrücklichen Willen der Stifter und ohne Nutzen für die Armen und Kranken vergeudet werden; einigen Reisenden würde noch hie und da vorübergehende Aufnahme und Pflege zu Theil werden, während die meisten Einkünfte von den Verwaltern selbst verzehrt oder auf eine dem Zwecke der Anstalt widersprechende Weise verwendet würden. Im Bitburger Hospital sei seit Menschengedenken kein Armer oder Kranker unterstützt worden; es wohne nur ein Geistlicher drin, der die Einkünfte nutzlos verzehre; in Echternach versammeln sich die Mitglieder der Stadtverwaltung viermal des Jahres, halten jedesmal auf Kosten des Hospitals eine gute Mahlzeit, und weisen dann armen Familien einige Unterstützung an, ohne daß irgend ein Kranker gepflegt werde; in Bastnach wirthschafte man in ähnlicher Weise und in Marche noch schlimmer; der Prinz von Chimay und Hr. Commis von la Malière mögen daher gefälligst be Seiner Churfürstlichen Hoheit dem Erzbischofe von Trier und beim Bischof von Lüttich einkommen, in deren Sprengeln die unnützen Hospitäler gelegen sein, um die angeregte Vereinigung zu Stande zu bringen (1).

---

(1) Vgl. Hrn. Prof. Schaack, Notice historique sur l'hospice civil de Luxembourg, im Athenäumsprogramm 1860, Pièces justificatives Nos 18 et 19 S. 36—38, wo es unter Anderm heißt: »Les Proviseurs dudit hospital (de Luxembourg) proposent qu'il y a plusieurs hospitaux dans la Pro-

Diese Denkschrift übermacht nun Don Juan Domingo von Zuniga-Fonseca Graf von Monterey und Fuentes am 22. August 1763 dem Provinzialrath zu Luxemburg, und wünscht in Anbetracht, daß die Soldaten ausreißen, wenn sie nicht gut verpflegt werden, man möge die Stiftungsurkunden jener Hospitäler und deren dermalige Ausführung genau untersuchen, um zu sehen, ob es Seiner Majestät nach dem durch den Kirchenrath von Trient bestätigten Rechte nicht zustehe, jene Einverleibung zu verordnen.

Das fragliche Gesuch wurde alsdann durch Schreiben des Provinzial-Rathes vom 12. September 1673 den Einwohnern von Echternach zugefertigt. Die sämmtlichen Provisoren des hiesigen Hospitals erließen darauf folgende an den Prinzen von Chimay und den Provinzialrath gerichtete Erwiederung:

---

vince, mal administrez, et cependant bien dotez, nommément ès villes de Biedtbourg et Echternach, ... dont les revenus se dissipent contre l'intention des fondateurs, sans que les malades ou pauvres prouffittent si non quelques passagers, le surplus se consommant en gaiges des Procureurs et autres dépenses contraires à l'institution des dits hospitaux. Et que partant il serait du service du Roy, du bien de la Province et de la convenance de l'Estat, ... d'unir et incorporer lesdits hospitaux de Biedtbourg, Echternach, Marche et Bastogne *cum onere et honore* aud[t] hospital de Luxembourg, pour par l'union des revenuz de ces cinq hospitaux avec les charges en dépendantes, former un hospital tel qu'il convient pour soulager les pauvres malades en ceste garnison ce qui ne contribuerait pas peu à la conservation de cette ville capitale.»

58. Hochgeborner Fürst, Wohlgeborne, wohledle, Gestrenge, Hochgelehrte, Gnädige, Gebietende Herren 2c.!

Daß Ew. Gnaden das Ihren Excellentien Gubernatoren und General-Hauptmann der Niederlanden durch jetzige Administratores des Hospitals zu Luxemburg überreichte Memorial uns communiciren und ehe Ihr Advis zu geben uns zuvor darüber vernehmen wollen, dessen thun wir uns mit unterthänig gebührendem Respect bedanken, und gehorsamlich darüber anzeigen, daß wir mit nicht geringem Beschwer und Empfindlichkeit dabei erfahren müssen, uns öffentlich nach gelangt zu werden, als sollten die Renten und Gefälle hiesigen Hospitals, gegen Intention der Stifter, durch Gagen der Provisoren und andere der Stiftung zuwiderlaufende Kosten Dissipirt werden, und den Armen und Kranken Nichts oder Wenig davon zu Vortheil kommen, hiesiges Gericht auch viermal im Jahre versammelt, und ansehnliche Banqueten zu Belast des Hospitals gehalten werden, dargegen wir zu nothwendiger Ehrenrettung am zierlichsten hierdurch protestirt haben wollen, da hingegen wahr, bekannt und erweislich ist, daß hiesiges St. Georgii Hospital nicht von Fürsten und Herren, sondern, wie beigehend zu ersehen, von Einwohnern dieses Ortes zu Trost hiesiger Kranken und Armen, ihren Nachbaren verwendet, und deren Nachkömmlingen fundirt und gestiftet worden, daß ein gewisser Einwohner allhier, welcher seine Wohnung in der Straße Vorpfort gehabt, und sich dahero ante Portam genannt, mit seiner Hausfrau Gerburgis Anno 1309 (¹) das Hospital erbaut und mit allen seiner Hausfrauen Erb' und Gütern dotirt, darbei dann ausdrücklich versehen und vorbehalten worden, daß dieselben zu Trost und Unterhalt hiesiger Armen und Kranken dienen und angewendet werden sollten, welche Fundation deren Söhne auch mit einem Hof zu Euren (²) bei Trier, etlichen Weingarten daselbst und andern Renten augmentirt, welchem löblichen Exempel mehr denn hundert Andere aus christlicher Liebe und Eifer gefolgt, und dasselbe Hospital mit großen und kleinen Stiftungen und Donationes, zu vor anerzogenem Ende allein, also versehen haben, daß

---

(1) Das wirkliche Jahr der erstern Hermann'schen Schenkung ist im Liber aureus, in den alten Abtei-Büchern und in den vielen verschiedenen im Hospitals-Archiv vorfindlichen Abschriften ohne Abweichung 1207. Es scheint aber, als habe man sich im 17ten Jahrhundert die Mühe erspart, die Urkunden im Original oder in authentischen Ausfertigungen einzusehen und sich lieber an eine ziemlich vage Tradition gehalten. Den Hermannus ante Portam, den ersten bürgerlichen Gönner der Anstalt, hält sowohl die Einwohnerschaft als auch die Abtei für den Stifter derselben, und zwar erstere um darzuthun, die Stiftung stamme ausschließlich von Echternacher Bürgern, letztere aber um ihr Oberaufsichtsrecht durch die Hermann'sche Urkunde zu begründen. In der gegenwärtigen Schutzschrift lassen die Provisoren das damals thatsächlich Bestehende gelten, als fuße es auf den lange außer Acht gelassenen Actenstücken.

(2) Dieses ist nur zum Theile richtig: Die meisten Hofgüter zu Euren wurden, wie wir gesehen, viel später gekauft.

es zum heutigen Stande gekommen. In diesem Hospital sind unter Anderm fundirt zwo Messen wochentlich, derowegen denn dasselbe von vielen Jahrhunderten her durch einen Geistlichen bedient, dessen Renten empfangen und verrechnet werden, Item ein gewisses Stipendium annuum für einen Schulmeister allhier; vom Übrigen wird nach Vermögen desselben den Kranken und Passierenden gepflegt, den Armen die Almosen dreimal in der Woche ausgetheilt, auch gegen die heiligen Ostern etwas an Fleisch, Speck, Erbsen unter die Bettler und sich präsentirenden Hausarmen, welche gemeinlich bedürftiger als die Bettler selbst sind; das Geringste aber nicht in Gagen außer der Provisoren verwendet. Es ist wohl wahr, daß wir nach alter vielhundertjährigen Observanz uns dreimal, und nicht viermal im Jahre, wie angegeben, versammlen, nämlich zu Stephani, wann die Renten geliefert werden, und wir ob dieselben lieferig oder nicht lieferig erkennen; zu Elisabethä, wann zufolge Fundation und altem Herkommen allen In- und Ausgesessenen, so sich in großer Anzahl zu versammlen pflegen, ein Almosen, Fleisch und Brod gegeben; über den Stand der Hofrenten und Gefälle informirt, als wohl die desfalls vorfallenden Streitig- und Nothwendigkeiten resolvirt vorkommen, und wird uns alsdann auch nicht ein ansehnliches Banquet, sondern eine ehrliche Mahlzeit, deren eine nämlich zu Quasimodo, der Hospitals-Kirchmesse, gegeben, und empfangen hingegen kein anderes Salarium, und es wäre das nicht zuwider, wenn die hohe geistliche oder weltliche Obrigkeit uns anstatt dessen eine Vacation oder ein Billiges an Geld assigniren wollten; einmal, dieses können wir ohne Rühmen melden, daß hiesiges St. Georgii-Hospital noch bisher so in Obacht genommen und administrirt worden, daß man uns hoffentlich keiner Vernachläßigung, vielweniger einiger Dissipation gegen Intention der Fundatoren; wird überführen können, wohl aber bekennen müssen, daß die Einkünfte dieses Hospitals je länger je mehr verbessert, der Gestalt es uns fast wunderlich vorkommen, daß, ex defectu informationis vermuthlich, die Provisoren St. Johannis-Hospitals zu Luxemburg (von welcher langwieriger Administration unnöthig allhier Anregung zu thun) begehren sollten, das Geringste von hiesigem, vielweniger das Ganze, alldorthin transferirt zu werden, welches der Fundatoren Intention nicht nur zuwider handeln, sondern dieselbe allzumalen invertiren wäre; Verhoffen darum, daß selbige Provisoren, nach eingenommenem wahrhaftigen Bericht, von dero unbegründeten Prätention von selbsten gern abstehen, und sich vielmehr durch hiesiger Fundatoren gottseliges Exempel antreiben lassen werden, mehr genanntes St. Johannis-Hospital auf anderm Wege augmentiren und beneficiren zu thun; Ewer Gnaden unterthänig gehorsamlich bittend, sothanes gemeldeter Provisoren Gesuch durch Ihr Advis gar nicht zu besteuern, sondern dasjenige, so zur Ehre Gottes, St. Georgii und zu Trost der Armen und Kranken an hiesigem Orte wohl fundirt, gnädig dabei erhalten zu helfen, und bleiben unter solcher Zuversicht beharrlich Ewer Gnaden unterthänige und gehorsame Diener,

Die sämmtlichen Provisoren St. Georgii-Hospitals zu Echternach:

Auf Befehl derselben,

Faber, Stadtschreiber.

Echternach, am 9. October 1673 (¹).

Unter dem 10. October 1673 antwortete nun der Provinzialrath dem Grafen von Monterey, am 11. September habe er dessen Briefe vom 22. August Betreffs der Denkschrift des Luxemburger Hospitals erhalten, in Ermangelung des General-Procurators an die Verwaltungen der vier angeklagten Hospitäler geschrieben und deren Vertheidigung entgegen genommen; alles wohl erwogen, seien derartige Verlegungen und Einverleibungen gegen das canonische Recht und den Kirchenrath von Trient, der die Bischöfe ernstlich ermahne, darüber zu wachen, daß die Einkünfte der Hospitäler nur zu den Stiftungszwecken mögen verwendet werden, was auch vernünftig sei, um fromme Personen nicht von fernern Schenkungen abzuhalten; es wäre vielleicht rathsamer gewesen, die Einnehmer jener Anstalten ihre Rechnungen seit 8 oder 10 Jahren vorlegen zu lassen, um zu sehen, ob dieselben nicht bedeutende Reste unter den Händen hätten, welche Gelder man alsdann mit Einwilligung der Orts-Ordinarien

(1) Dieses den Registraturen des Obergerichtshofes entnommene Schriftstück verdanken wir der gefälligen Mittheilung des Hrn. Obergerichtspräsidenten Würth-Paquet.

oder des Papstes ganz oder theilweise zum Nutzen des Luxemburger Hospitals verwenden könnte. Mit diesem Rescripte war die Sache vollends erledigt.

XXXVIII. Authentische Erklärung und Rechtfertigung der frühern Hospitalwirthschaft.

59. In Folge einer Aufforderung der Provisoren und des damaligen Verwalters des St. Georgs-Hospitals zu Echternach erklärte am 27. Februar 1685 Hr. Mathias Masius, Pastor zu Monnerich, vor dem Notar Sassenheim daselbst, „er sei fünf Jahre hindurch Pfleger jener Anstalt gewesen; dieselbe sei, nicht von Kaisern und Königen, noch von adeligen und hochgestellten Personen, sondern von Privatleuten und rechtschaffenen Bürgern der Stadt Echternach gestiftet (d. h. reichlich ausgestattet), um armen und elenden Einwohnern in ihren Nöthen bei zu stehen und dürftige Studenten zu unterstützen; wöchentlich lasse man zweimal ein Halbmalter Getreide mahlen und das Brod unter arme Insassen oder fremde Ankömmlinge austheilen; an den hohen Festtagen des Jahres nämlich Weihnachten, Ostern, Pfingsten, so wie auch auf St. Elisabethen-, St. Katharinen- und St. Georgen-Tag verabreiche man nebst dem gewöhnlichen Almosen, auch Speck und Erbsen, und wenn die Noth unter den Armen oder auch den Andern groß sei, nehme man ohne Rück-

sicht auf die gewöhnliche Mildthätigkeit eine außergewöhnliche Austheilung vor, indem man mit christlicher Liebe die Speicher des Hospitals öffne; daß die Austheilung des Getreides sowohl öffentlich, als auch je nach dem Stande der Unterstützten, im Geheimen geschehe; die Wohlthätigkeit sei so groß in jenem Hospital, daß reisende Krüppel, Verwundete und Kranke einige Tage dort aufgehalten, erquickt und ernährt worden, daß er unter seiner Verwaltung mehr als 20 bis 30 Soldaten der Armee des seligen Feldmarchals de la Ferté, der damals Echternach eingenommen hatte, im Hospital gesehen habe." Weiter erklärt er, „der jedesmalige Verwalter des Hospitals sei ein Geistlicher, der verpflichtet sei, wöchentlich zwei Messen für die Stifter desselben zu lesen, und jedes Jahr den Provisoren, Stadtschöffen und Andern Rechenschaft über die Einnahmen und Ausgaben ablegen müsse; daß nichts zum Nutzen der Provisoren, sondern Alles nur einzig und allein zur Unterstützung der dürftigen Einwohner oder auch Fremder nach dem Willen der Stifter verwendet werde". — So weit Hr. Masius, der die mäßigen Vacationsgelder oder Mahlzeiten sämmtlicher Provisoren nicht als eine Begünstigung, sondern als eine kleine Entschädigung für deren Mühewaltung oder für eine bei öffentlichen Dienstleistungen früher herkömmliche Höflichkeitserweisung angesehen wissen will.

Am 24. März 1685 gaben die Herrn Michael Leonardy, Pastor in Bohrr und Valentin Fisch, Canoniker zu St. Paulin, vor Notar Conrardi von Trier eine ähnliche Erklärung ab: „Jeder von ihnen sei ungefähr zehn Jahre Verwalter des Echternacher Hospitals gewesen"; sie fügen zu den obigen Angaben noch hinzu: „Der diensthuende Geistliche bekomme als Honorar 2 Malter Weizen, 4 Malter Roggen, 6 Sester Erbsen und 8 Sester Hafer; Montags, Mittwochs und Freitags werde ein halbes Malter Brod ausgetheilt; an den drei Hospitals-Festen betrage die Brodspende gewöhnlich 3 Malter Roggen nebst dem Speck von drei und einem halben fetten Schweinen mit drei Maaß gekochten Erbsen; am Samstag vor Ostern vertheile man auch die Schinken besagter Mastthiere; von den Einkünften des Hospitals bekomme der Schullehrer 2 Malter Roggen, 6 Sester Erbsen und eine Seite Speck; der Hospitalwärter, Knecht oder Arbeiter erhalte 1½ Malter Korn; die übrigen Einkünfte werden für allerlei Armen und Kranken, einheimische und fremde, adelige und bürgerliche, Bauern und Geistliche und Soldaten, sowie für Arzneien oder andere Bedürfnisse nach Vorschrift der Provisoren verausgabt".

Am 13. April 1685 legten auch der Pastor, der Schultheiß und der Stadtschreiber von Echternach eine mit der obigen ziemlich übereinstimmende Erklärung in Betreff der Hospitals-Verwaltung nieder. Letztere wurde in ähnlicher Weise bis zur französischen Revolution fortgesetzt, und hat bis zu den 20er Jahren unserer jetzigen Zeitrechnung keine wesentliche Abänderung erfahren. — Aus späteren Documenten ergibt sich, daß über dieß der Schullehrer von jedem armen Kinde alle drei Monate einen Schilling (Fr. 0 58) bekam, und die Schulkinder selbst zur Fastnachtszeit einen Schinken, am St. Elisabethen-Tag eine Portion Speck und Erbsen, und am weißen Ostertag jedes ein Ei, die Chorknaben aber zwei erhielten.

Gegen Ende des 17ten Jahrhunderts ward ein den Hospitalsverwalter betreffendes Reglement erlassen, aus welchem man am besten die damalige Einrichtung erkennen kann. Dasselbe haben wir ungeachtet seiner Ausdehnung im Anhange unter Nr 22. folgen lassen. Es heißt darin gleich zu Anfang: „Ein Verwalter des Hospitals St. Georgen binnen Echternach ist schuldig, bei Antretung seines Amtes beiden Herren Provisoren, dem Gotteshause Sti Clementis Willibrordi allhie und dann den Stadt-Schöffen und Zunftmeistern einen Eid zu schwören, dem Hospital hold und treu zu sein, und Alles zu administriren zu mehrerm Nutzen desselben". Wir wollen daher einen Blick auf die gleichzeitige Geschichte des hiesigen Klosters werfen.

XXXIX. Vermögen und rechtliche Stellung der Abtei.

60. Obgleich in Folge des Abfalles der Niederlande die in den Provinzen Hollands gelegenen Güter gänzlich verloren gegangen sind, so besaß dennoch gegen Ende des sechszehnten Jahrhunderts in mehr als 125 Ortschaften die Abtei beträchtliche Güter, erhielt Zehnten, Renten, Zölle und andere Gefälle, und trotz mehrern andern Verlusten haben die jährlichen Einkünfte des Klosters gegen Ende des achtzehnten Jahrhunderts sich ungefähr auf 80000 brabänter Florins (Fr. 145128) belaufen. Das

Städtchen Echternach und das Dorf Dreis (unweit Wittlich) erkannten den zeitlichen Abt als ihren Landesherrn an und leisteten ihm die Huldigung; in vielen andern Ortschaften hatte derselbe Mittel- und Grundgerichtsbarkeit. Von der Zeit der Kaiser aus dem Luxemburgischen Hause und der Erhebung dieses zur Herzogswürde stand die Abtei unter dem Herzoge von Luxemburg. Aus derselben Zeit (1308, 1354) datirt das Recht der Erzbischöfe von Trier, die Belehnung der Äbte von Echternach mit den Regalien im Namen des Kaisers vorzunehmen. Dies Recht bestand noch bis zu Ende des achtzehnten Jahrhunderts fort und sollte jeden Schein von geistlicher Unmittelbarkeit beseitigen. Nichtsdestoweniger ließen die Äbte ihre Wahl durch päpstliche Bullen bestätigen, wofür sie jedesmal 300 Florins an die Apostolische Kammer zu entrichten hatten (1). So war schon der Abt Thiofried (1081—1110) bei seiner Ernennung nach Rom gereis't und hatte seine Wahl von Papst Gregor VII bestätigen lassen, um von keinem kaiserlichen Nebenbuhler verdrängt zu werden.

XL. Die Abtei und die Landesregierung im 17ten und 18ten Jahrhunderte.

61. Während der zwei letzten Jahrhunderte waren die einfachen und schlichten Mönche allmälig vornehme Abteiherren geworden. Von Bertels Nachfol-

(1) Vgl. Hrn. Marx, Bd. III S. 368.

gern (¹) in der Abtswürde wollen wir noch Philipp von Neuforge (1667 — 1684) hervorheben, einen Niederländer, Königlich-Spanischen Rath, von dem erzählt wird, Metternich von Burscheidt sei, um ihm wegen einer Beleidigung Abbitte zu thun, mit einer Menge Ritter hieher gekommen und lange Zeit sehr kostspielig bewirthet worden, ferner Gregor Schouppe (1738—1751), einen Mann, der viele Weltkenntnisse hatte und sich sehr gut in sein Zeitalter zu schicken wußte, den Aufbau des Klosters vollendete und in den Lieschen eine Kreuzallee mit einem ansehnlichen Lustschloß errichtete, endlich Emmanuel Limpach (1775—1793) aus Luxemburg, nach dessen Tod wegen der in den Niederlanden herrschenden Kriegsunruhen kein Abt mehr ernannt werden konnte, und der Prior Bernhard Binsfeld von Bollendorf das Regiment die kurze Zeit noch bis zur Auflösung der Abtei führte.

62. Aus der gleichzeitigen Geschichte unserer Herrscher möge noch beiläufig bemerkt werden, daß in den zehn letzten Jahren Karl's V, unter Philipp II und in den 15 ersten Jahren **Isabella's** der be-

(1) Es sind Peter Richardot (1607—28) aus einer angesehenen Niederländischen Familie, der aus dem berühmten Kloster von St. Vedast hiehin gekommen war, Peter Fisch von Rosport (1628—57), der die Muttergottes-Kapelle erbaute, Richard Paschas (1657—67) von Beüre,... Willibrord Hotton (1684—93), ein Hitzkopf, der nicht immer die besten Mittel erwählt haben mag, um die klösterliche Disciplin aufrecht zu erhalten, Benedict Zender (1693—1717), Mathias Hartz (1717—28),... Michael Horman (1728—75) von Ettelbrück..

liebte Gouverneur Graf von Mansfeld (1545 — 1612) das Echternacher Hospital, so viel an ihm war, sehr begünstigte. Unter **Philipp** IV (1621—1665) hatte der ausgezeichnete Abt Richardot die meisten Klostergebäude theils restauriren, theils von Grund aus neu aufführen lassen. Sein Nachfolger Fisch hat dagegen die schrecklichen Zeiten des dreißigjährigen Krieges erlebt und gar arge Beraubungen seiner Abtei und der Stadt Echternach durch die Franzosen zu erdulden gehabt. Aller Geleitsbriefe ungeachtet, die er für sein Kloster in den Jahren 1644—1651 von dem Könige von Frankreich erhalten hatte, haben französische Truppen zu wiederholten Malen Stadt und Kloster ausgeplündert, Brandschatzungen auferlegt, Geißeln fortgeschleppt und sich von letztern schwere Summen als Loskaufspreis zahlen lassen. So haben am 22. August 1646 französische Reiter von Diedenhofen herkommend zu Echternach alles Hornvieh und alle Pferde weggenommen, im Werthe von 1000 Ducaten (Fr. 10,699 59). Am 4. Juli 1649 nahmen französische Soldaten unter ihrem Befehlshaber De la Roche die Schweine im Werthe von 500 Patagonen (Fr. 2,680 45) weg. Im October desselben Jahres sind 1200 Mann zu Fuß und zu Pferd eingefallen, haben zwei Tage hindurch geraubt nnd verwüstet und aus der Stadt wie aus dem Kloster Möbeln, Getreide, Wein, Pferde, Vieh und Heerden fortgeführt. Außerdem hat noch der Feldmarschall De la Ferté Senneterre unter Androhung, Alles in Brand zu stecken, eine Schatzung von 2000 Pistolen (circa 40,000 Fr.) den Beraubten abgefordert und, um die Zahlung dieser Summe zu sichern, den Prior als Geißel nach Sierck und 1650 nach Nanzig mitgenommen. Der Abt schrieb wiederholt klagend an den König und die Königin, erwirkte zwar Rescripte an den Marschall, die Herren zu Echternach in Ruhe zu lassen und allen Schaden zu ersetzen; allein vergebens: der gefangene Prior wurde um so härter behandelt. Endlich traf der Abt, aus Mitleid mit dem beinahe auf den Tod gepeinigten Prior, ein Uebereinkommen mit dem Marschall, kraft dessen letztern 500 und dessen Wachtmeister 100 Pistolen Lösegeld bezahlt wurde (1).

Unter **Karl II** von Spanien (1665 — 1700) wurde unser Land 14 Jahre lang (1684—98) von **Ludwig** XIV von Frankreich regiert, der kräftige Maaßregeln gegen die Überhand nehmende Bettelei erließ, die er in gewissen Fällen mit lebenslänglichen Galeerenstrafen ahndete. In den Zeiten des spanischen Erbfolgekrieges (1700—1711) hatte die hiesige Bürgerschaft und das Kloster viel Ungemach zu erdulden. Einige hundert Mann Franzosen lagen hier unter dem Befehle des Commandanten Chateaufort (Anderau). Dieselben hatten sich auf der Anhöhe neben der Pfarrkirche verschanzt, zogen sich aber, wenn des englischen Generals Malborough Leute sich zeigten, süd-westlich auf den Irreltsberg. Da aber einige Einwohner durch falsche Gerüchte über das Einrücken der Feinde oder durch muthwilliges, unzeitiges Läuten der Feindesglocke den Chateaufort scherzweise beunruhigt hatten, so ließ

(1) Vgl. Hrn. Prof. Marx, Bd. III, S. 372.

dieser bei seinem Abmarsch 1705, durch glühende Kugeln 35 Häuser in Asche legen (1).

Auch Kaiser **Karl** VI (1714—40) hat vier Verordnungen gegen die Bettelei u. dgl. erlassen. Seine Tochter, die beliebte Kaiserin **Maria Theresia**, (1740—80), vermehrte die Volksschulen, hob die Bevorzugungen der andern Stände dem Bürgerstande gegenüber auf und suchte die Lage ihrer Unterthanen durch Amortisationsgesetze u. s. w. zu erleichtern.

Unter der Regierung ihres aufklärungssüchtigen (2) Sohnes **Joseph** II (1780 — 90), war die Disciplin im Echternacher Kloster sehr herabgekommen, besonders seitdem der letzte Abt, Limpach, ziemlich unbekümmert um den Zustand der Abtei, seine größte Zeit auf Schloß Weilerbach, einem von ihm

---

(1) Vgl. Hrn. Prof. Linckels, die Pfarrkirche von Echternach, im Schulprogramme 1857, S. 16.

(2) Niemand wird es läugnen, daß in Joseph II eine wahre Menschenliebe und ein rastloser Drang nach Fortschritt arbeitete. Er strebte mit einer hastigen Unruhe, sein Volk zu einer höhern Stufe des freien Erwerbes, der sittlichen Würde, der geistigen Bildung hinan zu führen; er verletzte aber zuweilen die ewige Regel, daß der Inhalt des Gesetzes sich den gegebenen Menschen anfügen muß, wenn das gegebene Gesetz den Menschen eine heilige Autorität sein soll. Wir sehen ihn nicht blos gemeinschädliche Vorrechte des Adels oder des Clerus willkürlich zerreißen, sondern auch den tiefsten Grund des menschlichen Daseins, Religion und Sprache und Heimathgefühl, mit nackter Gewaltsamkeit antasten. Während er den Stolz seiner Gesetzgebung mit Recht in der Befreiung des ländlichen Eigenthums findet, stört er den armen Bauern seiner Provinzen die einzige Form ihres geistigen Lebens, ihre kirchliche Andacht. Und doch war es

oberhalb Echternach links an der Sauer angelegten Hüttenwerke, zubrachte. Als der Churfürst von Trier 1786 ein förmliches Statut gab, um Ordnung und Zucht im Kloster herzustellen, kamen mehrere Conventualen bei dem Gouvernement mit Gesuchen um Pensionirung ein. Zu gleicher Zeit wandten sie sich auch an den Erzbischof um säcularisirt zu werden und so austreten zu können. Da der Kaiser ohnehin allen Mönchs- und Nonnenklöstern, die sich nicht mit dem Unterrichte, mit der Pflege der Kranken oder mit Seelsorge beschäftigten, abhold war, so mußten solche Säcularisationsgesuche ganz willkommen sein und wurden mit starken Pensionen gewährt. Die berühmte Abtei des hl. Willibrord war also bereits in ihrer Selbstauflösung begriffen, ehe

---

die katholische Kirche, welche damals wie heute die vielen Nationalitäten Oesterreichs zu Einem Staate verband. Allein so gewiß dieser Fürst ein warmes Herz für das Wohl seiner Unterthanen besaß, so entschieden war der letzte Grund seiner Reformen nicht die Förderung des Volkes, sondern die Macht des Reiches. Oesterreich sollte ein centralisirter Staat wie das damalige Preußen oder das heutige Frankreich werden; es sollte kein fremder Einfluß auf sein Inneres einwirken dürfen; es sollte nach allen Seiten abgerundete und wo möglich erweiterte Grenzen erhalten, und so trug er kein Bedenken, Frankreich den Besitz des so unendlich wichtigen Luxemburg zuzusagen, wenn es ihm zu dem Besitze Bayern's verhelfen wollte. So fand er sich sofort im Angriffszustande gleichzeitig gegen seine Stände, seine Völker und seine Nachbarn. Er will keine Losung kennen, als Humanität und Wohlstand, und dennoch ein rücksichtsloser Neuerer und Eroberer sein. Daher die Widersprüche seines Wesens. Vgl. v. Sybel I, 166.

die Revolution in Frankreich ausbrach, die mit Gewalt auch jene Klöster aufgelöst hat, welche keine Säcularisation gewünscht hatten. — Zu bemerken ist noch, daß seit den 150 letzten Jahren der Musikunterricht und das Studium der Medicin in der Abtei sehr ernstlich betrieben wurden, und daß das jetzt noch bestehende Klostergebäude, das 1727 angefangen und 1743 vollendet worden, in seiner ganzen Anlage, in seinen Dimensionen und in seiner Pracht ein mehr fürstliches als klösterliches Gepräge hat.

Auf Joseph II folgte sein besonnener Bruder **Leopold** II (1790—1792), Vater des Kaisers **Franz** II (1792—1795), des letzten Herzogs von Luxemburg, zu dessen Lebzeiten wir nach einander republikanisch, französisch-kaiserlich, königlich-niederländisch und belgisch regiert worden sind, bis endlich 1839 das Großherzogthum Luxemburg wieder unter dem Zepter des mit der Freiheit der Völker groß gewordenen Hauses **Oranien** in die Reihe der selbstständigen Staaten eingetreten ist.

XLI. Inhalt einiger Actenstücke des 18ten Jahrhunderts.

60 a) 1702, den 23. April, cedirt das Hospital dem Schlosser Johann Mitz einen Platz oder Hostert in Berggasse für eine jährliche Rente von 1 1/2 Schilling.

b) 1716, den 9. März, Vertauscht das Hospital mehrere Güter in Osweiler mit der Abtei.

c) 1718, erhält das Hospital einen Weinberg in

der Alve zurück, wovon 6 Jahre lang 15 Stüber gutes Geld Zinsen rückständig geblieben waren.

d) 1733, den 16. Januar, Kauf eines Gartens am Oberfahr.

e) 1733, den 3. Februar, Verpachtung der Felsmühle für 8 1/2 Malter Korn, ein fettes Schwein von 25 Thalern, ein Böcklein, 2 Kapaune und 100 Eier.

f) 1735, den 1. April, erhält das Hospital zum Bau einer Kapelle ein Haus in Berggasse für ein Haus in Enggasse sammt Nachlas eines Kapitals von 50 Thalern.

g) 1741 vertauschte das Hospital seinen Hof zu Euren gegen den St. Agnes-Klosterhof von Osweiler, der viel schlechter war. Dieser Vertrag wurde durch Urtheil des Gerichtes von Trier am 30. April 1751 wegen zu großer Verletzung annulirt.

h) 1779 wird der Zehnte in Kaschenbach für 17 Malter Korn erstanden.

XLII. Die Hospitalsrechnungen von 1700 bis 1796.

64. Diese sind alle mit Ausnahme deren von 1712—13, 1714—16, 1719—20 und 1721—24 in guter Form vorhanden. — Der 1684 eingesetzte Verwalter Hr. Johann Nicolas Irell blieb in seinem Amte bis er 1734 das Zeitliche segnete. Seit 1699 machte er die Bemerkung, er berechne den Thaler zu 30 alt-brabäntischen Stübern. Es scheint, daß, wegen der vielen Renten, welche die Abtei aus den Nie-

derlanden bezog, in Echternach das brabäntische Geld häufiger war, als anderwärts.

Die Rechnung von 1734—35 wird abgelegt durch den Schöffen Franz Hout, der bis zur Ernennung des Hospitalspflegers Hrn. Michael Ries (1735—58) ein Jahr lang die Einnahmen und Ausgaben besorgt hatte. 1735 fährt man fort, die Thaler zu 30 Stüber schwer Geld oder brabäntisch, die Zinsen aber zu leicht Geld zu berechnen und zwar so, daß 6 schwere Stüber 7 leichte galten, bis man endlich 1751 den Thaler zu 35 Luxemburger Stübern ansetzte, und diese Währung am nächsten Jahre auch für die Zinsen (Pensionen) gelten ließ: so hatte man zuletzt nach vielen Schwankungen ein wenig Einheit ins Münzwesen oder vielmehr in die Rechnungsmünze gebracht. Als Getreidemaaß blieb der Echternacher Sester zu 16 per Malter. Der Zehent von Kaschenbach, Prum-zur-Ley, Cruchten und Nußbaum, so wie der Saalzehnte von Holzthum und Schankweiler wurden durchgängig nach Viandener Sestern zu 12 per Malter erstanden.

Gleich zu Anfang des 18ten Jahrhunderts werden die Rechnungen ziemlich spät vorgelegt, die von 1700 erst 1709; nachher jedoch geschah dies regelmäßiger.

Die Einnahme an Geld war sehr schwankend, indem sie größtentheils vom Preise und von der Menge der verkauften Früchte abhing. So betrug dieselbe 1710 über 863 Thaler, wovon bis 272 von veräußertem Getreide. Bei einer ständigen Geld-Einnahme von nur 200 bis 300 Thalern ergaben die Rechnungen wegen Einschränkung der

Ausgaben dennoch auf die Dauer bedeutende Überschüsse. So finden wir z. B. 645, 780, 1541, 1535 und 1594 Thaler Überschuß in den Jahren 1711, 12, 14, 18 und 19. Auf diese Weise konnten große unvorhergesehene oder außergewöhnliche Ausgaben gedeckt werden. Jedoch befinden sich auch häufig im vermeintlichen Überschuß bedeutende wieder anzulegende Capitalien. Die Überschüsse stiegen von 509 bis 1032 Thaler für die Jahre 1731 und 32, um welche Zeit man das Hospitalgebäude neu aufführte. Die Naturaliengefälle betrugen 1750—51 21 Malter Weizen, 72 M. Korn, 5 M. Hafer, 4—5 M. Erbsen; dann Schweine, Böcklein, Hähnchen, Eier, Oel 2c.

Alle Rechnungen werden von Abgeordneten der Abtei und den bürgerlichen Provisoren abgehört. Jeder der 14 Provisoren erhielt jährlich um Ostern 2 Thaler für seine Bestallung nebst seinen Vacationen, wenn seine Anwesenheit erforderlich gewesen.

Der letzte Hospitalverwalter unter dem alten Regime war von 1758 bis 1796 Hr. Johann Mathias Bodson, dessen letzte Rechnung durch seine Schwester Dorothea vor der neuen Commission abgelegt wurde. Mit den Erben des seligen Hrn. Ries hatte man 1758 Händel gehabt, um den Überschuß von 180 Thalern ins Reine zu bringen. Die Rechnung für 1764—65 ist die erste, welche von sämmtlichen Provisoren und seitens der Abtei vom Kellner unterzeichnet worden. Früher unterschrieben blos der Hospitalarius und der Stadtsecretär. Dem Rechnungsabschlusse für 1774—75, 1784—86, und 1787—88 hat in hocheigner Person „Emmanuel

Limpach, Abt und Herr zu Echternach" beigewohnt. 1791—93 unterzeichnete der Vertreter der Abtei «Chrysostome Cellérier.»

Im Rechnungsjahre 1767—68 schenkte der Verwalter Joh. Math. Bodson dem Hospital ein Guthaben von 109 Thalern 18 ½ Stübern, wovon 64 Thaler für zwei Jahrgedächtnisse, eines am Tage nach St. Clara, das andere am St. Walburgisfeste, zu einem Reichsthaler jährlich, die übrigen 45 Th. 18 ½ St. als freie Gabe. Es bestand schon von früher eine Jahrgedächtnißmesse bei den Clarissen zu lesen für N. Holthausen zu 28 Stüber, eine für Mathias Masius, Pastor von Monnerich, Montags nach St. Elisabethen, zu 25 Stübern, und eine für Michael Ries am Tage nach St. Michael, zu 28 Stübern. Für die zwei Wochenmessen wurden jährlich 30 Thaler vergütet.

Die andern gewöhnlichen Ausgaben bestanden in den wöchentlichen Brodaustheilungen, Subsidien für Studirende, Kleidern für Waisen oder Dürftige, Bezahlung des Armenarztes u. s. w. Am Ostersamstag 1780 wurden z. B. 113 Thaler 28 Stüber an Hausarmen vertheilt. — Was die Schullehrer und Schullehrerinen, so wie die Schulkinder und verschiedene Angestellten erhielten, ist schon anderwärts erwähnt worden.

Um die Rechnung abzuhören erhielten die Provisoren durchschnittlich 12 Thaler; das Apostilliren derselben kostete 14 Stüber, und die Aufstellung und Ausfertigung 5 Thaler. — Die Einnahme der vorletzten Rechnung belief sich an Geld auf 1273 Thaler 7 Stüber 5 Liards, und der Überschuß auf

566 Th. 26 St. 6 L.; die Einnahme der letzten wird festgesetzt auf die Summe von 1447 Thaler 32 Stüber 2 Liards, und der Überschuß auf 856 Thaler 2 Stüber 6 Liards, nebst den gewöhnlichen Naturaliengefällen, wovon fürderhin die Zehnten und manches Andere wegfallen werden.

Die spätern Rechnungen, als der neuern Ordnung der Dinge angehörig, sind complicirterer Art, als daß sie im Vorbeigehen berührt werden könnten, und bilden mit denen des laufenden Jahrhunderts ein zusammenhängendes Ganze, worüber eine eigne kritische Arbeit in Aussicht steht.

XLIII. Mehrere Bauten.

65. In dem 18ten Jahrhunderte werden neue Bauten aufgeführt und die bestehenden durchgehends restaurirt. Bereits 1715 wurden die Reparaturen an der Felsmühle in Verding gegeben. Der Bau des jetzigen Hospitalgebäudes wurde am 15. März 1734 unter der Verwaltung des Jubilars Johann Nicolas Irrel in Angriff genommen und am 31. August 1736 vollendet. Das Mauerwerk war schon am 5. September 1734 fertig; dasselbe enthielt 4080 Cubik-Fuß zu je 2 Stüber und kostete somit 145 Reichsthaler 40 Stüber. Der Schieferdecker erbot sich am 28. Juni 1734 die in sein Handwerk einschlagenden Arbeiten für 55 Reichsthaler und 2 Malter Korn auszuführen. Bezahlt wurden im Ganzen 1076 Rth. 53 St. 6 L.

1742, den 2. Februar, werden die Reparaturen am Hause des Höhhofes für 130 Reichsthaler Species, am Dachwerke für 37 Reichsthaler übernommen. 1745, den 20. März, wird das Mauerwerk einer Scheune und eines Pferdestalles am Höhhofe für 52 ½ Reichsthaler, das Dachwerk derselben für 22 Reichsthaler, und 1774, den 2. October, der Neubau des Hofhauses von Osweiler für 580 Reichsthaler in Verding gegeben; letzteres war schon am 6. Februar 1760 äußerst schlecht befunden worden. 1763, den 13. Juni, Verding des Neubaues der Scheune des Ernzerhofes und Ausbesserung der Stallungen desselben für 190 Reichsthaler. 1772 waren die Stallungen wieder verfallen.

In spätern Zeiten entledigte man sich, wie wir sehen werden, des Unterhaltes oder Aufbaues der Behausung zu Euren, auf Fehl und zu Osweiler, indem man die dortigen Gebäulichkeiten abreißen oder veräußern ließ, und die Güter im Kleinen oder parzellenweise verpachtete.

XLIV. Der Mecheler Obergerichtshof hält seine Sitzungen im Hospitalgebäude (1748).

66. Der mehrfach erwähnte, um die Geschichte unserer Stadt so verdienstvolle Appellationsrath M. F. Jos. Müller erzählt: Zur Zeit des fein gebildeten Abtes Gregorius Schouppe (1728—1751), „als der niederländische Krieg ausgebrochen war, kam der Hohe Rath von Mecheln nach Echternach, und hielt daselbst seine Sitzungen. In dem Saale des hiesigen Hospitals findet sich noch dermalen eine

hierauf sprechende Inschrift vom Jahre 1756". Wie uns mehrere Augenzeugen erzählt haben, waren die Insignien der Justiz, Themis mit der Wage, in jenem Saale an die Wand gemalt und 1817 dort noch vorfindlich. Andere nun sind der Meinung, der ganze Besuch sei auf eine feierliche Localbesichtigung mit Zeugenverhör in einem Fischereiprocesse hinausgegangen; die Abtei behauptete nämlich, die Sauer, ein kleiner Fluß, müsse ihr zum Fischfange für ihre vielen Fasttage ausschließlich verbleiben; die Obergerichtsräthe seien aber hieher gekommen im Winter, zu einer Zeit wo die Sauer ausgetreten gewesen und bis an den Marktplatz gestanden habe, so daß sie auf Kähnen bis ins Hospitalgebäude fahren mußten; dieser Umstand bewirkte, daß sie eine hohe Idee von der Größe des Flusses bekommen hätten und den Rechtsstreit zu Gunsten der Bürgerschaft entscheiden konnten. Jener Rechtsstreit ist zwar eine bekannte Sache, wie auch, daß die Sauer bisweilen die halbe Stadt überschwemmt hat; allein in geschichtlicher Beziehung muß bezweifelt werden, daß der ganze Obergerichtshof von Mecheln sich würde in einer einzelnen Sache nach Echternach begeben haben, da nach der damals bestandenen Gerichtsordnung wie heute kein Gerichtshof in einzelnen Sachen seinen Sitz verlegen durfte. Mußten Parteien persönlich an Ort und Stelle vernommen werden oder Localbesichtigungen Statt finden, so geschah dieses durch einen Gerichtsrath in Begleitung des Greffiers. Dann würde man aber auch nicht, für eine einzige Sache, wie verwickelt dieselbe gewesen und wie lange sie mochte gedauert haben, den Hospitalssaal malen oder decoriren haben lassen. Letztere Version hat demnach die wenigste Wahrscheinlichkeit für sich. Zu bedauern bleibt es immer, daß weder in dem städtischen noch im Hospitalarchiv irgend eine Spur dieses Ereignisses vorzufinden ist, und die Bücher der Landesgeschichte bisher so wenig Notiz davon nahmen. Hauptsächlich deshalb wurde demselben hier ein Plätzchen eingeräumt.

XLV. Einige Verpachtungen vor etwa hundert Jahren.

67. Am 6. Februar 1760 wurden auf 9 Jahre verpachtet:

1° Der Höhhof, jährlich für 5 Malter Weizen, 5 M. Korn, 5 M. Hafer, 1 M. Erbsen, 2 Kapaunen, 1 Böcklein, 100 Eier, 1 Schwein von 25 Thalern nebst 2 Sestern Weizen; dem Verwalter 8 Fuhren zu machen, und dessen Land zu pflügen;

2° Der Hof Fehl mit der Wiese in Ober Adel, für 3½ Malter Korn, 4 Malter 10 Sester Weizen, ½ Malter Erbsen, 1 Schwein von 25 Thalern, 2 Kapaune, 1 Böcklein, 100 Eier und 1 Maaß Butter;

3° Der Ernzer Hof, erstanden vom Meistbietenden, für 8½ Malter Korn, 1 Schwein von 25 Thalern nebst 2 Sestern Weizen, 100 Eier, 1 Böcklein, 1 Maaß Butter; den Mist des Verwalters ausfahren mittelst Beköstigung von Mann und Pferd; die Mathes-Wiese sammt Ländereien genießt er für 13 Thaler; dieses Gut wurde 1834 verpachtet für 37 Hectoliter Korn, 1864 für Fr. 1218 75;

4° Der alte oder Currens-Hof zu Osweiler, für

3 Malter Korn und 3 Malter Hafer, 1 Schwein von 8 Thalern nebst 2 Sestern Weizen;

5° Der Hof in Euren bei Trier, für 90 Thaler (à 35 Stüber) oder Fr. 259.27; im Jahre 1863 wurden die Güter desselben verpachtet für 3580 1/2 Francs, also für fast 14 mal so viel als mitten im 18ten Jahrhundert;

6° Die Felsmühle sammt Gärten, Wiesen und Feldern, für 8 Malter Korn, 100 Eier, 1 Schwein von 25 Thalern nebst 2 Sestern Weizen, 2 Kapaune und 1 Böcklein; die Mühle allein wurde 1840 verpachtet für 570 Francs.

Beispielsweise merken wir uns weiter einzelne Verpachtungen von 1760 im Vergleich mit ihrem heutigen Ertrag.

a) Vor der Brücke.

1 Berg in Sonnenberg, 8 Schilling od. Fr.	4 60	statt	20 35
2 Morgen im Kalkesborn 7 Sch. od. Fr.	4 03	—	74 80
1 — — 6½ Sch. od. Fr.	3 74	—	26 40
3 — im Galgenberg 5 Sch. od. Fr.	2 88	—	57 20

b) Vor Ehrstrassen.

1 Morgen beim Kupferborn 2 1/7 Sch. od. Fr.	1 40	statt	15 40
3/4 Morgen auf Hoff, 7 Schilling od. Fr.	4 03	—	16 22
1/2 Morgen im Hartberg, 4 2/7 Sch. od. Fr.	2 47	—	49 50
Das Land im Haag, 31 Sch. od. Fr.	17 86	—	105 60
1 1/4 M. in der Mühlenacht 18 1/4 Sch. od. Fr.	10 66	—	172 15

c) Vor Hobloch.

5 Morgen auf Feinnagel, 28 Sch. od. Fr.	16 13	—	113 30
3 Morgen im Hireberg, 11 Sch. oder Fr.	6 34	—	41 25
1 Morgen in Winne, 8 Schilling oder Fr.	4 60	—	34 10
1 M. auf Steiniger Acht, 5 1/7 Sch. od. Fr.	2 96	—	16 50
1/2 Morgen auf Trau, 3 Schilling od. Fr.	1 73	—	8 80
1/2 Morgen auf Trau, 4 1/7 Schilling od. Fr.	2 39	—	6 80
Für die 15 Parzellen, im Ganzen Fr.	85 82	—	759 17

Also sind diese Ackerfelder heute 9 mal theurer verpachtet, als 1760; mithin alle 11 Jahre eine Vermehrung von beinahe 100 Procent, oder alle 30 Jahre Verdoppelung des Ertrages.

d) Wiesen.

1 Wiese in Kiesel mit dem Lande 26 Th. Fr.	64 90	statt	190 85
2 Wiesen im Haag, 16 Schilling oder Fr.	9 22	—	138 05
1 Wiese oben den Lieschengarten, 9 1/2 Sch. Fr.	5 37	—	51 70
1 Wiese beim Thiergärtchen, 16 Sch. Fr.	9 22	—	71 50
1 Wiese unter den Alven-Weihern, mit Feldern, 13 Schilling oder Fr.	7 49	—	99 00
1 Wiese unter dem Galgenberg, 7 1/2 Sch. .	4 32	—	38 50
Für die 6 Wiesenplätze, im Ganzen Fr.	99 52	—	589 60

Diese 589 Fr. 60 Ct. sind der Ertrag der Gras- und Grummet-Versteigerung von 1863, wo demnach der Pachtpreis etwa 6mal höher war als vor hundert Jahren. Merkt man sich aber weiter, daß das Hospitals Gras 1863 für Fr. 3812 60 versteigert wurde, während der Mittelpreis in den sieben letzten Jahren Fr. 5193 10, also ungefähr ein Drittel mehr betrug, so ergibt sich, daß die Wiesen der Anstalt jetzt schier 8mal so viel einbringen, als gegen das Ende des 7jährigen Krieges.

XLVI. Holzschläge.

68. Einige Notizen über die Benutzung des Spelzbüsches, der circa 180 Morgen (60 Hectares) Flächeninhalt hat.

1750, den 23. Januar, wird bestätigt, daß des Hospitals Wald Spelzbüsch von den Holzfrevelern äußerst beschädigt wurde.

1763 wurden die Korden von etwa 5 Morgen

zu 7 Stübern angefertigt und zu 16 Stübern verkauft. Die Korde war 7 St. Lambertus-Fuß (à Met. 0 295) lang, 3 1/2 hoch und 3 1/2 zwischen den Häuen: also Cubikmetres oder Steres 2 207. — Der Thaler beträgt, wie bisher, 35 Stüber oder Fr. 2 88.

1766 verkauft sich die Korde zu 20 bis 29 Stüber. — 1770 wurden nebst den 18 Korden des Verwalters deren 307 1/2 gehauen und zu 176 Th. 14 St. verwerthet. Mit den Klötzen, Reisern 2c. empfing das Hospital 197 Th. 12 1/2 St., wovon 100 Th. 7 St. für Kosten abgehen, mithin noch 97 Th. 5 1/2 St. netto bleiben.

1771 verkauft man 223 1/2 Korden zu 166 Th. 11 St.; 32 Klötze zu 4 Th. 10 St.; 500 Bürden Reiser zu 8 Th. — Kosten 66 Th. 27 St. — Auf 7 Morgen hatte man 756 Stahlen stehen lassen.

1772 und 1773 verkaufte man 442 Korden zu 246 Thlr. 8 Str. 6 L., und noch sonstiges Holz. Es blieben rest 159 Th. 24 St. 6 L.

1779 verkauft das Hospital 98½ Korden für 82 Thaler 10 Stüber 6 Liards, Reiser für 4 Thlr.; Die Kosten betrugen 27 Thlr. 9 St. 4 L., so daß noch 59 Thlr. 9 St. und 5 L. übrig blieben.

In den Jahren 1862 und 1863 ertrug der Holzschlag im besagten Spelzbüsche durchschnittlich über 2000 Francs, das für's Hospital zurückgehaltene Brennholz mit einbegriffen.

XLVII. Die ersten Berathungsbücher der Hospitalverwaltung.

69. In der letzten Hälfte des 18ten Jahrhunderts werden über die Entschließungen sämmtlicher Pro-

visoren vom Stadtschreiber förmliche Protokolle geführt und die meisten Geschäfte zu Papier gebracht. Dasselbe Register enthält aber neben den Verwaltungs-Beschlüssen eine Menge anderwärtiger Schriftstücke: Pachte, Obligationen, Forderungen und dgl. —Hier noch einige Auszüge oder Annotationen aus dem letzten Decennium unserer Periode.

1790, den 4. Februar, schlagen die Provisoren als unbezweifelte Collatoren der Pfarrei Cruchten bei Vianden den Hrn. Nicolas Defer zum Pastor derselben vor. Bereits am 8. Februar wird er von dem in Trier weilenden Archidiakon von Longuion investirt und am 5. März seine Ernennung vom Provinzial-Rathe genehmigt.

1792, 24. Juli, wurde die jetzige Hospitals-Glocke aus der frühern, welche Ritze hatte, und einer größern mit Zugabe von 50 Pfund zu einem Gewichte von 234 Pfund für 28 Kronen (à Fr. 6 00) geschmolzen.

Die Angestellten des Hospitals erhielten meistens, wie früher, ihre Besoldung in Naturalien. So am 8. Januar 1792 der Förster ein halbjährliches Gehalt von zwei Malter Korn und einem Paar Schuhe.

Am 9. Mai 1795 war die Scheuer des Hospitalshofs abgebrannt und mußte wiederhergestellt werden. Am 3. October desselben Jahres mußte der an der Anstalt vorbeifließende Bach gereinigt werden, wobei dann die Bemerkung gemacht wurde, daß, da dieser Wasserlauf zwischen dem Eigenthum des Hrn. Lefort und dem des Hospitals gemeinschaftlich ist, letztern nur die Hälfte der Reinigungskosten zur Last falle. Desgleichen wurde am 27. December 1814 festgestellt, daß die Ausfegung auf einer Strecke von 20 Metres zur Hälfte vom Hospital und zur andern von Hrn. Lefort bestritten werde. Später hat sich das Hospital durch eine Mauer von dem Bache abgeschlossen, und als es nachher sein Besitzthum dem neuen Nachbar gegenüber geltend machen wollte, wurde es in der possessorischen Klage abgewiesen.

XLVIII. Echternachs alte Verfassung.

70. Die bürgerlichen Provisoren des Hospitals waren: 1° der Baumeister, 2° der Schultheiß, 3°—8° die sechs Schöffen, 9°—12° vier Amtmeister, nämlich der Bäcker-, Metzger-, Krämer-, und Fischermeister; weiter kommen hinzu 13° der Abt oder ein Abgeordneter des Klosters und 14° der Stadtschreiber.

Bis zur Ankunft der Franzosen bestand allhier ein Hochgericht, wobei der Richter oder Schultheiß die Procedur leitete und die Urtheile vollstreckte, sechs Schöffen aber die Entscheidung trafen; ihnen stand ein Gerichtsschreiber zur Seite und sie führten den Titel eines Magistrates. Bei ihrer Anstellung mußten sie in die Hände des Hohenrathes zu Luxemburg, der 1782 zu einem Souveränen-Rath erhoben worden, dem Kaiser den Eid der Treue schwören, und dem Abt als ihrem Lehns- und Grund-Herrn Huldigung leisten. Dann gelobten die Schöffen die Rechte, Freiheiten und guten alten Gewohnheiten der Bürger zu handhaben und die Wittwen und

Waisen zu beschützen. Dagegen war der Abt verpflichtet am St. Stephanstag den Schöffen das beste Schwein des Klosters, zur Fastnacht aber einem jeden zwei Hühner, zum Kirchweihfest $\frac{1}{4}$ Hammel und auf St. Martinstag zwei Sester Korn zu verabfolgen. Die Schöffen konnten über Leben und Tod Urtheile sprechen, nur mußten sie im letztern Fall noch vorläufig das Gutachten von drei Rechtsgelehrten nachsuchen, denen zu diesem Zwecke das ganze Verfahren zur Einsicht mitgetheilt wurde.

Innerhalb des Beringes des Klosters herrschte die Gerichtsfreiheit; jeder des Todes Schuldige, welcher es betrat, genoß dieser Freiheit daselbst während drei Tagen und sechs Wochen, welche Frist sich so oft erneuerte, als es ihm gelang drei Fuß weit aus dem Bering und wieder hinein zu treten, ohne dabei verhaftet zu werden. Das Pfarrhaus (nach einigen auch das Hospital) und die Wohnungen der Schöffen genossen desselben Vorzuges, letztere aber nur dann, wenn der Besitzer nicht Handelsmann war, in welchem Falle seine Schlafkammer allein dieses Vorrecht besaß (1).

Schwere Verbrechen wurden nach Wilkühr des Lehns-Herrn mit Beil, Strang, Verbrennen und Rädern geahndet; für leichte erkannte das Schöffengericht mit Bußen von 7 bis 10 Schilling.

Von diesem Magistrat wurde jährlich ein Mitglied zu dem Landtage nach Luxemburg gesandt, und

---

(1) Vgl. Freiherrn von König, das Luxemburger Land, S. 41.

sein täglicher Aufenthalt daselbst von hiesiger Stadt bezahlt.

Die Gemeindeverwaltung aber führte das Gericht gemeinschaftlich mit einem andern Ausschuß der Bürgerschaft, der aus einem Baumeister (Schatzmeister oder Einnehmer mit dem Ansehen eines Bürgermeisters) und sieben Letzmeistern bestand. Diese waren die Vorstände eben so vieler Stadtviertel oder Sectionen, welche man Letzen nannte. Es gab nämlich eine Ehrstraßer-, Haller-, Kacker-, Sauergasser-, Howelecker-, Berggasser- und Markter-Letz. Der Baumeister nahm die Einkünfte der Stadt in Empfang, und legte jährlich dem ganzen Verwaltungsrath seine Rechnung ab. Bis zum Jahr 1795 haben die Einkünfte von Echternach manchmal 1000 bis 1200 Thaler gebracht. Sie bestanden aus dem Ertrag der Accisen, den Zinsen der Gemeinde-Güter, dem Eintritts-Gelde neu angekommener Bürger ꝛc., und wurden zum Unterhalte der hiesigen Brücke, der Stadtmauern und Thore, des Pflasters, der öffentlichen Brunnen, der Löschgeräthschaften, und dgl. verwendet. Schon durch Urkunde vom 12. September 1462, wie wir früher gesehen, waren der Stadt Echternach die Accisengelder zum Behufe der Gemeinde-Ausgaben übertragen worden, und die Kaiserin Maria Theresia hat in dem Art. 24 des von ihr am 20 Juni 1765 bestätigten Stadtreglements der hiesigen Verwaltung diese Rente aufs Neue zugesichert ([1]).

Das fragliche Besteuerungsrecht bestand ursprüng-

(1) Vgl. M. F. Jos. Müller, das Städtchen Echternach, S. 28.

lich a) in einer Weinsteuer, die den 12ten Theil des verkauften Weines betrug, b) in einem Wegegeld von 4 Pf. für jeden Wagen, welcher in die Stadt kam, und von 2 Pf. für jeden Karren, c) in einem Marktzolle, welchen fremde Kaufleute an fünf Markttagen entrichten mußten; letzteres Recht war jedoch im Jahre 1501 dahin erweitert worden, daß zu keiner Zeit auswärtige Bewohner verschiedene ihrer Producte, ohne Entrichtung eines Standgeldes, auf dem hiesigen Markte verkaufen durften. Der Abt aber konnte zweimal im Jahre ein Fuder Bannwein steuerfrei verzapfen ([1]).

71. Allerdings geschah damals für öffentliche Zwecke verhältnißmäßig gar wenig, und die Mittel und Wege zum Fortschritte waren äußerst beschränkt. Die Einsicht zur Verbesserung der wirthschaftlichen Verhältnisse hängt von dem herrschenden Unterrichte und von den sittlichen Gewohnheiten eines Landes ab. Mit der zunehmenden Civilisation kommen die Verbesserungen wie von selbst und fassen Wurzel in der Gesellschaft. Das alte Zunftwesen, welches auf dem Felde des gewerblichen Vermögensverkehrs die freie Concurrenz hemmte, durch Markt- und Bannrechte, durch Verbot oder Hinderung der Einfuhr fremder Waaren das Absatzgebiet örtlich abschloß: Es mochte angehen in der Kindheit der Industrie. In letzterer dermaligen Entwickelung gibt sie jeder Unternehmung die ganze Welt zum Markte. Die

---

(1) Vgl. Hrn. Prof Michel, Zwei Echternacher Weisthümer, Note 21 und 19. — So lange das Fuder Bannwein dauerte durfte kein Bürger Wein verkaufen.

Aufrechterhaltung der alten Ausschließung wäre eben so unmöglich als schädlich. Die Verhältnisse sind jetzt so mannigfaltig, so weit, so beweglich geworden, daß sie nicht mehr fixirt und gefesselt werden können. Aber eben um so mehr muß für Bildung und für Hebung der Geschäftsenergie gesorgt werden. Die heutige Concurrenz, im Gegensatz zu den ehemaligen Zünften, führt sicherlich große Übelstände mit sich. Allein was sind die Fortschritte der Menschen anders, als eine beharrliche unaufhörliche Folge von immer sich erneuenden Versuchen? Den Irrthum erkennt man bald und läßt von ihm ab; mit dem Erfolg begnügt man sich bis zu dem Zeitpunkte, wo man noch bessern findet. So auf allen Gebieten.

„Die Macht der Gesellschaft, sagt Ellis, kann die Wunden, welche dem socialen Körper durch die verunglückten Versuche seiner Glieder geschlagen wurden, eben so gut heilen, als die Unglücksfälle, welche durch Orkane, Erderschütterungen, Überschwemmungen und Brand entstehen, wenn nur Gewerbfleiß, Kenntnisse, Sparsamkeit und die Gewohnheit der Vorsicht sich die Hand reichen."

Die alten Zustände waren langsame Übergänge zu weniger schlechten, so wie die jetzigen mit Gottes Hülfe hoffentlich ein Fortschreiten zu noch bessern sein werden.

XLIV. Die Revolutionskriege.

72. Nachdem Kaiser Leopold II und König Friedrich Wilhelm II von Preußen ein förmliches Bünd-

niß geschlossen hatten, um gegen die Eingriffe Frankreichs in die Rechte des deutschen Reiches aufzutreten, sah sich Ludwig XVI in die Nothwendigkeit versetzt, dem Kaiser Franz II, Leopolds Nachfolger, den Krieg zu erklären, und nun überzogen von allen Seiten die Kriegsschaaren unser Land. In Echternach und der Umgegend erschien am 4. August 1792 der Vortrupp des Preußischen Heeres, das an dem linken Moselufer nach der Champagne hinaufrückte, aber schon gegen Ende October hieher wieder zurückmarschirte. Als nun die durch das Aufgebot aller waffenfähigen Mannschaft ihren Gegnern an Truppenzahl weit überlegenen Franzosen bereits Belgien wieder erobert und alles westrheinische deutsche Land mit Ausnahme von Mainz und dem für unüberwindlich geachteten Luxemburg besetzt hatten, fielen die republikanischen Heereshaufen am 4. August 1794 von allen Seiten in unser Gebiet, in welches sie seit zwei Jahren schon verschiedene Streifzüge gemacht hatten.

Vier Tage nach der Einnahme von Trier, am 13. August 1794, rückte der französische General Collaud mit seinen Truppen in Echternach ein (1). Letztere behandelten zwar die Bürgerschaft mit aller Schonung; weil aber der Stadtrath dem Hause

---

(1) „Am nämlichen Abend zog sich der General in das Lager bei Givenich zurück. Am 18. August wurde der Bürgerschaft anbefohlen, ihre Feuer- und Haugewehre in dem Stadthause einzuliefern, und es wurden in Allem 60 Flinten, 26 Pistolen und 25 Säbel abgegeben". S. M. F. J. Müller, das Sauerthal, 1844, S. 59.

Oesterreich eine bedeutende Summe als Geschenk angeboten hatte, so forderte der berüchtigte Volksvertreter Bourbotte im Monate September eine Brandschatzung von 50,000 Livres. Da diese Summe schwer aufzubringen war, so wurden mehrere Einwohner als Geißel nach Wasserbillig und Trier geführt; darauf folgten Fourrage-Lieferungen, beständige Einquartirungen und Abgaben jeder Art. So lange die Festung Luxemburg noch nicht völlig von den Franzosen eingeschlossen war (1), machte ein Theil der dortigen Garnison Ausfälle bis nach Echternach, und zerstörte am 13. October 1794 den vor zwei Tagen auf dem hiesigen Marktplatze gepflanzten Freiheitsbaum, an der Stelle, wo das alte steinerne Kreuz gestanden hatte, vor welchem ehedem die öffentlichen Ankündigungen Statt fanden. Als aber am 6. November die Oestreicher zum dritten und letzten Male hier erschienen, zeigten sich am andern Tage die Franzosen mit zwei Bataillonen auf der Anhöhe hinter der Kapelle zum hl. Kreuz und feuerten anhaltend mit zwei Feldgeschützen auf die Straße von Schalksteinchen nach Bollendorf, welche die Kaiserlichen Truppen bei ihrem Rückwege eingeschlagen hatten. Ihr Besuch ging ohne sonstiges Unglück vorüber, so sehr man auch Ursache gehabt, das Aeußerste zu fürchten, wenn hierselbst feindliche Truppen auf einander stoßen sollten (2).

---

(1) Erst am 21 November befand sich die Hauptstadt förmlich im Belagerungszustande, welcher 6 Monate und 17 Tage dauerte.

(2) Vgl. Das mehrmals angeführte Schriftchen: „das Städtchen Echternach," S. 26.

L. Die letzten Schicksale der Abtei.

73. Die am 7. August 1794 hier eingetroffene Nachricht, die Franzosen seien bis Grevenmacher vorgedrungen, bewog die hiesigen Benedictiner ihre besten Habschaften zu sammeln und sich zu flüchten. Einige gingen nach Luxemburg in ihr dortiges Refugium, die mehrsten aber retteten sich nach Deutschland. Die Gesammtheit zählte noch 17 Professen und 14 Novizen. Nachdem die Festung Luxemburg am 7. Juni 1795 in die Hände des französischen Generals Hatry übergeben worden, kamen die dorthin geflüchteten Mönche nach Echternach in ein Kloster zurück, das rein ausgeplündert war. Erst am 28. darauffolgenden September kamen die nach Deutschland gewanderten übrigen Mönche mit Ausnahme des nebst einem andern Conventualen zu Seligenstadt in Hessen gestorbenen Priors Binsfeld zurück. Hier lebten dieselben noch einige Zeit ziemlich kümmerlich und hielten ihren Gottesdienst fort, bis die Luxemburger Centralverwaltung in Folge des Gesetzes vom 15. Fructidor IV (1. September 1796) über die Aufhebung der Klöster in den neun einverleibten Departementen den Mönchen zu Echternach am 10. Januar 1797 den Befehl zustellen ließ, die Abtei zu räumen (1). Am 1. Ventose Jahr V (19. Februar 1797) wurde das Kloster, nämlich das Hauptgebäude nebst Kirche, Hofräumen, Scheu-

(1) Vgl. M. F. Jos. Müller, Geschichte der Abtei Echternach, S. 102.

nen, Stallungen, Schäferei sammt Wohnhaus mit einem Garten von 15 Morgen 116 Ruthen, als Nationalgut für 83600 Francs erblich versteigert, und von Peter Cornil aus Arlon, Benedict Arend und Pacific Heber aus Diekirch erstanden. Diese treten es ab an die Familie Dondelinger, welche dort eine Fayence-Fabrik errichtet, wie solches zu Mettlach, St. Vedast und anderwärts geschehen ist.

Alle Güter, welche die Abtei im jetzigen Großherzogthum besaß, sind vom 6. Pluviose V (25. Januar 1797) bis zum 10. März 1812 in 137 Loosen den Meistbietenden für 2,519,005 Francs zugeschlagen worden: das Abteigebäude nebst Besitzungen in und um Echternach, in 81 Loosen, für 662,725 Francs; die Abtei nebst sonstigen daranstoßenden Gebäulichkeiten und Gärten für 125,770 Francs; die Muttergotteskapelle am 6. Germinal VI (26. März 1798), für 42,500 Francs; das Refugium von Echternach zu Luxemburg, am 16. Floreal VI (5. Mai 1798), für 1,428,000 Francs; alle Gebäulichkeiten zu Lauterborn nebst Mühle, Wiesen, Acker- und Rodland, am 12. Pluviose V (31. Januar 1797), für 26,900 Francs; die Schlimmühle mit Haus, Ställen, zwei Gemüse- und einem Obstgarten, am 6. Pluviose V (25. Januar 1797), für 5025 Francs; die Wolfsmühle nebst Zubehör, am selbigen Tage, für 6200 Francs; das Landhaus „die Lieschen" mit 1½ Morgen Garten, einem Hopfenacker, zwei kleinen Grundstücken und einer Wiese von 16 Morgen, am 21. Floreal V (10. Mai 1797), für 23,000 Francs. Das Datum der Versteigerung ist in so fern von Wichtigkeit als meistens mit Assignaten, Territorial-Mandaten oder Bons (Bons-deux-tiers) bezahlt wurde, die von Tag zu Tag im Werthe gesunken sind (1). Die Ansteigerer der in und um Echternach gelegenen Güter sind Anfangs lauter Fremde oder Ex-Conventualen;

(1) Die im Jahr 1790 ausgegebenen Assignaten oder allgemeine Ausweisungen auf die Nationalgüter hatten 1791 Anfangs 5, dann 10, zuletzt 30 Procent gegen Silber verloren; behielten jedoch ein Drittel ihres Nennwerthes bis 1793, sanken im August desselben Jahres auf ein Sechstel herunter und galten 1796 nur noch ein halb Procent. Die Regierung erklärte nun am 19. Februar (30 Pluviose. IV), sie entsage der fernern Prägung und ließ die Werkzeuge derselben (la planche aux assignats) öffentlich zerbrechen Es sollen damals 45578 oder gar 57581 Millionen Francs ausgegeben gewesen sein. Als sie nun auf Null gesunken, wurde am 18. März 1796 (24. Ventose IV) die Ausgabe eines neuen Papiergeldes, der Territorial-Mandate, auf bestimmte Nationalgüter lautende Anweisungen, beschlossen, mit denen man die Assignate zum 30ten Theil ihres Nennwerthes auslöste. Aber nach Verlauf einiger Monate verloren auch die Mandate 97 Procent. Nachdem endlich der Eroberungskrieg in Italien und Deutschland ein Mittel geworden, das Papiergeld zu entbehren, erließ die Regierung in allmäliger Reihenfolge eine Anzahl Decrete, welche die Annahme der Mandate bei Entrichtung der Abgaben und beim Kaufe der Nationalgüter beschränkten und folglich den Preis derselben immer mehr herunter brachten. Im Januar 1797 galten 1000 Francs in Mandaten oder 30000 Francs in Assignaten nur einen einzigen Franc baar Geld. Es waren deren für 2400 Millionen geprägt worden. Endlich am 1. Februar ward bestimmt, daß diese Papiere aufhören sollen, unter Privatpersonen einen erzwungenen Umlauf zu haben, und nur noch beim Kaufe künftig auszubietender Nationalgüter wurde den Inhabern eine entfernte, mit Weitläufigkeiten

nach und nach betheiligen sich auch Echternacher an einigen Liegenschaften; vom 21. Brumaire VI (11. November 1797) an theilen sich einige wenig hiesige Einwohner, meistens neu angesiedelte, in die 48 zuletzt veräußerten Loose. Im Jahre 1797 (V und VI) wurden 95 Loose, 1798 (VI u. VII) 30 und

---

verbundene Aussicht zu deren theilweisen Anbringung gelassen. — Die verzinslichen Capitalien der Nationalschuld wurden in das sogenannte große Buch zusammen geworfen, und alle frühern Documente gegen Inscriptionen auf dasselbe vertauscht. Da die Zinsen nicht ordentlich bezahlt wurden, so sanken diese Inscriptionen auch bald auf niedrige Preise, bis endlich durch Gesetze vom 30. September und 14. December 1797 zwei Drittel derselben in Bons zum Ankauf von Nationalgütern verwandelt und nur ein Drittel als verzinsliche ordentliche Schuld anerkannt wurde, für welche ein neues großes Buch angelegt ward. Diese Zwei-Drittel-Bons (Bons-deux-tiers) sanken ebenfalls bald im Werthe, und durch das Gesetz vom 17. November 1798 (27. Brümaire VII) wurde bestimmt, daß die Ansteigerer von Nationalgütern, wenn sie innerhalb vier Monaten in klingender Münze bezahlen, sich mit 2 Francs einer Schuld von 100 Frs. entledigen können.

Die Echternacher Abteigüter werden somit wohl meistens mit dem 50ten Theile ihres Nenn-Preises erworben worden sein. Hier den Text einiger die Bons betreffenden Gesetzesstellen:

Loi du 9 Vendémiaire an VI. Art. 100. Le remboursement des deux tiers de la dette publique sera fait en Bons au porteur... — Art. 101. Les Bons au porteur... seront reçus en payement des biens nationaux...

Loi du 27 Brumaire an VII. Art. 3. Les acquéreurs des domaines nationaux qui se libéreront en numéraire dans les deux premiers mois ne payeront qu'un franc quatre-vingt-dix centimes de la somme en Bons de remboursement des

von 1799 bis 1812 noch 12 Loose versteigert (1).

74. Wenn es Aufgabe der Geschichte wäre nicht blos zu berichten, was wirklich geschah, sondern auch was hätte geschehen sollen oder können, so würde man hier zur Bemerkung berechtigt sein, die damalige Verwaltungs-Commission habe aus tadelhafter Gleichgültigkeit, aus niedrigem Eigennutze oder — was wahrscheinlicher — aus verzeihlicher Unwissenheit bei Gelegenheit der Confiscation der Klostergüter keine Schritte gethan, um den dem Hospital von Gottes- und Rechtswegen zustehenden Antheil zu beanspruchen. In einem Verzeichniß städtischer Proceßacten vom 16. März 1621 lesen wir unter Anderm: „Item eine neue Supplication ganz alter Schrift, dadurch die Einwohner sich beklagen, daß, obwohl die Bürgerschaft das Hospital fundirt, auch die Provision des Hospitalmeisters

---

deux tiers de la dette publique ou effets équivalents; ceux qui ne se libéreront que dans le troisième mois payeront un franc quatre-vingt-quinze centimes par cent francs, et enfin les acquéreurs qui ne se libéreront que dans le quatrième et dernier mois du délai payeront deux francs par cent francs.

Vgl. K. A. Menzel, Geschichte unserer Zeit, Bd. II, S. 48—53; Pasinomie, 1re série, T. VIII, p. 64, und T. IX, p. 49, und Conditions générales de ventes de biens nationaux. Zu Luxemburg galten 100 Fr. Assignaten 5 Fr. im Juli 1795, Fr. 3 25 im August, Fr. 2 45 im September und October, 1 Fr. im November, Fr. 0 70 im Januar 1796, Fr. 0 50 im Februar, Fr. 0 30 vom März bis Mitte Juli, wo sie aufhörten Zwangscurs zu haben.

(1) Nach den freundschaftlichen Mittheilungen des Finanz-Büreauchefs Hrn. Müllendorf.

allzeit gehabt, so unterstehe sich der Herr Abt gleichwohl die Renten des Hospitals zum Kloster zu ziehen.“ So scheinen z. B. unter andern die Hospitalsgüter zu Meckel von der Abtei absorbirt worden zu sein ([1]). Übrigens war ja nach canonischen Satzungen ein Viertel der Kirchengüter dem Unterhalte der Armen gewidmet. Sicher würde man Manches erhalten haben, wenn man ernst aufgetreten wäre. Die Stiftungsurkunden wie auch die alte Gesetzgebung gaben dazu hinreichend Mittel an die Hand, und um sich beim Volke beliebt zu machen, war die neue französische Verwaltung zu dergleichen Concessionen sehr geneigt. Wie lange auch immer der Besitz der Abtei gedauert haben mochte, so konnte doch die Verjährung gesetzlich nicht einer solchen Klage im Wege stehen, weil die Hospitalsverwaltung unmittelbar unter der Aufsicht des Abtes stand, und die Güter dergleichen Anstalten unverjährbarer Natur waren. In Trier hat man das Interesse der Hospitäler besser begriffen. Man hat vom französischen Staate eine reiche Dotation für die nachher vereinigten Hospitien aus confiscirten Klostergütern zu erwirken gesucht, die mehrere hunderttausend Francs betragen sollen. — Ähnlich wie in Trier durch Napoleon die geräumige Abtei St. Irminen zu einem Hospital hergegeben worden,

(1) Wir sind selbstverständlich weit entfernt, die Abteiherren einer formellen Ungerechtigkeit beschuldigen zu wollen. Sollten sie wirklich gewisse Hospitalsgüter an sich gezogen haben, so geschah es aus Irrthum in dem guten Glauben, sie seien dazu befugt.

ist es auch zu Coblenz gegen Ende des Jahres 1803 geschehen. Die Gebäude des ehemaligen Franziskanerklosters mit Zubehör und Anbehör wurden verwendet zur Errichtung eines Hospitals für Kranke und zur Aufbewahrung von Wahnsinnigen (1).

Überhaupt hatte Echternach während jener verhängnißvollen Periode wenig Glück in der Wahrung seiner Rechte. So heißt es in einem seiner unbestrittenen Schöffenweisthümer: „der Kammersbüsch, die Gutenbach, der Jungbüsch und das Lutzerath (die heutigen Königlich-Preußischen Stattswaldungen jenseits der Sauer) sind Gemeinbürgergüter, aber ein Hr. Abt hat wegen des lieben hl. Willibrord den Hau darin für Bau- und Brennholz, den Ecker aber in den Büschen soll der Hr. Abt und die Bürger ätzen, wie in den andern.“ Bis ins letzte Decennium des vorigen Jahrhunderts hatte die Abtei diesen Hau als ein ausschließliches Benutzungsrecht zu interpretiren und beizubehalten gewußt. Die Folge davon war, daß diese Waldungen, obgleich ein Gemeindeeigenthum, von der französischen Regierung als Domanial-Güter eingezogen wurden. Unter der alten Ordnung der Dinge hatte die Stadtverwaltung in dieser Sache beim Hohen Rathe Nichts gegen die Abtei ausgerichtet. Hätte man vor den neuen Gerichten einen Proceß energisch eingeleitet, so würde man denselben vermuthlich gewonnen haben. Im Jahre XI der Republik versuchte der damalige Maire Herweg, der Stadt wenigstens das bis 1794 unbestrittene Mastrecht zu retten;

---

(1) Vgl. Hrn. Prof. Marx, Bd. II, S. 307.

allein seine Bemühungen blieben bei der Regierung ohne Resultat (1).

F. Fünfte Periode.

Von der französischen Revolution bis auf unsere Tage.

LI. Die Ausführung der neuen Gesetze.

75. Da Echternach am 1. October 1795 (9. Vendemiaire IV) mit ganz Belgien definitiv französisch (2)

---

(1). Hrn. Prof. Michel, Zwei Weisthümer, Note 25.

Nur Einigkeit macht stark. Nun aber war zur Zeit der Revolution die Echternacher Bürgerschaft in zwei politische Parteien getheilt. Die Einen, in geringer Zahl, waren französisch gesinnt und hießen Republikaner; die Mehrsten hielten es noch immer mit den Oestreichern, nannten sich Kaiserliche und lebten der festen Hoffnung, die Abteiherren (die Glouster-Heyeren) würden bald mit dem alten Regime zurückkehren; achteten es daher nicht der Mühe werth, Etwas von der neuen Regierung zu begehren; ja vereitelten auch wohl, was die Freunde der letztern für die Stadt erhalten mochten. Furcht vor den gegenwärtigen Franzosen und Furcht vor den zuversichtlich erwarteten Oestreichern lähmte jedwede gemeinnützige Thätigkeit.

(2) Bekanntlich wurden die Niederlande seit dem 24. Vendemiaire III (15. October 1794) durch eine allgemeine Verwaltungs-Commission, welche die Abgeordneten des französischen Volkes in Brüssel eingesetzt hatten, regiert, und für die einzelnen Provinzen besondere Commissionen er-

geworden, so kamen die republikanischen Gesetze über die Hospitien auch hier zur Ausführung.

Durch das Gesetz vom 16. Vendemiaire V (7. October 1796) erhielten die Gemeindeverwaltungen die Aufsicht über die Bürgerhospitäler und setzten eine Commission von fünf Mitgliedern ein, um für die Erhaltung und Verwendung der Güter und Einkünfte derselben zu wachen.

Die neue Verwaltungscommission trat am 12. Floreal V (1. Mai 1797) ins Leben, setzte sogleich den an die Stelle des hochseligen Hrn. Bodson getretenen Provisor Arzt Joachim Heilbrunn, frühern Regierungscommissar, ab, und ernannte den ehemaligen Benedictiner Pater Kellner Chrysostomus Brimer zum Hospitalpfleger, nicht ohne über die bisherige Wirthschaft Beschwerde zu führen.

Die Einnahme der Anstalt betrug damals 7 Malter, 10 Sester und 3 Faß Weizen, 33 Malter

---

nannt. Die für's Luxemburger Land hatte in Folge eines Beschlusses vom 10. Nivose (30. December 1794) seit dem 12. Pluviose (31. Januar 1795) ihren Sitz in St. Hubert, bis derselbe durch Beschluß vom 28. Prairial (16. Juni) am 10. Messidor (28. Juli) nach der Hauptstadt verlegt wurde. Am 14. Fructidor (31. August) wurde Belgien durch Beschluß des Wohlfahrtsausschusses in neun Departemente getheilt, unter denen zwei Drittel unseres Landes das der Wälder bildeten, — und Frankreich einverleibt.

Bereits am 1. October 1795 wurde diese Einverleibung auch vom National-Convent decretirt und die französische Gesetzgebung nach und nach eingeführt. Vgl. Christiani, Précis historique et chronologique des Pays de Luxembourg, an XIII, S. 166; Paquet, die Geschichte des Luxemburger Landes, 1856, S. 91, und Pasinomie, 1re Série, passim.

und 3 Faß Roggen, 2 Malter und 2 Faß Hafer, 9 Sester Erbsen (Echternacher Maaß à 16 Sester per Malter), nebst 336 Thaler (à 35 Stüber), 3 Stüber und 4 Liards an Geld: gewisse Vergütungen des Provisors nicht mit gerechnet. Die neue Commission suchte diese Einkünfte bestens zu verwenden. Am 10. Messidor V (28. Juni 1797) wurde beschlossen, jede Woche Brod von 10 Sester Korn backen zu lassen, damit jeder Arme ein Brod bekomme. Für eine kranke Wittwe mit einem kleinen Kinde wird ein Unterkommen in einer ordentlichen Familie gesucht und für letzteres eine Amme genommen. Am 15. Fructidor V (1. September 1797), erhalten ein Bäcker- und ein Schuhmacherlehrling je 40 Thaler um in drei Jahren ihr Handwerk zu erlernen. Der Schullehrer soll, neben seinem bisherigen festgesetzten Gehalte für 8 dürftige Knaben, von einem jeden der 7 andern zahlungsunfähigen 4 Stüber monatlich erhalten. Für den Schriftführer hatte man am 9. Prairial (28. Mai) 8 Sester Weizen und 8 Roggen ausgeworfen; und in der Folge wurden die Bücher musterhaft geführt.

Allein am 26. Frimaire VI (16. December 1797) setzte die Central-Verwaltung in Luxemburg diese regsame Commission, namentlich den Einnehmer als ehemaligen Klostermann ab und den Arzt Heilbrunn wieder in seine frühere Stelle ein. Am 6. Nivose (26. December) schieden nun die Herren Karl Masius, Johann Stoffel, Mathias Wagner, Christoph Gruber und Johann Schintgen aus der Commission und die vom Municipalrath ernannten Bürger Georg Schlick, Heinrich Dondelinger, Franz Heldenstein, Georg Limpach und Johann Baptist Meyer traten an ihre Stelle ein. Letzterer ward Schriftführer, scheint aber kein Freund vom Schriftführern gewesen zu sein: die fast weiß gelassenen Register geben den besten Beweis ab, wie sparsam er mit Tinte umging. Es finden sich wohl einige Berathungen vor, worin darüber geklagt wird, daß die alte Commission keine Schriftstücke herausgebe und sich nicht fügen wolle, aber Niemand unterschreibt Etwas, außer Joachim Heilbrunn seinen Amtseid.

Am 12. Messidor XII (30. Juni 1799) beschließt das vollziehende Directorium, daß eine Berathung der Central-Regierung von Sambre-und-Maaß (Namür) hinsichtlich der durch das Wohlthätigkeisbüreau auszutheilenden Almosen, über welche in vielen Orten die Pfarrer zu verfügen hatten, ungedruckt in Kraft gesetzt werden soll. Auf diesen Erlaß hin beschließt nun am 5. Vendemiaire VIII (27. September 1799) der hiesige Gemeinderath auf Betreiben des Regierungscommissars Heilbrunn, das neu ernannte Wohlthätigkeitsbüreau soll die bisherigen vom Hospital ausgetheilten Unterstützungen in Besitz nehmen. Bereits früher hatte der Maire Herweg beim Unterpräfect angefragt, ob das Hospital und das Wohlthätigkeitsbüreau nicht Eins und dasselbe seien, und darüber geklagt, daß die beiden Körperschaften einander hindern. Einstweilen ersetzt das Hospital wirklich das Wohlthätigkeitsbüreau, und später am 27. Germinal IX (17. April 1801) fordert der Unterpräfect Rechenschaft darüber, warum das Hospital nicht seiner Bestimmung entspreche und man nicht, wie das doch ursprünglich der Fall gewesen sei, Kranke und Arme darin unterhalte.

LII. Nationalgüter werden den Hospitälern überwiesen.

76. Inzwischen erließ der erste Consul Napoleon Bonaparte das Gesetz vom 4. Ventose IX (23 Februar 1801), wodurch alle der Republik gehörigen Renten, deren Anerkennung oder Entrichtung unterbrochen wäre, so wie alle Nationalgüter, welche Privatpersonen an sich gerissen hätten für die Bedürfnisse der nächsten Krankenhäuser bestimmt wurden.

Das Gesetz vom 16. Vendemiaire V (7. October 1796) hatte den Hospitälern den Genuß aller ihrer Güter gesichert und den Ersatz der von Staatswegen veräußerten vorgeschrieben. In einem Rundschreiben des Ministers des Innern und der Justiz vom 2. Prairial VIII (22. Mai 1800) heißt es, die Besitzungen der Hospitäler seien ein unantastbares Nationalgut und könnten nicht verkümmert werden; ihre Verwalter seien Männer der Nation; nur administrativ dürfe gegen jene Güter procedirt werden.

Unsere Anstalt hatte durch die Revolution nur gewisse Zehnten verloren; ihr übriges Vermögen behielt sie, war mithin in dieser Beziehung weit glücklicher, als die Hospitäler des neuen Mutterlandes Frankreich. — Letzteres besaß nämlich damals ungefähr 2000 solcher Anstalten mit einem jährlichen Einkommen von circa 20 Millionen Francs, die im Jahre VI der Republik auf 8 bis 9 Millionen zusammengeschmolzen waren (1).

Bereits am 2. November 1790 hatte ein französisches später auch hierlands veröffentlichtes Gesetz alles Kirchengut als Nationalgut erklärt, dem Staate dagegen die Sorge für die würdige Unterhaltung des Gottesdienstes übertragen. Die Förderer dieser Gewaltmaßregel behaupteten, eine solche Verfügung, wäre sie von einer constituirten Regierung ausgegangen, würde allerdings despotisch, mithin ungerecht gewesen sein; aber die Berechtigung der Gesammtheit selbst, und ihrer natürlichen — weil frei gewählten — Stellvertreter reiche weiter, als die eines künstlichen Hauptes; die constituirende Nationalversammlung, die möglichst beste Kundgebung des Gesammtwillens, habe jenen Beschluß rechtskräftig fassen können; der Rechtsbestand jeder Stiftung sei abhängig von der Fortdauer desjenigen Staatsgesetzes, welches ihn anerkannt habe, und das Recht der Kirchengemeinde (die man hier irrthümlich für identisch mit der

(1) Vgl. Code administratif Bd. IV, S. 626. „Hospitäler und Findelhäuser erhielten vor der Revolution 6 Millionen vom Staate, 6 von der Kirche und hatten 24 Millionen eigne Einkünfte, während die Wohlthätigkeitsanstalten des modernen Frankreichs über ein Jahresbezug von 119 Millionen verfügten. — Ebenso treten die Brücken und Chausseen mit 4, die öffentlichen Bauten mit kaum 2, wissenschaftliche Anstalten mit etwas über 1 Million auf. Dagegen wirft das Budget von 1832, und in ähnlicher Weise die folgenden für diese Zwecke 59 Millionen aus.“ So H. v. Sybel, Geschichte der Revolutions-Zeit von 1789 bis 1795, S. 40.

Staatsgemeinde hielt) sei nicht verletzt worden, da sie selbst es aufgehoben habe; wer diesen Grundsatz verwerfe, der mache die Lebenden den Todten unterthan, und achte die Institute, Einrichtungen und Satzungen der Menschen höher als die Menschen selbst; es sei also kein Raub gewesen, welchen die Nationalversammlung beschlossen und der König bestätigt habe (vorausgesetzt, die Nationalversammlung habe im Sinne der Nation gehandelt), weil man sich selbst nicht berauben, wohl aber die Gebrauchsart eines Besitzthums beliebig verändern könne. So räsonnirt ein Mirabeau, ein Saalfeld u. a., zu deren Widerlegung man blos an das gute Recht der Kirche zu erinnern braucht (1).

---

(1) Ohnehin kann man kühn behaupten, daß das meiste Unheil der französischen Revolution aus der Confiscation der Kirchengüter entsprang. Als Talleyrand am 10. October 1789 zuerst den folgenschweren Vorschlag machte, die Güter der Kirche für die Staatsbedürfnisse in Anspruch zu nehmen, hatte der Klerus selbst anerkannt, daß darin bis zu einem gewissen Punkt keine Ungerechtigkeit lag. Aus einer Jahreseinnahme von 100 Millionen Zehnten und 60 bis 70 Millionen Gütterertrag hatte er bisher nicht sehr regelmäßig dem Staate eine Steuer von 3 bis 4 Millionen gezahlt, und die der Kirche anvertrauten öffentlichen Bedürfnisse des Unterrichtes und der Armenpflege sehr unzulänglich besorgt. Seinerseits hatte er sein Vermögen und seinen Credit in trefflicher Ordnung, er hatte also die Pflicht und die Mittel, dem Staate in jener bedrängten Lage zu Hilfe zu kommen. Viele meinten, der Dienst der Religion hätte durch den fürstengleichen Reichthum der Prälaten nur Schaden erlitten, die Noth des Staates aber schien durch 2000 Millionen Güter für alle

Indessen müssen wir die Wirkung des Gesetzes kennen lernen, welches über die dem Fiscus vorenthaltenen Nationalgüter handelt und in Folge dessen die jährlichen Einkünfte des Hospitals auf einmal einen Zuwachs von mehr als 4000 Francs erhalten haben.

Wie wir aus einer Klage des französischen Finanzministers von 1812 schließen dürfen, gelangte das Hospital auf folgende Weise in den Besitz vieler Kloster-Renten. Die wichtigsten Urkunden der hie-

---

Zeiten beseitigt. Da alle Abneigung gegen die Kirche in der zornigen Verachtung des Klosterswesens gipfelte, so wurde, nachdem am 19. December der Verkauf von geistlichen Gütern bis zum Betrag von 400 Millionen decretirt worden, mit der Veräußerung der Klostergüter begonnen. Eine jährliche Pension für 20000 Klosterleute, zusammen etwa 16 Millionen, hoffte man leicht bei dem Geschäft zu gewinnen. Weil sich aber solch eine Gütermasse nicht sogleich zu Geld machen ließ, gedachte man, die Kirchengüter als Hypotheke für das auszugebende Papiergeld, die Assignaten, eintreten zu lassen. Allein das Papiergeld kann seiner Natur nach nur die Frucht eines festen Credites sein, und dessen Thätigkeit dann weiter entwickeln. Aber, einen zerstörten Credit zu heilen, dazu ist es völlig ungeschickt: es ist ein Widerspruch in sich selbst, wenn ein bankrotter Schuldner sich durch neue Schuldscheine Vertrauen erobern will. Und so hat das spätere Unheil der Assignaten-Wirthschaft seinen Ursprung in der Confiscation der Kirchengüter. Auch der Bürgerkrieg in Frankreich war eine unausbleibliche Folge jener großen Rechtsverletzung. Ob es in religiöser und politischer Beziehung für einen Fortschritt zu halten ist, wenn eine Kirche statt eignen Vermögens Besoldung durch den Staat erhält, das hängt von den Umständen ab. In dem damaligen Frankreich ernannte der König zu allen Pfründen; so brachte das eigne

sigen Abtei wurden in zwei Fässer gelegt und in dem Hospitalgebäude eingemauert. Von wem? — hat nicht ermittelt werden können. Als es nun auf einmal hieß, alle von der Abtei herrührenden Renten seien dem Hospital zugefallen, da fing man an, die desfallsigen Schuldacten aufzusuchen, und denselben Anerkennung zu verschaffen. Dagegen wurde später zwar energisch protestirt, indem man behauptete, die Hospitalverwaltung selbst habe sich jener Verhehlung schuldig gemacht; der Pfarrer Ein=

Vermögen der Kirche statt des sonst natürlichen Vortheils würdiger Selbstständigkeit nur die Schäden des Reichthums, Genußsucht und Verweltlichung. Damit aber der Staat ungeachtet der Übernahme der Cultuskosten bei der Einziehung der Güter des Klerus einen annehmenswerthen Gewinn machen konnte, kündigte man unverhohlen eine Umgestaltung der Kirchenverfassung an, die auf katholischem Gebiete an sich selbst ein Gegenstand des Glaubens ist, und regte damit die Tiefen des religiösen Gewissens auf. Den Klerus als den ersten Stand des Feodalstaates hatte die Nationalversammlung vernichten können, ohne daß der Widerstand von etwas Anderem als der Ohnmacht der Besiegten Kunde gegeben hätte. Den Klerus als den Träger eines im Volke wurzelnden Glaubens hatte ihre Hand noch kaum berührt, und sofort kündigte sich der Bürgerkrieg auf hundert Punkten des Königreichs an. Ebenso hat die Verfolgung der Kirche den König Ludwig XVI in das Bündniß der Fremden getrieben und den Einfall der Alliirten hervorgerufen. Die Dämpfung dieses Bürgerkrieges und die Abwehr des auswärtigen Angriffes, die dabei noch mehr entfesselte Wuth der Leidenschaften und des Parteihasses veranlaßten die übrigen Gräuelscenen und Schandthaten der fernern Revolutionsgeschichte. Dem bösen Samen entsproß Verderben bringende Frucht. Vgl. v. Sybel, I, S. 58—193 und 317.

dorf sei ehemals Benedictiner und Mitglied der Commission gewesen, und er werde wohl von dem verborgenen Schatz gewußt haben. Glücklicher Weise stellte es sich jedoch heraus, daß Hr. Gindorf zur Zeit der Aufhebung des Klosters nicht mehr in demselben war, da er bereits 1786 Pfarrer von Echternach geworden, und daß er auch zur Zeit der Entdeckung jener Renten nicht Mitglied der Verwaltungscommission gewesen.

Auf Anrathen des Präfecten suchte man jetzt auf andere Weise zu erklären, welche Bewandtniß es mit jenen Urkunden habe; der letzte Prior habe dieselben mit über den Rhein genommen, aber zurückgeschickt, nachdem er eingesehen, daß die Dinge für die Oestreicher ganz ungünstig abgelaufen seien; die zwei Fässer Klosterschriften, welche die Fiscalbeamten später im Hospital gefunden, seien unter dem frühern Regime, wo der Hospitalverwalter meistens von der Abtei abhing, dorthin gebracht worden. Kurz, Präfect und Unterpräfect boten ihren ganzen Scharfsinn auf, um das Finanzministerium zu beschwichtigen, was aber erst mit vieler Mühe unter der niederländischen Regierung 1818 gelingen wollte.

Wie, wann und durch wen eigentlich diese Urkunden versteckt worden seien, das konnte Niemand gewahr werden; allerlei unzuverläßige Gerüchte waren darüber in Umgang; sicher ist aber, daß am 1. August 1822 Pater Fischer bei der Hospitalverwaltung mit dem Begehren einkam, man möge ihm ein Drittel aller in Besitz genommenen Kloster-Capitalien zurück erstatten, da ja er die Entdeckung derselben gemacht habe. Er wurde aber, da das Gesetz anders entschieden hatte, selbstverständlich abgewiesen.

77. Die ersten Renten jedoch, die in Besitz genommen wurden, waren die der St. Barbara-Bruderschaft in der hiesigen Pfarrkirche, deren Urkunden man bei Wittwe Ernzer anzutreffen hoffte. Sollte diese dann Schwierigkeiten machen, so müsse, meinte die Commission, der Friedensrichter Haussuchung bei ihr anstellen und Beschlag auf die fraglichen Schriften legen: was nach unsern heutigen Begriffen von Unverletzlichkeit der Wohnung eine Gewaltthätigkeit gewesen wäre, die glücklicher Weise nicht vorzukommen brauchte. Am 22. Nivose XI (12. Januar 1802) kündigte der Unterpräfect zwei ihm entdeckte Renten von je 5 und 7 Reichsthalern an. Am 28. Ventose XI (19. März 1802) hatte man schon circa 150 Renten entdeckt im Betrage von Francs 2524 33, aber erst zwei davon stammten aus der Abtei. In demselben Jahre hatte man auch, wie aus den damaligen Rechnungen zu ersehen, zehn Grundstücke in Besitz genommen, unter andern die sogenannten churfürstlichen Güter zu Edingen.

Ein bedeutendes von der Abtei herrührendes Landgut zu Bech war vom Hospital von Luxemburg beansprucht worden; allein am 30. Prairial XII (20. Juni 1804) erfolgte die diesseitige Besitznahme desselben, worüber aber am 27. December 1814 ein seit 1753 schwebender Proceß wieder aufgenommen werden mußte, der erst 1847 in letzter Instanz endigte, und wofür das gewinnende Hospital das erste mal Fr. 727 61 und das andere mal Gulden 364 90, im Ganzen also 1500 Francs zu entrichten hatte.

Im Jahre XII (1804) dauern die Entdeckungen fort: am 25. Germinal (15. April) eine Rente in Givenich von 1 Malter Weizen, 4 M. Korn und 4 M. Hafer; am 30. Prairial (25. Mai) ein Kapital in Irrel von 52 Rth., eines in Edingen von 100 Rth. und 5jährigen rückständigen Zinsen; eines in Echternach von 75 Rth.; eines in Waldbillig von 100 Rth.; weiter noch 3 Kapitalien von 370 Rth., die bestritten werden.

Am 26. Frimaire XIV (17. December 1805) entdeckte Notar Fichtel noch eine Rente herrührend aus dem St. Irminen-Kloster von Trier (1) und eine aus dem von Joseph II aufgehobenen Urbanisten- oder Clarissen-Kloster dahier. Am 10. Januar 1809 verzichtete das Hospital auf eine andere Rente aus letzterm Kloster, welche die Domänen-Verwaltung vor ihm entdeckt haben sollte. Auch später noch hatte die Anstalt dieser usurpirten Renten wegen Processe mit dem Fiscus zu bestehen. Vom Jahre XIII (1805) ab bis zu Ende des Kaiserreiches mußte alle drei Monate angegeben werden, welche Renten man ermittelt habe, und es ward wegen Napoleons wachsender Geldnoth zuletzt immer schwieriger, dieselben zu behalten.

---

(1) Es war eine Grundrente von 5 Malter Roggen, welche die Consdorfer Mühle jedes *ungerade* Jahr hiehin abzuliefern hatte. Dieselbe wurde vor kurzem abgelöset und wieder capitalisirt.

Nach und nach kam aber das Hospital in ungestörten Besitz von 186 solcher Renten, die durch Königlichen Beschluß vom 30. August 1818 gutgeheißen sind, und sich auf 1560 Gulden 40 Cents, etwa 3300 Francs an Geld, und 36 Malter Früchten belaufen. Diese Naturalienlieferungen sind meistens erlegt, oder durch liegende Gründe ersetzt worden, so daß man jetzt noch, trotz vieler erlittenen Verluste, den Gesammtbetrag der dem Hospital zu Nutz gefallenen Nationalgüter zu jährlich 4 bis 5000 Francs veranschlagen kann.

Von diesen 186 Renten stammen 155 aus dem St. Willibrordus-Kloster (36 von der Abtei, 74 vom Priorat und 44 von der Muttergottes-Kapelle (1), 26

(1) Unweit der Stadt an der Luxemburger Straße. Diese Kapelle, neo-romanischen Styls, war 1630 von Abt Fisch sehr geschmackvoll erbauet und verziert, sowie mit vielen Ländereien und Renten ausgestattet worden. Beim Verkauf der Abteigüter kam sie in Privathände, wurde aber 1811 vom hochseligen Dechant Couer für 1015 Francs zurückgekauft und 1813 der hiesigen Kirchenfabrik mittelst einer einfachen Anmerkung in einem der Pfarregister geschenkt. Am 30. April 1836 wurde sie von der belgischen Regierung mit einem Pastoregehalte versehen und diente dem derselben am nächsten gelegenen Stadtviertel und Gehöfte zur Succursalkirche bis zum Jahre 1843, wo diese neue Succursale durch zwei Vicarieen bei der Hauptpfarrkirche ersetzt wurde. Seither ist sie dem Militär-Gottesdienste eingeräumt und erfreut sich einer vortrefflichen Orgel, die König Wilhelm II, unvergeßlichen und unvergleichlichen Andenkens, ihr huldreichst verehrt hat. — Im Jahre 1854 bewilligte die Regierung 900 Francs zur Verschönerung dieser Kapelle, und Hr. Dechant Thomas hat eine gleiche Summe aus frommen Beiträgen hinzugefügt.

aus der St. Barbara- (1), 3 aus der Heiligen-Geist- und eine aus der St. Sebastians-Bruderschaft (2), eine aus dem Clarissen- (3) und eine aus dem

(1) „Von 1733 (Romanus Renland) her bis unter die nachfolgenden Pfarrverwalter Ignatius Forting, 1763—1786, und Mathias Gindorf, 1786—1794, blühete in Echternach die St. Barbara-Bruderschaft. Sie war vom Papst Clemens XII (1730—40) canonisch errichtet und besonders begünstigt worden. Ihr Zweck war die Anrufung der Fürbitte der hl. Jungfrau und Martyrin um eine glückliche Sterbestunde. Große und allgemeine Theilnahme in allen Classen der Bürgerschaft, mit dem Eintrittshonorar von 2 Reichsthaler und 2 Pfund Wachs füllten deren Casse. Die Mitglieder wollten nun eigenmächtig schalten, Gottesdienst halten lassen, Jahrgedächtnisse annehmen ohne Wissen des Pfarrers. Daraus folgende Mißhelligkeiten wurden jedoch durch Vermittelung der geistlichen Obrigkeit, zum Frommen der schönen Verbrüderung, bald gütlich beigelegt.“ S. Hrn. Prof. Linkels, Notizen über die Pfarrkirche zu Echternach, 1857, S. 18 und 19.

(2) „In der Abteikirche befand sich ein Altar des hl. Sebastian mit einer Reliquie desselben, und bei dem Altar war eine Bruderschaft auf den Namen dieses Heiligen für beide Geschlechter errichtet. Letztere bestand schon frühe, mit Indulgenzen, wie üblich, versehen; bei der Dedication eines neuen Altars des hl. Sebastian hat der Trierische Weihbischof Hubert 1463 diese Indulgenzen um 40 Tage vermehrt. Abt Robert von Montreal hat 1518 die Bruderschaft reformirt und neu belebt. Endlich hat der Abt Peter Fisch eine zierliche Kapelle zu Ehren des hl. Sebastian unter dem Gewölbe der Krypta 1635 ganz neu errichtet und im Jahre 1630 durch den Weihbischof Otto consecriren lassen, und hat dadurch die Bruderschaft selbst gehoben“. Vgl. Hrn. Prof. Marx, Bd. III, S. 376.

(3) Ueber die Stiftung des Echternacher Clarissen-Klosters herrschte sortan große Unsicherheit bis Hr. Dr. Neyen in

St. Irminen-Kloster. Letztere war gewissermaßen ein ominöses Geschenk, welches auf den unerforschlichen Wegen der Vorsehung die heilige Königstochter Irmina ihrer bereits vor 1110 Jahren gestifteten Hospitalanstalt von des Himmels Höhen herab zukommen ließ, zu einer Zeit, wo durch den Willen des mächtigsten Herrschers der neuern Geschichte ihr Kloster zu Trier mit seinen meisten Gütern in den dort vereinten Hospitien ebenfalls dem Dienste der leidenden Menschheit ausschließlich gewidmet wurde.

---

seiner Biographie Luxembourgeoise, Bd. II, S. 106—109, mit vielem Scharfsinn und unter Begünstigung einer ihm zugehörigen Schenkungsurkunde des Echternacher Schöffen Sarrazin vom 6. März 1353 einiges Licht in die darüber herrschende Meinungsverwirrung gebracht hat. Seine scharfsinnige Muthmaßung mag hier folgen. Pitter Sonntag Sarrazin, ein reicher Bürger hiesiger Stadt, hatte eine Tochter Namens Hildegard, die in den St. Claren-Orden einzutreten wünschte. Er bat daher Johann den Blinden, ein Clarissen-Kloster in seinem Hause zu Echternach zu gründen (1330—1340). Da inzwischen der ritterliche Böhmenkönig gestorben war, so erhielt er am 1. Mai 1348 eine Urkunde, durch welche Carl IV das zu gründende oder zu ordnende Stift unter seinen Kaiserlichen Schutz nahm und demselben noch vier Pachtgüter zu den bereits angewiesenen Einkünften schenkte. Nachdem nun Sarrazin für seine Stiftung die Kaiserliche Bestätigung erhalten und die letzte Hand an sein Werk gelegt hatte, stellte er eine förmliche Urkunde über seine dem Clarissen-Kloster gemachten Schenkungen aus und zog sich nach Trier zurück, allwo er, wie es scheint, bald nachher meuchelmörderisch umkam. Darauf verließ seine Frau aus Gram jene Stadt und veranlaßte die fabelhafte Geschichte, die beim leichtgläubigen Bertels über sie zu lesen ist, als

Im Jahre IX, den 21. Floreal (11. Mai 1801), wurden die jährlichen Einkünfte des Hospitals angegeben an Renten von Capitalien zu. Fr. 698 72
an Pachtzins von Grundgütern zu. Fr. 1722 30

nebst 106 Malter Früchten, noch . Fr. 2421 02

In wenigen Jahren betrugen also die nach und nach erworbenen verheimlichten National-Renten fast das Doppelte der ganzen zu Anfang dieses Jahrhunderts zu machenden Geldeinnahme. Die

---

habe sie erzürnt über ihres Mannes Freigebigkeit denselben umbringen lassen, sei dann zu den Clarissen-Nonnen gegangen, habe unter scheinbarem Vorwande die Schenkungsurkunde zurückbekommen und vernichtet, worauf sie verschwunden und das fragliche Kloster vom Luxemburgischen Herrscherhause gegründet worden sei. — Der Bering dieses Klosters umfaßte den ganzen Flächenraum zwischen beiden Gassen vom Pfarrhause bis in die Nähe des Trierischen Thors und wurde später durch die nunmehrige Neustraße quer durchschnitten. Dasselbe war für 33 adelige Jungfrauen bestimmt gewesen, wurde 1783 von Joseph II aufgehoben, die schöne gothische Kirche erst 1792 niedergerissen und in den heutigen Bürgercasinos-Garten verwandelt. — Die erste Abtissin war Sarrazins und Julianens Tochter Hildegard, die letzte aber Fräulein Maria Magdalena de Bourjy von Givenich, die am 18. August 1823, alt 74 Jahre, in dem Hause, das nun neu aufgebaut auf Fulpert zunächst an der Mittel- und Gewerbschule liegt, gestorben ist. In Betreff des Streites der St. Willibrordus-Abtei mit dem Bürger Peter Sarrazin und dessen Söhnen, als dieser im Jahre 1349 angefangen hatte sein Haus in Wolffsgasse in ein Kloster zu verwandeln, vgl. M. F. Jos. Müller, kurz gefaßte Geschichte der Abtei St. Willibrord zu Echternach, S. 67, und Bertholet, Histoire de Luxembourg, Bd. VI, S. 198.

Steuern beliefen sich auf etwa 500 Fr.; der Armen-Arzt und Einnehmer erhielt 16 Malter Korn, 33 Francs, Holz und die Benutzung einiger Ländereien.

LIII. Nachträgliches.

78. Im Jahre X, den 1. Germinal (22. März 1802), beklagt sich der Maire bei der Regierung, die Commission wolle die Höfe Ernzen und Fehl durchaus nicht an den Meistbietenden verpachten, sondern die bisherigen Verträge fortbestehen lassen; ein Mitglied sei von den Pächtern bestochen und überrede die andern, sie hätten zu verfügen, es ginge den Präfecten nichts an, u. s. f.

Dieses Jahr X scheint ein Nothjahr gewesen zu sein. In Echternach war für Geld kein Getreide zu haben. Es wurden daher vom Hospital 50 Malter gekauft, um im Kleinen wieder verkauft zu werden, und am 8. Prairial (25. Mai) alles Getreide der Anstalt: Korn, Hafer und Erbsen zusammen gemischt, wovon wöchentlich zwei Malter zu dreipfündigen Broden, welche ausgetheilt wurden, gebacken worden.

Im Jahre XI überhäufte man die Verwaltung mit endlosen Schreibereien, die in der Folge mehr und mehr zunahmen und die man immer weniger berücksichtigen konnte. Am 15. Plüviose (4. Februar 1803) jammert der Unterpräfect über die vielen Mahnungen, die er habe schicken müssen; trotzdem ließen leicht verständlich die stets wiederkehrenden periodischen Berichte und tabellarischen Übersichten bis in die spätern Zeiten immer lange auf sich warten.

LIV. Gestiftete Gottesdienste.

79. Am 2. Ergänzungstag XII (20. September 1804) trägt die Verwaltungs-Commission darauf an, die Hospitals-Kapelle wieder zu eröffnen, und die gestifteten Gottesdienste, für welche eine Summe von Fr. 168 59 ausgeworfen wird, darin abhalten zu lassen. Vom Jahre 1806 ab entrichtete das Hospital Fr. 21 40 für die auf den eingezogenen Renten der St. Barbara-Bruderschaft lastenden Gottesdienste, zu denen noch 52 Sonntagsmessen der St. Sebastians-Bruderschaft und drei Jahrgedächtnisse hinzukamen, welche in der Pfarrkirche abgehalten werden, und am 24. August 1847 auf 27 Stillmessen und zwei Hochämter mit Ministration reducirt worden sind. Kraft derselben Bischöflichen Reduction bestehen dermalen noch in der Hospitals-Kapelle 5 Stillmessen statt eben so vieler gesungener Jahrgedächtnißmessen, und noch eine wöchentliche Lesemesse für alle Wohlthäter der Anstalt, statt der zwei frühern. Das Honorar für alle diese Dienste beträgt 165 Francs. 1844 ist noch ein Todtenamt mit Libera für Anna Maria Prim, Wittwe von Heinrich Schneider hinzugekommen, wofür Fr. 4.50 vom Hospital entrichtet werden.

Die urkundlich nachweisbaren Stiftungen der ältesten Zeiten scheinen später aus uns unbekannten Gründen keine Berücksichtigung gefunden zu haben. Schon gegen Ende des 17ten Jahrhunderts ist nur mehr die Rede von zwei Wochenmessen zum Seelentroste aller Wohlthäter des Institutes, obgleich man doch damals noch besser als später wissen mußte, daß 1345 die Priesterbruderschaft drei Wochenmessen gestiftet hatte, und 1352 Johann Kumper auch drei. Jahrgedächtnisse waren fundirt worden: 1387 für Johann von Bitburg, 1391 für Peter Mengas, 1402 für Heinrich Zyck, 1409 für Maria von Fulpert, Wittwe von Simon Irhel. Weiter geschieht noch Meldung von einem 5ten Jahrgedächtnisse für Johann Frappe gegen 1380. Vermuthlich hat man in der Folgezeit gefunden, daß die Capitalien jener Stiftungen den ausbedungenen Leistungen nicht mehr entsprechen und so eine Reduction eintreten lassen. Die Namen Nicolas Holzhausen, Mathias Masius, Michael Ries und Johann Mathias Bodson, auf welche die vorhandenen Jahrgedächtnisse lauten, sind aus viel späterer Zeit und begegneten uns oft, wo nicht in den Stiftungsurkunden, so doch in den letztern Rechnungen der vorigen Periode.

Die Hospitals-Kapelle wurde erst 1821 wieder hergestellt, und für Einsegnungskosten figuriren Fl. 1.65 in der Rechnung jenes Jahres. Als Grund zu deren Wiedereröffnung wurde 1804 angeführt, die Pfarrkirche sei viel zu klein und für alte Leute sehr beschwerlich; es sei mithin eine Erleichterung für die Stadtbewohner, wenn am Sonntag und Donnerstag zu passender Stunde in der Kapelle Messe gelesen werde. Nichts destoweniger wurde nachher durch eine Berathung vom 30. April 1827 beschlossen, die Hospitals-Kapelle den Auswärtigen, nicht in der Anstalt Wohnenden, unzugänglich zu machen.

LV. Verwaltungsmaßregeln und Vorschriften.

80. Vom 4. Plüviose XIII (24. Januar 1805) findet sich ein schönes gedrucktes, Rundschreiben des Präfecten über die Wohlthätigkeit. Auffallend ist es, daß unter der französischen Herrschaft und Anfangs auch unter der niederländischen Gesetze, Beschlüsse, Ministerial-Erlasse und Circulare, allgemeine Präfectoral- oder Provinzial-Verfügungen, die doch zu tausenden vervielfältigt werden mußten, der Hospitals-Commission und vermuthlich auch den übrigen untergeordneten Behörden nur handschriftlich, nie gedruckt, mitgetheilt wurden. Eben so wenig finden sich gedruckte Formulare für die zahllos aufzustellenden Tabellen und Nachweise.

1806, den 4. Februar, schärft der Minister des Innern nachdrücklich den Gebrauch der neuen Maße ein; man dürfe die alten neben denselben nur ungefähr angeben, was sich auch die Hospitalverwaltung in ihrer Schriftführung zu merken habe.

Art. 8 des Gesetzes vom 16. Messidor VII (4. Juli 1799) lautet:

Jede Lieferung von Lebensmitteln oder anderer den Bürgerhospitien nothwendigen Gegenstände wird dem Mindestfordernden verdungen in einer öffentlichen Sitzung der Commission, in Gegenwart der Mehrheit ihrer Mitglieder, und nach Bekanntmachungen, die einen Monat vor der Versteigerung angeschlagen waren, Alles bei Strafe der Nichtigkeit. Der Ansteigerer leistet die im Beschwerdenhefte vorgesehene Bürgschaft. Der Kaufvertrag wird erst vollzogen, nachdem er von der Oberbehörde gut geheißen worden.

Ein Consularbeschluß vom 7. Germinal IX (28. März 1801) bestimmt, daß die Grundgüter erst nach Anhörung der Einwendungen der Bürgerschaft und nach besonderer Ermächtigung durch die Regierung auf längere Jahre verpachtet werden können.

Ein Kaiserliches Decret vom 12. August 1807 beschließt, daß alle Verpachtungen der Hospitalsgüter auf öffentlichen Versteigerungen an den Meistbietenden vorgenommen werden müssen.

Durch das allgemeine Verwaltungsgesetz vom 28. Plüviose VIII (17. Februar 1800) bekamen die Unterpräfecten die Oberaufsicht über die Wohlthätigkeitsanstalten; gemäß eines Rundschreibens des Ministers des Innern vom 25. Floreal IX (15. Mai 1801) ist aber der Bürgermeister immerwährendes Mitglied und Präsident der Verwaltungs-Commission, und bei Gleichheit der Stimmen gibt seine Stimme den Ausschlag.

81. Heben wir indessen die vorzüglichern Verwaltungsvorschriften, die den Einnehmer der Wohlthätigkeitsanstalten betreffen, noch besonders hervor.

In dem oben angeführten Gesetze vom 16. Vendemiaire V (7. October 1796) heißt es:

Art. 3. Jede Hospitals-Commission ernennt außerhalb ihrer Mitte einen Einnehmer, der ihr alle drei Monate Rechnung ablegt; sie übergibt diese Rechnung der Gemeindeverwaltung, welche dieselbe mit ihrem Gutachten vor zehn Tagen an die Central-Administration des Departementes absendet, um geeigneten Falles genehmigt zu werden.

Das Kaiserliche Decret vom 7. Floreal XIII (27. April 1805) verfügt dann weiter:

Art. 1. Die Einnehmer der Hospitäler und Wohlthätigkeitsanstalten sind verpflichtet, in den drei ersten Monaten eines jeden Jahres Rechnung von ihrer vorjährigen Verwaltung abzulegen betreffs der Einnahmen und der Ausgaben, so wie der ihnen nicht zur Last gelassenen Ausstände.

Art. 5. Der Rest des vorjährigen Rechnungsabschlusses und die eingetriebenen Rückstände bilden einen eignen, von der Einnahme des Rechnungsjahres getrennten Abschnitt. Desgleichen wird verfahren wit den außergewöhnlichen Ausgaben.

Art 9. Ungeachtet der jährlichen Rechnungen werden die Einnehmer fortfahren, unter Controle eines Mitgliedes der Commission, die Oberbehörde alle drei Monate vom Zustande ihrer Casse und von den Bevölkerungsverhältnissen der Anstalt in Kenntniß zu setzen.

Art. 10. Auch die Verwaltungscommissionen legen im ersten Quartal Rechenschaft ab über die Ausbeutung der Güter, die Gesundheitspflege und den Haushalt der ihnen anvertrauten Institute.

Art. 7 und 8 bestimmen genau, wie die Ausgaben gerechtfertigt werden müssen (1).

---

(1) Art. 7. Un des membres de l'administration, sous le titre d'ordonnateur général, sera spécialement chargé de la signature de tous les mandats : seront en conséquence rejetés des comptes tous payements non appuyés du mandat de l'or-

Von besonderer Wichtigkeit ist ein Regierungsbeschluß vom 19. Vendemiaire XII (12. October 1803) über das gerichtliche Verfahren der Gemeinde- und Hospitals-Einnehmer zur Eintreibung der Einkünfte dieser Institute, und worin es heißt:

Art. 1. Die Gemeinde-Einnehmer und die Schatzmeister der Einkünfte der Hospitäler, Wohlthätigkeitsbüreaux oder anderer Unterstützungsanstalten, unter welchem Namen sie auch bekannt sein mögen, sind unter ihrer eignen Verantwortlichkeit gehalten, allen nothwendigen Fleiß anzuwenden, um besagte Einkünfte zu empfangen und zu erheben, so wie auch um die Vermächtnisse und Schenkungen, und andere

---

donnateur et des pièces justificatives de la dépense acquittée.

Art. 8. Les pièces à fournir à l'appui des mandats, seront, en ce qui concerne les fournitures et les réparations ordinaires et de simple entretien,

1° La délibération de l'administration qui a autorisé la dépense;

2° Le procès-verbal d'adjudication approuvé dans les formes voulues par la loi ou la soumission légalement acceptée pour les cas où cette voie peut être admise;

3° Le mémoire détaillé des objet fournis;

4° Un procés-verbal de livraison ou de réception, certifié par l'un des membres de l'administration;

5° Les quittances des parties prenantes, dûment visées par les contrôleurs des recettes dans les établissements dont la quotité des revenus exigera un préposé spécial pour tenir registre de tous les fonds qui entreront et qui sortiront de la caisse;

6° Et enfin, en ce qui concerne les constructions et autres dépenses extraordinaires non prévues par les budgets approuvés, les décisions ministérielles ou les décrets de Sa Majesté qui les auront autorisées.

dem Dienste dieser Anstalten angewiesene Hilfsquellen beizutreiben; gegen die säumigen Schuldner auf Anstehen der betreffenden Verwaltungen die erforderlichen Vorladungen, gerichtliche Anzeigen, Verfahren und Zahlungsbefehle ergehen zu lassen; die Verwaltungen aufmerksam zu machen auf das Erfallen der Pachtzeiten, das Eintreten der Verjährung zu verhüten; über die Erhaltung der Grundgüter, Rechte, Privilegien und Hypotheken zu wachen; zu diesem Zwecke die Hypothekareinschreibungen aller, derselben benöthigten Urkunden zu fordern, und Buch zu führen über besagte Einschreibungen, so wie über ihre sonstigen Proceduren und Bemühungen.

Art. 4. Die Verwalter versichern sich jeden Monat des Fleißes ihrer Einnehmer, indem sie deren Register verificiren.

Aus jenen Bestimmungen ergibt sich, daß die Einnehmer auch ohne Rücksprache mit den ihnen zur Seite stehenden Behörden im Namen der letztern die Erhebung der erfallenen Gelder betreiben können und sollen. Wie sich aus Art 5 desselben Erlasses weiter ergibt, haften sie gleich den Staatseinnehmern mit Hab und Gut, mit Leib und Leben für die ihnen anvertrauten Einnahmen und Ausgaben.

LVI. Vermehrung und Verwendung der Einkünfte.

82. Nachdem der Arzt Joachim Heilbrunn vom Jahre 1796 bis 1804 Einnehmer des Hospitals gewesen, ersetzte ihn in dieser Eigenschaft vom Jahre XII bis 1811 der Pater Mauritius Boudeler aus Was-

serbillig, und die Anstalt wurde nun ungefähr auf demselben Fuße, wie vor der Revolution verwaltet. Jede Woche wird ein- oder zweimal Brod ausgetheilt; jeden Monat bekommen die 20 ärmsten Familien zusammen 100 Francs; dürftige Studenten erhalten von Zeit zu Zeit einen Louisd'or, und sonstige Unterstützungen wurden verabreicht; aber auch 300 Francs werden für einen Arzt ausgeworfen. Dieser soll die Armen gratis behandeln und sich das Impfen angelegen sein lassen, wofür er dann von jedem armen Kinde in Echternach 50 Centimes und im Canton 75 Ct. bekommt. Auch ein Schriftführer wird am 6. April 1811 ernannt, um die Urkunden in Ordnung zu setzen.

Wie wir in den betreffenden Rechnungen unten sehen werden, waren die Einkünfte des Hospitals in dem ersten Decennium dieses Jahrhunderts wenigstens 5- oder 6mal größer geworden. Diese Zunahme derselben rührte meistens her von dem steigenden Pachtpreis der Grundgüter, aber auch großen Theils von den erhaltenen Nationalrenten.

Man hatte nämlich die Erfahrung gemacht, daß es viel vortheilhafter ist, die in oder an Ortschaften gelegenen Güter in kleinen Loosen zu verpachten. Die sogenannten Höhhofergüter, die sonst höchstens 31 Malter Mischelfrucht einbrachten, waren in den Jahren XI und XII im Kleinen verpachtet für Francs 2201 15, wovon etwa 300 Fr. für Steuern abzuziehen; 1807 wurden dieselben wieder im Ganzen verlassen für 702 Francs; nachher aber nochmals im Kleinen für Fr. 2318 92; weswegen denn auch, wie später zu berichten, am 27. October 1815 beschlossen worden, auch die Höfe Euren und Fehl in kleinen Loosen zu verpachten, die Häuser aber zu veräußern oder abzureißen.

83. Zu allen Zeiten bot das Erheben der Rückstände große Schwierigkeiten dar, weil man häufig mit dürftigen und säumigen Bezahlern zu thun hatte. 1809, am 20. Juli, räth der Unterpräfect von Bitburg, einem Schuldner, dem man drei Jahre Zinsen erlassen mußte, sofort eine Unterstützung vom selbigen Betrage zu bewilligen, und ihm diese als Bezahlung gut zu schreiben. Dieses Verfahren wurde auch später befolgt; man bemerkte aber bald, daß so von Ausgaben des Almosens selbst ein fünfprocentiger Abzug für den Einnehmer zu entrichten gewesen wäre, wenn man nicht bei der Feststellung der Gebühren desselben diesen Fall eigens geregelt hätte.

Bereits 1810 beschließt, wie es scheint auf Vorschlag des Unterpräfecten, die Verwaltungs-Commission, die bisher bloß wie ein Wohlthätigkeitsbüreau fungirte, die Einführung Barmherziger Schwestern ins Hospital-Gebäude, jedoch nur noch um ein Mädchen-Pensionat zu halten, und um den armen Kranken zu Hause Unterstützungen zu verabreichen; aber schon am 7. September 1811 hegt man wieder Bedenken, die Schwestern kommen zu lassen, da man noch viele Reparaturen an den Pachtgebäuden auf Fehl unweit Echternach und zu Euren bei Trier vorzunehmen hatte. Auch war bereits am 18. Juli 1811 ein Baumeister ernannt worden, um Pläne über die Wiederherstellung des Fehlerhofes zu entwerfen, der indessen später ein ganz anderes Schicksal hatte.

Das neben der Hospital-Commission bestehende Wohlthätigkeis-Büreau blieb natürlich unbedeutend. Bis 1811 hatte es bloß Fr. 6 20 in Rechnung gebracht und seither bestand es noch nur dem Namen nach.

LVII. Pater Mauritius.

84. Dom Mauritius Boudeler aus Wasserbillig hatte sich mit mehreren Conventualen der Echternacher Abtei an das Oestreichische Gouvernement um Pensionirung und an den Trierischen Churfürsten um Säcularisation gewandt, und war schon 1788, um als Weltpriester zu leben, aus dem Kloster getreten. Von letzterm war ihm eine Leibrente von 32 Louisd'or 40 Stüber (Fr. 761 80) bewilligt worden, welche bis 1793, aber auch nicht länger, entrichtet wurde. Bei der Einziehung der Abteigüter achtete man nicht auf seine Reclamationen, deren Gegenstand sich im Jahre 1815 auf Fr. 16,759 60 belief. Um ihn einiger Maßen zu entschädigen, hatte ihn der Präfect Lacoste zum Hospital-Einnehmer mit einem Gehalte vom 500 Fr. ernannt. Nach dem Jahre 1811, wo er aus Altersschwäche dieses Amt niederlegen mußte, fiel er wieder seinem Neffen Hrn. de Seyl von Wasserbillig zur Last.

Seine Hospitals-Rechnungen ermangelten zwar vielfach der gehörigen Belegestücke; weil man aber überzeugt war, daß alle Einnahmen zweckmäßig verwendet worden, er selbst arm gelebt habe und arm gestorben sei, so wollte die Commission ihm seinen letzten Rechnungsrest schenken, und keine weitere Rückforderungen an ihn stellen, während man die

Rechnungen seines Vorgängers Heilbrunn für 1797 bis XI (1803) am 15. October 1811 noch nicht in Ordnung gefunden, und am 11. November Hypothekareinschreibung gegen dessen Hinterlassenschaft genommen hatte. Die Französisch-Kaiserliche und die Königlich-Niederländische Regierungen jedoch ließen mit Strenge gegen Boudler's Rechnungsablagen verfahren, und da sein Neffe de Seyl für ihn Bürgschaft geleistet hatte, so mußte dieser dessen von Fr. 1217 99 auf Fr. 1982 77 gebrachten Rückstand am 23. März 1821 erledigen (1).

---

(1) In seinen letzten Jahren lebte Pater Mauritius in der Einsiedelei neben der hl. Kreuz-Kapelle, die früher von der adeligen Familie Mohr de Waldt (heute de Reinach) gegründet und gegen Mitte des 17ten Jahrhunderts von derselben restaurirt worden. Im Jahre VI der Republik öffentlich versteigert, kam diese Kapelle fünf Jahre später käuflich an Hrn. Franz Ignaz Stephan de Biwitz, dessen Wittwe dieselbe mit den daran gelegenen Grundstücken dem zeitweiligen Pfarrer von Echternach am 5. April 1811 unter der Bedingung geschenkt hat, die hl. Kreuzwegandacht in derselben und, im Falle der Baufälligkeit, in der Pfarrkirche, zu unterhalten. 1849 befahl die Ortspolizei, die Kapelle entweder zu schließen oder neu umzubauen. Durch seine und Anderer Gaben restaurirte nun Hr. Dechant Thomas dieselbe von 1850 bis 1863 und erweiterte sie durch eine passende Kreuzform, über welche ein schöner Thurm hervorragt. Die Baukosten betragen 12000 Francs. Die in der Heilig-Kreuz-Kapelle aufgestellten Grabmonumente sind aus der Clarissen-Klosterkirche dorthin gebracht worden.

Vgl. den Echternacher Anzeiger gegen Ende des Jahres 1863, und das Luxemburger Wort vom 16. Januar 1864.

Nebst der an der Grevenmacher Straße gelegenen hl. Kreuz-Einsiedelei, worin zuletzt Pater Mauritius wohnte, gab es

LVIII. Die Zeit des Interregnums.

Am 2. Januar 1812 wurde Hr. Notar Maes in Folge eines Präfectoral-Beschlusses als Hospital-Einnehmer installirt und versah dieses Amt bis 1825; in welchem Jahre man am 29. Juli dasselbe einem eignen Oekonomen übertrug.

Am 22. December 1822, wo man mit dem Gedanken eine Secundärschule zu errichten umging, verlangte die Gemeinde-Verwaltung zu diesem Zwecke für 200 Francs das Hospital-Gebäude, worin damals Professor Stümper eine von 59 Schülern besuchte Schulanstalt hielt, zu miethen; man schlug vor, die Archiven des Hospitals im Dingstuhl oder im unbewohnten Höhhof-Gebäude unterzubringen;

---

in der Nähe Echternachs noch eine andere, worin in den letzten Jahren wieder ein Eremit sich aufhielt, in einem hohen Felsen oben am Ernzerberge unterhalb der ehemaligen, weit umher gesehenen St. Liborius-Kapelle. Letztere, die sich auf einem großen Wandgemälde der Familie H. Dondelinger, das Kloster und die Umgegend darstellend, so schön ausnimmt und eine wahre Zierde des Sauerthales war, wurde aus unbegreiflichem Vandalismus abgerissen, um Steine zum Neubau einer benachbarten Pfarrkirche zu gewinnen. Der hl. Liborius, dem sie gewidmet gewesen, war Bischof zu Mans (Le Mans) in Frankreich von 348 bis 397. Seine Reliquien wurden 836 von dort nach Paderborn gebracht, wo man ihn als Patron verehrt, und hatten bei jener Uebertragung auf unserm Felsengipfel übernachtet, und nachgehends das malerische Kapellchen veranlaßt, das sehnlichst einer Restauration entgegen sieht, für welche der Hochselige allgeliebte Bischof Arnoldi bereits eine bedeutende Summe subscribirt hatte.

allein das damals angeregte Schulcollegium kam erst später zu Stande (1).

Mit dem Jahre 1814, der Zeit des Interregnums oder des Provisoriums zwischen der französischen und der niederländischen Regierung, wo der junge Hr. Laeis als Oberbürgermeister eine rastlose Thätigkeit entwickelte, schien auch die Hospital-Verwaltung wieder in neues Leben zu treten. Die stereotypen Austheilungen von 100 Francs monatlich an ausschließlich 20 Personen wurden dahin abgeändert, daß die Liste jener Austheilung von 100 Francs am ersten Samstage eines jeden Monates revidirt werden müsse, und man sich genau nach den wahren Bedürfnissen erkundige. Die monatlichen Unterstützungen betrugen längere Zeit hindurch zwischen 240 und 380 Francs an beiläufig 60 bis 90 Dürftige. Auch früher, am 18. April 1811, war beschlossen worden, die Verwaltungs-Commission werde jede Woche zusammenkommen; aber diese, in zu kurzen Zwischenräumen erfolgten Zusammenkünfte waren, besonders da oft Nichts an der Tagesordnung stand, dem Geschäftsgange nicht förderlich gewesen.

Statt bedeutende Zahlungen ans Luxemburger Waisenhaus zum Unterhalte verwahrloster Kinder zu leisten, suchte man diese wohlfeiler in Bürgersfamilien unterzubringen. Die desfallsigen Forderungen des Luxemburger Hospitals für 1813 und 1814 hatten sich auf 800 Francs belaufen.

---

(1) Vgl. das Studienwesen in Echternach, Schulprogramm von 1856, S. 23 und 24.

Früher wurde vom Hospital nur ein Arzt für die Behandlung der Armen besoldet. Da aber dieser öfters abwesend war, oder die Kranken ihm weniger Zutrauen schenkten, so geschah es, daß über ärztliche Behandlung von notorisch Armen andere Ärzte oft Rechnungen einschickten, die sich höher beliefen, als das bestimmte Honorar des Hospitalsarztes. Um diesem Übelstande abzuhelfen beschloß die Commission, daß zwei Ärzte angestellt werden sollten, auf welche die Armen angewiesen wurden, und unter welche man die um einige hundert Francs erhöhte Summe gleichmäßig vertheilte.

Auch die Grenzen aller dem Hospital zugehörigen Grundstücke wurden untersucht, und am 4. April 1815 200 neue Marksteine bestellt.

Die am 27. October in kleinen Loosen beschlossene Verpachtung der Güter von Euren und von Fehl kam erst im Februar 1817 zur Ausführung. Am 29. Juni 1810 hatte sich der Präfect der parcellenweisen Verpachtung des Höhhofes widersetzt, aus Besorgniß, die Ländereien möchten zu sehr abmagern. Man fand aber bald das Gegentheil. Pächter, welche arm an Capital und an landwirthschaftlicher Bildung waren, konnten die Verbesserung der Güter wenig befördern. Der auf Fehlerhof, dem es an Holz fehlte, soll sogar durch Waldfrevel-Protokolle vollends ruinirt worden und dem Hospital gewissermaßen zur Last gefallen sein.

Nichtsdestoweniger fand die parzellenweise Verpachtung großen Widerstand und setzte böses Blut ab nicht nur bei den alten Hospitalshofleuten, sondern auch bei verschiedenen Bürgern der Stadt selbst, die nicht begreifen wollten, daß jene Güter einer moralischen Person gehörten, worüber demnach Privatpersonen als solche nicht verfügen können, als Vormünder aber heiligen Pflichten nachzukommen haben.

Durch die Verpachtung in kleinen Loosen waren auf einmal die Einkünfte des Hospitals um mehr als 5000 Francs vermehrt worden, und man begann wieder die Einführung der Barmherzigen Schwestern sehr ernstlich zu betreiben. Im Monate Mai 1817 begab sich eine Deputation der Verwaltungs-Commission nach Trier, um die Einrichtung der Vereinigten Hospitien an Ort und Stelle zu besichtigen. Den dort wirkenden Schwestern vom hl. Carl wird das größte Lob gespendet, und man freuet sich schon zum voraus über all das Gute, welches zwei oder drei dieser einsichtigen Ordensfrauen in hiesiger Stadt wirken sollten. Aber am 24. Juni schrieb die General-Oberin von Nanzig, es sei ihr unmöglich zwei oder drei Schwestern nach Echternach zu schicken; die Hungersnoth des Jahres habe viele Krankheiten verursacht, so daß in allen Häusern der Congregation Mangel an Aushilfe fühlbar sei; man werde so bald die fehlenden Schwestern nicht ersetzen können und dergleichen. Auf diese Weise mußte die Umänderung der Anstalt fürs zweite mal vertagt werden.

LIX. Außerordentliche Theuerung.

86. Das Hungerjahr 1817, während dessen der Hectolitre Brodfrucht zuweilen bis 120 Francs kostete

— der Mittelpreis des Weizen blieb Fr. 43 70, der des Roggen, 32 05 — machte natürlich große Anforderungen an das Hospital. Bereits im Juli 1816 vertheilte man wöchentlich 294 vierpfündige Brode, eben so am 9. December Fr. 1190 11 an 134 Dürftige, worunter über 30 Schuldner des Hospitals, deren Zahlung man nur durch derartige Unterstützungen beitreiben konnte, und die Noth wäre bald aufs Höchste gestiegen, wenn sich in Luxemburg nicht ein Central-Unterstützungs-Comité gebildet hätte, welches bei Zeiten für 400,000 Francs Getreide gekauft hatte, und dasselbe zu zwei Drittel des Marktpreises den Wohlthätigkeitsanstalten und Unterstützungsvereinen oder den weniger bemittelten Einwohnern verabfolgte. Die Biedermänner, welche an der Spitze dieses Werkes der Barmherzigkeit standen, waren die anderwärts rühmlichst bekannten Herren Scheffer, A. Pescatore, Dütreux-Boch und Thorn. Obgleich das Echternacher Hospital sich erst angemeldet hatte, als bereits fast alles Getreide im Land vertheilt war, erhielt es doch am 20. Mai dessen für 300 Gulden zu zwei Drittel des Marktpreises. Auch Cantonal-Unterstützungs-Comités wurden organisirt. Dem hiesigen standen vor die Herren Jurion, Herveg, B. Föhr und Kasp. Müller; aber schon an 15. Juni überließen sie dem Hospital keine Brodfrüchte mehr, um sich für die Landgemeinden nicht zu sehr zu erschöpfen, wo die Noth weit größer und die Hilfe viel geringer sein mochte. Im Hospital wurden in großer Quantität sogenannte Roumfortische Suppen bereitet und unter die Armen vertheilt. Indessen hatte man nach gewaltigen Anstrengungen und unsäglichen Entbehrungen eine gesegnete Ernte erreicht, die der beispiellosen Theuerung ein Ende machte.

LX. Regsamkeit der Königlich-Niederländischen Regierung zur Regelung des Unterstützungswesens.

87. Die Niederländische Regierung, welche sich von Anfang an die öffentliche Wohlthätigkeit sehr angelegen sein ließ, hatte auch in diesem Jahre mehrere Beschlüsse über die Bürger-Hospitäler veröffentlicht. Gemäß Allerhöchster Verfügung vom 18. Februar 1817 wurden die Mitglieder der Verwaltungs-Commission dieser Anstalten wieder wie vor dem 7. Germinal XIII (28. März 1805) von dem Gemeinde-Rath anstatt von dem Präfecten (1) oder der Stände-Deputation ernannt, fuhren aber fort, alljährlich zu einem Fünftel nach aufgestellten Candidaten-Listen erneuert zu werden. Auch die Rechnungen der Einnehmer sollten nicht mehr wie seit 1814 vom Intendanten der Provinz nach Anhörung des Gemeinderathes und des Unterintendanten, sondern ohne Weiteres von der Localbehörde endgültig festgestellt oder abgeschlossen werden.

Diese Maßregel war allerdings eine sehr liberale, und entsprach durchaus dem gefeierten Grundsatz der Verwaltung der Gemeinde durch die Ge-

(1) Sogar vom Minister des Innern: Welch' ein Centralisationseifer!

meinde. Wenn die Localbehörden immer wären, was sie sein sollten, so könnte die Central-Gewalt ihnen noch manche Befugnisse einräumen. Wenn nur Opferwilligkeit und Einsicht ohne mögliche Nebenabsichten die Vertreter ihrer Mitbürger leiteten, so müßte angenommen werden, man wisse nirgends besser als an Ort und Stelle, was dem Dorfe oder der Stadt fromme, und wie alles am richtigsten und zweckmäßigsten zu führen sei; allein die Erfahrung aller Zeiten hat bewiesen, daß Fälle eintreten können, wo die Anregung und Leitung von Oben unerläßlich ist, wenn die Gemeinden nicht ihre augenfälligsten Interessen verwahrlosen sollen. Sobald sich die geringsten Schwierigkeiten erheben, stockt der Geschäftsgang, falls ein Nachbar den andern für öffentliche Zwecke unangenehm berühren müßte. Das an sich freisinnige und wohlgemeinte Verfahren kann daher für die damaligen Verhältnisse Echternachs ein sehr verkehrtes genannt werden, weil man Angesichts gewisser Partei-Einflüsse den Mitgliedern des Stadtrathes nicht wohl zumuthen konnte, sich des mißlichen und delicaten Geschäftes einer Rechnungs-Revision zu unterziehen, sobald auch nur die Möglichkeit in Aussicht stand, es möchte irgend eine Vernachläßigung oder Unregelmäßigkeit constatirt werden. Und so kam es dann, daß zwischen 1816 und 1830 sieben Rechnungsjahre auf ihren gesetzmäßigen Abschluß warteten, bis die Verjährung sie deckte. Als durch das neue Provinzialgesetz von 1836 ungefähr der frühere Verwaltungsgang wie vor 1814 wieder hergestellt wurde, war man nicht einig, ob die Gemeinde oder die permanente Deputation das Versäumte nachholen müsse.

LXI. Die Eidesformeln.

88. Auffallend ist die in unserm Archiv vorfindliche Eidesformel, welcher sich gegen 1816 die neu eintretenden oder wiedererwählten Commissions-Mitglieder bei ihrem Amtsschwur bedienten. Sie lautet: „Ich schwöre, daß ich weder direct noch indirect, auch nicht das Geringste gegeben habe, um die Stelle eines Mitgliedes der Hospitals-Verwaltung zu erhalten, und daß ich kein Geschenk annehmen werde (1), um die mir anvertrauten Functionen zu verrichten oder nicht; weiter schwöre ich, mich nach den Gesetzen zu richten und Nichts zu thun, was zum Nachtheile des Hospitals oder der Regierung gereichen könnte".

Später begnügte man sich mit dem eidlichen Versprechen, das übernommene Amt treu, redlich und rechtschaffen zu versehen. Zur Zeit des Interregnums (1814—1815) schwur man überdies noch Treue und Gehorsam den Hohen Verbündeten Mächten; Nichts gegen dieselben oder ihre Armeen direct noch indirect zu thun, zu unternehmen oder zu schreiben; die Verwaltung in ihrem Namen und Interesse oder zu ihrem Vortheile zu führen; das

(1) Es scheint, daß früher die Pächter sich verpflichtet glaubten, am Neujahrstag dem Präsidenten einen Hut Zucker und den Mitgliedern der Commission einige Pfund Kaffee zu schenken; was fürderhin verhütet werden sollte.

aufgetragene Amt fromm, treulich und emsig zu versehen; Acht darauf zu geben, daß die Einkünfte des Hospitals richtig verwaltet, und nicht anders als zu ihrer wahren Bestimmung verwendet werden.

Unter Napoleon hieß es natürlich: „Ich schwöre Gehorsam der Reichs-Verfassung und Treue dem Kaiser und verspreche mein Amt mit Pünktlichkeit und Rechtschaffenheit, mit Aufopferung und Uneigennützigkeit zu verwalten". — Unter der Republik schwuren die Einnehmer, die Einkünfte und Ausgaben des Hospitals treulich und aufrichtig zu besorgen, oder ihr Amt mit aller Treue und mit Eifer zu versehen.

Vor der Revolution, wo die Verwaltung hauptsächlich in den Händen des Hospitalers lag, war der Schwur dieses letztern sehr feierlich und umständlich. Hier die Eidesleistung des 1758 vom Abt, den Schöffen, den Amtmeistern und dem Baumeister Namens der Stadtverwaltung mit 6 gegen 5 Stimmen erwählten Administrators:

„Ich Hanß Mathes Bodson Priester Trierischen Bistumbs gelobe und schwöre Gott dem Allmächtigen und allen seinen lieben Heiligen, — dem Hochwürdigen unserm Gnädigen Herrn Michaeli von Gottes Gnaden und des Apostolischen Stuhls Abten und Herrn zu Echternach als von wegen seines Gotteshauses Ober-Provisoren des Hospitals Sancti Georgii daselbsten, an einem Theil; so dann auch denen Ehrenvesten Herren Richter, Scheffen, Ambts- und Bau-Meistern gemeldeter Stadt Echternach, als Mit-Provisoren besagten Hospitals, am andern Theil, — in Administratione sothanen

Hospitals trew und gehorsamb zu sein, deßo Bestes nach Vermögen zu werben und Schädliches zu verhüten, die Gebäw der Höffen, Mühlen &c., die Marken der Büschen, Feldern &c. da und so oft es die Zeit, Nothdurft und Anordnung obgemeldeter meiner Herren Provisoren erheischen wird, zu visitiren, von deren Zustand und Beschaffenheit ihnen den behörigen Bericht zu thun, die Renten und Gülten in guten gangbaren Stand zu setzen und zu erhalten, auch über Einnahme und Ausgabe denselben jährlich die schuldige Rechnung abzulegen: Summâ Alles zu thun und zu schaffen, wie es des oberwähnten Hospitals Nutzbarkeit sowohl als auch dieses meines Amtes Schuldigkeit erfordern wird. Also helfe mir Gott und sein heiliges Evangelium: In principio erat verbum et verbum erat apud Deum. Actum Echternach im Hospital St. Georgii obgemeldet, den 23. Juni 1758. J. Mathias Bodson Presb."

Im Mittelalter war die Eidesformel noch gehaltvoller und weitläufiger: das hierauf bezügliche Actenstück vom 15. Mai 1464 lassen wir im Anhange unter Nr. 22 folgen.

LXII. Sonstige Verwaltungsvorkommnisse.

89. Die Correspondenz-Sprache der Hospitalverwaltung ist seit dem Monate October 1815, wie gegen Ende des vorigen Jahrhunderts bis zum April 1814, wieder das Französische. Von früher her finden sich neben einigen Proceß-Acten nur

wenige Schriftstücke, meistens aus der Regierungszeit Ludwig XIV (1684—1698), in französischer Sprache vor.

Von 1818 ab stehen die Finanzen des Hospitals gut. Am 14. März wird beschlossen, unter den dürftigen Communionskindern die 12 besten Knaben und die 12 fleißigsten Mädchen zu kleiden, wofür 260 Florins (Niederländische Gulden à Fr. 2.1164) verausgabt werden. Dasselbe geschieht 1819 und 1820, indem man dem Hrn. Stadtdechanten jährlich 300 Gulden zu diesem Zwecke zur Verfügung stellt.

Am 31. März 1818 wird das Hospitalsgebäude wieder, wie seit 1816, der Stadtverwaltung für 145 Gulden vermiethet. Der König hatte nämlich 200 Gulden für die Schullehrer bewilligt, jedoch unter der ausdrücklichen Bedingung, daß man letztern eine passende Wohnung anweise, wozu die dortigen Räumlichkeiten sich vollkommen eigneten.

Für die unbemittelten Schulkinder bezahlt fürderhin das Hospital dem Lehrer dasselbe Honorar, welches die Vermögendern zu entrichten hatten.

Im Jahre 1818, wo der Mittelpreis des Weizen Fr. 23.35 und des Roggen 17.60 per Hectoliter war, beschloß die Commission am 5. Mai, jede Woche 62 vierpfündige Brode an 58 Personen zu vertheilen, während man ehemals 66 Laibe backte, deren Gewicht sich nach dem Marktpreise richten mußte.

Am 9. September vertheilte man wie vor Alters Fls. 272.75 unter die Armen, damit auch sie durch bessere Mahlzeiten an den Freuden des Kirchweihfestes Theil nehmen könnten.

Für die 177 verbrannten Familien von Neuerburg bewilligte Angesichts der dort herrschenden Noth die Hospitalcasse 100 Francs, brachte dabei aber in Erinnerung, daß das hiesige Institut nur für Echternacher Bürger gestiftet sei.

Die Folgen des Nothjahres von 1817 scheinen für den Gesundheitszustand der Bevölkerung noch lange Jahre fühlbar gewesen zu sein. So wurden 1818 nicht weniger als Frs. 2168 25 für Arzneien bezahlt. Da man jedoch diese Summe etwas zu hoch fand, so bat man bei dieser Gelegenheit die Ärzte, von den vielen gleich wirksamen Mitteln nicht immer die kostspieligsten zu verordnen. Auch sah man ein, welch' einen Gewinn eine von Hospital-Schwestern geführte Apotheke für die Anstalt abwerfen würde (1).

LXIII. Einführung der barmherzigen Schwestern.

90. Im Jahre 1819, den 12 Januar, wird zum dritten Male und zwar sehr energisch die Einführung der Barmherzigen Schwestern beantragt. Die

(1) Um diese Vergeudung der Hospitalsgelder behufs excentrischer Anschaffung von Heilmitteln zu erklären, erzählt man sich, jeder der drei damaligen Stadtärzte, von denen nur zwei ein fixes Honorar von der Anstalt bezogen, habe durch die Menge der von ihm für dürftige Kranken geschriebenen Recepte seine Verdienste um die leidende Menschheit im Vergleich mit seinen Collegen besonders hervorheben und sich empfehlen wollen.

Commission führt die Stiftungsurkunden von 992 und 1207 an, um darzuthun, wie zweck- und zeitgemäß es sei, das Institut auf seine ursprüngliche Bestimmung zurück zu führen, das heißt, die mittellosen Kranken, Alten und Kinder darin unterzubringen und zu verpflegen, anstatt durch die bisherigen Hausalmosen bloß Müßiggang und Liederlichkeit zu befördern. Am 22. Juli 1820 ergänzte man die Motivirung dieses Antrages durch die Behauptung, die Einrichtung des Hospitals sei auch das beste Mittel, die Bettelei aufzuheben oder derselben doch Schranken zu setzen. Man ernannte einstimmig die Herren Dechanten Coner und Friedensrichter Müller zu Commissarien, um die schon so lange offene Frage endlich in gewünschter Weise zu erledigen. Diese beiden, in ihren persönlichen Anschauungen entgegengesetzt ausgehenden Männer, waren eines Sinnes in Betreff der Einführung Barmherziger Schwestern, und schon am 4. October konnten sie der Commission eine vollständige, tief durchdachte Organisation für die Anstalt vorschlagen.

Auf dem Bisherigen fußend, sollte auch fürderhin das Hospital das Wohlthätigkeits-Büreau ersetzen, aber kein Geld mehr, sondern in der Anstalt bereitete Suppen, Speisen und Fleisch oder sonstige Bedürfnisse an die städtischen Armen verabreichen. Die Leitung des Institutes sollten zwei Nonnen mit einer Laienschwester und dem nöthigen Dienstpersonal übernehmen, und einstweilen 6 Kranken-Betten eingerichtet werden.

Der Bericht der beiden Commissarien ist ein sehr gründlicher, hochgehaltener und voller Begeisterung:

die Commission werde eine Wiederherstellerin der ursprünglichen Stiftung, wie Hermannus (Cocus), ante Portam, Siegfried von Luxemburg und der hl. Willibrordus.

Um uns einen Begriff von der bisherigen Verwendung der Hospitals-Gelder zu machen, führen wir aus jenem Berichte die laufenden Ausgaben von 1819 an:

1.	Wöchentliche Brodvertheilung . Fls.	900	00
2.	Periodische Unterstützung an Waisen, Arme, Arbeitsunfähige 2c.	976	00
3.	Hausalmosen.	1200	00
4.	Unterstützung unbemittelter Kranken	927	00
5.	Kleidung armer Kinder	300	00
6.	Beiträge zu Lehrgeld für Handwerker	150	00
7.	Arzneien für Arme	1024	00
8.	Honorar des Arztes und des Chirurgs	198	45
9.	Lohn eines Handlangers	100	00
10.	Gottesdienste	91	28
11.	Schulgeld	189	00
12.	Abzug für den Einnehmer	320	00
13.	Gehalt des Secretärs.	94	59
	Etwa 13,800 Francs oder Florins. . .	6470	23

Schon am 4. December 1860 beschließt man, ohne Erfolg, drei Barmherzige Schwestern kommen zu lassen; aber am 15. Juni 1821 schlug die Commission nur mehr zwei vor, was auch die Stadtverwaltung am 19. genehmigte. Ebenso hatte die Stände-Deputation am 19. November 1821 ihre Ermächtigung zur Einführung der Schwestern vom hl. Carl Borromäus gegeben, aber es waren damals noch keine zu haben. Daher trat man in Briefwechsel mit der Hospitalverwaltung von Luxemburg um einige Elisabethinen aus dem St. Johannes-Hospital der Hauptstadt für Echternach zu erringen. Endlich bringt man am 28. August 1822 eine Convention zu Stande, kraft welcher zwei Profeß- und eine Laienschwester auf fünf Jahre hieher abgeschickt werden, und eine Entschädigung von jährlich Fls. 94.50 oder 200 Francs erhalten.

91. Man hatte richtig eingesehen, daß eine ordentliche Krankenpflege und Armenunterstützung am besten unter der Leitung eines religiösen Frauenvereines gedeihe. „Das Evangelium, sagt Lacordaire (1), hat dem Weibe die Freiheit, den Unterricht, alle bürgerlichen Rechte wieder gegeben; es gab ihm zuerst die Achtung wieder, es hat aus der Sclavin eine Königin gemacht, sie aus schändlicher Knechtschaft herausgezogen, um ihr über die öffentlichen Sitten einen bescheidenen und doch herrschenden Einfluß zu verleihen; das Evangelium gab dann auch dem Weibe die Obliegenheit der Erziehung;... das christliche Weib erfüllt Pflichten als Mutter, als Gattin, als Tochter; aber es hat noch eine Pflicht — die der Liebe. Dem christlichen Weibe sind durch eine ganz besondere Sendung alle Armen, alle Elenden, alle Wunden, alle Thränen anvertraut. Es soll im Namen und an Statt Jesu Christi die Hospitäler und die Dachstuben

(1) Rede von der Familie am 4. Januar 1846. Vgl. Roßbach, Geist der Geschichte, Bd. II, S. 399.

besuchen, die Seufzer entdecken und das weite Königreich der Schmerzen durchforschen."

Ja, durch das Christenthum ist der Beruf des Weibes ein socialer geworden, es soll an dem Werke der Erlösung thätigen Antheil haben und es muß ihn haben durch das in ihm vorwaltende Gemüth, welches alle Schmerzen mit empfindend der leidenden Menschheit sich am freudigsten erschließt. Auf dem Gebiete des Wirkens für die leidende Welt ist das Weib eben so todesmuthig, als der Krieger, der sich in das Feuer der Schlacht stürzt; er stirbt den raschen Tod der Ehre, sie den immer tiefer gefühlten, langsamen, das Leben innerlich bewältigenden Tod der Pflicht.

Neben der Krankenpflege haben weibliche Orden sich der christlichen Erziehung armer Kinder, dem Unterrichte der weiblichen Jugend in Freischulen und Pensionaten gewidmet; andere Orden reichen Almosen an Arme und Unglückliche oder nehmen dienstlose Mädchen in ihre Häuser auf und sorgen, bis sie sicher untergebracht werden, für ihr sittliches und leibliches Wohl, oder nehmen verwahrloste und sittlich verkommne Mädchen in ihre Anstalt zur Besserung auf, oder wirken zur Besorgung von Irrenhäusern u. s. w. (1).

---

(1) Daß das Weib seinen Beruf als Erzieherin der Kindheit für die Menschheit nicht weniger als für den Einzelnen erfüllt, das haben schon die alten Griechen anerkannt. Alle Gottesfurcht (Deisidaimonia), sagt Strabo (VII, S. 297), geht von dem weiblichen Geschlechte aus; mit Recht betrachtet man die Frauen allgemein als die Wegweiserinen der Frömmigkeit (ἀρχηγοὶ τῆς εὐσεβείας); ihre stete Sorge ist dahin

Die Elisabethinen hatte Fräulein Marie Zorn 1671 von Aachen her in das von ihr gestiftete Hospitaliten-Haus nach Luxemburg kommen lassen (1). Es waren Schwestern des dritten Ordens des hl. Franciscus (2), die unter der Gerichtsbarkeit

---

gerichtet, auch die Männer für Gottesfurcht und sorgfältige Beobachtung der religiösen Gebräuche zu gewinnen: ὅτι τῆς εὐσεβείας οἰκειότατόν ἐστι τὸ γένος τῶν γυναικῶν (Pythagoras). Was auf religiösen Grundlagen beruht, ist unantastbar. Vgl. Bachofen, die Lykier.

(1) Vgl. Hrn. Prof. Dr. Schaack, L'hospice civil de Luxembourg, Athenäumsprogramm 1860.

(2) Eine mächtige Bewegung hatte zu Anfang des dreizehnten Jahrhunderts der hl. Franciscus durch sein armes Auftreten, und besonders durch die Brüder seines Ordens, die bald in alle Länder ihre Füße setzten, in der Welt hervor gebracht. Ganze Schaaren von Weltleuten klopften an der Pforte der Franciscanerklöster, und begehrten aufgenommen zu werden. Aber da fingen auch die Weltgeschäfte vielfach an zu stocken, die Familien wurden zerrissen, weil die Eltern von den Kindern, die Kinder von den Eltern sich trennten. Franciscus stiftete nun seinen dritten Orden, in welchen Weltleute und Verheirathete eintreten konnten, ohne die Welt ihre Geschäfte, ihren Stand aufzugeben. Ein Theil der Brüder und Schwestern dieses dritten Ordens traten in Congregationen oder religiöse Bruderschaften zusammen und dienten den Kranken in den Hospitälern, unterrichteten in den Schulen, widmeten sich in fernen Ländern der Verbreitung des Glaubens. — Die hl. Elisabeth, Landgräfin von Thüringen, war die erste des dritten Ordens des hl Franciscus, die feierliche Gelübde ablegte. Die ihr später hierin folgten und sich der Clausur unterzogen, nannte man Elisabethinen. Vgl. Hrn. Pfarrverwalter Hubert Weber, Leben der gottseligen Schwester Margaretha des dritten Ordens des hl. Franciscus, Klausnerin an dem hl. Geist-Kloster in Luxemburg, S. 31 — 33.

des Ordinarius standen, der von Zeit zu Zeit Visitation halten ließ. Jedes dritte Jahr wurde eine Vorsteherin — Mutter — gewählt. Die Gelübde wurden abgelegt mit Verpflichtung zu ewiger Clausur und zur Krankenpflege. Sehr ausführlich, weise und liebevoll ist in den Statuten der Krankendienst geordnet, ist für das Seelenheil wie für des Leibes Wohlfahrt gesorgt.

Die Nonnen in Luxemburg hatten das dortige Hospital bald zu erfreulicher Blüthe gebracht, indem sie dasselbe als ihr Mutterhaus ansahen und ihr stets wachsendes Dotal-Vermögen mit dem der frühern und nachherigen Stiftungen zum Wohle der Kranken zusammenfallen ließen. Natürlich entstand dadurch eine große Anhänglichkeit an ihr Kloster, das selbstständig wirken konnte.

Als in Folge des Gesetzes vom 15. Früctidor (1. September 1796), das alle religiösen Orden in den neun belgischen Departementen aufhob, die Hospitaliterinen auseinander gehen sollten, legten sie bloß ihre Ordenskleider ab und fuhren fort als weltliche Personen den Armendienst zu besorgen bis bessere Zeiten kamen.

Als sich, wie es scheint, nach dem Tode der ehrwürdigen Mutter Petit unter den Luxemburgischen Hospitaliterinen keine passende Person fand, um den Posten einer General-Oberin gehörig zu bekleiden, war der Hochwürdigste Herr Bischof Laurent 1844 auf den Gedanken gekommen, die Elisabethinen nach und nach aussterben zu lassen und sie allmälig durch Schwestern vom hl. Carl zu ersetzen. So bestanden eine Zeit lang im Luxemburger Hospiz beide

Congregationen neben einander bis die hochbegabte Oberin Schwester Hildegard von Lasaulx, die von Echternach dorthin befördert worden war, das Unpraktische dieses Zustandes einsehend aus dem Nanziger Orden in den Luxemburgischen trat und so letztern durch geeigneten sonstigen Zuwachs wahrhaft erneuete.

92. Die Elisabethinen in Luxemburg waren, wie wir gesehen, gewissermaßen berechtigt, das dortige Hospital wie ihr eignes Institut zu betrachten und ziemlich unabhängig zu schalten und zu walten. In Echternach trafen die zeitweilig hieher gewiesenen Schwestern ganz andere Verhältnisse, so daß sie die hiesige Filialanstalt meistens als eine Art Verbannungs-Ort ansahen, wo es mehr Verdruß als Genuß gebe, und auch an Reibungen mit der Hospitals-Commission nicht fehle. Da letztere ihnen die innere Verwaltung nur in sehr beschränktem Maße überließ und strenge Buchhaltung geführt werden sollte, so konnte die hiesige Oberin bei ihren vielen Beschäftigungen den verlangten Schreibereien fürs Rechnungswesen nicht leicht nachkommen. Mit dem Quacksalbern in der Apotheke nahm sie es auch nicht so genau, indem sie armen Leuten von Nah und Fern dann und wann kleine Mittelchen verabreichte, weshalb viel Wesens gemacht wurde. Die General-Oberin in Luxemburg hatte sich die Ernennung oder Verabsendung der Echternacher Schwestern vorbehalten. Die jedesmalige Wahl gefiel nicht immer der hiesigen Commission, so daß diese schon am 19. Juli 1824 beim Gouverneur mit dem Gesuch einkam, die drei Echternacher Schwestern möch-

ten von der Luxemburger Congregation getrennt werden. Bald darauf führte man Klage darüber, daß die hiesige Oberin Marie Elisabeth Gautier nach Bouillon befördert worden, da doch ihr die schöne Ordnung, die nun herrsche, zu verdanken sei, und ihre Nachfolgerin diesem Posten nicht eben in demselben Maße gewachsen sei.

Mit der am 29. Juli 1825 erfolgten Ernennung eines Oekonomen, der aber Nichts weniger als dieses zu sein schien, ward Anlaß zu neuem Zwiste gegeben. Da dieser die armen Schwestern durch sein Benehmen oder sein rauhes Wesen vielfach kränkte und in der Ausübung seines Amtes eher ein Hemmniß des regelmäßigen Ganges war, so gab im Jahre 1827, als die fünf Jahre, für welche die Schwestern engagirt waren, zu Ende gingen, die Oberin des Mutterhauses nicht undeutlich zu verstehen, es sei an keinen Fortbestand der frühern Convention zu denken, wenn man die Stellung der Schwestern nicht verbessere und nicht jenen Oekonomen von der Verwaltung ausschließe. Die Commission ging hierauf ein. Als sie jedoch am 8. Juli ihre gegen die Schwestern eingegangenen Verbindlichkeiten auf weitere fünf Jahre verlängern wollte, indem sie das Wirken derselben sehr belobend anerkannte, fand man in Luxemburg anfangs nur taube Ohren. Am 27. Juli endlich beschließt man, drei Schwestern und eine Aspirantin auf immer zu behalten; jeden Falls für deren Unterhalt zu sorgen, so lange nicht die eine oder andere der 10 Stellen im St. Johannes-Hospital vacant wäre, und am 19. August wurden die Herren Coner und Hanff beauftragt den

Act der neuen Uebereinkunft mit der Oberin und der Hospitals-Commission in Luxemburg abzuschließen. So erhielten nun die Schwestern eine bessere Stellung dahier, und wirkten unter allerlei Wechselfällen segensreich fort bis 1840, wo die Elisabethinen durch Schwestern aus dem Orden des hl. Carl Borromäus ersetzt wurden.

Im Jahre 1828 führte die Regierung Beschwerde darüber, daß die Schwestern des hiesigen Hospitals oft wechselten, ohne daß vorschriftmäßig darüber an die Staatsbehörde berichtet wurde. Endlich aber genehmigte ein Königlicher Beschluß vom 21. October 1829 die Affiliation der Luxemburger Hospitaliterinen bis zu sechs Schwestern mit dem Echternacher Bürger-Hospiz.

93. Durch die Einführung der Barmherzigen Schwestern wurden die Armen und Kranken wohlfeiler und besser besorgt, so daß das Hospital in Ansehung der frühern Unterstützung der Studien am 17. October 1824 für das neu organisirte Schulcollegium jährlich 600 Gulden anwies, wovon 400 das Gehalt des Zeichenlehrers bilden sollten. Am 17. October 1827 jedoch nimmt man dem Collegium 200 Gulden zurück, weil es ohnehin 1596 Gulden beziehe und somit sein Auskommen habe. — Auch für das Material in den Primärschulen war das Hospital besorgt. So bestimmte es z. B. 1819, am 1. October, 40 Gulden für Papier, Federn und Tinte zum Gebrauch dürftiger Kinder.

Da man mit der Stelle des Ökonom-Einnehmers 1825 — 1827 die traurige Erfahrung gemacht hatte, daß diese Einrichtung nichts taugte, so hatte man bereits am 5. August 1827 die Schwestern mit der Haushaltung betraut, und trotz der Reclamationen jenes Ökonomen einen neuen Einnehmer ernannt. Am 4. October wurde jedoch Hans Peter Peffer von Niedergladbach zum Aufseher ohne andere Entschädigung als bloß Nahrung, Kleidung und Wohnung ins Hospital aufgenommen und unter das Commando der Schwester Oberin gestellt. Auch wurde der bessern Ordnung wegen am 11. Juli 1828 beschlossen, die Lehrjungen sollen bei ihren Meistern wohnen, anstatt, wie bisher, Kost und Logis im Hospital zu haben, wohin sie ohne Aufsicht gehen mußten.

LXIV. Neubauten und Rechnungssachen.

94. Indessen hatte man allerlei Ausbesserungen am alten und am neuen Bau der Hospitals-Behausung vorzunehmen, und am 22. December 1827 werden Pläne und Kostenanschläge zu einem Bauchhause, einem Badezimmer und einem Viehstalle für das folgende Frühjahr gutgeheißen und der Einnehmer mit der Ausführung beauftragt. Schon 1826 hatte man unter der Leitung des Ökonomen und eines die Commission beherrschenden Mitgliedes für Fl. 3156 10 Bauten aufgeführt, gegen welches willkührliche Verfahren viel geschrieen wurde. Die Ausgaben für die Arbeiten vom Jahre 1828 beliefen sich auf Fl. 2780 93. Weil man dabei aber keine der gesetzlichen Vorschriften beobachtet hatte, so genehmigte die Stände-Deputation die Bezahlung beider Unternehmungen erst am 21. April 1829,

und zwar nachdem Sachverständige die vom 1. Januar 1826 bis zum 16. September 1828 ausgeführten Bauten auf 6391 Gulden geschätzt hatten, während dieselben nur 5937 03 kosteten. Lange nachher behaupteten noch einige Steinmetzen, sie seien von jenen Arbeiten nicht ausbezahlt worden; weil es sich aber bei dem Wirwarr der hierauf bezüglichen Rechnungen nicht leicht herausstellte, ob die Einnehmer oder das Hospital noch Nachzahlungen zu leisten habe, so konnten jene so spät gemachten Forderungen nicht wohl gestattet werden.

95. Am 6. September 1828 beklagt sich der Gouverneur über die Führung des Berathungsbuches der Commission; viele Deliberationen seien nicht unterschrieben, ganze Seiten und Blätter weis gelassen; auch habe man Diesem und Jenem lange Pächte ungesetzlich bewilligt; Hr. de la Fontaine, Mitglied der Stände-Deputation, der an Ort und Stelle gewesen, habe Vieles zu rügen gefunden.

Schon 1827, am 22. August, als man den Hrn. Coner wieder zum Ordonnateur oder Anweiser der Mandate erwählte, wurde bemerkt, lange sei kein Zahlungsbefehl mehr contrasignirt worden. Wenn man die Menge von Mahnungen sieht, welche zur Erledigung aller Geschäfte und Berichte erforderlich wurden, so begreift man leicht, wie Schreibereien unterbleiben konnten, die, seitdem der Gemeinderath mit dem Abschlusse der Rechnungen beauftragt worden, keiner ständigen, ernstlichen Controle unterworfen waren.

Am 15. Juni 1817 forderte Hr. Beving eine

Summe von ungefähr 4000 Fr. für Verkauf einer Rente von Früchten und Geld, welche die Hospitals-Güter von Fehl und Osweiler an das ehemalige Kloster der Clarissen schuldeten und die er erworben hatte. Nach den bestehenden Verordnungen nahm man nun den Mittelpreis des Getreides auf dem Echternacher Markt in den 14 letzten Jahren, strich die zwei theuersten und die zwei wohlfeilsten, und schätzte die Früchte nach den zehn übrig bleibenden. Die Wohlthätigkeits-Anstalten brauchen letztern Durchschnittspreis nur 20mal zu bezahlen um die Rente zu erlegen, sie selber aber bekommen diesen Preis 25mal, wenn ihnen eine Rente abgekauft wird. Auf diese Weise wurde im Jahre 1855 die vom St. Irminen-Kloster herrührende auf der Consdorfer Mühle lastende Korn-Rente abgelegt und mit dem Erlös eine auf den Eurener Gütern haftende, deren Kapital Fr. 1670 54 betrug, getilgt.

In Gemäßheit des von Napoleon prorogirten Gesetzes vom 7. Frimaire V (27. November 1796) sollten die Wohlthätigkeits-Büreaux einen 10procentigen Zuschlag von jedem Eintritts-Billet der Schauspiele, Bälle oder Tanzböden für die Hausarmen erheben. Auf eine amtliche Aufforderung über jenes auch 1813 eingeschärfte Decret erwiedert der Bürgermeister am 19. Mai 1818 die Maßregel lasse sich hierorts nicht buchstäblich ausführen, weil zu den Tanzbelustigungen keine Eintritts-Karten ausgegeben werden; es entrichteten jedoch die Wirthe je 3 Francs, was etwa 50 Fr. im Ganzen abwerfe.

LXV. Wohlthätige Vereine unter dem Schutze S. M. des Königs der Niederlande.

96. In den zwanziger Jahren kommen unter dem Schutze der Regierung und des Königlichen Hauses viele mildthätigen Vereine auf, die aber in Echternach, eben weil das Hospital für alle Bedürfnisse ausreichte, wenig Erfolg hatten. So antwortete man auf das Geheiß, die unter dem Patrocinium J. M. der Königin stehende Association de charité maternelle zur Unterstützung armer Wöchnerinen einzuführen, das Hospital besolde Hebammen und Geburtshelfer und trage auch Sorge für Nahrung und sonstigen Bedarf. Die Association de secours médicaux mutuels, durch welche die Handwerker sich ärztlichen Beistand in Krankheitsfällen sichern sollten, wurde auf ähnliche Weise für unnöthig gehalten. Auch für Encouragement du service militaire, womit das Loos alter Soldaten erleichtert werden sollte, wurde hier wenig gethan. Jedoch die 1822 begonnene und unter dem Protectorat des Prinzen Friedrich der Niederlande stehende Wohlthätigkeits-Commission zur Gründung von Ackerbau-Colonien zählte auch hier viele Mitglieder oder Actionäre von Fl. 2 60 Einlage. Es finden sich darüber mehrere von Seiner Königlichen Hoheit eigenhändig unterzeichnete Rundschreiben im Hospitals-Archiv vor.

Uebrigens verdanket Echternach seinen jetzigen Aufschwung großen Theils der fortwährenden Obsorge des um die Wohlfahrt der ihm anvertrauten Völker rühmlichst bekümmerten Hauses Oranien. Die schon 1803 entworfene, auch 1812 ernstlich betriebene Secundärschule kam erst 1821 unter den Auspicien des Königs Wilhelm I, der den mittlern wie den höhern und niedern Unterricht so allseitig ermunterte, zu Stande. Als aber durch die Ungunst der Verhältnisse und die belgischen Wirren das blühende Collegium wieder zerfallen war, da schuf Wilhelm II, unvergeßlichen Andenkens, 1841 das sehnlichst gewünschte Progymnasium, welches unter der glorreichen Regierung S. M. Wilhelm III, 1849 und 1854, als Mittel- und Gewerbschule eine den Localbedürfnissen und den Anforderungen der Zeit entsprechende Einrichtung erhalten hat, und in Folge eines Allerhöchsten huldreichen Besuches, zur Hebung der Hauptindustrie des Landes, eine 1856 gegründete theoretische und praktische Ackerbauschule neben sich gedeihen sieht. Diesen Instituten, so wie allen Anstalten unseres Städtchens und des ganzen Großherzogthums widmet S. K. H. der Prinz-Statthalter Heinrich der Niederlande stets die einsichtsvollste und großmüthigste Sorgfalt. Durch die Verwandlung einer Hälfte des Klostergebäudes in eine Caserne (1) für ein ganzes Bataillon mit

(1) Viele Klöster sind in Casernen verwandelt worden und Waffengeklirr ertönt jetzt an den Stätten, wo ehemals nur Werke der Frömmigkeit und des Friedens anzutreffen waren: Ist das ein Fortschritt? — In vielen Beziehungen gewiß nicht! Wir verkennen keineswegs den Nutzen, welchen die religiösen Orden (a) für ihre Mitglieder haben, noch den Vortheil, den dieselben — in rechter Weise — der ganzen Gesellschaft bieten. Aber wie sah es in frühern Zeiten mit der

dem Sitze des General-Commandos des Luxemburger Bundescontingents; durch den Anschluß an den —Handel und Wandel so sehr erleichternden—Deutschen Zollverein; durch die sich hier kreuzenden nach allen Seiten verzweigten Straßen und Postverbindungen; durch die stark besuchten Wochen- und Jahrmärkte, so wie durch anderwärtigen Verkehr und sein reges Vereinswesen entfaltet Echternach eine Rührigkeit, wovon unsere Vorfahren keine Ahnung hatten, und wodurch manche unerwartete Erwerbsquelle erschlossen wird: die höhern Ortes nie wankende Wohlgewogenheit fördert unausgesetzt materiellen und geistigen Fortschritt jeder Art.

LXVI. Indirecte Veräußerungen einiger Hospitals-Grundstücke.

97. In diese Zeit fallen auch mehrere Conces-

öffentlichen Sicherheit aus, und wie theuer mußte der ruhige Bürger das bezahlen, was er an der heute so verwickelten Staatsmaschine zu ersparen schien! Wie oft wurde Echternach von auswärtigen Feinden befehdet und geplündert, und wie bangte es vor Dieben und Räubern demjenigen, der bis ins nächste Dorf zu wandern hatte. Die Verminderung der stehenden Heere und der Polizeibeamten wird abhangen von weiterer Bildung der Völker und Einzelnen, und lange noch bleibt ungelöst das große politische Problem, wie sich am besten und wohlfeilsten die höchst mögliche Sicherheit und Ordnung mit der größten Freiheit und socialen Selbstständigkeit vereinigen lassen. — (a) Vgl. den Hochw. Hrn. Laurent, Größerer Katechismus, S. 235 und 236 der neuesten vermehrten Auflage von 1860.

sionen von Grundstücken, wovon einigen später vielfältiger Tadel widerfuhr.

Da die Hospitalgüter gewissermaßen unveräußerlich sind, das heißt, nicht leicht in den Handelsverkehr treten, so ist es allerdings erwünscht, daß in gewissen Fällen, wo einzelne Abtretungen für den Privatmann von großem Vortheile sein können, ohne dem Institute zu schaden, die Verwaltung wie ein gut-nachbarlicher Familienvater handele, somit lebe und leben lasse. Muß ja doch das ehemalige schroffe Eigenthumsrecht durch die Entäußerung zum öffentlichen Nutzen, durch die Bewässerungsgesetze und durch so manche Bestimmungen des Code Napoléon sich Vieles gefallen lassen, stets aber mittelst gebührlicher Entschädigung.

So begreift sich die Abtretung eines Gartens in Euren von 153 Preußisch-Ruthen 30 Fuß für 606 Thaler im Jahre 1852; mehrerer Gebäude mit Zubehör in Bech, die von einem dort dem Hospital durch einen langwierigen Proceß zugesprochenen Bauerngute herstammt, für 2250 Francs 1847 und 1848; eines Gartens von 3 Ares und 17 Centiares hinter dem Höhhof für eine Rente von 20 Francs 1839; einer Wiese zu Osweiler von 5 Ares 8 Cent. für jährlich 3 ½ Gulden 1828, eines Theiles von einem Garten zu Euren von 14 Ares 94 Centiares für 378 Gulden 1821: Weil Solches den Erwerbern höchst nützlich, fast unentbehrlich war, das Hospital aber, wo nicht Billigkeitsrücksichten ins Mittel traten, genugsam entschädigt wurde. Ob dasselbe gelte von einem Stück Land auf Kron, 18 Ares, für jährlich Fls. 2.50; einem Berg in

Münderley 84 Ares 96 Centiares, für jährlich 6 Gulden; dem Meliksberg, 252 Ares 90 Centiares, für jährlich 25 Gulden, alles cedirt 1828, und einem Stück Land auf Gudenbach, concessionirt 1822 für Fls. 283.40: Das ist heute schwer zu entscheiden. Von dem Berge in Münderley, der mit ungeheurer Arbeit in einen ergiebigen Weingarten verwandelt worden, läßt sich jedoch behaupten, das Hospital hätte wohl nie so kostspielige Verbesserungen gewagt, und das dort verwendete Capital des neuen Eigenthümers habe für Echternach eine wichtige Erwerbsquelle geschaffen, so wie den Impuls zu andern großartigen und nützlichen Anlagen gegeben. — Am wenigsten läßt sich aber die Veräußerung der Mühlenwiese unterhalb der Felsmühle, unweit der Stadt, rechtfertigen. Es ist unstreitig die beste Wiese auf dem Echternacher Banne; sie mißt 156 Ares und hat einen Wasserfall, der wenigstens 10,000 Francs werth ist; am 13. Juni 1822 wurde dieselbe versteigert für eine Capital-Summe von Fls. 1181 20 oder 2500 Francs. Bereits 1809 hatte einer der nachherigen Erwerber derselben sie vom damaligen Pächter in Afterpacht genommen und ein kleines Gebäude darauf errichtet, um den Wasserfall zu benutzen. In Folge eines desfallsigen an die Regierung gerichteten Gesuches beschloß die Commission am 3. April 1816, die fragliche Wiese erblich zu verpachten für eine jährliche Rente von 150 Francs, damit ein der Stadt sehr vortheilhaftes Gewerke an jener Stelle errichtet werde. Die Bedingungen sollten später geregelt werden; eine derselben aber sollte das ausdrückliche Verbot enthalten, eine Mahlmühle dort zu bauen. Dieser Beschluß kam aber nicht zur Ausführung. Auf eine weitere Anfrage des Gouverneurs, ob die frühern Bittsteller noch immer bei ihrem Vorhaben beharren, antworten dieselben am 9. December 1818, sie bestehen unwiderruflich auf ihrem Anerbieten, eine Papierfabrik so wie eine Farbenreiberei auf der Mühlenwiese zu errichten, und dafür einen jährlichen Pachtzins von 150 Francs zu bezahlen. Die Stände-Deputation hatte am 6. November allerdings gewünscht, die Bedingungen einer für die Gemeinde vortheilhaften Anlage möchten genau bestimmt und festgesetzt werden; aber in dem Beschwerdenheft des öffentlichen Erständnisses ist von allem Dem nicht mehr die Rede, und ... hin ist hin! Man scheint damals die Sache in schönster Ordnung gefunden zu haben. Allein am 2. März 1849 fordert auf Betreiben des Hrn. Müllendorf, Mitglied des Gemeinderathes, das Schöffencollegium die Hospitalverwaltung auf, wegen verschiedener Ungesetzlichkeiten in der Erwerbung jener Wiese einen Rescisions- oder Annulirungs-Proceß einzuleiten. Dieser wurde auch am 29. Mai 1852 begonnen, ging aber am 14. December 1854 in erster Instanz verloren. (Kosten-Etat: Fr. 311 36.) Am 25. Mai 1855 beschloß die Commission, nicht zu appelliren: Was ihr seitens sachkundiger Männer Vorwürfe zuzog. Diese machten geltend, die Berathungen, wodurch man die Ermächtigung der Stände-Deputation erschlichen habe, seien nicht gehörig unterzeichnet, die Erwerber seien selber Mitglieder der Stadt- oder Hospital-Verwaltung gewesen; von den fünf Commissions-Männern, die bei der Versteigerung zugegen gewesen, seien zwei erst jüngst in ihr Amt getreten, haben von den Vorgängen Nichts gewußt und den Act nur deßwegen unterzeichnet, weil sie solches Angesichts einer Verordnung der Provinzial=Regierung für eine bloße Formalität hielten ([1]).

LXVII. Corporative Behörden.

98. Bei dieser Gelegenheit können wir nicht umhin, einige Bemerkungen über collegialische Behörden zu machen. Diese Einrichtung scheint äußerst liberal zu sein, aber zweckdienlich ist sie nicht. So nützlich es ist, wenn wichtige Sachen mit steter Opposition besprochen werden, ehe ein Entschluß gefaßt wird, so hemmend ist es, wenn die Ausführung selbst einer Commission anstatt einem Einzelnen anver=

(1) Allein, wenn auch Geschehenes nicht ungeschehen gemacht werden kann, so läßt sich doch offen anerkanntes oder leise geahntes Unrecht mittelbar oder unmittelbar wieder gut machen. Soll nun vor einigen vierzig Jahren das Hospital durch die Schuld Einzelner und auch der Regierung eine Beeinträchtigung von etwa 20 bis 25000 Francs erlitten haben, so erhielt vor Kurzem die Pfarr- und Stadtgemeinde einen indirecten Ersatz in der großmüthigen Einräumung der alten St. Willibrordus=Basilika, eines der merkwürdigsten mittelalterlichen Monumente diesseits der Alpen, das nun nach langen erfolglosen Anstrengungen der betreffenden Behörden endlich durch den unbändigen Muth eines dem innersten Kern des Volkes entsprossenen jungen Bau=Vereines einer glänzenden Restauration entgegen sieht, und bald wieder als eine Zierde des Luxemburger Landes hier an der Wiege unserer Nationalgeschichte prangen wird.

traut wird, der die ganze Verantwortlichkeit zu übernehmen hat. Die Republik hatte überall corporative Behörden eingesetzt; Napoleon, dessen praktischer, wenn auch etwas despotischer Sinn, wohl einsah, daß dies nicht gehen konnte, stellte überall kräftige Persönlichkeiten an die Spitze dieser berathenden Verwaltungen. Die niederländische Regierung, welche freisinniger sein wollte, ersetzte die Präfecten in den meisten Verwaltungs-Angelegenheiten durch eine vielköpfige Stände-Deputation, von deren Entscheidungen der Gouverneur wenig Verantwortlichkeit zu tragen hatte, die Maires aber durch ein Collegium der Bürgermeister und Schöffen, von welchen wiederum Keiner für irgend eine Maßregel eigens verantwortlich zu sein braucht. Auf diese Weise geschieht entweder gar nichts, oder im Falle des Nichtgelingens will jeder sich die Hände rein waschen. Der Einzelne nimmt die Sache nicht zu Herzen, als haftete er bloß allein dafür. Wenn die Hospitals-Verwaltungen einen tüchtigen Vorsteher hätten, der das Ganze unter dem Beirathe der jetzigen Commissionen leiten würde, so wäre manchem Uebelstande vorgebeugt, und weit besser für den Vortheil jener Institute gesorgt. Der Bürgermeister als Präsident der Hospital-Commission hat meistens viel Anderes und Dringenderes zu thun, da er durchgehends einer der bedeutendsten Geschäftsmänner ist, und seines Amtes wegen von allen Seiten in Anspruch genommen wird. Gerade die zwei Angestellten, die am ehesten Einsicht ins Getriebe der Verwaltung bekommen könnten und auch mehr oder weniger besoldet werden, der Einnehmer und der

Secretär, haben keine Stimmen, wo es sich um die Interessen der Anstalt handelt. Man gebe diese Functionen einem und demselben tüchtigen Manne, der unter der Leitung der Commission und unter der Aufsicht der Orts- und der Staatsbehörde die ganze Verwaltung übernehme, so wird mit den jetzigen Auslagen ein weit besseres Resultat erzielt werden: Es wird mehr Einheit und Leben ins Ganze kommen. Zwar verhehlen wir uns die Gefahren nicht, welche die Vereinigung des Amtes eines Präsidenten, Einnehmers und Schriftführers in einer Person befürchten lassen könnte, aber durch passende Regulative und gehörige Controle dürfte sich doch allen Nachtheilen vorbauen lassen. In Frankreich hat man längst die Commissionen der bedeutendsten Hospitäler durch einzige Directoren ersetzt. Wenn nun auch keine Vergleichung möglich zwischen Paris und Echternach, so empfindet man doch in kleinerm Maßstabe dieselben Nachtheile einer schlechten Einrichtung hier wie dort.

LXVIII. Innere Zustände der Anstalt.

99. Wie vom Jahre 1822 liegt uns auch von 1827 ein ausführlicher Bericht vor, der in die größten Einzelheiten über die Vorzeit und die damaligen Zustände des Hospitals eingeht. Die darin Aufgenommenen bekommen Morgens Suppe, Mittags Suppe, Speise und dreimal die Woche Fleisch, Abends Suppe und Brei; unter ihnen ist ein frü-

herer Bäcker, 1 Schneider, 1 Tuchmacher, 1 Gerber und 5 Taglöhner; von den Handwerkerlehrlingen wird einer Schreiner, 2 Schneider, 1 Schlosser u. s. w. Zu den größten Verbesserungen zählte man den Ankauf oder Eintausch eines kleinen Mistenplatzes zwischen der Berggasse und der Capelle, um diese dem Publicum zugänglich zu machen, ohne daß man den Hofraum der Anstalt betrete. Dieser Platz von etwa 20 Quadrat-Metres sollte später dem Hospital geschenkt werden, wurde aber dem Nachbar für 1500 Francs verkauft. — Die Rechnungsablage war zuweilen um drei Jahrgänge im Rückstande; die von 1824 hatte einen Überschuß von Fl. 12634 78 aufzuweisen. — Nach niederländischen Florins oder Gulden zu 4725 Gulden für 10,000 Francs zählte man seit dem März 1817. Jene Werthbestimmung gab für einen Florin die entsetzliche Bruchzahl Francs 2.1164, mit welcher, da hierlands niederländische Münze zu den Seltenheiten gehörte, die Steuerpflichtigen und Schreiber amtlicher Summen sich Jahr aus Jahr ein abmühen mußten. Der geprägte Gulden wog Grammes 10.766 mit 898 Tausendstel fein Silber, hatte mithin einen innern Werth von Fr. 2 14, war aber berechnet als seien 105 just ein Kilo fein. 1848 hat man in Holland eine rationellere Münzeinheit geprägt, nämlich Gulden von 10 Grammes Gewicht mit 945 Tausendstel fein Gehalt, die demnach den Werth von Fr. 2 10 haben, und sich leichter auf die bekanntesten Geldsorten reduciren lassen.

LXIX. Die Hospitalsrechnungen seit der Französischen bis zur Belgischen Revolution.

100. Die erste Rechnung von Joachim Heilbrunn geht von St. Johannes (24. Juni) 1796 bis zum 19. Mai 1797, und hat ungefähr dieselbe Fassung wie die des 18ten Jahrhunderts. Die Pensionen, das heißt die Zinsen von Capitalien betragen 239 Thaler (à 35 Stüber oder Frs. 2 88) 29 Stüber 4 Liards, was Frs. 701 52 ausmacht. Seine zweite reicht vom 1. Prairial V bis Ende VI (21. September 1798), und die fünf folgenden richten sich nach den republikanischen Jahren VII—XI (1799—1803) und werden nach damaliger Vorschrift von Quartal zu Quartal abgelegt, wodurch die Übersichtlichkeit der Jahrgänge erschwert wird. Fürs Jahr VII betrug die Einnahme an Geld 2527 Francs, die Ausgabe 1075, mithin der Überschuß 1451. Die Zinsen beliefen sich auf Fr. 699 84, waren also fast dieselben wie zwei Jahre früher. Im Jahre VIII beträgt die Zinseinnahme Fr. 690 31; im Jahre IX werden von den Fr. 698 72 Renten nur Fr. 622 48 und in den Jahren X und XI nur Fr. 682 09 eingenommen.

In den beiden letzten Jahrgängen werden Einkünfte von zehn Grundstücken, die zu den verheimlichten Nationalgütern gehörten, im Betrag von 75 Francs und 192 Francs Zinsen desselbigen Ursprunges unter besondern Abschnitten in Rechnuug gebracht.

Alle diese Rechnungen wurden erst lange nachher in französicher Übersetzung bei der Departemental-Verwaltung eingebracht und dort zuletzt endgültig abgeschlossen.

Bei diesen und den folgenden Rechnungen richten wir unser Augenmerk vorzüglich auf den Betrag der jedesmaligen Zinsen von Capitalien und der erblichen Grundrenten, um das wechselvolle Steigen und Sinken dieser ständigen Einnahmequelle zu veranschaulichen. Unter der Verwaltung des Paters Mauritius Boudeler (XII [1804] — 1811) steigen die Zinsen von Capitalien wie folgt: In den sechs letztern Monaten des Jahres XII auf Fr. 1401 81, im Jahre XIII auf 3995 12, im Jahre XIV und 1806 (vom 23. September 1805 bis zum 1. Januar 1807) auf Fr. 5039 83, was fürs Normaljahr Fr. 4007 97 ergibt. In den Jahren 1807 — 1810 betrugen dieselben Fr. 3989 19, im Jahre 1811 etwa 5 Francs weniger, was von 100 Francs ruhender oder stockender Capitalien herrühren mochte. Kurz, in Folge der entdeckten Nationalgüter waren die ständigen Zinsen des Hospitals von 700 auf circa 4000 Fr. gestiegen, wozu noch 75 Fr. Grundzins zu rechnen wären. Diese Grundzinsen würden, wenn man die abgelegten desfallsigen Capitalien immer auf Zinsen ausgestellt hätte, in Folge alter und neuerer Bodenconcessionen für Fr. 23,695 71 nun bis zu Fr. 1259 79 angewachsen sein. Weiter wurden dem Hospital bisher Fr. 17,068 42 neue Schenkungen gemacht, deren Verzinsung wieder Fr. 853 42 beträgt. Zu den alten Zinsen jeder Art hätten also über 2000 Francs hinzu kommen können und es würden dieselben nun circa 6000 Francs betragen. Rechnet man aber, daß in der Zwischenzeit Grundstücke für etwa Fr. 230 40 erworben, Güterverbesserungen für Fr. 10,233 32 und Neubauten für Fr. 12586 50 angebracht wurden, zusammen in runder Zahl 23,000 Francs, wovon die Zinsen 1150 Francs, so müßten dermalen die Renten jeder Art (Capitalien- und Grundzinsen) noch circa 4850 Francs betragen. Statt dieser Summe sind dieselben im Büdget für 1864 zu Fr. 2434 39 veranschlagt, was ungefähr die Hälfte der erwarteten desfallsigen Einnahme, somit einen Verlust an Zinsen von etwa 2500 Francs und an Capitalien von 50,000 Francs bekundet.

Ein genàuer Nachweis, Ziffer für Ziffer, wie man zu diesem nicht gar erfreulichen Resultat gelangt sei, möchte allerdings ins Gebiet unserer Aufgabe gehören, würde aber das Aufsuchen und Einstudiren einer Menge neuerer Schuldacten erfordern, deren winzige Einzelheiten höchstens die Hospitalverwaltung interessiren können. Wir beschränken uns daher auf die allgemeine Angabe der häufigen Schwankungen in der Einnahme an Zinsen.

Die Rechnung vom Jahre 1811 bringt eine Zinseinnahme von

einnahme von.	Fr.	3983 97
die nächstfolgende eine von . . .	Fr.	2456 71
was einen Unterschied von . . .	Fr.	1527 26

ausmacht, der von einem Verlust an Capitalien von Fr. 30,545 20 herrührt. Wie mag dies gekommen sein? — Die letzte Rechnung des Paters Mauritius weist Fr. 19,298 59 rückständige Zinsen unter

Fr. 39,000 37 Übernahmen für noch zu bewirkende Beitreibungen nach. Diese Übernahmen werden von der Verwaltungs-Commission classificirt wie folgt: Fr. 8217 46 gesicherte, Fr. 4462 48 zweifelhafte und Fr. 16,620 43 uneintreibbare Rückstände (1). Mit letztern werden also wohl etwa zweimal so viel Capitaliengelder verloren gegangen sein, was bei einer so massenhaften Unbeitreiblichkeit leicht zu begreifen ist. Nichts destoweniger ließ man noch 1817 von der Regierung ein Verzeichniß der in Beschlag genommenen Nationalrenten genehmigen, unter denen viele jener streitigen oder entwertheten Capitalien figuriren. Um aber genau anzugeben, was aus den abhanden gekommenen Capitalien geworden ist, so wie überhaupt um Licht ins Rechnungswesen des Hospitals von 1801 bis 1830 zu bringen, müßte man in Besitz der alten Hauptbücher (Sommiers des titres) sein, die ich im Archiv nicht vollständig vorfand, obgleich einem der frühern Secretäre eine bedeutende Summe ausgeworfen worden, um dieselben in Ordnung zu setzen. Solch ein Hauptbuch wird sich ohne Zweifel noch unter den Privat-Registern eines der frühern Rechnungsableger befinden. Um dasselbe zu ersetzen, müßten, wie wir oben gesagt haben, die sämmtlichen alten Schuldacte (Obligationen) der Anstalt zusammengestellt und discutirt werden, — was bei der lange eingetretenen Verjährung zwar keinen finanziellen, wohl

---

(1) Diese Rückstände waren von 1805 bis 1811 nach einander Fr. 9126 90, 16580 92, 19168 08, 22801 59, 25001 43, 28363 67 und 29000 37.

aber einen local-historischen Zweck haben möchte. — Daß Capitalien sollten unterschlagen worden sein, ist bei der Natur der Sache und der Einrichtung der Verwaltungsmaschine gar nicht denkbar. Durch unverzeihliche Nachläßigkeit gingen dieselben verloren.

Was nun die Rechnungen des Paters Boudeler anbelangt, so konnten dieselben von dem achtzigjährigen Greise, der noch dazu das Gesicht fast ganz verloren hatte, nur mühsam aufgestellt werden und hatten lange auf sich warten lassen. Endlich, am 10. Januar 1810 klagte der Präfect dem Minister des Innern, die von ihm eingesetzte Revisions-Commission für die Rechnungen der Wohlthätigkeits-Anstalten könne sich ihrer Aufgabe nicht entledigen, eben weil die Rechnungen nicht gehörig zur Durchsicht eingesandt werden, und er begehrt jene Commission durch Special-Commissare zu ersetzen. Am 19. März ernennt er wirklich den Hrn. Baltia, damals Schreiber im Finanz-Büreau zu Luxemburg, zum Special-Commissar um Dom Mauritius Budelers Rechnungen in Ordnung zu bringen.

Herr Baltia hat nun alle diese Rechnungen von dem Jahre XIII bis 1811 mit vieler Genauigkeit aufgestellt, wofür ihm 1812 vom Hospital 734 Fr. vergütet wurden. Der Präfect hatte in allen diesen Rechnungen einige Ausgabeposten als nicht genugsam belegt, verworfen, und so die Überschüsse gesteigert, wodurch der von 1810 von Fr. 3223 31 auf 3699 71 gebracht wurde und der des Jahres 1811 zuletzt von 1217 99 auf 1982 77.

Hier noch einige Zahlen aus jener Rechnungs-Periode:

Jahr.	Einnahmen		Ausgaben.		Überschuß.		Schuld.	
Die 6 letzten Monate des J. XII..	5291	57	5489	78	"		198	21
XIII.	13491	17	13675	19	"		184	02
XIV — 1806.	27194	94	21501	85	2692	47	"	
1807.	27308	45	23885	82	3422	63	"	
1808.	31660	44	26994	55	4665	89	"	
1809.	35983	23	31412	40	4570	83	"	
1810.	38229	35	35002	04	3223	39	"	
1811.	39060	04	37842	05	1217	99	"	

In letzterm Jahre war die gewöhnliche Einnahme Fr. 8307 72, wovon Fr. 3983 97 constituirte Renten oder Zinsen.

101. Von 1812 bis 1825 unter der Führung des Notars Hrn. Maes betragen die Zinsen Fr. 2476 71 für die Jahre 1812—1815; Fr. 2470 30 für 1816; Fl. 1113 07 oder Fr. 2355 70 für 1817; Fl. 1118 51 oder Fr. 2367 21 für 1818—1825; Fl. 1098 97 oder Fr. 2325 86 für 1822; dann Fl. 1147 39, 1180 31, und 1191 72 für 1823, 1824 und 1825. Die Grundrenten betrugen Fr. 26 66 im Jahre 1812—1816 und Fl. 12 57 im Jahre 1817—1825.

In den Jahren 1822—1825 wurden je Fl. 416 89, 598 90, 391 09 und 336 39 im Ganzen Florins 1743 27 Capitalien abgelegt, und angelegt je Fl. 536 24, 939 82, 639 10 und 1058 89: Zusammen Florins 3174 05, was eine Capitalienvermehrung von Fl. 1430 78 bewirkte, worunter eine abgelegte Grundrente von Fr. 0 80 (Fl. 0 38) und Schen=

kungen von je 80, 472 50 und 40 45, in Allem Fl. 593 33 und weiter noch Fl. 837 45 von den Hospitalsgeldern. Diese Capitalien-Anlage hätte die Zinsen vom Jahre 1812 bis 1825 blos um Fl. 71 54 anstatt um Fl. 92 75 vermehrt; es müssen also wohl Fl. 21 21 verloren gewesener Zinsen wieder gefunden oder irgend ein Proceß gewonnen worden sein. — Die Justizkosten hatten für's letztere Jahr Fl. 159 82 betragen.

Ein Hauptfehler im Rechnungswesen des Hospitals war bisher, daß die Capitalien kein eignes Conto hatten, worin von Jahr zu Jahr nachgewiesen wäre, wenn eines ruhete, hinzu oder wegkam, anstatt daß die wiederauszustellenden ohne weitere Notiz im Überschuß oder in der Schuld verschwanden.

Die Rechnungen von 1812—1815 und von 1817—1819 sind gehörig abgeschlossen, die von 1816 und 1820—1825 sind noch von keiner Behörde abgehört worden. Die letzte derselben ist eigentlich nur eine Rumpf- oder Clerc-à-maitre-Rechnung zwischen Hrn. Maes und seinem Nachfolger Franz Burg, der die Hospitalscasse seit dem September übernommen hatte und auch eine Rechnung über den Jahrgang 1825 ablegen mußte.

Der Abzug für den Einnehmer betrug Anfangs Fr. 636 22, dann in den Jahren 1813—1816 Fr. 600 00, als fixes Gehalt, zuletzt fünf Procent der ständigen Einnahme, wovon die Miethe im Hospital- oder im Höhhofgebäude abgerechnet wurde.

Hier die Übersicht des Ergebnisses der 14 Rechnungen:

Jahrgang.	Gewöhnliche Einnahme.	Überschuß.	Rückstände.
1812	Frs. 7131 05	3590 04	8526 60
1813	„ 11671 85	1934 95	11331 47
1814	„ 10154 89	1040 20	12260 93
1815	„ 10354 64	582 17	12678 79
1816	„ 7414 13	2645 17	5580 34
1817	Fls. 7256 36	2884 20	3291 10
1818	„ 7263 43	2705 76	4676 26
1819	„ 7725 87	934 88	6482 18
1820	„ 7620 19	2805 92	6742 12
1821	„ 8208 28	3704 94	8896 88
1822	„ 7565 91½	2314 04	9006 30
1823	„ 7529 97	632 41	11097 33
1824	„ 7750 31	710 31	12173 78
1825	„ {2084 03½ {5119 62	5247 55 5892 64	7423 59

Der Einnehmer Burg war seinem Posten als Rechnungsführer gar nicht gewachsen: Unter seiner zweijährigen Verwaltung betrugen die Capitalien-Zinsen Fls. 1214 78 für 1826 und Fls. 1228 95 für 1827, nebst Fls. 12 57 Grundzins an Geld.

Am 10. Juni und 31. Juli 1829 hatte er eine Rechnung eingereicht, nach welcher das Hospital ihm am Ende noch Fls. 1114 92 schulden sollte; da diese nicht stichhaltig war, so legte er am 1. August 1832 eine zweite ab, nach welcher die Hospitals-Schuld noch immer Fls. 645 69 (Fr. 1366 52) betragen haben würde, aber auch Fls. 7423 59 (Fr. 15711 28) rückständig blieben. Am 28. Januar 1835 wurden indessen Fr. 2934 20 der Ausgabe von der Verwaltungscommission nicht gutgeheißen und der Rendant gezwungen Fr. 1567 68 zurückzuerstatten, was auch geschah und vom Gemeinde-Rath genehmigt wurde.

Die gewöhnliche Einnahme fürs Jahr 1826 war Fls. 6391 35, und Fls. 5893 68 für 1827; der Überschuß für ersteres Fls. 4693 54.

102. Die drei folgenden Rechnungen unter der Verwaltung des Hrn. Hanff beginnen mit einer die Interessen der Anstalt gefährdenden Unregelmäßigkeit, indem erstere vom 15. October 1827 bis zum 24. Januar 1829 reicht. Es ist fast nicht möglich, Licht in die Comptabilität eines Institutes zu bringen, dessen ständige Einnahmen sich nach Jahrgängen richten, wenn diese Zeitabschnitte nicht strenge vom 1. Januar bis zum 31. December eingehalten werden.

1828. Die Zinsen von Capitalien (Rentes constituées) betragen Fls. 1053 68 ½; die Grundrenten in Geld Fls. 135 67. Angelegt wurden Fls. 37 20. Die Einnahme beläuft sich auf Fls. 9611 19 ½ und wird von der Ausgabe um Fls. 1573 29 ½ überstiegen. — Die Procente der wirklichen Einnahmen waren von einer Summe von Fls. 1075 39 abgezogen, worin etwa 144 Malter Früchte, die nicht zu Geld gerechnet worden, enthalten sein müssen, sonst wären Fls. 57 13 zu viel entrichtet. Die in diesem Jahre am Hospital aufgeführten Bauten werden nach einem Rechnungs-Etat von Fls. 2780 93 liquidirt, sind aber, wie wir oben gesehen haben, nachträglich am 21. April 1829 von der Stände-Deputation genehmigt worden.

1829. Die rückständigen Zinsen und der Betrag der Zinsen fürs laufende Jahr sind nicht gesondert, jedoch läßt sich letzterer für die 170 Schuldner ermitteln, weil die Hauptsummen angegeben sind.

Diese betragen Fls. 24102 37 verzinsete Capitalien und Fls. 1833 70 Grundrenten-Stock. Die Zinsen von beiden belaufen sich auf Fls. 1296 83 ½ oder Fr. 2744 61. Die zu empfangende Gesammtsumme der Zinsen, sowohl der rückständigen als der im Jahre erfallenen war Fls. 2571 20, die geleistete Zahlung derselben Fls. 564 84, mithin der noch bleibende Rückstand Fls. 2006 36 ½ an Zinsen.

Der fünfprocentige Abzug für den Einnehmer wurde nach einer Summe von Fls. 6549 63 ½ berechnet, worin die Naturalienlieferungen indirect enthalten sind, für deren Empfang Fls. 15 26 in Anschlag zu bringen.

Das Endergebniß der Rechnung von 1829 scheint zu sein: Einzutreiben waren Fls. 13109 80; eingetrieben und ausgegeben wurden Fls. 6244 39; noch einzutreiben bleiben Fls. 6865 41, aber auch noch auszugeben Fls. 2893 32, wovon Fls. 1262 38 an den Rechnungsableger selbst von der Schuld des vorigen Jahres und die andern Fls. 1630 94 für verschiedene erfolgten noch nicht erledigten Lieferungen und erfallenen Gehälter (1).

(1) Die Bilanz ist aufgestellt wie folgt:

	MONTANT		
	dû	payé	reste dû
La Recette est de fls. . .	13109 80	6155 02	6954 78
La Dépense est de fls. .	9137 71	6244 39	2893 32
	3972 09	89 37	4061 46

1830. In Rechnung werden gebracht die wirklich eingetriebenen Zinsen im Betrage von Fls. 1001 21 und die in Geld erhobenen Grundrenten von Fls. 71 44. Die Naturalienlieferungen: 150 Hectolitres 12 ½ L. Roggen, Mischelfrucht und Weizen, und 37 Hectol. Hafer werden diesmal nach dem durchschnittlichen Marktpreise zu Fls. 1575 15 geschätzt, wovon der 5procentige Abzug nur Fls. 78 97 anstatt Fls. 85 29 betragen würde, um welche Summe die Procente der Fls. 7489 48 ½ Geldeinnahme zu hoch wäre. Es stellt sich somit ein Irrthum von Fls. 7 14 heraus, der sich aber vielleicht als Nachnahme vom vorigen Jahre rectificiren ließe.

Angelegt wurden Fls. 105 16 ½, von deren Ablegung ich keine Erwähnung fand. — Die ordinären und die extraordinären Einnahmen oder Ausgaben sind nicht getrennt. Das Endresultat ergibt nach vorliegender Rechnung eine Schuld von Fls. 91 87 und nach den Tagebüchern der Einnahme und Ausgabe einen Überschuß von Fls. 50 48 ½ (1).

En conséquence il y a excédant de recette qui aurait pu être faite de fls. 3972 09; il y a déficit de recette de fls. 89 37, qui cependant doit provenir d'un erreur d'annotation, vu que le Journal de recette porte une pareille somme de 6244 39; laquelle erreur s'éclaircira lors de la recette courante, et il y a excédant de recette à faire de fls. 3923 90 (*sic*). — Certifié véritable. — A Echternach, le 31 décembre 1829. — Pro duplicato: [Gez.] J. J. Hanff, Receveur.

(1) Die Endschaft der Zusammenstellung lautet:

RÉSULTAT:

La Recette s'élève à	fls.	7489 48½
La Dépense à	»	7581 35
Excédant de dépense.	fls.	91 87

Unbegreiflich ist es nun, wie die Verwaltungs-Commission diese Rechnungen, die ja durch Andeutung ihrer Abweichungen von den geführten Büchern sich selbst nur für provisorische Zusammenstellungen ausgeben, nicht sogleich berichtigen ließ, anstatt nach langem unnützen Geschrei zu warten, bis die Verjährung alle Ungenauigkeiten gedeckt hat.

Zugleich reicht Hr. Hanff ein von seiner Schlußrechnung getrenntes Verzeichniß noch bleibender Rückstände im Betrage von Fls. 6551 69, welches die Verwaltungscommission aber später auf Fls. 5032 45 ½ oder Frs. 10650 71 herabsetzt, wie wir unten sehen werden.

LXX. Belgische Reform-Projecte.

103. Mit der belgischen Revolution 1830 sollten auch große Reformen in dem Hospitalswesen eintreten, wie dann die Zeiten politischer Aufregung immer gewaltige Erwartungen wecken, die selten befriedigt werden. Am 4. December ernannte man einen Geistlichen, Hrn. Majerus, zum Schatzmeister der Anstalt, nicht etwa, damit dieser sich viel um die Verwaltung derselbe kümmere, sondern um mittelst der 400 Gulden dieses Nebenamtes einen

---

Résultat d'après les registres-journaux:

Le Registre-Journal des Recettes porte .	fls.	7631 84
Celui des Dépenses porte	»	7581 35 ½
Par conséquent il y a excédant de recette de fls.		50 48 ½

Certifié véritable. — Echternach, le 31 décembre 1830.

Le Receveur de l'hospice, [Gez.] J. J. Hanff.

wohlfeilern Professor für das mit Noth bestehende Schulcollegium zu gewinnen. Auch schon am 20. October 1831 reichte der viel beschäftigte Herr seine Entlassung ein und wurde durch Hrn. Mathias Lefort ersetzt, der das Rechnungswesen ins Reine zu bringen suchte. Den 5. Februar 1832 kam endlich ein schon lange versprochenes Reglement über die innere Ordnung der Anstalt zu Stande, welches in 22 §§ und 131 Artikeln die Pflichten und Rechte aller am Hospital betheiligten Personen genau angibt und mit vieler Weisheit ordnet.

Die Schwierigkeiten, von der Schwester Oekonomin Rechnung zu erhalten, ließen am 21. Juli 1833 wieder zur Ernennung eines Hausmeisters schreiten, womit man früher schon mißlungene Versuche gemacht hatte. Am 5. Januar 1834 jedoch reicht die Frau Oberin eine Rechnung ein, die man trotz aller Unregelmäßigkeiten um des Friedens willen annimmt.

Um diese Zeit steckte das Hospital tief in Schulden und mußte seinen Credit theuer bezahlen; deswegen begehrt es von der Forstadministration auf ein Mal drei außerordentliche Holzschläge, indem man die Zeit zum Holzfällen von 30 auf 25 Jahre herunter setzte, und so eine bessere Finanzlage herbeiführte.

Im Jahre 1835 vermehrte das Hospital sogar seine Liegenschaften: Es erwirbt einen Garten von 17 Ares 44 Centiares im Sack neben dem seinigen. Auch am 26. September kauft es ein Gärtchen im Hahnengäßchen für 60 Francs und einen in Brückergarten für Frs. 170 40. Derartige Erwerbungen unbeweglicher Güter seitens des Hospitals werden, wo nicht gerade großen Nutzen für ein vorhandenes Grundstück dieselbe rechtfertigt, von der hiesigen Bürgerschaft sehr ungerne gesehen, weil man mit richtigem Gefühle befürchtet, das Institut möchte nach und nach alle die Übelstände des ehemaligen Besitzthums todter Hände wieder herauf beschwören.

Die belgische Herrschaft ging ohne weitere erheblichen Vorfälle vorüber.

LXXI. Aufnahme der Schwestern vom hl. Karl Borromäus.

104. Die drei Schwestern, welche meistens wechselweise hieher geschickt wurden, fuhren fort, die Haushaltung im Hospital zu führen, und waren froh nach dem Mutterhause zurückkehren zu können. Die zwei letzten, die hier waren, Louise und Therese Englinus, gebürtig aus Arlon, verließen Echternach im Monate Mai 1840, wurden aber, weil sie gegen das Mutterhaus ungehorsam gewesen, in Luxemburg nicht mehr angenommen, und kehrten in ihre Vaterstadt zurück, wo sie sich mit Jugendunterricht beschäftigten, bis die belgische Regierung nach Rücksprache mit der hiesigen Verwaltungs-Commission ihnen eine Pension bewilligte.

Bei ihrer Abreise trat nun die Commission wieder in Unterhandlung mit den Schwestern des hl. Karl Borromäus in Nanzig, wobei die Genossenschaft in Trier und ihr Almosenier Pfarrer Schäfer wesentliche Dienste leisteten. Mit diesem Geistlichen begaben sich die Herren B. Föhr und M. Lefort nach Nanzig in das Mutterhaus der Congregation und brachten am 1. Juni 1840 eine Convention zu Stande zwischen dem Bischof von Nanzig und der dortigen General-Oberin einerseits und der Echternacher Hospital-Verwaltung andererseits (1), kraft welcher am 10. Juni fünf Nanziger Schwestern, unter andern Schwester Hildegarde von Lassaulx aus Coblenz und Schwester Hippolyte Allenot aus Forrey (Commercy) hier eintrafen. Jede derselben sollte nebst ihrem Unterhalte ein Kleidergeld von 150 Francs beziehen.

105. Die Congregation der Nonnen von St. Charles verdankt ihren Ursprung einem jungen Advocaten am Parlamente von Metz Namens Emanuel Chauvenel, der zu Anfang des 17ten Jahrhunderts in Nancy lebte und ein vollendetes Muster grenzenloser Nächstenliebe war. Mit seinem Vermögen wurde am 18. Juni 1652 eine Wohlthätigkeitsanstalt unter dem Namen und Schutze der hl. Familie gegründet, und bald nachher mit einer 1626 von Karl IV, Herzog von Lothringen, zu Gunsten armer Kinder gemachten Stiftung vereinigt. Es bildete sich so ein Kern frommer Personen, die sich dem Krankendienste widmeten und deren Wohnung das Haus von St. Charles Borromée genannt wurde. Anna Roger (Wittwe Wirrion), die erste Nonne dieser

(1) Vgl. den Text dieses Vertrages im Anhang unter Nr. 23.

Genossenschaft, legte 1662 ihre Gelübde ab. Vierzig Jahre später fing die Congregation an, sich auszubreiten. Im Jahre 1840 hatte sie bereits 63 Häuser der Wohlthätigkeit; die Zahl der Schwestern belief sich auf 550 bis 600. Sie stellen sich zur Aufgabe: 1) Kranken- und Armenpflege und Hospitalhaushaltung; selbst Militär-Hospitäler und sehr bedeutende Irren- und Correctionshäuser stehen unter ihrer Führung; 2) Pflege und Erziehung armer Kinder und Waisen; Leitung der Findelhäuser und Waisenhäuser so wie an manchen Orten die unentgeltliche Besorgung der niedern und Pfarrschulen; 3) Leitung der Pensionate für die weibliche Jugend, in welchen um geringes Pensionsgeld Bürgertöchter religiös-sittliche Bildung und Unterricht in den für ihren Stand nothwendigen Fertigkeiten erhalten. Sie bewohnen entweder mit den Hilfsbedürftigen die Hospitäler, Armen-, Waisen-, Findel- und Irrenhäuser oder es wohnen in besondern Häusern einige Schwestern beisammen und besorgen von da aus die Kranken- und Armenpflege in der Stadt. Diese Häuser heißen Charité und finden sich zumeist in kleinern Gemeinden. In Nancy sind sechs Häuser dieses Ordens, welcher 1826 in Coblenz, 1837 in Böhmen (wo er sich eigens abschloß), 1838 in Aachen Aufnahme fand. Er wurde vom Heiligen Vater approbirt am 5. Februar 1859 und hat auch seit einiger Zeit eine Anstalt in Rom. Heute zählt er 142 Häuser mit 1300 Schwestern. — Das seit 1810 in Trier bestehende Institut ist durch Päbstlichen Erlaß vom 15. März 1863 zum Provinzial-Mutterhause erhoben für Preußen, Hanover und die kleinern Staaten Deutschlands mit Ausnahme von Luxemburg (1).

LXXII. Beschwerdeführung gegen die Hospitals-Verwaltung.

106. Das Hospital, welches damals 74 Hilfsbedürftige und 11 Lehrlinge ernährte und noch Nahrungsmittel an 12 Auswärtige verabreichte, freute sich nun endlich der guten Schwestern, die es schon 1810 gewünscht, aber trotz aller Mühe weder damals, noch 1817, noch 1821 hattte erhalten können. Obgleich nicht alle der deutschen Sprache mächtig waren, rechnete man nunmehr auf eine ungetrübte Zukunft. Aber bald entstanden neue Schwierigkeiten. Die Schwestern waren gewohnt, die Haushaltung nach Abonnementen zu führen, d. h. so und so viel für jede der von ihnen zu pflegenden Personen zu bekommen, ohne von jeder Kleinigkeit Rechenschaft geben zu müssen; die Commission aber, welche mit unsäglicher Anstrengung das Rechnungswesen einigermaßen in Ordnung gebracht hatte, wollte Alles selber beschaffen und verrechnen lassen, und sich streng an ihr Reglement von 1832 halten. Daher am 3. September 1842 Beschwerdeführung, daß die Frau Oberin nicht in den Häusern kaufen lasse, auf welche die Commission sie anwies. Es war nämlich früher Gebrauch gewesen, die Bedürfnisse der An-

(1) Vgl. Précis historique de la Congrégation des Religieuses de St. Charles nebst Suppléments, und Brentano, die Barmherzigen Schwestern.

stalt bald aus diesem, bald aus jenem Handelshause zu beziehen, damit bei der großen Concurrenz keines besonders bevorzugt werde; die Schwestern mochten aber lieber bei den ihnen befreundeten Familien ihre Einkäufe machen, worüber dann andere sich beklagten, und es wurden sogar zwei Kaufzettel annullirt, was die Spannung noch größer machte. Um diese Zeit waren die guten Schwestern um so mehr mit Arbeit überhäuft, weil auch die kranken Soldaten im Bürger-Hospital untergebracht werden mußten, so lange nicht ein Militär-Lazareth eingerichtet worden.

Die Schwierigkeiten, welche man gegen die Einführung des Abonnements geltend machte, bestanden in der theilweise directen Benutzung vieler Hospital-Güter, so daß man Speisen, Getreide und Viehfutter selbst zog und dabei Pachtzins in Arbeit und Naturalien-Lieferungen erhob, was alles bei einem Abonnement schwer zu berechnen sei. Vielleicht fürchtete man auch, die Schwestern möchten viel für ihr Mutterhaus erübrigen und das hätte man ungern gesehen. Man war noch nicht zur Einsicht gekommen, daß eben auf dem Wege der Entreprise oder des Verdingens und mittelst des Unternehmergewinnes die wohlfeilsten und besten Leistungen errungen werden, weshalb das Gesetz auch diesen Gang überall ausschließlich vorschreibt.

Wie dem auch sei, und wer immer Recht oder Unrecht gehabt habe, es wurden derartige Klagen laut, daß der Hochwürdigste Herr Bischof Laurent sich 1843 an die Regierung wandte, um die hiesigen Übelstände zu beseitigen und um untersuchen zu lassen, ob es nicht besser wäre, wieder einen Geistlichen, wie vor Alters, zum Provisor zu ernennen. Was bisher blos Krämer-Neid zu sein schien, drohete nun in einen Principien- oder Parteikampf überzugehen. Es wurde gefragt, ob nach den bestehenden Gesetzen die Hospitäler von Weltlichen oder von Geistlichen verwaltet werden sollten. Allerdings sind diese Gesetze nicht sehr kirchenfreundlich; aber die bestehenden Verhältnisse machten eine einseitige Ausführung derselben unmöglich und den Pfarrern wurde überall ein gebührender Antheil an den Wohlthätigkeitsanstalten eingeräumt, obgleich sie hierlands nicht wie in Frankreich seit der Ordonnanz vom 31. October 1821 ohne Weiteres Mitglieder derselben sind. So waren die Herren Gindorff und Coner als Dechanten gewöhnlich, wenn auch nicht immer, in der Hospital-Commission; anstatt den jetzigen Dechanten Hrn. Thomas sogleich bei seiner Ernennung, 1842, in dieselbe aufzunehmen, schob man vor, er müsse eine Zeit lang unter seinen Pfarrkindern gewirkt und die Armen kennen gelernt haben, ehe er der Hospitalverwaltung, deren Mitglieder erst später ward, wesentliche Dienste leisten könne. Diese abwartende Stellung, so viel man zwischen den Zeilen zu lesen vermag, sollte aber zunächst eine Wahrung der Rechte der Civilgewalt bezwecken. Bekanntlich haben in allen Jahrhunderten und in allen Ländern die beiden Gewalten sich um die Leitung der Wohlthätigkeitsanstalten gestritten. In den Ordonnances de Blois wurde sogar 1579 für Frankreich ausdrücklich verordnet, es dürften fürderhin nur einfache Bürger, Kaufleute oder

Ackerer, nicht aber Geistliche, Adelige, Kriegsleute oder dergleichen, als Verwalter des Vermögens der Krankenhäuser und Hospitäler angestellt werden (1). In Echternach hat zur Zeit der Allgewalt der Äbte die Bürgerschaft immer gesucht, die Oberleitung des Hospitals in Händen zu behalten. Was Wunder also, wenn in einer lang deducirten Berathung vom 4. August 1843 die Commission sich zu rechtfertigen und die Sachlage in ihr wahres Licht zu setzen sucht (2)! Von der Einführung des Abonnements wollte man nun Nichts hören. Gegen dieses sträubte man sich noch energisch am 29. December; aber am 31. Januar 1844 wurde es durch Vermittelung zweier Special-Commissare, der Herren Rausch und Schaack, nach Wunsch der Schwester Oberin angenommen, um am 1. April zu beginnen.

---

(1) Art. 65. «Ne pourront désormais être établis commissaires au régime et gouvernement des fruits et revenus des dites maladeries et hôpitaux, autres que simples bourgeois, marchands ou laboureurs, et non personnes ecclésiastiques, gentilshommes, archers, officiers publics, leurs serviteurs, ou personnes par eux interposées».

(2) Die Regierung hatte bei Übermachung des bischöflichen Schreibens auf die vielen Verluste hingewiesen, die das Hospital bisher erlitten. Darauf antwortet die Commission, Solches sei leider geschehen «par suite de négligence dans les recouvrements ou de concessions intempestives.... Nous reviendrons en temps et lieu sur plusieurs des comptes antérieurs à 1831, ainsi que sur les concessions que la concupiscence a su arracher à la lâche complaisance de quelques administrateurs, qui nous paraîtront pouvoir être attaqués avec réussite devant les tribunaux». —

LXXIII. Das Abonnement.

107. Abonnementsweise erhielt jede der fünf Schwestern 275 Francs für ihre Beköstigung, und man bezahlte ihnen 20 Centimes für jede der 14 bis 44 Portionen täglich auszutheilenden Essens, 12 Centimes für jedes Halbkilo der 200 an den Samstagen zu verabreichenden Pfund Brod, 450 Fr. jährlich für die Apotheke und täglich 35—30 Centimes für jeden im Hause zu Ernährenden. Die Bevölkerung der Anstalt betrug z. B.

Im Jahre	Schwestern	Greise	Alte Frauen	Lehrlinge	Knaben	Mädchen	Total
1845	5	11	16	12	21	22	87
1847	6	11	23	11	20	19	90
1850	6	14	27	17		17	81
1852	6	14	25	„	14	12	71
1861	6	14	21	„	10	18	69
1863	6	11	21	4	6	21	69

Daß man mit einem nach den Marktpreisen von 1844 berechneten Abonnemente in den Jahren 1846 und 1847, oder 1854 und 1855 unmöglich auskommen konnte, ist leicht zu begreifen, wenn man auch von 1848 bis 1852 Geschäfte gemacht hätte. Die Schwestern mußten zuletzt Schulden auf Schulden häufen, wenn sie nicht mit den Armen verhungern wollten.

Der Abonnements-Preis betrug anfangs Fr. 0 35, nachher nur mehr 30 Centimes täglich für die Nahrung einer Person. In den wohlfeilern Jahren, selbst auch in den theuereren hätte man mit diesem

Preise, wenn derselbe immer rechtzeitig entrichtet worden wäre, auskommen können. Aber da dieser Betrag unregelmäßig einging, so konnte man keine günstigen Einkäufe machen, und überdies gaben die guten Schwestern zu den durchschnittlich 20 an die Stadt-Armen ausgetheilten Portionen Speise je ein halb Pfund Brod mit in den Kauf.

Auf Schwester Oberin Hildegarde von Lasaulx folgte 1844 die Oberin, Schwester Aprona Thiersé, die stets im besten Einverständniß mit der Verwaltungscommission hauste, und 1851 ersetzt wurde durch die jetzige Oberin Schwester Louise (Marie Reine Barbe) Knepper von Peppingen, die ebenfalls noch nie Händel mit einer hochlöblichen Administration gehabt hat. Letztere hatte den wohlthätigen Hospitals-Vorsteherinen mündlich die Zusicherung gegeben, man werde dieselben mit dem Abonnements-Deficit nicht im Stiche lassen, und so wurde dann rückwärts fort gehaust, bis der Credit wankte.

Am 13. Februar 1855 gab die Commission ihrem Einnehmer die Weisung, der Frau Oberin vollauf Vorschüsse zu machen, aber am 3. Mai bemerkte eines der Mitglieder, das sei nicht nothwendig; sie habe bereits unter ihrer und einiger Commissions-Herren Unterschrift eine Anleihe von beinahe 8000 Fr. in Trier abgeschlossen. Am 7. December verzichtete sie auf das von ihrer ersten Vorgängerin so sehnlichst erstrebte Abonnement, welches liquidirt wurde mit einer Schuld von Fr. 10429 10, wovon 7750 für die Anleihe Thannisch in Trier. Nun wurde das Regime von 1832—1843 wieder eingeführt, aber die Mängel der theilweisen Selbstausbeutung verschiedener Güter ließen sich nach und nach klar einsehen, so daß man seit einigen Jahren seine Rechnung besser findet bei gänzlicher Verpachtung aller Grundstücke und Verdinggabe aller Leistungen und Lieferungen an den mindestfordernden Unternehmer, wie es das Gesetz vom 16. Messidor VII bereits vor 65 Jahren weislich angeordnet, und wozu der Gemeinderath seit längerer Zeit dringend aufgefordert hatte, namentlich noch in einer Deliberation vom 5. November 1861.

LXXIV. Die Krankenschwester und neue Schenkungen.

108. Im Jahre 1847 erhielt das Hospital noch eine sechste Schwester, die besonders mit dem Besuche armer Kranken der Stadt beauftragt ist. Schon am 28. April 1844 bot Frau Wittwe Cornet-Dondelinger mehrere Renten, um solch eine Krankenschwester kommen zu lassen. Die Commission berechnete aber am 9. Mai 1845, daß jene Renten durchschnittlich nur zu Fr. 256 33 anzuschlagen, während zum Unterhalt einer Schwester circa Fr. 482 87 erfordert seien, wobei dann die Anstalt um Fr. 226 48 im Nachtheile wäre. Die großmüthige Schenkgeberin fügte daher am 10. Mai 1847 zu den frühern Beträgen ein Capital von 3000 Fr. hinzu, so daß nun die Schenkung in Anbetracht des philanthropischen Zweckes derselben angenommen wurde.

Am 17. März 1857 überreichte die Frau Oberin dem Hospital seitens einer ungenannten Person die

Summe von 1875 Francs, deren Zinsen jener Schwester zum Verwenden bei den von ihr zu besuchenden Kranken überreicht werden sollten, und am 18. December 1861 wurde eine Summe von 3000 Francs angenommen, welche Herr Michael Wagner zu jenem Zwecke vermacht hatte, so daß die Armen-Schwester nicht mehr allein auf zufällige Almosen angewiesen ist, sondern auch über eine sichere Summe von jährlich Fr. 243 75 eigenmächtig verfügen, und mancher unbekannten Noth in aller Stille abhelfen kann, was sonst nicht angeht.

109. Wir haben noch einige andern in diesem Jahrhunderte für die Armen gemachten Schenkungen anzuführen.

a) Durch Testament vom 19. April 1822 hat Hr. Pfarrer Ungeschick von Heffingen den hiesigen Armen Fl. 472 50 (1000 Fr.) vermacht, welche am 26. October 1823 angenommen worden, und wofür das Hospital Fl. 54 34 Successionsrecht bezahlte (1). Der Königliche Beschluß vom 22. Februar 1824 ermächtigt das Wohlthätigkeitsbüreau, und nicht das Civilhospiz, zur Annahme

(1) Durch Beschluß der Consularregierung vom 15. Brumaire XII (7. November 1803) waren die Hospitien für empfangene Schenkungen und Vermächtnisse nur einer fixen Enregistrementstaxe von einem Franc unterworfen; aber durch Königlichen Beschluß vom 31. März 1820 bezahlten die den Wohlthätigkeitsanstalten gemachten Schenkungen die gewöhnlichen Erbschaftsgebühren; jedoch durch das Gesetz vom 12. December 1849 sind alle Mutationsgebühren von Freigebigkeiten zu Gunsten der Armenanstalten, der Kirchenfabriken und des Unterrichtes wieder gänzlich aufgehoben.

des Capitals, das bereits im vorigen Jahre von diesem auf Zinsen ausgestellt worden war und auch blieb.

b) 1840, 3. November, schenkt Georg Wagner dem Hospital 300 Francs, um in dasselbe aufgenommen zu werden.

c) Am 27. October 1841 wird ein Vermächtniß des Hrn. Johann Wampach, Kaplan zu Rees, im Betrag von 300 Thalern Preußisch Courant oder 1125 Francs angenommen.

d) 1844, den 20. Februar, schenken ein Mann und eine Frau durch Hrn. Einnehmer Gloner den Armen des Hospitals 300 Francs, um sich in deren Gebet zu empfehlen.

e) 1844, den 21. Juni, vermachte Frau Wittwe Heinrich Schneider, geborne Anna Prim, dem Hospital Frs. 921 82 zur Stiftung eines Jahrgedächtnisses.

f) Am 17. Mai 1847 schenken Mathias Wagner und seine Schwester Elisabeth dem Hospital vier Grundstücke, die man vor Zeiten zu 270 Francs geschätzt hatte, und eine Summe Geld von 420 Francs, unter der Bedingung, daß jene lebenslänglich in demselben ernährt werde; die Erfüllung dieser Bedingung schlug man jährlich nur zu 62 Francs an.

g) Vor einigen Jahren hatte auch der selige Förster Kraus für die Armen 1000 Fr. vermacht, welche denselben von dem Wohlthätigkeitsbüreau baar ausgetheilt worden sind. Im Jahre 1856 übergab letzteres dem Hospital die Summe von

2400 Frs., und ließ sich von diesem gänzlich absorbiren.

LXXV. Administrative Schwierigkeiten.

110. Die Verwaltung ging ihren gewohnten Gang. Es gab immer viele Schreibereien. Am 5. Juni 1840 ärgerte sich das Regierungs-Collegium gewaltig, daß man Frs. 233 37 verausgabt habe für die Reise der drei Herren, welche in Nanzig die Übereinkunft mit dem Mutterhause der Schwestern von St. Charles zu Stande gebracht hatten. Die Summe wurde aber wirklich gutgeheißen. So lange die Rechnungskammer die Hospitalsrechnungen revidiren sollte, hatte man immer neue Schwierigkeiten mit derselben, indem bald diese bald jene Formalität fehlte, oder etwa das Mahlgeld nicht diesem oder jenem Königlichen Beschlusse gemäß entrichtet worden war: Nach langen Erklärungen mußte der Einnehmer stets Recht behalten.

Von den alten noch nicht arretirten Rechnungen war häufig die Rede; zu einer Revision derselben ist es aber nie gekommen. Am 16. April 1841 ernannte die Hospital-Verwaltung zu solchem Zwecke die Herren Lefort und Praus, welche aber diese Ehre ablehnten. Die Regierung forderte zu wiederholten Malen auf, man solle einen Special-Commissar ad hoc vorschlagen; aber die Commission antwortete am 14. October 1847, am 5. Februar 1850 und am 5. April 1853, die General-Administration möge den geeigneten Mann ausfindig machen und hieher schicken; endlich am 13. November 1854 wurde Hr. De Muyser, Gemeinde-Einnehmer zu Rodt, für diese Riesenarbeit auserwählt, und ihm gehörige Diäten, Reisekosten und Vacationen bestimmt. Über das Endresultat schweigen die Archiven. Vermuthlich stieß auch dieser wackere Special-Commissar auf unübersteigliche Hindernisse, weil Niemand sich vorfand, der die Courage hatte, ihm zu Hand zu sein und zwar aus Furcht, sich mit der halben Stadt zu überwerfen. Es schien gleichsam, als wäre Klein und Groß nebst dem Einnehmer compromittirt, wenn die wahre Sachlage ans Tageslicht gefördert würde. Man darf allerdings nicht ohne Weiteres behaupten, daß große Ungerechtigkeiten am Gute der Armen begangen worden seien, da bis zu dieser Stunde die Rechnungen mehrerer Jahre nicht genehmigt und revidirt worden sind, sich mithin keine Gravamina oder Irrthümer herausstellen konnten. Aber war es nicht Pflicht des Schöffenrathes, sich diese Rechnungen vorlegen zu lassen und dieselben zu revidiren oder revidiren zu lassen? Sind die gesetzlichen Vorschriften nicht gar zu bestimmt in dieser Beziehung (1)?

(1) Vgl. Loi du 16 vendémiaire an V, art. 1 et 3; Loi du 16 germinal an VII, art. 9; Arrêté du Gouvernement du 19 vendémiaire an XII, art. 4 et 5, und Arrêté Royal du 1er mars 1817, art. 1er. »Les comptes et les budgets des commissions administratives des hospices et des bureaux de bienfaisance, dans les provinces méridionales, seront, à l'avenir, arrêtés définitivement par les administrations municipales, lorsqu'ils n'administrent que des établissements

Und die niederländische Regierung und die belgische und die luxemburgische vor 1848 und die nachherige bis 1860, dem Jahre der Verjährung der letzten dieser nicht abgeschlossenen Rechnungen, wie haben sie die Interessen des Echternacher Hospitals gewahrt und wozu waren sie da? An gutem Willen und an Sorgfalt hat es den Männern, welche die Geschicke der Provinz leiteten, nicht gefehlt, sondern die bisherige Einrichtung des Revisionswesens scheint eine für die Erreichung des Zweckes mangelhafte zu sein. Wir wollen daher nicht Gegenbeschuldigungen vorbringen; wir sind auch kein Freund von Büreau-Schreibereien oder von Vermehrung der Beamtenstellen, allein die Einführung eines Controleurs für die Rechnungen der Gemeinden, der Kirchenfabriken und der Wohlthätigkeitsanstalten, der wenigstens alle drei Jahre die auf die Einkünfte und Ausgaben sämmtlicher öffentlichen Institute bezüglichen Urkunden, Tagebücher und Actenstücke an Ort und Stelle genau einzusehen hätte, würden wir mit Freuden begrüßen und recht viel Gutes von dessen Wirksamkeit erwarten.

Bei der Besitzergreifung des Landes durch den König-Großherzog im Jahre 1839 nahm die Oberbehörde sehr ernstliche Maßregeln, nicht nur um den Staatshaushalt wohl zu ordnen, sondern auch um die Rechnungen der Gemeinden, der Kirchenfabriken,

---

appartenant à une seule et même commune, et par les États provinciaux, lorsqu'ils administrent des établissements appartenant à différentes communes, ainsi que le font les bureaux centraux de bienfaisance. »

der Hospitäler und sonstiger Institute einer durchgreifenden Revision zu unterwerfen.

In der König-Großherzoglichen Verordnung, die Einrichtung der Behörden betreffend, vom 4. Januar 1840, heißt es:

Art. 12. Wirkungskreis der Rechnungskammer.

„Die Rechnungskammer hat im Allgemeinen die Sorge für die richtige Erhebung, Verwendung und Verrechnung aller Staatseinnahmen und Ausgaben, so wie der Einnahmen und Ausgaben der Gemeinden, Stiftungen und andern Corporationen und Anstalten, so weit dieselben unter öffentlicher Aufsicht stehen.“

. . . .

„Die jährlichen Voranschläge der Gemeinden, Kirchen, Unterrichtsanstalten, Stiftungen und sonstiger Coporationen, welche unter der Oberaufsicht der Regierung stehen, werden von der Landesregierung festgestellt, und eine Ausfertigung der Rechnungskammer mitgetheilt.

„Die Rechnungskammer hat darüber zu wachen, daß alle Einnahmen pünktlich und in der vorgeschriebenen Zeit eingehen und voranschlagsmäßig verwendet werden“....

Diese zweckmäßigen Vorschriften kamen nur theilweise zur Ausführung und wurden nachher wieder abgeändert. Das Gesetz vom 23. September 1847 über die Regulirung der Rechnungen der Gemeinden und öffentlichen Anstalten, verfügt nämlich:

Art. 1. „Der Wirkungskreis, welcher durch Unsere Verordnung vom 4. Januar 1840, und andere Bestimmungen, der Rechnungskammer gegeben ist in Bezug auf die Aufsicht über die Einziehung, die Verwendung und das Rechnungswesen aller Einnahmen und Ausgaben der Gemeinden, Stiftungen und anderer Corporationen und öffentlichen Anstalten, desgleichen die Regulirung ihrer Rechnungen, werden dem Regierungs-Collegium übertragen."

Unseres Erachtens aber wäre die Controle der Rechnungskammer, die nichts Anderes zu thun hat, eine weit wirksamere gewesen, als diejenige irgend eines Schreibers der viel beschäftigten Landesregierung.

111. Im Übrigen fuhr die Verwaltungs-Commission fort, der Anstalt ihren dreifachen Charakter als Armenhaus, Krankenhospiz und Wohlthätigkeitsbüreau zu belassen. Den unbemittelten alten Leuten, die noch irgend Angehörige haben, verabfolgte dieselbe eine gehörige Nahrung; momentaner Noth wird durch Unterstützungsgelder abgeholfen. So gestattete die Commission den 9. August 1855 die Summe von Fr. 2125 82 für 86 Dürftige, und den 18. August 1856 ebenfalls Fr. 2754 52 für 71 Nothleidende. Im Jahre 1861 betrugen die Hausalmosen Fr. 1282 92; die Nahrungsmittel kosteten Fr. 8610 36, die Kleidungsstücke Fr. 1760 15, die Apotheke Fr. 553 73, die Erfrischungen Fr. 507 84, die Beleuchtung Fr. 287 38; der Küchenbedarf Fr. 527 64, die Ställe Fr. 952 33, der Anbau von Ländereien Fr. 218 75, die Handwerker Fr. 5792 53, die Gehälter 4777 52, die Steuern Fr. 1284 19, die Gottesdienste Fr. 184 50, die außergewöhnlichen Ausgaben Fr. 1534 87, u. s. w. — Die Bevölkerung

am 3. December 1861 war: 11 Männer, und 10 Frauen über 50 Jahre, 6 Männer und 17 Weiber von 20 bis 50 Jahren, 4 Jünglinge und 10 Jungfrauen von 10 bis 20 Jahren, 3 Knaben und 8 Mädchen unter 10 Jahren: im Ganzen 69 Personen. — Im Jahre 1863 betrug die Zahl der aufgenommenen 60 Personen, nämlich: 11 Männer und 9 Knaben, wovon vier Handwerkerlehrlinge, 21 erwachsene Frauenzimmer und 19 Mädchen; das Dienstpersonal zählte einen Gärtner, eine Hausmagd und eine Viehmagd. Die Zahl der Krankenbetten beläuft sich auf 63. In eben diesem Jahre wurden 15788 ½ Portionen Essen an die dürftigen Einwohner der Stadt verabreicht, durchschnittlich 42 oder 43 täglich. Andere weniger erhebliche Einzelheiten der letzten Jahre wollen wir der Kürze wegen dem geneigten Leser ersparen.

LXXV. Die Hospitalsrechnungen seit dem Jahre 1830.

112. Bei Beginn dieses Zeitraums befand sich das Rechnungswesen schon seit lange in großer Verwirrung. Es dauerte fünf Jahre, ehe Hr. Mathias Lefort, der sich unsägliche Mühe gegeben, um die Actenstücke in Ordnung zu bringen, seine erste Rechnung ablegen konnte. Hr. Professor Johann Majerus, der zugleich Stadtkaplan war, und vom 4. December 1830 ab die Einnahme besorgen sollte, sah bald ein, daß auf dem Wege evangelischer Milde das Eintreiben der Hospitalsgelder nicht von Statten ging. Er bezahlte Fr. 4549 49, so weit die gutwil-

lige Einnahme reichte, und zog sich Angesichts einer Menge an eine leere Casse gemachten Schuldforderungen am 20. October 1831 zurück.

Hr. Lefort stellte nun ein Verzeichniß der Summen auf, welche die Anstalt unter den Herren Burg, Hanff und Majerus schuldig geblieben war, und am 22. November setzte die Verwaltungs-Commission 117 gegründete Forderungen auf Fl. 5751 69½ fest, vergütete auch 30 Gulden für die Anfertigung des Etats dieser Schulden. Die Discussion alter Ansprüche ans Hospital wurde regelmäßig fortgesetzt; dieselben beliefen sich am 6. September 1835 auf Fl. 7434 41 oder Fr. 15734 21 und schließlich am 1. Mai 1836 auf Fr. 15,963 87 Passiv-Schulden.

Die Rückstände oder Activ-Schulden wurden ebenfalls genau untersucht. Am 8. März 1836 wurden durch die Verwaltungs-Commission von dem am 31. December 1830 aufgestellten Verzeichnisse Fl. 121 08½ gestrichen, worüber Quittungen des Hrn. Burg, und Fl. 119 67, worüber Quittungen des Hrn. Hanff vorgezeigt worden sind. Von Fl. 1278 48 heißt es, der Einnehmer möge deren Eintreibung nicht gerichtlich verfolgen, weil die einen der Schuldner zahlungsunfähig geworden, andere ihren schriftlichen Erklärungen gemäß mit einem frühern Einnehmer abzurechnen hätten, man aber anderer Wohnsitz nicht wisse, manche sogar in Brasilien seien. Die Rückstände werden somit von Fl. 6551 69 auf 5032 Fl. 45½ Cts. oder Fr. 10,650 71 herabgesetzt.

Was die Capitalienzinsen und Grundrenten anbelangt, so beklagt sich die Hospitals-Commission am 8. März 1836, sie habe die betreffenden Urkunden erst im Februar 1834 erhalten können und dieselben seien meistens verjährt gewesen, so daß man langsam zu Werke habe gehen müssen, um die Rechtstitel zu erneuern. Von 210 Schuldacten wurden einige 90 mehr oder weniger modificirt, 25 Capitalien abgelegt, unter andern das einer Grundrente von 2 Cents, welche die Kirchenfabrik wegen der hohen Mauer zur Hospitals-Seite bis zum 18. October 1833 alljährlich zu entrichten hatte, und viele, deren Hauptsumme Fl. 10 80 betrug; auch mehrere wurden für uneintreibbar erklärt. Bei einer noch genauern Revision erkennt die Commission am 25. November 1837, einige Capitalien seien zu niedrig verzinset gewesen; andere wurden wieder eingelöst, wobei dann die Einnahme fürs laufende Jahr steigt, weil die Zinsen von der Verfallzeit an bis zum Tage der Ablegung entrichtet werden. Neu angelegt wurden damals 636 Francs.

Nach der Hebeliste, die sich in der Rechnung von 1829 befindet, betrugen die Zinsen für jenes Jahr Fl. 1205 16 von Capitalien und Fl. 91 66 Grundrenten, also Fl. 1296 83 oder Fr. 2744 61. Fürs Jahr 1831 brachte man Fr. 232 84 weniger auf, nämlich nur mehr Fr. 2511 77, welche nach zwei Jahren noch um Fr. 160 18 vermindert worden sind, von da ab aber bis zum Jahre 1838 auf Fr. 2495 38 stiegen.

Nach dem bei Beginn dieses Zeitraums in der Anstalt eingeführten Finanz-Reglement sollten sechs Register geführt werden, die überschrieben waren A. Buch der Kaufleute, B. Buch der Handwerker, C. Buch der Müller, D. Buch der Gehälter und

Steuern, E. Buch der Hausunterstützungen, F. Buch der außergewöhnlichen Ausgaben. Die Führung dieser Bücher forderte natürlich neben dem Secretär einen eignen Buchhalter, der vollauf zu thun hatte und Auszüge aus allen oder vielmehr vollständige Abschriften derselben zu den Belegstücken der Rechnungen besorgt. Auf diese Weise war nun allerdings jedweder Unterschlagung vorgebaut und für eine gänzliche Richtigkeit sämmtlicher Ausgaben gesorgt; allein es gab der Umständlichkeiten und Schreibereien viel zu viel, und die Übersicht der hauptsächlichsten Gegenstände war ungeheuer erschwert worden, bis man in den letzten Zeiten eine weit einfachere, praktischere und nicht minder sichere Comptabilität durchgesetzt hat.

Die fünf ersten Rechnungen des Hrn. Lefort wurden am 23. August 1836 von der Verwaltungs-Commission abgehört, und bald nachher von dem Gemeinderath richtig gefunden; die von 1836 wurde am 29. December 1837 von derselben Commission mit dem Bedeuten abgehört, der Einnehmer möge fürderhin bei seiner Geschäftsführung kein Stempelpapier mehr verwenden. Gemäß dem neuen belgischen Provinzial- und Communal-Gesetze vom 30. April 1836 hat die Arloner Provinzialraths-Deputation jene Rechnung am 23. Mai 1838 abgeschlossen. Die von 1837 wurde am 21. November 1838 abgelegt und von derselben Behörde am 6. März 1839 gutgeheißen; die Rückstände aber wurden, wie in dem vorigen Rechnungsabschluß, zum Überschuß geschlagen und dem Einnehmer zur Last gelassen.

Aus diesen sieben Rechnungen heben wir hervor:

Jahr.	Zinsen.	Gewöhnliche Einnahmen.	Überschuß.	Schuld.	Angenommene Rückstände.	Nicht angenommene.
1831	Fr. 2511 77	12959 11	2993 54	—	17700 39	—
1832	„ 2504 64	11385 71	—	742 99	13844 85	—
1833	„ 2351 59	11639 92	—	474 49	12194 64	—
1834	„ 2353 99	11741 29	—	768 21	13102 15	—
1835	„ 2439 04	13828 61	262 99	—	13835 28	—
1836	„ 2480 85	14150 46	496 22 15875 68	—	—	15379 46
1837	„ 2477 73	14824 88	7653 58 15565 00	—	—	8275 17

Auf die rückständigen Passiv-Schulden bezahlte man in den fünf mittlern dieser Jahre je 8131 24, 5096 87, 474 49, 2019 45 und 230 87, zusammen Fr. 15,952 92. Im Jahre 1835 wurde eine

Menge Hausunterstützungen von 20, 40 oder 50 Fr. mittelst Quittungen entrichtet, das heißt zur Eintreibung der Rückstände ausgeworfen. Ähnliche Schuldenermäßigungen kamen alljährlich vor.

113. In den sechs folgenden Jahren 1838 — 1843 ist Hr. Johann Adam Praus Hospitalseinnehmer. Gemäß der im Jahre 1840 erlassenen König-Großherzoglichen Verordnung sind nun die Rechnungen der Gemeinden und der öffentlichen Anstalten durch die neu errichtete Rechnungskammer abzuschließen, und es wurden die des Hrn. Praus von dieser Behörde abgeschlossen. Durch Ablegung einiger Capitalien, die nicht immer sogleich wieder angelegt werden konnten, nehmen die Zinseinnahmen bis zum Jahre 1843 stets ab. Im Jahre 1840 wurden Fr. 25 27 ab- und Fr. 24 40 angelegt; im Jahre 1843 kommt eine Anlegung von 487 Francs vor.

Hier das Ergebniß dieser sechs Rechnungen nach den Feststellungen der Rechnungskammer:

Jahr.	Zinsen.	Ordinäre Einnahme.	Überschuß.
1838	Fr. 2495 38	14666 60	19214 16
1839	„ 2428 88	13942 52	23344 83
1840	„ 2424 28	15100 88	23386 01
1841	„ 2411 77	14571 30	11686 40
1842	„ 2367 55	16312 76	12757 51
1843	„ 2397 20	17281 01	7614 33

Die Rückstände blieben dem Einnehmer zur Last. — Die drei erstern dieser Rechnungen wurden anderthalb Jahr, die drei letztern über drei Jahre nach Verlauf des betreffenden Jahrganges von den zuständigen Behörden abgehört und abgeschlossen.

114. Von 1844 bis 1856 war Hr. Ignaz Anton Maes, Sohn, Einnehmer. Diese dreizehn Jahre hindurch konnte die Buchführung bedeutend vereinfacht werden, weil mit dem 1. April 1844 die Schwestern die Haushaltung Abonnementsweise übernommen hatten. Der eigne Buchhalter fällt somit weg, und von den Verwaltungsbüchern werden nur mehr B. (Handwerkerbuch) und E. (Extraausgabenbuch) noch kurze Zeit beibehalten, um endlich die gewöhnlichen Ausgaben unter sieben einfache Rubriken: „Verwaltung, Nahrungsmittel, Gesundheitspflege, Abgaben, Unterricht, Grundgüter und verschiedene Lasten“ zu bringen.

In diesem Zeitraum erhält das Hospital, wie wir gesehen, sieben Schenkungen im Gesammtbetrag von Fr. 5463 90; es verkauft das Hofhaus von Osweiler zu Fr. 2671 10 in sechs jährlichen Raten, cedirt einen Garten in Euren für Fr. 410 72 und eine gemeinschaftliche Mauer in Echternach für Fr. 62 50; die Landstraße im Spelzbüsch nimmt Boden ein für Fr. 865 65; weiter werden Capitalien abgelegt im Betrag von Fr. 20,560 57. Demnach kamen außergewöhnlich in die Hospitalscasse Fr. 30,034 44. Davon wurden Fr. 6764 40 wieder auf Zinsen angelegt, und Fr. 1670 54 zur Ablegung einer Grundrente verwendet, welche auf den Gütern von Euren lastete. Die andern Fr. 21,599 50 blieben übrig, um später nutzbringend angelegt zu werden. In den theuren Jahren 1846 und 1847 dienten derartige Gelder als Vorschüsse auf die Rückstände und theilweise zur Bestreitung der laufenden Ausgaben.

Nimmt man an die Fr. 5463 90 Schenkungen seien alle zu verzinsen gewesen, was aber nur für eine derselben von Fr. 3420 75 absolut gilt, so bleiben noch Fr. 19,260 07 Capitalien anzulegen, und nach Abzug der getilgten Grundrente von Fr. 1670 54 noch Fr. 2339 43 zur Vermehrung oder Verbesserung der Immobilien (1) zu verwenden, was eben die verfügbare Summe von Francs 21,599 50 ausmacht. — Inzwischen wurden aber auch Fr. 108 85 rückständige Zinsen capitalisirt, und zum Canal der Felsmühle Boden erworben für 49 Francs, so wie andere Meliorationen bewerkstelligt.

Im Jahre 1847 wurde dem Einnehmer eine Entlastung von Fr. 1202 16 Rückständen bewilligt. Die Staatsabgaben betrugen damals Fr. 1248 35 und das Wegegeld hierlands Fr. 76 83.

Stellen wir wieder das Wesentlichste dieser dreizehn Rechnungen zusammen, deren Regulirung von 1847 ab jetzt der Regierung gemäß dem Gesetze vom 23. September 1847 zusteht, so finden wir für erstere von der Rechnungskammer und für die übrigen von dem General-Administrator der Gemeindeange-

---

(1) Als Ersatz nämlich für die Veräußerungen, im Betrag von Frs. 4009 97, zu Osweiler und Euren, im Spelzbusch und an der Mauer des Hospitals-Schoppen, welche Mauer ohnehin laut eines Reversals aus früherer Zeit eine gemeinschaftliche gewesen ist.

legenheiten oder des Innern folgende Entscheidnngen getroffen:

Jahrgang.	Zinsen.		Gewöhnliche Einnahme.		Überschuß.	
1844	Frs. 2369	55	22971	87	8110	74
1845	„ 2374	15	25167	29	4289	40
1846	„ 2346	50	25721	38	8632	29
1847	„ 2304	15	27871	53	16727	68
1848	„ 2365	37	22293	54	14187	48
1849	„ 2433	35	25120	71	15705	94
1850	„ 2405	70	25680	36	21317	14
1851	„ 2353	45	24340	68	23585	65
1852	„ 2304	60	24234	15	16556	00
1853	„ 2562	59	21851	99	19291	11
1854	„ 2567	18	27223	75	26818	99
1855	„ 2507	91	26062	11	15701	59
1856	„ 2445	46	27837	86	1590	65

Mit Ausnahme der zwei letztern, welche von Hrn. Heinrich Brincour aufgestellt sind, wurden diese Rechnungen gewöhnlich erst im Laufe des drittfolgenden Jahres abgelegt und abgeschlossen. — Rückstände von Fr. 1623 85 bis Fr. 6762 53 wurden siebenmal vom Einnehmer beantragt, aber stets gestrichen. In der letzten Rechnung, jener von 1856, werden jedoch Fr. 18294 55 Rückstände angenommen, unter der Voraussetzung, es seien keine davon verjährt oder durch die Schuld des frühern Einnehmers uneintreibbar geworden. Diese Rechnung dient zugleich als Jahresrechnung und als Schlußrechnung des inzwischen gestorbenen Einnehmers Hrn. Maes, Sohn, und es bilden die als Ausgabe angenommenen Rückstände einen Übergangs-Einnahme-Posten für seinen Nachfolger, der dafür zu haften hat.

115. Von 1857 ab ist Hr. Richard Zimmer mit der Hospitals-Einnahme betraut. Aus den Ergebnissen dieser Jahrgänge heben wir Folgendes hervor:

Jahr.	Zinsen.			Ordinäre Einnahme.		Überschuß.		Im Überschuß enthaltene dem Einnehmer zur Last gelassene Rückstände.	
1857	Fr.	2327	29	28095	72	21236	85	15664	47
1858	„	2270	59	31588	80	25980	28	20231	06
1859	„	2364	34	27035	66	33495	22	19643	45
1860	„	2321	92	33041	83	42284	01	18117	99
1861	„	2259	72	28630	78	41052	10	18920	88
1862	„	2161	87	30474	75	41862	98	15091	74
1863	„	2601	89	32181	72	44856	07?	?	
1864	„	2534	39	29381	74	36511	72?	?	

Die drei ersten dieser Rechnungen wurden in der gesetzmäßigen Frist von drei Monaten vorgelegt, die vierte ein Paar Monate später, die fünfte und sechste gegen Ende des folgenden Jahres. Die Angaben der zwei letzten Jahre sind den Büdgets entlehnt. — 1858 war die Verwaltungscommission der Ansicht, den Einnehmer von Fr. 981 79 Rückständen zu entlasten, aber der Gemeinderath gab nicht seine Zustimmung zu dieser Schuldenermäßigung; eine derartige Entlastung von Fr. 1174 91 wurde jedoch 1861 gestattet, aber erst nachdem vorläufig Fr. 492 34 durch zwei Urtheile capitalisirt worden.

Von 1857 bis 1864 wurden Capitalien abgelegt, ...	Fr. 13002 90
Neue Schenkungen gemacht im Betrag von	Fr. 4875 00
Grundstücke veräußert, meistens expropriirt, für die Summe von. .	Fr. 13103 06
Im Ganzen also auszustellende Capitalien	Fr. 30980 98
Die inzwischen auf Zinsen angelegten Capitalien betragen . . .	Fr. 18875 00
Getilgt wurde eine Capitalienschuld von.	Fr. 3901 54
Verbesserungen und Ausbesserungen an den Gütern für . . .	Fr. 10233 32
Demnach wurden nutzbringend verwendet zusammen	Fr. 33009 86
Woraus der Anstalt eine Bereicherung von	Fr. 3029 88
erwachsen sein mag, und da die ausgestellten Capitalien sich auf die Summe von	Fr. 18875 00
belaufen, die abgelegten aber nur auf	Fr. 13002 92
so sind die auf Zinsen angelegten um	Fr. 5802 08

vermehrt worden. Die dann und wann capitalisirten Rückstände bringen wir nicht besonders in Anschlag.

weil ihre Ertragsfähigkeit oft lange Zeit zweifelhaft bleibt. — In diesem Augenblicke (Ende Juni) liegen noch 5000 Francs zum Ausleihen bereit, und auch für die nächste Zukunft stehen ähnliche Summen zu verzinsen in Aussicht, so daß die jetzigen Renten sich bald um 1000—1500 Fr. vermehren und beiläufig die Höhe erreichen werden, die sie zu Anfang dieses Jahrhunderts gehabt hatten. Die Hälfte des gegenwärtigen Überschusses mag man sich als Capital denken.

LXXVI. Übersicht des sämmtlichen Hospitals-Vermögens.

116. Versuchen wir indessen eine Zusammenstellung des in zwölf Jahrhunderten langsam angewachsenen Stiftungsvermögens unseres Institutes. Die dazu gehörigen liegenden Güter auf der Echternacher Flur diesseits der Sauer betragen 230 Hectares 52 Ares 73 Centiares veranschlagt zu einem Cataster-Ertrag von Fr. 5619 95 und zu einem Kapitalwerthe von 337,197 bis 375,000 Francs (1). Die Grundstücke auf der Gemarkung der Gemeinde Rosport, die den alten Courens-Hof zu Osweiler bildeten, messen 69 Hectares 18 Ares 96 Centiares mit einem Cataster-Ertrag von Fr. 1272 90 und einem Capitalwerth von 76,374 bis 85,000 Francs. Die auf Berdorfer Bann gelegenen Ländereien ent-

(1) Von diesen Gütern enthielt nach frühern Angaben der Höhhof 49 Ha. 26 38; der Fehlerhof 78 Ha. 13 85; die Felzmühle 36 Ha. 53 38; Die Einzelpacht 26 Ha. 72 70; der Spelzbüsch 59 Ha. 59 50, u. s. w.

halten 12 Hectares 18 Ares 80 Centiares mit einem Reinertrag von Fr. 229 75 und einem Capitalwerth von 13,785 bis 15,000 Francs. Das jüngst erworbene Gut in Bech hat 54 Hectares 87 Ares 20 Centiares mit einem Cataster-Ertrag von Fr. 766 44, ist aber wohlfeil verpachtet zu 1100 Francs, so daß sein Capitalwerth 45,986 bis 50,000 Francs berechnet wird. Die vier Posten zusammen ergeben 366 Hectares 77 Ares 69 Centiares mit 7779 Fr. Cataster-Ertrag und einem Capitalwerth von 473,342 bis 535,000 Francs.

Die in Preußen gelegenen Güter umfassen a) zu Euren und Zewen 125 Morgen 75 Ruthen 50 Fuß mit einem Cataster-Ertrag von 457 Thalern 7 Silbergroschen 1 Pfennig, sind aber verpachtet für Fr. 3580 50; b) zu Gudendorf und Münden 20 Morgen 143 Ruthen 30 Fuß mit einem Reinertrag von 18 Rth. 14 Sgr. 9 Pfg.; c) zu Ernzerhof und Ferschweiler 391 Morgen 156 Ruthen 10 Fuß mit einem veranschlagten Ertrag von 344 Rth. 12 Sgr. 9 Pfg. und jüngst verpachtet für nur 325 Rth.; d) zu Echternacher-Brück 283 Morgen 64 Ruthen 8 Fuß mit einem muthmaßlichen Ertrag von 385 Rth. 21 Sgr. Diese vier Posten ergeben ihrerseits 821 preußische Morgen 79 Ruthen 70 Fuß oder 211 Hectares 77 Ares 99 Centiares mit einem Cataster-Ertrag von 1207 Thalern 25 Silbergroschen 6 Pfennigen oder Francs 4529 57, Weiter besitzt das Hospital noch eine Wiese zu Cruchten bei Vianden, die für Fr. 19 80 verpachtet ist und so viel Boden enthalten mag, als in Euren von der Eisenbahn weggenommen worden.

Die Grundgütermasse des Hospitals zählt also im Ganzen 578 Hectares 50 Ares 68 Centiares mit einem Cataster-Ertrag von Fr. 12,418 61 und einem niedrig veranschlagten Capitalwerth von 645,116 bis 835,000 Francs, den verschiedene Sachkenner wenigstens eine Million schätzen.

Der Reichthum des Hospitals an Capitalien, der sich auf circa 120,000 Fr. belaufen sollte, beträgt, wenn man etwa die Hälfte des gegenwärtigen Überschusses dazu rechnet, ungefähr 60,000 Francs.

Die Haupteinnahme bilden die Pachtzinsen, die in stetem Wachsen begriffen sind, und leicht in kurzer Zeit die Höhe von 20,000 Francs erreichen werden. Die Grasversteigerungen liefern eine sehr schwankende Einnahme. Im Jahre 1858 betrug dieselbe Fr. 7734 92; im darauf folgenden Jahre nur Fr. 3330 52. Der Durchschnittspreis des Ertrages der Wiesen war Fr. 5193 09 für die sieben letzt verflossenen Jahre. Die ständigen Einkünfte, die sich voraussichtlich bei Erneuerung der Pachtverträge bedeutend vermehren werden, können einstweilen zu 30,000 Francs angenommen werden, nämlich:

Zinsen von Capitalien. . .	Fr. 2700 —	3300
Zinsen von Pachten . . .	„ 18000 —	22000
Preis des Grases u. Grummets	„ 3000 —	7000
Ertrag der Holzschläge. . .	„ 1500 —	2500
Behausung u. Güterbenutzung	„ 1200 —	1800
31500 ist die Mittelzahl zwischen	Fr. 26400 —	36600 (1)

(1) Um einen genauern Begriff von den Einkünften und den Bedürfnissen der Anstalt zu geben, lassen wir unten am

LXXVII. Bodenverbesserungen und Pachtverhältnisse.

117. Von den bedeutenden Grundgütern des Hospitals lagen bis 1857 und liegen zum Theile jetzt noch viele in der Nähe der Stadt unangebaut und nutzlos. Als daher im Jahre 1855 die Errichtung einer Ackerbauschule ernstlich in Angriff genommen wurde, bot die Commission Alles auf, um im Interesse der Wohlthätigkeitsanstalt und der Gemeinde das agronomische Institut hieher zu bekommen, und so durch Verbreitung landwirthschaftlicher Kenntnisse dauernde Verbesserungen für die Zukunft anzubahnen. Bereits am 10. November 1855 bewilligte die Hospitalverwaltung auf 20 Jahre und für einen Pachtpreis von 200 Fr. die Abtretung des Gebäudes Höhhof und eines schon lange müßig liegenden Brachfeldes des alten Fehlerhofes von 30 Hectares. Um jenen Flächeninhalt zu vervollständigen fügte man 1857 nach abgeschlossener Convention noch 18 Parcellen hinzu, welche für Fr. 475 75 verpachtet waren. Das Höhhofgebäude war der Stadt für Fr. 50 05 vermiethet gewesen. Damit aber die in Aussicht stehenden Verbesserungen ohne Widerrede dem Hospital anheimfallen, wurde weiter ausbedungen, letzteres werde alle Capitalien für Drainirung und dergleichen vorstrecken, mittelst 4procentiger Verzinsung während der Pachtzeit. Bisher

---

Schlusse des Anhanges unter Nr. 24 einen wortgetreuen Abdruck des Büdgets für das laufende Jahr folgen.

sind ungefähr tausend Thaler in dieser Weise angelegt worden, und die urbar gemachten Grundstücke ließen sich nunmehr leicht zu 55 — 65 Francs per Hectare verpachten, was einen jährlichen Mehrertrag von wenigstens 1000 — 1200 Francs für die Armen abwerfen wird.

Die dermalige Hospital-Commission hat das weitere Verdienst, in letztern Jahren sehr rentable Wiesenverbesserungen vorgenommen zu haben, und es steht zu erwarten, daß die bedeutende Fläche öden Bodens an beiden Ufern des Äsbaches unten an der Steigung des Berdorfer Weges auch bald in eine leicht zu bewässernde Wiese wird umgewandelt werden, sollte auch eine gewisse Strecke der Viehhut oder der Heerde wegen unangebaut liegen bleiben.

118. Über die parcellenweise Verpachtung der um Echternach gelegenen Grundstücke ist die Bemerkung gemacht worden, daß manches Loos viel zu theuer versteigert wird, indem ein hoher Grundzins von Leuten angeboten wird, die offenbar zahlungsunfähig sind, und zum voraus wissen, daß ihnen der Pachtpreis unter dem Namen einer Unterstützung erlassen werde. Dieses Verfahren hat wohl den Anschein, als sei es der Anstalt vortheilhaft, da so die Liebhaber sich nicht unter einander verständigen können, und überhaupt hohe Preise erreicht werden; allein es liegt etwas Unrichtiges darin, daß der redliche Concurrent es mit Absteigern zu thun hat, die sich um die Ertragsfähigkeit des fraglichen Ackerlandes gar nicht kümmern und so der Aufrichtigkeit des Handels Abbruch thun. Auf einer andern Seite ist es hinwiederum besser, daß gewisse Leute

ihre Kartoffelfelder u. dgl. selber bestellen und bearbeiten, als daß sie sonst der öffentlichen Wohlthätigkeit noch mehr zur Last fallen müßten; aber dann wäre es gerathener, derartige Artikel gar nicht an den Meistbietenden zuzuschlagen, sondern dürftigen Familien dieselben vorab anweisen zu lassen. Zwar hat jeder Ansteigerer einen zahlbaren Bürgen; allein es ist noch nie gehört worden, daß das Hospital Recurs an einen solchen genommen, so daß die Bürgschaft als bloße Formalität gilt. Jeden Falls wäre es besser, sich bei der Verpachtung von der Zahlbarkeit oder Unzahlbarkeit der Ansteigerer zu überzeugen, bevor der Zuschlag an mittellose Leute erfolgt.

Die Hospitalverwaltung hat bei so vielen und bedeutenden Liegenschaften eine schwere Aufgabe zu lösen, um den höchst möglichen Ertrag derselben für die Gegenwart zu erzielen, ohne sie für die Zukunft weniger ergiebig zu machen. Langsam angebrachte Verbesserungen müssen die Fruchtbarkeit des Bodens fortwährend steigern, und Abschätzung des möglichen Ertrages durch Sachverständige sollen jedwede Verbindung unter den Lusttragenden bei den Pachtversteigerungen bestens vereitlen und in den Grenzen redlicher Mittel auf gehörige Concurrenz hinwirken.

LXXVIII. Verwaltungsfragen.

119. Das Vermögen des Echternacher Hospitals ist allerdings von dem der Gemeinde getrennt, wird aber, wie das der Kirchenfabrik, als eine Section der Communalgüter betrachtet: Beides ist zu be-

stimmten Zwecken zu verwenden und wo es dazu nicht ausreicht, wird die Gemeindecasse für's Fehlende in Anspruch genommen, was dann die nicht zugestandene Folge nach sich zieht, daß der Überschuß dieser Anstalten direct oder indirect zu Communalzwecken, die in irgend einem Zusammenhange mit deren ursprünglichen Bestimmungen stehen, verwendet werden. So kennen wir eine Pfarrei, in welcher das Schulhaus des armen Dorfes mit den Geldern der reichen Kirchenfabrik neu aufgebaut wurde, und in Echternach war es von je her Sitte, den Stadtschulen den Überschuß des Hospitals für Großes und Kleines zukommen zu lassen. So bezahlte dasselbe z. B. am 5. März 1821 dem Klempner Johann Herr Fl. 23 62 oder 50 Francs für Lieferung von Ofenröhren an die Primärschulen.

In der Natur des Menschen liegt es aber, daß er gerne bei den kommenden Geschlechtern seine irdische Wanderung verewigt; es wäre demnach zu fürchten, die Anzahl der Vermächtnisse und Schenkungen möchte abnehmen, wenn das Vermögen der Hospitäler mit dem der Gemeinde ganz zusammenfiele oder die Absichten der Gönner dieser Anstalten nicht genau geachtet würden. Man hüte sich daher, die milden Stiftungen mit dem Staats- oder Gemeinde-Eigenthum zu sehr zu verwechseln oder zusammenfallen zu lassen.

Während das Christenthum eine Privattugend aus der Mildthätigkeit gemacht hatte, wollten schon Quesnay und Türgot dieselbe zu einer Staatsobliegenheit und gesellschaftlichen Pflicht erheben, und der Nationalconvent ging aus von dem Grundsatze, der Staat müsse für den Unterhalt der Armen wie für die Bewahrung des Eigenthums der Reichen Sorge tragen. Aber solch ein Recht auf Unterstützung würde, consequent durchgeführt, die unseligsten Folgen nach sich ziehen. Auch hat das Gesetz vom Jahre V, das die Hospitäler wieder herstellte und ihnen ihr Vermögen zurückgab, ganz andern Principien gehuldigt, und nur das Alt-Hergebrachte erneuert.

Die Hospitäler erhielten so wieder unveräußerliche Güter und eine von der Gemeinde getrennte Verwaltung. Diese Trennung mag gute Folgen haben, wenn, wie hier in Echternach, die Wohlthätigkeitsanstalt ihr völliges Auskommen hat; wo die Ortsbehörde aber einen Zuschuß machen muß, da wäre es im Interesse des Hospitals, weniger schroff von der Commune geschieden zu sein, weil dann die Mitglieder des Gemeinderathes sich die Bedürfnisse der ihnen direct anvertrauten Nothleidenden besser zu Herzen nehmen würden.

120. Die Aufgabe unserer Hospitalpfleger scheint eine sehr einfache zu sein, und sich bloß auf die Erhaltung und den Ertrag des vorhandenen Vermögens zu beschränken. Die Besorgung der Einkünfte ist allerdings etwas sehr wesentliches, aber die Verwendung derselben zum Stiftungszwecke nach Vernunft und Recht ist wohl die Hauptsache. Diese aber kann und soll im Verlaufe der Zeiten vielfach modificirt werden. Ursprünglich hatte die hl. Irmina unser Hospital zunächst bestimmt für irische Missionare, die neben den Armen dahier gastliche Aufnahme und zeitweiliges Unterkommen, so wie für

ihre evangelischen Wanderungen einen geeigneten Ausgangs- und Mittelpunkt finden sollten. Diese Seite des Institutes wurde vom hl. Willibrord zur großartigen Abtei ausgebildet, die Almosenanstalt erhielt sich aber stets neben derselben, und, als die bedeutenden Schenkungen fürs Kloster aufhörten, fingen bescheidenere Gaben fürs Hospital erst recht an zu fließen, bis sich für unsere Armen der nunmehrige ansehnliche Vermögensstamm angesammelt hat, dessen Ertrag eben nach bester Einsicht zu verwenden ist.

Was nun die Einrichtung und Verwaltung des Echternacher Bürger-Hospitals insbesondere betrifft, so verdienen sie unbedingte Anerkennung für die Art und Weise, wie man die Absichten der frühern Stifter treulich erfüllt. Ja, es wird weit mehr gethan, als man je zu erwarten berechtigt war. Nicht nur wird für alle armen Kranken ohne Ausnahme liebreich gesorgt, sondern auch alle Dürftigen der Stadt erhalten genugsame Unterstützung in ihren gewöhnlichen und außergewöhnlichen Nöthen, so daß eigentliche Bettelei hier gar nicht vorkommen kann, und die Privatwohlthätigkeit sich auf Abhilfe momentaner Noth beschränken darf. Ja, bei nur mittelmäßiger Almosenspende von Seiten der Bürgerschaft steht sogar der Stadtcasse ein bedeutender Zuschuß von den Hospitalseinkünften in Aussicht, sei es zur theilweisen Bestreitung der Kosten für den Primär- wie für den mittlern Unterricht, sei es zur Gründung irgend anderer gemeinnützigen Einrichtungen, wodurch der Armuth vorgebaut oder abgeholfen werden mag, oder aber die Intelligenz und das Vermögen vermehrt werden.

121. Was ein Volk oder einen Menschen vor andern besonders auszeichnet, ist eben seine Intelligenz und sein Vermögen. In den Fragen: „Was kann der Mann, was besitzt der Mann“? ist eigentlich der Maßstab enthalten, nach welchem die sociale Stellung des Menschen bestimmt zu werden pflegt und welcher der Schätzung seines Werthes zu Grunde gelegt wird. Ob mit Recht oder Unrecht, davon wollen wir einstweilen absehen: Wir constatiren bloß eine Thatsache. Wahr bleibt, daß Talent und Reichthum die Welt regieren und immer mehr regieren werden. Nach Bildung also und materiellen Gütern soll die Menschheit streben, will sie anders ihre Bestimmung hienieden erreichen. Ja, die Bildung ist zuletzt die beste Quelle der Güterproduction, und somit die Intelligenz auch die Grundlage des Vermögens. Wissen ist Macht und intelligente Arbeit ist doppelt ergiebig.

Productive, nutzbringende Arbeit ist für den Menschen eine heilige Pflicht, wird aber versüßt durch den Wohlstand, der nach Gottes Fügung darauf folgt. Je verständiger, je besser berechnet die Anstrengungen sind, desto mehr befördern sie den Wohlstand. Allerdings ist der Wohlstand nicht der Zweck des Lebens, sondern er soll bloß dazu dienen, die Lebenszwecke besser zu erreichen, er ist bloß eines der Mittel zum Lebenszwecke, und die Zwecke dürfen den Mitteln nicht geopfert werden. Allein, wie man auch den irdischen Beruf des Menschen auffassen möge, immer bleibt wahr, daß eine Fülle von Bedürfnissen an das irdische Leben geknüpft sind. Der Mensch ist darauf angewiesen, jene Bedürfnisse zu befriedigen. So muß er der Natur, Speise, Trank, Kleider ꝛc. abzwingen, aus dem Schooße der Natur die Mittel hervorbringen, um die Familie zu ernähren, und denjenigen Unterhalt zu gewähren, welche durch Pflege der Religion, der Wissenschaft, der Kunst u. s. w. das geistige Wohl des Menschen fördern: Mit einem Wort, der Mensch ist zum Zwecke der Befriedigung seiner Bedürfnisse auf einen mannichfaltigen Kampf angewiesen, welcher im Einzelnen und im Ganzen darauf ausgeht, die Dinge und Kräfte, Sachen und Personen außer ihm der Befriedigung seiner Bedürfnisse, d. h. der höchsten Erfüllung des geistig-sinnlichen Lebenszweckes dienstbar zu machen (1). Wenn dem so ist, so soll das Hospital Acht geben, nicht nur daß es Niemanden veranlasse, die Hände müßig in den Schooß zu legen, sondern auch, daß es in seinem Wirkungskreise das Streben nach rastloser, wohlberechneter Thätigkeit, daß es die Arbeitsamkeit und Ergiebigkeit der Anstrengungen einsichtsvoll steigere.

122. Das Hospital ist eine Zufluchtsstätte des menschlichen Elendes, es ist dasselbe ein thatsächtlicher Beleg der Humanität unserer Vorfahren. An uns ist es, dafür zu sorgen, daß es unserer Einsicht nicht zur Unehre gereiche. Weit wichtiger und humaner ist es, dem Elende zuvorzukommen, als es nachher in Schutz zu nehmen. Der große Schach

---

(1) Vgl. Perin, La Richesse chez les nations chrétiennes, und Schäffle, Nationalökonomie.

Abbas in Persien, welcher viele nützliche Anstalten gestiftet hatte, antwortete auf die Frage, warum er kein Hospital gründe: „Weil ich nicht will, daß man in Persien Spitäler nöthig habe; wo eine gute Regierung ist, da braucht man keine Armenhäuser, am allerwenigsten Krankenhäuser.“ Ist diese Äußerung auch eine übertriebene, so läßt es sich jedoch immerhin nicht in Abrede stellen, daß das physische Elend durch die Wirksamkeit der Arbeit, das moralische durch den Unterricht vermindert werden soll: Die Wissenschaft ist eine Schwester der Tugend. Arbeit und Sparsamkeit sind nicht nur die Quellen des Privatvermögens, sie befördern auch das sittlich Gute, und die Entwickelung der moralischen Interessen wird mit Hilfe der Religion dem ungeheuren Aufschwung der industriellen Fortschritte das Gleichgewicht halten. Sogar die verschiedenen gewerblichen Vereine, die bloß materiellen Interessen zu dienen scheinen, sind nichtsdestoweniger bedeutende Mittel die Sittlichkeit zu fördern. Solch sittlichen Einfluß haben besonders alle gegenseitigen Credit- und Unterstützungsvereine. Anstatt nur den Anforderungen des augenblicklichen Behagens Genüge zu leisten, gewöhnt man sich, die Zukunft ins Auge zu fassen, und bleibender Vortheile halber Mühe und Entsagung nicht zu scheuen. Das Bewußtsein, einer großen, in sich starken Verbindung anzugehören, an welcher die eigne Geltung einen Stützpunkt hat und dabei selbstständig da zu stehen, stählt die Thatkraft und hebt das Selbstgefühl, diese ersten Bedingungen wirthschaftlicher und sittlicher Tüchtigkeit. So profan es auch klingen mag, wenn wir sagen: „Mensch, hilf dir! und Gott wird dir helfen,“ so darf dennoch dieser goldne Volksspruch nie aus dem Andenken schwinden. Der Glaube an eine allmächtige, Alles leitende Vorsehung darf uns nicht veranlassen, dem Walten der Natur müßig zuzusehen. Ebensowenig darf das die Welt beglückende Dogma, daß alle Menschen Brüder sind, uns unbesorgt über unsere eigne Zukunft machen, uns auf Andere stützend: Das die Erde erneuernde Gesetz der allgemeinen Bruderliebe soll uns vielmehr antreiben, jeglicher Noth abzuhelfen und zur Förderung alles Guten nach Kräften mit zu wirken. Denn nicht für uns allein leben, sinnen und trachten wir, sondern für uns und die Gesammtheit.

Im Verlauf der Zeit und der fortschreitenden Civilisation hat sich in den socialen Zuständen Manches anders gestaltet. Über den Werth der glorreichen Errungenschaften des 19ten Jahrhunderts sind viele noch im Unklaren; gewichtige Stimmen werden täglich laut gegen die meisten politischen Neuerungen der französischen Revolution; allein Niemand glaubt vollen Ernstes, es sei möglich die alten Zustände wieder zurückzuführen. Die vorhandenen Verhältnisse müssen den dermaligen Verbesserungen zur Grundlage und zum Ausgangspunkte dienen. Möge man daher nicht vergessen, was eine einsichtsvolle Regierung in Betreff der öffentlichen Wohlthätigkeit am 29. December 1846 in Erinnerung brachte: „Die besten Mittel, der Armuth entgegen zu arbeiten, sind Freiheit des Volkes, Abschaffung aller Leibeigenschaft, Theilbarkeit des Bodens, dann aber Volkserziehung.“ Diese Vorbedingungen liegen in unserm gesegneten Lande vorhanden. An unserer Hospitalsverwaltung ist es mithin, ihrerseits zur Verwirklichung der in Aussicht gestellten Folgen nach Kräften beizutragen. Die Armuth für die Zukunft vermindern, dieselbe in ihrer Wurzel heilen, wird weit ersprießlicher sein, als momentaner Noth abzuhelfen.

LXXIX. Hospitalsmäßige Institute.

123. Wir haben gleich beim Eingange dieser Schrift die Bemerkung gemacht, daß Armenhäuser auch ihre Schattenseite haben, und daß nach unsern Begriffen, der Einzelne befähigt werden muß, für sich selbst zu sorgen, so daß die Hilfsbedürftigkeit, wenigstens die verschuldete, mehr und mehr abnehmen werde. Was kann nun eine Hospitalsverwaltung in dieser Hinsicht leisten? — Da für angemessene Unterstützung der wirklich Bedürftigen, derer, die durch Alter, Krankheit, körperliche Gebrechen und Mangel an Arbeit außer Stand gesetzt sind, sich zu ernähren, durch eine geregelte Armenpflege im ganzen Lande, besonders aber in Echternach gesorgt ist, und den arbeitslustigen Armen Mittel und Wege erschlossen sind, ihr Brod zu verdienen, so darf die Bettelei, als die Pflanzschule der tiefsten Verdorbenheit und der größten Verbrechen unter keinen Umständen geduldet werden. Die Hospitalcommission, die hier zugleich als Wohlthätigkeitsbüreau fungirt, muß sich also vor Allem die Abschaffung jenes betrübenden Erbübels der Vorzeit angelegen sein lassen.

Weiter bilden dann die Armenschulen eines der mächtigsten Mittel, dem Pauperismus oder der Massenarmuth kräftig entgegen zu wirken; aber auch dafür ist durch unser Gesetz über den Elementarunterricht hinreichend gesorgt, obgleich es leider noch immer arme Kinder gibt, die ohne Aufsicht aufwachsen und so zu einer wuchernden Saat des Bösen werden. Wenn es auch anerkanntermaßen unzweckmäßig ist, eine Sonderung der Kinder unbemittelter Eltern von denen aus den mittlern und höhern Bürgerständen vorzunehmen, so sind doch eigentliche Handwerker- oder untere Gewerbschulen sehr zu empfehlen, besonders wenn daneben die armen Kinder in Handarbeiten unterrichtet werden und so zugleich für ihr Fortkommen gesorgt wird.

Ja, Handwerker-Abendschulen, die auch Sonntags nach Mittag fortgesetzt werden könnten, entsprechen einem längst gefühlten Bedürfnisse der Arbeiter-Classe. Bereits vor 21 Jahren erinnerten wir in einem Diekircher Schulprogramm, worin wir beiläufig die Errichtung von Sonntagsschulen befürworteten, unsere jungen Handwerker und Künstler an den Zuruf der Zeit: „Vorwärts auf der Bahn des Wissens, Wissen ist Macht!“ Seither hat man in vielen kleinen und großen Städten Abendschulen für Handwerker mit bestem Erfolg eingerichtet, und auch der lebenskräftige Echternacher Handwerker-Verein, der nebenbei mit dem Gedanken sich trägt, sich zu einem Credit-Institute heran zu bilden, soll bereits Schritte gethan haben, um eine gewerbliche Abendschule zu Stande zu bringen, mittelst welcher man auf praktischem Wege das so nothwendige

Wissen und Können, — besonders Zeichnen für Gewerbe und Mechanik, Geschäftsrechnen, Meßkunde angewandte Naturwissenschaften und Sprachlehre, — fördern möge. Die rüstigen Mitglieder des Vereines in ihrem Vorhaben zu stärken, erachten wir es zeit- und zweckgemäß, ihre Aufmerksamkeit auf die in erfreulichem Gedeihen wirkende Arbeiter-Schule zu Berg hinzulenken. Als nämlich S. K. H. Prinz Heinrich der Niederlande, Statthalter S. M. des Königs-Großherzogs, am 11. November 1863 dem 50jährigen Jubiläum der Befreiung des Vaterlandes von der Fremdherrschaft und Hochseiner Besitznahme der Königlichen Luxemburger Privatdomäne ein Denkmal setzen wollte, gründete Hochderselbe zu Berg-Colmar eine Arbeiter-Abendschule, die zu Anfang des laufenden Jahres begonnen, bereits 40 rüstige hoffnungsvolle Zöglinge zählt (1).

---

(1) Von gut unterrichteter Hand ist uns über die Berger Arbeiter-Abendschule eine sehr verbindliche Mittheilung zugegangen, welche für die Errichtung derartiger Anstalten von großem Interesse sein wird. Sie lautet:

L'École Ouvrière du Soir de Berg a été fondée par S. A. R. Monseigneur le Prince Henri des Pays-Bas, par rescrit du 11 novembre 1863 en commémoration du jubilé par lequel la Hollande a célébré sa délivrance semiséculaire du joug étranger, et en commémoration de la prise de possession, par Son Altesse Royale, des Domaines Privés Royaux dans le Grand-Duché de Luxembourg. Elle a été inaugurée le 19 janvier 1864, anniversaire de la naissance de S. M. la Reine Mère.

L'École a pour but le développement intellectuel et moral des ouvriers de la commune. Elle est destinée aux enfants des employés et des ouvriers du Domaine Privé et des usines

Mit großer Leichtigkeit und verhältnißmäßig geringen Auslagen wird das Hospital solch einem allhier zu errichtendem philantropischen Institute Vorschub leisten, und so durch Vermehrung der Einsicht und Geschicklichkeit manche Verarmung für die Zukunft verhüten. Es ist nicht denkbar, daß ein so humanes vom Throne selbst ausgegangenes Beispiel unsere rührige Bürgerschaft gleichgültig lassen sollte.

Diejenigen jungen Leute aber, die durch besondere Anlagen, Fleiß und gute Sitten sich auszeichnen, müssen so unterstützt werden, daß sie auch höhere Anstalten besuchen können. Ja, die Hospitals-Commission wird hierin noch weiter gehen, und

---

de Berg, et aux enfants des habitants de la commune qui en feront la demande par écrit.

L'admission est gratuite. On n'exige des récipiendaires qu'une bonne conduite. Les élèves doivent avoir dépassé l'âge de 12 ans. Ils ne payent aucune contribution. L'École leur fournit gratuitement du papier, des livres, des crayons des boites à compas, des mesures décimales, des dessins, des modèles, enfin tout ce qui est nécessaire à leur instruction.

La maison d'école et le mobilier appartiennent au Domaine.

L'enseignement est donné par deux professeurs, par un professeur de dessin, et par un professeur d'écriture et de calcul.

Le cours de dessin comprend 1° le dessin linéaire, la planigraphie et la stéréographie, — 2° le dessin d'après nature et avec des proportions exactes, de pièces, de machines et de machines entières, le dessin des divers assemblages de charpentes et de fermes entières, la coupe des pierres, des éléments de constructions industrielles, et la connaissance des matériaux à employer dans ces constructions, — 3° La

ausgezeichnete Talente, strebsame Jünglinge aus Echternach und der Umgegend in den Stand setzen, auch academische Studien zu machen (1).

---

levée des plans et l'étude de projets de machines et de constructions industrielles, — 4° la reproduction en bois, en pierre, ou en métaux, des objets dessinés ou projetés par les élèves. Le cours d'écriture et de calcul comprend: La calligraphie, la dictée et les écritures commerciales (factures, lettres de voiture, mouvements de magasin, contrats, correspondance). — L'Arithmétique, sur tout lesystème décimal avec ses applications, les éléments de planimétrie et de stéréométrie, le calcul des prix de revient et des devis, et la tenue des livres.

Le temps des études est fixé provisoirement à deux ans.

Le nombre actuel des élèves est de 40. Ils sont âgés de 13 à 25 ans, et exercent les professions de mécanicien, sableur ou mouleur, forgeron, charpentier, menuisier, modeleur, maçon, tailleur de pierre, jardinier, fondeur, etc. Il y a peu d'élèves se destinant à l'agriculture. Leur application, leur zèle et leur persévérance prouvent qu'ils comprennent l'utilité de l'institution. Leurs progrès sont satisfaisants.

On peut espérer que dans deux ou trois ans l'Ecole aura formé bon nombre d'ouvriers instruits, pouvant guider leur travail manuel par des connaissances théoriques de leur métier, habitués à l'ordre, à l'économie et à la propreté, capables de controler leurs opérations, et susceptibles de perfectionner la spécialité industrielle à laquelle ils se sont voués.

Vgl. Luxemburger Wort, Nr. 21, und Echternacher Anzeiger Nr. 27 und 31, a. c.

(1) Auf letztern Punkt besonders wagen wir es, die Aufmerksamkeit der Mitglieder unserer Hospitals-Commission hinzulenken. Abgesehen davon, daß es wohl kein humaneres Werk geben mag, als dem talentvollen Sohne des Armen die Mittel an die Hand zu geben, seine glücklichen Naturan-

Man übersehe ja nicht, daß nach unsern Gesetzen völlige bürgerliche Gleichheit besteht, die Vermögens-Unterschiede aber die schroffesten Gegensätze der Stände hervorrufen. Was ist nun geeigneter, die äußersten Abstände auszugleichen, als wenn wackere Söhne der untern und mittlern Classen zu den höhern hinaufsteigen, diese verjüngen, jene emporheben, beide einander nähern und befreunden.

Wie ich es bei einer andern Gelegenheit angedeutet habe, verursacht man der Gesellschaft einen doppelten Nachtheil, wenn man hervorragende Talente nicht ausbildet: Man läßt nämlich alsdann zu den öffentlichen Ämtern Mittelmäßigkeiten gelangen, die die erforderlichen Dienste nicht leisten können, und zu gleicher Zeit werden die verwahrlosten Talente, denen man keine gehörige Richtung gegeben, eine Gefahr für die gesellschaftliche Ordnung (1).

---

lagen auszubilden; abgesehen von der gebieterischen Pflicht der Menschheit, auch dem Armen die Erlangung der höhern Stellen zu ermöglichen, würde die Stadt Echternach auch in jeder Beziehung dadurch gewinnen, daß sie in die Reihe der Staatsbeamten, der Ärzte, Geistlichen, Advocaten und Ingenieure eine beträchtliche Anzahl ihrer Kinder schickte. Die Summe, welche man behufs Ausbildung talentvoller Jünglinge, verausgabte, würde reichliche Zinsen abwerfen, ja, wesentlich dazu beitragen, das Vorurtheil zu beseitigen, als begünstige die Anstalt Leichtsinn, Arbeitsscheu und Unvorsichtigkeit, und ihr jenen einigermaßen verächtlicher Charakter zu benehmen, welcher ihr leider noch heute anklebt.

(1) Vgl. Discours prononcé à la distribution des Prix à l'École moyenne et industrielle d'Echternach, le 20 août 1859, Luxemburger Zeitung, 1859, Nr. 205 – 210.

124. Die Aufhebung aller Innungen und Standesunterschiede hat den Gemeingeist geschwächt und die Menschen allzu sehr isolirt. Diesem Übelstande muß abgeholfen werden durch Association, durch Vergesellschaftung, durch ein ordentliches Vereinswesen. Das Zusammenhalten gibt Stärke. Was der einzelne nicht vermag, das vermögen vereinte Kräfte. Unnöthig ist es, auf die Riesenschöpfungen hinzuweisen, die wir den industriellen Gesellschaften verdanken.

Aber eben durch die Gewerbefreiheit und die Macht des Capitals hat der Arbeiter einen schweren Stand, und sieht seine Selbstständigkeit bedroht. Durch Vereinigung nun können die Handwerker ihre eigne Arbeit zu Capital machen, durch Eintracht stark werden und leisten, was man nie vorher für möglich gehalten hätte. Ja, man hat Beispiele, daß durch Associationen ganze Fabrikbevölkerungen, was Zucht und Ordnung anbelangt, in eine Art Klosterinstitut umgewandelt wurden, und sich der Wohlthaten solidarischer Gemeinschaften in hohem Grade erfreuten.

Das Hospital hat nun für's Vereinswesen wieder ein eignes Feld der Wirksamkeit. Natürlich sollen die Vereine als solche jedwedes Almosen, als dem Grundsatze der Selbsthilfe zuwider, hochsinnig abweisen; aber man kann Einzelne befähigen, sich in Institute gegenseitiger Unterstützung aufnehmen zu lassen; es können Mittel und Wege geschaffen werden, um Vorsichtsmaßregeln ins Leben zu rufen, die sonst unterbleiben würden. Es gibt dermalen der Versicherungsvereine von allerlei Art: Feuer- und

Lebensversicherungen, Spar- und Aussteuer-Cassen. Eine umsichtige Verwaltungs-Commission wird in den Zeiten des Überflusses an die Zeiten des Mangels denken, und den halbdürftigen Familien ein Sparcassen-Büchelchen durch erste Einlage oder durch Zuschuß zu den jedesmaligen Einlagen lieb und theuer machen. Ebenso wird die Vorsicht im Allgemeinen aufgemuntert durch Erleichterung aller Assecuranzen, die zweckdienlich erscheinen. Allen Credit-Vereinen; allen Arbeiter-Associationen wird aber besonders unter die Arme gegriffen durch Förderung der Selbstständigkeit, durch Beseitigung der Hindernisse, durch Aufhilfe und Abhilfe.

Was in der Beziehung für Echternach thunlich sei und was das Hospital zur Hebung des Wohlstandes und der Gesittung ausführen möge, ob meinetwegen ein Pfand- oder Leihhaus (Mont de piété) (1) von Nutzen sein dürfte, das Alles verdient ernstlich in Erwägung gezogen zu werden.

---

(1) Der französische Name solch einer Gründung besagt schon, wie sehr dieselbe dem Geiste einer Wohlthätigkeitsanstalt entspricht. Mancher wackerer Handwerker oder Taglöhner geräth in augenblickliche Noth, wo er Geld haben muß, und ist dann oft gezwungen, dem Wucher anheim zu fallen. Das Hospital könnte nun gegen Darreichung eines Pfandes zu unbedeutenden Zinsen, etwa wöchentlich zu $^1/_{16}$, monatlich zu $^1/_4$, jährlich zu 3 Procent, den notorisch gedrückten Einwohnern Geldsummen von beiläufig 2/3 des hinterlegten Werthes vorstrecken, und ihnen so aus peinlichen Verlegenheit heraushelfen. Die Zurücknahme oder Einlösung der Depositen würde in den bessern Tagen für die meisten Schuldner eine Ehrensache sein. Die Rettung von Seiten des Hospitals wäre

Sollte der Eine oder Andere derartige Rathschläge für Utopieen, für unausführbar halten und glauben, die hiesigen Stiftungen seien für die Armen, und je größer die Einkünfte, desto reichhaltiger müssen die Unterstützungen fließen, so wäre leicht voraus zu sehen, daß die Armuth noch viel reißendere Fortschritte machen würde, als die gesteigerteste Vermehrung des Hospitals-Einkommens. Stellet den

---

jedenfalls eine wohlfeile, und die etwaigen unausbleiblichen Verluste der Anstalt könnten als zehnfältiges Almosen betrachtet werden.

Auch ein gut organisirter Mäßigkeitsverein könnte die Verbindlichkeiten des Hospitals vielfach erleichtern. Wenn man bedenkt, welch' eine Masse Branntwein jährlich im Großherzogthum verzehrt wird; wenn man sieht, wieviele wohlhabendere Häuser durch die Trunksucht zu Grunde gerichtet worden und wieviele Arbeiterfamilien in äußerstem Elende darben, weil der Brodgewinner den kümmerlichen Lohn herzlos im Wirthshaus vergeudet, — abgesehen auch von all den Gewaltthätigkeiten, die als Folge des Rausches unsern Gerichtsannalen entehren, — so wird es einleuchtend, wie sehr es Noth thut, gegen den Mißbrauch der geistigen Getränke kräftig einzuschreiten oder aufzutreten. Obgleich unsere Missionare und Pfarrer nach dem Vorgange des ehrwürdigen Paters Mathew für die Abstellung der Trunksucht weit mehr thun könnten, so geschieht jedoch auch in dieser Hinsicht von Seiten der Kirche recht Vieles für die Moralisation des Volkes; allein der Staat und die Wohlthätigkeitsinstitute müssen zur Beseitigung des Übelstandes auch das Ihrige beitragen. Der Geist des Christenthums ist ein Geist der Genügsamkeit, der Entsagung und der Selbstbeherrschung. In der Pflege dieser Tugenden liegt zumeist der Schwerpunkt alles wirthschaftlichen Gedeihens: Arbeitsamkeit und Sparsamkeit. Die Genußsucht ist eines der verderblichsten

Armen einer Ortschaft die Aussicht auf sichern Unterhalt für die Zeiten der Noth und ihr werdet immer für einen Platz in der Anstalt zwei Postulanten, und für jede auszutheilende Portion zwei Bewerber um dieselbe, und für jede Subsidiensumme zwei Gesuche vorfinden. Lust zum Müßiggange und Begierde nach Luxus-Gegenständen werden

Laster, und die Gewohnheit des Trinkens von Spirituosen, sowie die des Tabakrauchens, wird leider zur zweiten Natur. Wieviele Arbeiter gibt es nicht, die da meinen, jeden Tag ein Gläschen Branntwein von 10 Centimes sei doch wahrlich ein geringer Verzehr für einen sonst wackern Mann. Wir wollen aber berechnen zu welcher Summe die tägliche unnütze, ja schädliche Verschwendung von nur zwei Sous im Verlaufe der Zeit heran wächst. 10 Centimes per Tag betragen aufs Jahr Fr. 36 50; fügen wir noch zehn Gelegenheits-Tröpfchen hinzu, so finden wir Fr. 37 50 oder gerade 10 Thaler P. C. Gesetzt nun es leihe Jemand jährlich 10 Thl. auf 5 procentige Zinsen aus, so belaufen sich die kleinen Capitalien-Anlagen mit Einschluß der Zinseszinsen in 10 Jahren auf 125, in 20 auf 330, in 30 auf 660 und in 40 auf 1250 Thaler. Mithin beträgt das nutzbringend verwendete tägliche Ersparniß eines halben Glases Branntwein in 40 Jahren eine Summe von mehr als 4500 Francs, womit manchem Mangel abgeholfen werden könnte, und bei deren Ersparung weiter noch der Gefahr der Trunksucht vorgebaut würde. Man weiß nämlich recht wohl, das derjenige, der sich gewöhnt hat, jeden Tag ein Gläschen Branntwein zu sich zu nehmen, bald nachher sich beredet, deren zwei dann drei nöthig zu haben, bis er ein Trunkenbold geworden. Die Mäßigkeitsvereine scheinen aber bisher das geeigneteste Mittel zu sein, jenen Krebsschaden vieler Länder durchgreifend zu heilen, und die zur Aufmunterung solcher Vereine verwendeten Hospitalsgelder wären die segensreichste Capitalien-Anlage, die sich denken läßt.

schon ein dringendes Bedürfniß des Nothwendigsten in ihrem Gefolge haben, und die reichhaltigsten Erträgnisse nimmermehr ausreichen. Soll gut gewirthschaftet werden, so muß man auf Verminderung der Ursachen der Verarmung hinwirken, sonst verwandelt sich der reiche Gaben-Segen unserer mildthätigen Vorfahren in Fluch für ihre spät geborenen Enkel. Unser Streben sei daher darauf gerichtet, einerseits der vorhandenen Noth abzuhelfen, andererseits aber auch durch Förderung des Handwerkes, der Bildung und des Unterrichtes jedem arm Gebornen die Mittel an die Hand zu geben, ein nützliches Mitglied der Gesellschaft zu werden.

LXXX. Rückblick.

125. So haben wir nun in ihren wesentlichsten Äußerungen die beinahe 1200jährige Wirksamkeit des ältesten unserer Landesinstitute kennen gelernt; von den Anfängen des grauen Mittelalters bis in unsere Tage herauf, sind alle die edlen Männer und Frauen an uns vorüber gegangen, deren kräftiges Wirken und christlicher Wohlthätigkeitssinn das ehemalige Hospitälchen in so herrliche Blüthe trieben.

In der Dämmerung des 7ten Jahrhunderts begegnen wir zuerst einer fränkischen Königstochter, der Abtissin St. Irmina in Trier. Das Schwert ihrer Ahnen hatte ihr die Hälfte des vordem römischen Epternacum als Erbe eingebracht; die Liebe zum Kreuze hieß sie auf den öden Trümmern eine doppelte Stätte des Christenthums, der Bildung und der Armenflege, ein Kloster mit einem Hospital gründen. An dem großen Angelsachsen St. Willibrord (698) fand sie den Mann, der würdig die Anfänge dieser Anstalten überwachen konnte. — Fast 300 Jahre lang fristet die neben dem mächtig sich ausdehnenden Kloster mühsam keimende Hospitalanstalt ein kümmerliches Dasein, bis endlich der Graf Siegfried (992), zeitweiliger Nutznießer der gefürsteten Abtei, der Armen- und Krankenpflege wieder besondere Sorgfalt zuwandte. So schenkte er unter Anderm dem Hospitale den Grund und Boden, — damals ein Wengert — auf welchem 200 Jahre später (1207) *Hermannus* ante Portam das nachher so bedeutend gewordene St. Georgen-Siechenhaus aufführte, und mit ansehnlichen Gütern bereicherte.

Von da ab fließen die Gaben, Vermächtnisse und Schenkungen dem Hospitale dreihundert Jahre lang immer häufiger zu, bis sich gegen Ende des Mittelalters ein bedeutender Vermögensbestand angesammelt hatte, den nun, wie vor Alters, ein eigner Provisor, fast immer ein Geistlicher, unter der Oberleitung des Abtes und der Stadtbehörde zu verwalten und zum Unterhalte der in die Anstalt aufgenommenen Kranken und Schwachen zu verwenden hatte. Im Verlaufe der drei letztverflossenen Jahrhunderte, vermuthlich in der zweiten Hälfte jener Periode, hörte man unterdessen allmählig auf, beständig Kranke, altersschwache Leute oder verwaisete Kinder im Hospital selbst zu ernähren; solches geschah nur von Zeit zu Zeit und vorübergehend; die übrigen Einkünfte, die den darin lebenden Siechen zugedacht gewesen, wurden zu Hausalmosen und anderwärtigen Unterstützungen verwendet, bis in den neuesten Zeiten (1821 und 1840) Barmherzige Schwestern die Armen- und Krankenpflege mit dem innern Haushalt des Institutes übernommen haben.

In Folge der französischen Revolution, die so viele Corparationsgüter schmählig zersplittert, aber auch manche belangreiche Verbesserungen in Kirche (1) und Staat hervorgerufen hat, erhielt unser Hospital einige nicht unbedeutende, dem Fiscus verheimlichten Liegenschaften und etwa 4000 Francs Einkünfte von Capitalien und Grundrenten, die aber vielfach durch Verarmung der Schuldner und Nach-

(1) Ein tüchtiger Professor des canonischen Rechtes an einem der Seminare Belgiens wiederholte seinen Alumnen häufig: Ah! Messieurs, la Révolution française a fait beaucoup de bien à l'Eglise; elle a fait disparaître toutes sortes d'abus! Und der unter den Bischöfen Frankreichs an erster Stelle glänzende Mgr. Dupanloup sagte zur Zeit des Streites um die Freiheit des Unterrichtes:

»Qu'entend-on par l'esprit de la révolution française?...

»Entend-on les institutions libres, la liberté de conscience, la liberté politique, la liberté civile, la liberté individuelle, la liberté des familles, la liberté de l'éducation, la liberté des opinions, l'égalité devant la loi, l'égale répartition des impôts et des charges publiques?

»Tout cela, nous le prenons au sérieux, nous l'acceptons franchement, nous l'invoquons au grand jour des discussions publiques....

»Ces libertés si chères à ceux qui nous accusent de ne pas les aimer, nous les proclamons, nous les invoquons pour nous comme pour les autres....

»Nous acceptons, nous invoquons les principes et les libertés proclamés en 89....

läßigkeit der Einnehmer wieder verloren gegangen sind. Durch bessere Verwaltung der Güter und den wachsenden Mehrertrag der Grundstücke stiegen die gewöhnlichen Einnahmen von 10,000 allmählig auf 30,000 Francs jährlich und wie die jüngst erfolgte Verpachtung des Ernzerhofes zeigt, sind dieselben noch immer in steter Zunahme begriffen. Der Grundzins dieses Pachtgutes ist nämlich um mehr als 700 Francs erhöhet worden, und mittelst gehöriger Capitalienverwendung ließe sich derselbe leicht von Fr. 1218 75 auf das Doppelte bringen. Das Gesammtvermögen des Hospitals hat einen Capitalwerth von wenigstens einer Million Francs und reicht somit aus, um bei einsichtsvoller Pflege und Ausbeutung vielfachem Elend in Echternach abzu-

---

»Je le dis sans hésiter, dût-on trouver cette parole hardie dans la bouche d'un prêtre, et, je veux l'ajouter, d'un prêtre qui n'est pas un révolutionnaire:

»Vous avez fait la révolution du 1789 sans nous et contre nous, mais *pour nous:* Dieu le voulant ainsi malgré vous.« (De la pacification religieuse, p. 286—304 de la réimpression de 1861.)

Es mag auf den unerforschlichen, aber weisen Wegen der Vorsehung bemerkenswerth erscheinen, daß das anfänglich von St. Irmina zunächst bezweckte Hospital alsbald in Folge großartiger Schenkungen bei weitem von dem ihm zur Seite stehenden Kloster überflügelt wurde, letzteres aber dennoch schließlich überlebte und theilweise durch dessen zersplitterte Güter bereichert ward, während ihrerseits die St. Irminen-Abtei in Trier als Sitz und Dotation der Vereinten-Hospitien sich zum zweiten Mutterhause des blühenden Ordens der Hospital-Schwestern vom hl. Karl Borromäus empor geschwungen hat, und in neuer moralischer Würde glänzt.

helfen und manche schöne und gute Einrichtungen daselbst zu verwirklichen.

Bei der Darstellung der vorliegenden Thatsachen war ich selbstverständlich bemüht, ganz objektiv den wahren Sachbestand, nach dem Maße meiner geringen Kräfte, nach der mir karg zugemessenen Mußezeit und den mir zu Gebote stehenden Hilfsquellen — in den Grenzen einer bescheidenen Programm-Abhandlung — genau zu ermitteln. Die an die Ereignisse angeknüpften Bemerkungen und Reflexionen suchte ich so freisinnig als möglich von allen excentrischen Parteiansichten fern zu halten und stets auf dem Boden des positiven Christenthums fußen zu lassen, auf welchem allein eine befriedigende Lösung der socialen Fragen zu finden ist.

Schließlich noch einer hiesigen hochlöblichen Hospital-Commission und Stadtverwaltung meinen verbindlichsten Dank für die bereitwillige Zuvorkommenheit, durch welche sie mich mit Rath und That bei diesem Versuche unterstützten.

Echternach, den 14. Juli, am Feste des hl. Bonaventura, 1864.

Der Director,

Müller, Fr[s].

Anhang oder Belege.

N° 1.

Schenkung der hl. Irmina.

Charta donationis sanctæ Irminæ kalend. novemb. 698.

Domino sancto ac venerabili in Christo patri Willibrordo episcopo Irmina in Christo Deo sacrata abbatissa. Dum ab omnibus non habetur incognitum quod ego inspirante misericordia Christi pro consilio virorum apostolicorum patrum nostrorum domini Basini et domini Leotwini episcoporum seu et pro consensu sororum nostrarum Christo servientium que nobiscum sunt congregate basilicas in nomine sancte Trinitatis vel in honore gloriosissime virginis Marie genitricis domini nostri Jesu Christi seu et beatissimorum apostolorum Petri et Pauli et ceterorum sanctorum in villa mea propria que vocatur Epternacus sita super fluvio Sura seu et monasteriolum ibidem ad monachos peregrinos conversandum vel pauperes ibidem alimoniam petendum pro divino respectu vel pro anime mee remedio construxi. ut dum sanctitas et dilectio vestra erga me vel monasterium meum assidue agitur. igitur decrevi apud animum meum ut vos de rebus meis propriis in aliquo consolari deberem quod ita spontanea voluntate feci. Idcirco dono vobis donatumque esse volo memoratas basilicas sanctorum ad gubernandum vel dominandum. Itaque dono vobis ad supradicta loca sanctorum portionem meam in ipsa villa Epternaco hoc est quantumcumque ex successione paterna vel materna mihi obvenit tam domibus quam edificiis . mansis . mancipiis . vineis . terris . campis . pratis . silvis . pascuis . aquis . aquarumque decursibus . seu te pastores . vaccarios . porcarios . vervecarios . cum gregibus eorum vel cum appenditiis suis . id est Baidalingo . Matholfovillare vel portionem nostram in Oxinvillare . exceptis hominibus illis quos per epistolas nostras ingenuos relaxavimus. Similiter dono vobis vel ad supradictas basilicas vinee pedeturam unam in monte viennense cum vinitore nomine Alitfrido cum omni peculiari suo. Ista omnia ut dixi ad ipsa loca sanctorum vel vobis a die presenti tradimus atque transfundimus ad gubernandum vel ad dominandum ea ratione ut quidquid de re superius memorata in Dei nomine facere volueritis liberam et firmissimam in omnibus habeatis potestatem. Nam si quis contra hanc cartulam donationis meee venire tentaverit inferat fisco auri libras X argenti pondo XX manente nihilominus firmitate. Actum Treberi sub die kalendis novembris anno iiij domini nostri Childeberti regis. Ego Huncio in Christi nomine presbiter hanc cartulam donationis iubente domina mea Irmina perscripsi. et ipsa subter manu propria una cum testibus firmavit ut qui subscripserunt in presenti rogavit. Ego Irmina in Christi nomine hanc donationem relegi . Basinus episcopus. Leotwinus episcopus . Theodefridus presbiter, Waltharius diaconus. Garbertus presbiter. Audobertus presbiter.

(Aus dem Liber aureus nach einer uns von Hrn Apotheker Brimmeyr gefälligst übermachten eigenhändigen Abschrift.)

N° 2.

Schenkungsurkunde des Grafen Siegfried.

Charta donationis Sigifridi comitis. 992.

a) In nomine sanctæ et individuæ Trinitatis. Notum sit omnibus qui ad Ecclesiam Dei Omnipotentis conveniunt, qualiter Dominus noster Jesus Christus, dum in hoc sæculo corporaliter ambulavit, duodecim Discipulos sibi ad ministrandum elegit, eisque po, testatem prædicandi et signa faciendi post ascensionem suam concessit. Unde mos inolevit apud Ecclesiasticos viros ut duodecim pauperes in formam duodecim Apostolorum eligerent, atque ipsis de rebus propriis, quantum facultates habendi permitterent, in eleemosinam darent.

Ex his igitur electis viris exstitit unus sanctus videlicet Willibrordus, vir magni meriti coram Deo, qui hunc locum utilitati suæ providit, nec non bis senos constituit eleemosinarios, ut omnes qui pro remedio animarum suarum aliquid in eleemosinam erogare voluissent, eis mente devota quasi Deo conferre studerent.

b) Hæc ego Sigifridus licet indignus, honore tamen Comitis sublimatus, considerans, dum egregiâ donatione Abbatiam S. Willibrordi pro beneficio succepissem, eamque per multos annos potestative direxissem pro salute animæ meæ cogitavi aliquid illis tribuere, unde victum possent habere. Denique tunc cum consilio fratrum ac totius familiæ petii clementiam dominantissimi Regis Ottonis humiliter petens, ut mihi liceret de eadem Abbatiâ quidquam dono perpetuo eis largiri, quod sua misericordia ita consensit fieri. Postea itaque vocavi supradictos pauperes, qui vulgo Miselli nuncupantur, et tradidi eis unam vineam citra Suram, juxta Monasterium S. Willibrordi in eleemosynam Dei Omnipotentis et S. Petri Principis Apostolorum et omnium sanctorum. Subsequenti item tempore cum meo instinctu et rogatu præfatus Imperator pro restauratione monasticæ vitæ Abbatem Ravangerum eidem Ecclesiæ S. Willibrordi præfecisset, ipse venerabilis Abbas una mecum memoratis fratribus de parte Ecclesiæ molendinum unum in loco, qui dicitur Enge, dono perpetuo tradidit, ita ut liberam et firmissimam habeant licentiam res præfatas possidendi, excolendi aut cuicunque voluerint debitum pactum reddendi, commendandi et tradendi. Idem quoque Abbas dedit eis Decimam in Cruffta et in Wolfesfelt et in Kirst et in Beche. Confirmavimus etiam eis omnes res quæ a temporibus B. Willibrordi usque nunc vel in præsenti vel in futuro a quibuscumque fidelibus eis traditæ sunt vel fuerunt, ita ut si quis eis auferre vel minuere voluerit, in primis iram Dei Omnipotentis et S. Petri et S. Willibrordi, qui eosdem duodecim fratres constituit, insurrat, et quod repetit evindicare non valeat: sed præsens traditio omni tempore firma stabilisque permaneat; ut ad majorem quoque proficiat firmitatem hæc nostra concessio decrevimus ut hanc Chartam sigilli B. Willibrordi confirmaret impressio. Actum anno Domini DCCCCXCII.

(Nach Bertholet, Histoire de Luxembourg, Bd. III, S. X und XI, gezogen aus den Handschriften des Echternacher Abtei-Archivs.)

N° 3.

Erstere Schenkungsurkunde des Hermann von Fulpert.

Charta donationis prior Hermanni ante Portam. 1207.

In nomine Patris et Filii et Spiritus Sancti. Ego Godefridus Epternacensis Ecclesiæ dictus Abbas, omnibus ad quod scriptum istud pervenerit, perpetuam in Domino salutem. Notum sit tam præsentibus quam futuris, quod Hermannus ante Portam et Uxor sua Gerburgis, communicata manu et unanimi consilio hæreditatem iam dictæ Gerburgis quæ a parentibus suis ad eam devoluta fuerat, ad remedium animarum suarum contulerunt hospitali sito ad radicem montis Ecclesiæ pastoralis, quod idem Hermannus a fundamento ædificavit et donis et elemosinis augmentavit; et hanc donationem coram scabinis et aliis civibus in manus nostras et Ecclesiæ Sancti Willibrordi dederunt, ea videlicet conditione ut idem hospitale cum omnibus suis appenditiis sub nostro patrocinio et auxilio in perpetuum constitueretur, et quidquid in elemosinis fidelium eidem hospitali collatum fuerit, nulli hominum liceat ab eo distrahere vel in alios usus commutare quam ut deserviat pauperibus ibidem recipiendis. Ut autem ista donatio et suprascripta conventio inviolata permaneat, paginam hanc sigilli nostri impressione munivimus, et subscriptorum testium testimonio corroborari fecimus. [Hi sunt testes: Johannes pastor Epternacensis. Theodorus decanus. Henricus sacerdos. Hermannus diaconus. Henricus Scultetus. Hermannus in Foro. Humbertus in Hal. Thomas ante Portam. filii ipsius Hermanni ante Portam scilicet Isenbardus sacerdos. Hermannus. Walterus (1)] Si quis autem hanc fidelium istorum donationem infringere adtemptaverit, iram Omnipotentis Dei, et omnium Sanctorum suorum incurrat [nisi resipiscat, qui vero eam instaurare studuerit, æternæ remunerationis particeps efficiatur. Amen] (1). Acta sunt hæc anno Incarnationis Domini M°CC°VIJ. — [Cum duobus sigillis integris.]

Præsens copia desumpta ex antiquo quodam libro monasterii sti Willibrordi Epternacensis fol. 65 sub initio. Eidem collata et consonare reperta est per me infrascriptum notarium, quod attestor

J. F. HARTMANN, not.

(Berichtigt nach dem Gothaer Liber aureus gemäß einer von Hrn Obergerichtspräsidenten Würth-Paquet gütigst besorgten Abschrift)

---

(1) Das hier Eingeklammerte fehlt im Liber aureus.

N° 4.

Zweite Schenkungsurkunde des Hermann von Fulpert.

Charta donationis altera Hermanni ante Portam. 1211.

Notum sit tam præsentibus quam futuris, quod ego Hermannus Cocus ad Capellam quam juxta atrium Monasterii Sti Willibrordi fundaui decimam de Holtzem, de cuius prouentu fenestræ eiusdem monasterii solebant ædificari, libere et cum consensu Domini Abbatis Bartholomei et conuentus et filiorum meorum contuli, et ad recompensationem ædificii viginti solidos quos in Valachria comparaui, singulis annis eidem monasterio assignaui. Insuper triginta solidos eidem capellæ quos etiam in Valachria comparaui decem solidos ad luminaria, viginti solidos sacerdoti ministranti, singulis annis contradidi. Præterea bonum quod comparaui viginti talentis eidem capellæ supradictæ ea ratione, vt filius meus Isenbardus sacerdos ad prædictam capellam cantet cunctis diebus vitæ suæ, et singulis annis decimam prædictam, triginta solidos prænominatos et prouentum boni, viginti talentis comparati, pro stipendio recipiat. Decedente Isenbardo filio meo, Dominus Abbas prædicti Monasterii cuicunque sacerdoti fratri et monacho de conuentu supranominatam capellam vt in ea diuina celebret commendabit, et decem solidos (sic!) de supradictis triginti solidis ad luminaria dabuntur, Reliqui scilicet viginti solidi cedent ad vsus capellæ. Decima vero et redditus boni prædicti viginti talentis comparati, pro anima mea et uxorum mearum, scilicet Gepæ et Gerburgæ et parentum meorum, ad vsum hospitalis in perpetuum cedent, vt autem hæc rata et inconuulsa permaneant sigillo domini Abbatis et conuentus præsens scriptum roboraui et testibus idoneis confirmaui. Quorum hæc sunt nomina Dominus Bartholomeus Abbas, Dominus Theodericus Abbas Sanctæ Mariæ, Hillinus decanus, Theodoricus cantor, Reinaldus Cellerarius, Wilhelmus præpositus, et communis conuentus sæpedicti Monasterii. Item sacerdotes clerici Johannes Pastor Ecclesiæ Epternacensis, Theodoricus decanus, Henricus sacerdos, Hermannus sacerdos, Tres filii mei scilicet Isenbardus, sacerdos, Hermannus Walterus, duo generi mei Jacobus et Thomas, Henricus sculletus et ceteri quamplures. Acta sunt Anno incarnationis Domini M.CCXI. Sigilatum erat originale, sigillo supradicto, in duplici cauda membrana pendente (sano, integro et illæso).

(Abschrift einer im Staatsarchiv des Großherzogthums befindlichen Ausfertigung, welche Hr. Professor Michel mit diplomatischer Genauigkeit unter Nr. CXLVI in das von ihm 1855 angelegte Cartularium Hospitalis Epternacensis eingetragen hat.)

Nᵉ 5.

Vermächtniß des Pfarrers Isenbardus.

Legatio facta per Isenbardum pastorem Epternacensem.
1238.

Quoniam propter mutabilem humani generis inconstantiam, facta hominum a memoria velociter su-

subtrahuntur, præsentium tenore notum esse volumus tam præsentibus quam futuris, quod Isenbardus pastor epternacensis in præcinctu transfretandi mare pro amore crucifixi constitutus delegavit hospitali in Epternaco, quod bone memorie eius pater inchoaverat, et ipse pastor sufficienter augmentaverat, omnes vineas quæ ad ipsum spectare videbantur in villa Huren prope Treverim, quas tempore ipsius delegationis in sua tenuit possessione ea ratione ut, si eundem pastorem in itinere peregrinationis obire contingat, hospitale prædictum vineas præscriptas absque omni contradictione quiete possideat, si verum ipsum Deo volente domum redire contingat, de vineis præmissis tanquam de propriis disponendi quod voluerit liberam habeat facultatem. Ipse etiam ab Hugone milite de Rodenmacheren quandam decimam comparavit quam præpositus vel quicumque pro tempore præest officio misellorum in perpetuum habebit, et pro compensatione hujus annuatim decem solidos persolvet, quos in instanti sive eum obire sive redire contingat delegavit fratribus ad servitium in die B. virginis Margarethe, ut ipsi fratres diem præfatæ virginis in duodecim lectionibus in albis solemniter agant. Item XV sol. censuum quos comparavit in villa Huren delegavit Hermanno filio fratris sui ad dies vitæ suæ si non redierit quo defuncto ipsi XV sol. ad festum prenotatum spectabunt ut ipsum tunc proutabbati et fratribus visum fuerit expedire solemnius agatur, et in crastino anniversarius ipsius Isenbardi in perpetuum fiet quod ut ratum permaneat cedulam rei seriem continentem ipse pastor sigillis abbatis et conventus et sui ipsius munire fecit. Actum anno Domini Millesimo ducentesimo XXXVIII, IIII feria ante dominicam Lætare.

Quod præsens copia desumpta sit ex antiquo libro manuscripto archivii monasterii Sti Willibrordi, cuius inscriptio est N. — liber decimus tertius folio 197 eidem collata et consonare reperta fuerit, attestor. M. ENSCH, notarius. 1771.

N° 6.

Kauf einer Rente von zwanzig Schillingen.

Isenbardus, procurator hospitalis, comparat ab Henrico dicto Nattincruchel 20 sol. censuum, persolvendos annuatim hospitali. 1245.

In nomine sancte et indiuidue trinitatis. Omnibus tam presentibus quam futuris presentem cedulam inspicientibus innotescat quod Isenbardus pastor Epternacensis procurator hospitalis eiusdem loci de rebus hospitalis predicti comparavit ab Henrico dicto Nattincruchel de consensu et uoluntate uxoris sue carissime XX sol. Trevirenses in censibus persoluendos annuatim ab Henrico memorato et heredibus suis in perpetuum in festo Martini procuratori hospitalis quicunque pro tempore fuerit : et ad majorem cautelam siue munimen hospitalis premissi summam census memorati assignauit persoluendam de prouentibus vinearum suarum quas tenet in censu ab ecclesia Epternacensi tam in Badenoge quam in Harpach nec non et de parte domus que eum contingit in Bergestrazin : censu tamen in quo tenetur ecclesie prius persoluto. Tali et apposita condicione quod vineas memoratas et partem domus premisse nemini vendere uel titulo pignoris deponere poterit nisi de voluntate et consensu magistri hospitalis prefati. Ne autem super hiis in posterum dubitari contingat presens scriptum super hoc confectum ad petitionem sepedicti Henrici et uxoris sue munimine sigillorum Abbatis conuentus et opidi Epternacensis cum subscriptione testium qui presenti interfuerunt venditioni memorato hospitali datum est ad munimen. Sunt autem testes Rudolffus Scultetus. Henricus de Foro. Walterus in Superiori platea. Thomas ante Portam. Ludovicus in Lupi platea. Godefridus frater suus. Isenbardus Cellerarius. Godefridus de Inferiori platea. Scabini Epternacenses. Actum anno Domini MCCXLV. XV kal. maji.

(Original-Urkunde auf Pergament mit drei Siegeln.)

N° 7.

Befreiung von den Jahrgedingsleistungen für die Güter zu Euren.

Cono dominus de Bulant absoluit hospitale Epternacense et eius bona in Ureo ab annali placito. 1255.

Ego Cono dominus de Bulant universis hoc scriptum visuris notum esse volo. quod ego pro me et pro meis succesoribus in perpetuum absoluo hospitale Epternacense et bona ipsius sita in Vreo prope Treverim ab annali placito in quo mihi dicta bona eiusdem hospitalis sita apud Vreum erant astricta.

duo videlicet jurnala terre arabilis que scilicet spectant ad mansum Cenobii de Wadegocingen. Id videlicet Cenobium recipit in perpetuum ab eodem hospitali de predictis jurnalibus in censum XII den. et mihi de eisdem jurnalibus est cum predicta mansa ad debitum seruitium obligatum. In cuius rei testimonium presentes literas eidem hospitali tradidi sigillo meo roboratas. Actum et datum anno domini M.CC.LV. In festo beati mathie apostoli.

(Original-Urkunde auf Pergament mit Bruchstücken eines Siegels.)

N° 8.

Päbstliche Bulle zu Gunsten des Hospitals.

Alexander IV

confirmat proventus ecclesiæ de Meckel hospitali monasteri Epternacensis, reservata portione congrua vicario ibidem. 1259. — Pontificatus a. V°.

Alexander episcopus seruus seruorum Dei. Dilectis filijs Abbati et conuentui monasterii Epternacensis ordinis sancti Benedicti Treuerensis diœcesis, salutem et apostolicam benedictionem. Quum a nobis petitur quod iustum est et honestum, tam uigor equitatis quam ordo exigit rationis ut id per sollicitudinem officij nostri, ad debitum producatur effectum. Sane petitio uestra a nobis exhibita continebat, quod bone memorie, Treuerensis Archiepiscopus hospitalis uestri monasterii redditiuum tenuitate pensata, prouentus ecclesie de Meckle Treverensis diocesis in qua ius patronatus habetis, uestro et sui capituli ac loci Archidiaconi ad id accedente consensu, in usus proprios infirmorum et pauperum ipsius hospitalis deliberatione pia et prouida deputavit perpetuo vicario in eadem ecclesia seruituro de ipsius proventibus assignata portione congrua ex qua commode sustentari potest, ac Archiepiscopalia et alia consueta onera supportare. Nos itaque uestris supplicationibus inclinati, quod super hoc ab eodem Archiepiscopo prouide factum est ratum et firmum habentes, id auctoritate apostolica confirmamus, et presentis scripti patrocinio communimus. Nulli ergo omnino hominum liceat hanc paginam nostre confirmationis infringere uel ei ausu temerario contraire. Si quis autem hoc attemptare presumpserit, indignationem omnipotentis Dei et beatorum Petri et Pauli apostolorum eius se nouerit incursurum. Datum Anagnie Idibus Maji, pontificatus nostri anno quinto.

(Original-Bulle auf Pergament mit dem päbstlichen Bleisiegel. Auf der Rückseite liest man die Adresse: Domino Hermanno dicto Rectori hospitalis Epternacensis.)

N° 9.

Schenkungsurkunde und Kaufakt über Güter zu Euren.

Ordulphus civis Trevirensis donat hospitali Epternacensi quatuor agros apud Vrium eique vendit vineam suam infra Vrium. 1275.

Ego Ordulphus Civis Treuerensis Omnibus presentes litteras inspecturis Notum esse volo, Quod ego quatuor agros sitos apud Vrium, in termino dicto in Medale, qui michi ex morte Henrici bone memorie, soceri mei prouenerunt, pro remedio anime mee, et uxoris mee Elizabet defuncte, confero, do et trado, hospitali Epternacensi liberos et absolutos, ab omni censu, quiete in perpetuum possidendos. Vendidique dicto hospitali vineam meam sitam infra Vrium, ante domum ipsius hospitalis, liberam similiter et absolutam, ab omni censu, pro XXVII libris Treveren. den. quas mihi per presentes, protestor esse persolutas. In cuius rei testimonium presentes literas super hoc confectas, sigillo meo, una cum sigillo Jacobi fratris mei sculteti Treueren. roboratas, sepedicto hospitali, tradidi ad munimentum. Actum et datum anno domini M.CC.LXV. Kalendis januarii.

(Original-Urkunde auf Pergament mit Bruchstücken von zwei Siegeln.)

N° 10.

Schutzbrief des Grafen Johann (des Blinden) zu Gunsten des Hospitals.

Litteræ comitis Luxemburgensis. 1310.

Nos Joannes primogenitus serenissimi domini Henrici Romanorum Regis, Comes Luxemburgensis, Rupensis ac Marchio Arlunensis, universis suis officiatis ad quos præsentes literæ pervenerint suam gratiam. Quia summum cultum in omnibus locis terræ nostræ volumus augmentari, et semper pace gaudere tranquilla, vobis omnibus et singulis mandando præcipimus, ne rebus aut bonis pauperum

Hospitalis Epternacensis manus ad vexationem eorundem aliquatenus apponatis; sed potius eos defendatis a vestris subditis conservantes indemnes. Si quis vero contrarium fecerit, sciat quod per hoc nostram incurrere poterit indignationem. In cujus rei testimonium sigillum nostrum præsentibus literis duximus apponendum. Datum Anno Domini Millesimo CCC° decimo. In vigilia ad vincula Sancti Petri.

(Abschrift vorfindlich in einer Bittschrift des Hospital-Verwalters an den Gubernator und die Räthe zu Luxemburg, 1600.)

N° 11.

Testament des Echternacher Geistlichen Nicolaus Iliane vom 2. Februar 1359.

Testamentum domini Nicholai presbyteri.

In Dei Nomine Amen. Quoniam, ut ait Apostolus, Omnes stabimus ante tribunal Christi recepturi prout in corpore gessimus siue bonum fuerit siue malum propter quod ego Nicholaus presbyter quondam Iliane de Epternacho rector ecclesie de Noerin attendens nichil certius esse morte incertius uero hora mortis, cupiens bona mea michi a Deo collata saluti anime mee prouidere, Testamentum meum seu ultimam meam voluntatem dispono, ordino, condo, confero ac facio in hunc modum, In primis si quidem volo et ordino, ut debita mea nec non illicite acquisita seu per me extorta si que probabiliter inueniantur ante omnia restituantur et persoluantur, deinde contuli, donaui, confero et dono donacione irreuocabili inter uiuos post mortem meam parochiali ecclesie Sti Petri in Epternacho tres libras denariorum vsualium apud quam ecclesiam meam eligo sepulturam, Item do et lego domino Petro pastori eiusdem ecclesie tres libras den. Item domino Petro dicto Sneystamp capellano ibidem fialam argenteam et summam (?) meam lombardicam (?), Item do et lego conuentui sancti Wilibrordi in Epternaco tres libras, Item conuentui sancte Clare XL solid., Item do et lego ad ecclesiam meam de Noerin predictam XX lib. pro censibus comparandis, Item capelle infra limites eiusdem ecclesie XX. lib. pro censibus olei comparandis, Item do et lego ad hospitale infirmorum in Epternaco lectum meum cum omnibus suis appendiciis, Item do et lego ad idem hospitale quinquaginta duas lib. den. qualibet ebdomada decem solidos per biennium inter pauperes ibidem debiles existentes distribuendos vt eo melius et largius reficiantur, Item do et lego quinquaginta libras den. in pane uel in blado hostiatim inter pauperes et mendicantes in dicto hospitali distribuendas, Item do et lego domino Mathie prouisori eiusdem hospitalis quinque libr., Item domino Johanni Frap XX solid., Item Gele consanguinee Henrici dicti Prichil sorori eiusdem hospitalis XL sol., Item fratri Achilli ibidem fialam argenteam, Item Getze famule ibidem quinque libras den. et tasseam siue fialam meam argenteam maiorem, Item do et lego quatuor ordinibus mendicantium cuilibet XX solid., Item do et lego quartam olei annui census ex domo et orto Reyneri dicti Altbusser sitis in vico dicto Enggessele prope Houeloch ad luminaria sancti Nicholai in monte, Item do et lego quatuor solid. annui census ex iisdem scilicet domo et orto iam dictis ad fraternitatem clericorum in Epternaco, Item ad eandem fraternitatem decem libras den. pro censibns emendis ad meum anniversarium peragendum et inter sacerdotes in meo anniversario conuenientes annuatim eosdem census distribuendos, Item eidem fraternitati XX solid., Item do et lego ad fraternitatem sancti Spiritus in Epternaco XX solid., Item ad fraternitatem beate Katharine XX sol., Item ad fraternitatem textorum ibidem XX sol., Item ad fraternitatem carnificum ibidem XX sol., Item ad fraternitatem beginarum ibid. XX sol., Item incluse in Mundin XX sol., Item leprosis in Vele XX sol., Item do et lego Johanni dicto Hoilzman meo consanguineo XL sol., Item domino Tilmano dicto Kumper tres lib., Item domino Henrico dicto Hune XX sol., Item domino Petro Matlhoilche XX sol., Item cuilibet sacerdoti seclari in Epternaco commoranti duos grossos antiquos ut per triginta dies meum visitent sepulchrum, Item hospitali in Bydebuorch XL sol., Item ad petitiones V lib. videlicet ad Kilbuorch, ad altum passum et ad pontem Confluentie equaliter inter ipsas distribuendas, Item do et lego sorori mee Elizabeth partem meam omnem hereditatum mearum in Sluppinacker, Item eidem quatuor amas vini, Item eidem triginta duas lib. debiti in Petro dicto Kersman de Edingin, Item do et lego eidem sorori mee Elizabeth viginti lib. denar. in pecunia preprompta, Item eidem melius par vestium mearum, Item do et lego Hentzoni sororio meo et filio suo Mathie vineam meam in Boirhelt sitam ad dies vite eorundem precise possidendam ita quod post obitum eorum cedat altari sancti Nicholai in monte predicti, Item eisdem bona mea capitalia omnia et singula in Rumershem et in Werinstorf existentia, Item do et lego eidem Hentzoni octo amas vini, Item eidem triginta unam libras debiti in quibus idem mihi tenetur sibi diversimode concessas, Item eidem XX libr. den. ex pecunia prepromta, Item filio suo Mathie predicto XX lib., Item Theodorico filio sororis mee Elizabeth prescripte breuiarium meum, Item eidem Theodorico et Mathie puero iam dicto reliquos meos libros equaliter inter se diuidendos, Item do et lego Gele nepti mee et marito suo Henkino, vineam meam sitam super viam per quam itur versus Erle, ut annuatim de hac pagant meum anniversarium tali adiecta conditione quod si dicti coniuges post obitum suum non reliquerint liberos seu heredes legitimos successores ab eisdem pariter procreatos tunc dicta vinea hospitali in Epternaco prescripto cedet et deuoluetur, Item eidem Gele XX lib. den. Item do et lego eisdem quatuor iam dictis, videlicet Elizabeth, Henzoni, Mathie et Gele omnia utensilia mea per me relinquenda in quatuor partes et equaliter inter se diuidenda. Huiusmodi autem testamenti mei, seu ultime voluntatis facio constituo et ordino meos executores et distributores discretos viros ac dominos videlicet dominum Mathiam prouisorem hospitalis Epternacensis predicti et dominum Tilmannum dictum Cumper rectorem ecclesie de Yfcichpresbyteros ut de premissis omnibus et singulis totaliter ordinent et disponant dans eisdem liberam potestatem et mandatum speciale prout eisdem ad salutem anime mee melius videbitur expedire, necnon cetera facienda que circa premissa requiruntur de iure seu consuetudine protestans quod si huismodi testamentum seu ultima mea voluntas non valeat iure testamenti quod saltem valeat iure codicillorum seu cuiuslibet iuris alterius ultime voluntatis. In cuius rei testimonium sigilla propria discretorum virorum dominorum Johannis dicti Volinpletz et Rodolfi quondam Gentzonis scabinorum Epternacensium presentibus rogaui apponi que et nos Johannes et Rodolphus scabini opedt predicti ad preces et rogatus dicti domini Nicholai presentibus in testimonium premissorum recognoscimus apposuisse. Actum et datum anno Domini Millesimo CCC quinquagesimo nono. In crastino purificationis beate Marie virginis gloriose.

(Urkunde auf Pergament mit einem zerbrochenen Siegel.)

N° 12.

Heyman Rake vnd Agnes seine Hausfrau schenken dem Hospital ihre bewegliche vnd unbewegliche Habe. 1379.

Wir franke vnd johann zick scholtische zu der zyt beide scheffen zu Echternach gezuge zu disen nageschriben Dingen sunderlich gebeden vnd gerofen dun kunt allen luden, dat heyman rake vnd agnes sine eliche husfrauwe vsser momperschaff gedain vnse mideburgere sint komen vor vns in iren eygenen personen vnd hant sich vffentlich erkant dat sy sa=

metlich mit gesondenen raide vnd vordachten moitwillen vmb got, almusse vnd heil irer selen, gegeuen vnd vsgedragen han den erbergen hern, hern Johanne frappe vnd hern peter pleger des spiedails zu Echternach priestern in des seluen eg. spiedails wegen al ir gut erue muvel hencschatz bewegelich vnd vnbewegelich so wie man dat nennen mach, vnd hant dar vf mit monde vnd mit halme lutlich verzigen, hin in kein recht da ane zu behalden vnd hant sich damide interuit, vnd hant die eg. hern Johann vnd hern peter in des eg. spiedails wegen erfflich da mide geeruit al argelist schalkeit vnd buse vunde zwale vzgescheiden vnd dis zu vrkunden vnd gezuge so han wir scheffen vorg. vnse ingesigel vmb beden willen dieser vorg. personen an diesen brief gehangen. Datum anno Domini M.CCC.LXX nono. Xa die mensis junii.

(Urkunde auf Pergament mit einem Siegel.)

N° 13.

Henkyn Myninck, handelnd im Namen der Kinder des Clais Kerffynn, hat ein Haus bestanden, vermittels einer Jahres-Rente von 25 Schilling. 1384.

Wir Johan zyck Scholtisse zu der zyt vnd Henrich zyck des egen. Johans son beide scheffen zu Echternach gezuge zu diesen nageschriben Dingen sonderlich gebeden vnd gerofen dun kunt allen luden vnd bekenen vfflich in disine Brieue dat henkyn myninck yn wegen Clais Kerffyns Kynder ys komen for vns yn syner eygener personen vnd hait sich vfflich erkant dat hie mit gesondene rade erfflich bestanden haue den egen. Kyndern hire geerben vnd nakomen Wyder die eirberge lude hern Johan Frap vnd hern peter von roisport preister vnd pfleger des spidails zu Echternach eyn huß mit alle syme zu behore vß-gedan den Kelter hynden dar an gelegen in Kyk dat wanne was hern peters metoilgin preisters seligen alle Jare erfflich vmb fonff vnd zwenzych schilling trießer erffe zinsen zu betzalen vff sente mertins dach yn deme wynter dem egen. spidail vnd fort die grunt zinse die dat egen. huß gilt sulen auch die egen. Kynder hyre geerben vnd nakomen betzalen alle jaire vff alle die stede dar sy schynent synt mit alsulgen forworden dat die beren die vff deme berenboyme jairs wassent die steit an der hyn-derster doir des egen. huß sulen halff syn alle Jairs des spidails vorgen. Vnd sal der spidail egen. eynen wech han zu deme vorgen. Kelter durch die porze die by deme egen. huß steit sonder wyder sprage der egen. Kinder hüre geerben vnd nakomen oder eymans von hire wegen alle argelyst vnd geuerde vß ge-scheiden, Vnd dis zu vrkunde und gezuge So han wir scheffen vorgen. vnse Ingesigel vmb beden wyllen der vorgen. personen an diesen brieff ge-hangen. Datum anno Domini Millesimo CCC^mo^ LXXX^mo^ quarto. VI die mensis Junii.

(Urkunde auf Pergament mit zwei Siegeln.)

N° 14.

Johann von Bittburg und seine Ehefrau schenken dem Hospital einen Weinberg, ein Stück Ackerland und eine Wiese, außerdem eine Jahres-Rente von 3 Pfund Pfennigen. 1387.

Wir Symont yrhel vnd peter bruder bede Scheffen zu Echternach gezuge zu dysen nageschriben dingen sunderlich gebeiden vnd gerofen Dun kunt allen luden vnd bekennen vns vffentlich In dysem Brieff dat vor vns sint komen In yren eigen personen die erbern lude her Johann vom Bydeburch unse midescheffen vnd gele sine ewyff vsser momperschaff gedane In dysen sachen vnd hant siche vffentlich erkant vor sy vnd yre geerben dat sy myt goden moitwillen vnd vure Rade yrer gemeyner frunde vnbetwungen vnd purlich vmb got vnd armys vnd heille wille yrer selin Rechter erffe gyfft Richtelich geben vnd vffgedragen hant den erbern geistelichen heren bruder vnd suster des spedalys zu Echternach yn vnd yren nakomen zu erue erffelich vs yren wingarde geleigen In deme langenberge all zu male vff der deillin myt alle syme Recht vnd zugehure yre velt geleigen ain tholer weige dat da stuste vff den haiche myt alle syme zugehure yre wyse die dastuste vff die lichen by thilman von lellich zu neist vnd druwe pont peymentze zu Echternach genge vnd gebe die hensche tenße vnd Ketherin elude oder yre gerben erffelich von alle Jare schuldich sint vsser yrme wingarde geleigen vff den heusin der da was des vorg. her Johans vnd naist inhalden des hauptbrieffs der dar vber gemacht ys also welle zyt oder wanne der vorg. her Johann vnd gele elude bede samen neyt In sint vnd yn lybes gebricht So sal myn yn alle iare eynße yre Jaregetzide dune as van den dryne ponden vorg. vnd hait der vorg. her Johan vnd gele elude deme vorg. Speidale zu erue erffelich vs den vorg. wingarde vnd velt wyse vnd druwe pont pennintke vorg. vff gedragen vnd hant dar vff luterlich vertzygen myt monde vnd myt halme hin vort vs keyne Recht neit eine dar ain zu hain nach zu behalden vnd hant siche vnd yre gerben vnd nakomen zu erue erffelich vs dar myde Interbyt vnd hant den vorg. Speidale hiren bruder vnd sustere vnd yre nakomen zu erffe dar myde gerbyt In der besten formen dat myn dat gedune kunde ader mocht nagewanheit vnd vriheit der steide van Echternach vnd hant geloifft In goden trewen alle diese vorg. Sachen veist vnd stede vnd vnuerbruchelich sullen gehalden werden sunder Keynerleige vurworde ader funde er wider zu spreche in ader zu suchen nach nit heluen geistelichis gerichten ader wereclichis nach myt Keynen den funden die vonden sint ader er namalys vonden ader erdachten muchten werden die deme vorg. Speidale hiren bruder vnd sustere vnd yren nakomen yrliche ader scheidelich muchten Sne In alle diesen vorg. sachen Alle argelist schalkeit nuwe funde ader alde zu male vs gescheiden vnd dis zu vrkunde vnd gezuge So hain wir scheffen vorg. vmbe beden wille diser vorg. personen vnse Ingesigel ain diesen brieff gehangen Sy zu betzugen vnd zu besagen alle diese vorg. sachen. Datum Anno Domini Millesimo CCC.LXXX septimo, XVI die mensis novembris.

(Urkunde auf Pergament mit einem unverletzten und einem zerbrochenen Siegel.)

N° 15.

Thileman, Leinweber zu Hoveloch (Echternach), und Else seine Ehefrau, schenken dem Hospital zwei Weinberge von je einem Viertel Morgen. 1389.

Wir Johan vom Bideburch richter der zyt vnd Clais vom Lellich scholtes der zyt bede scheffen zu Echternach gezuge zu disen nageschriben dingen sunderlich gebeden vnd gerofen dun kunt allen luden dat vor vns sint gewerdich komen in iren eigen personen thileman der lynenwewer zu houeloch vnd Else seine ewyff vsser momperschaff gedane vnd hant sich vffentlich erkant dat sy myt wale vordachten moide vnd gesondem Rade vnd purlich vmb got vnd armys Rechter erue gyfft richtelich vnd reidelich geben vnd vff hant gedragen den erbaren geistelichen luden hiren brudern vnd sustern deme spedale zu echternach hin vnd iren nakomen erffelich vs vnd vmerme ein haluen morgen wingartz ein veirtel geleigen in deme cleberge gobel vom Roisport zu voren vnd myt funffe schillinge treiße grunte zinße deme vorg. spedale alle Jaren schinen vnd dat ander veirtel geleigen in deme gallegeberge Wilhelm grußen zu voren vnd myt seiff peninke peymentz vnd ein haluen seister winße grunte zinße vff der statt dar schinen sint vnd neit me vnd hant vff den vorg. wingarde lutlichen verzigen myt monde vnd myt halme hin vort vs keine Recht neit me darain zu hain nach zu behalden vnd hant sich vnd ire gerben darmyde interbyt vnd hant den vorg. spedale hiren bruder vnd sustern vnd ire nakomen erffelich vs dar myde gerbyt In der besten formen dat myn dat gedune kunde ader mocht nagewanheit vnd uriheit der stede van Echternach vnd also auch were sache dat der vorg. thileman vnd Else elude genade hette ader wunden deme vorg. spedale ader iren nakomen er namalys geben es were erue ader mufel welgerleige das wer da hant sy auch geloifft vnd sych vor vns erkant in goden Eiren Sy ader ire nakomen nymer frage dar na me zu dune nach deme vorg. spedale ader iren nakomen nymer me wider vmb zu heissen vmb keine die sache die sy ain gaue mache vnd sal die gyfft stant hain in alle der masen vnd maner So wie vorg. steit vnd hant vort geloifft in goden Eiren dise erue gyfft vnd alle vorg. sachen vaist vnd steide vnd vnuerbruchelich sulle gehalden werden sonder keinerleige vorwort ad. funde nuwe ader alt erwider zu sprechen ader zu suchen ader sich erwider zu beheluen myt geistelichen oder wereclichen gericht in keiner wise Alle argelist zu male vs gescheidin vnd dis zu vrkunde vnd gezuge do hain wir scheffen vorg. vmbe beden wille diser vorg. personen vnse Ingesigel ain diesen brieff gehangen datum anno Dni Mill. CCCLXXXIX — XVI die mensis decembris.

(Urkunde auf Pergament mit zwei kleinen Siegeln).

N° 16.

Ritter Heinrich von der Fels und Thomas, Herr zu Uttingen, verkaufen dem Hospital ihre (61 ¼ Morgen) Güter zu Euren, Zewen und Igel für 305 mensche (Mainzer) Goldgulden. 1393.

Wir Heinrich von der veiltz Ritter h're zu scheihyngen. Johan vnd peter gebroder h'ren zu der veiltz dun kunt vnd erkennen vfflich mit diesem brieue Also az wie frauwe katherine myn heynrichs eliche hußfrauwe Thomas h're zu vttingen vnd jutte sine eliche hußfrauwe sementlich verkaufft han dem Erbaren mane heren peter von Roißport preister prouisor dez spidailz zu Echternachen, zu demselben spidail in der seichen wegen alle vnser velt zu vren zu zeven vnd zu eygel vnd dar aichter an den companien gelegen die da haldent eyn vnd seistzig morgen vnd ein veirdeil oder dar by die vns von heren Johanne Walrane seligen Scheffen zu trier an erstorben vnd eruallen sint wie sy derselbe hre Johan Walran selige Inne hatte vnd besais vnd dar zu zwey stucke wingartz die zu denselben velden horent die geldent daz halbscheit den heren von pittingen vnd ußer denselben velden zu male vnd den zwen stucke Wingartz schinent alle jair feirzehntehalbe veirtzel Rocken fonfftzehn veirtzelen euen eyne ame Wyns vnd veir ester trierscher maißen den personen vnd vff die stede dar sy gehorich sint dieselbe velt, mit hiren zubehoren cleyn vnd groiß vry eygen gut sin vnd nymans lehen vnd vort loß ledich vnd quyt sint von aller pantschafft zinsen vnd beschwerungen vmb dru hundert vnd fonff gude mensche gulden guden goltz vnd swaren menschen gewichtz die wir von dem vorg. h'ren peter in des spidailtz wegen an gereidme golde entpfangen han vnd vorbaz in vnßen schymbern nutz gekeirt han az der Kauff brieff auch clerlichen inne heldet der dar über gemacht ist mit vnßen sigelen vnd mit der stede sigel von trier besiegelt. Da han wir heynrich von der veiltz Ritter johan vnd peter gebroder h'ren zu der veiltz sementlich vnd vnser yglicher besonder az vor al az vor zwa deile der egen. velde geloibt vnd geloben in guden trewen den vorg. her peter vnd dem Spidail in der seichen wegen dez Kauffs vnd aller sachen in dem Kauff brieue begriffen gude gantze volkomen werschafft zu done jair vnd dach na recht vnd gewoynheit der stat zu trier also daz die vorg. velt mit alle hirme zubehore vry eygen gut vnd nymans lehnen siy noch auch nymans in keyne wiß verlaicht versat verpant besweirt vertzinset nach verbunden siy dan vorg. steit und aber sache were daß hernamailz yman were wer der were sich eyns lehens dar ane vermeissen oder befunden wurde daß dieselbe velt ymans pant weren oder mit eyngen sachen welcherley wiß daß were me vertzinset verbunden oder besweirt weren dan vorg. steit vnd dem vorg. her peter oder dem spidail eyngerley hinderniß krut yrrunge oder ansprage dar vmb geschege die richtlich vnd redelich were von yman wer der were so sullen wir sementlich vnd geloben in guten truwen in eidstat vnd mit rechter sicherheit gelicher wiß alz weren wir in dem velde gefangen yglicher sunderlich az vor al az vor zwa deilen der egen.

velde keynre sich mit dem ander zu beschonen mit syns selbtz lybe bynnent die stat zu Trier in gyselschafft zu stont wan wir sementlich oder unß eynre besunder von de selben her peter oder in des spidailz wegen darumb ermant oder ersoit werden zu huß zu habe oder in den mont und neit vort und numer bußent die stat zu trier noch ußer gyselschaft zu komen dem vorg. her peter und dem spidail vorg. ee sy von erst gede gantze vollkomen werschafft geschen und yn alle yrrunge und ansprage in welcherley wiß yn die geschen were die richtlich oder redelich were az vorg. steit und dar zu zwa deilen aller koste und schaden die sy dez lyden genzelich ane gebreche abe gelaicht were und widerkeirt were auch sache daz eynger under uns neit an gysellschaft en queme so er gemaynt wurde az vorg. steit oder daß er verbreche und usser gyselschaft fore ee dan dem vorg. h'ren peter und dem spidail alle ansprage und yrrunge abe getan were und hin hir koste und schade, widerkeirt az vorg. steit dez neit sin (sy) eesal an dez selben eynre oder me die also verbrechen lude gelde gut und pende sulle und mugent der egen. her peter in dez spidailz wegen griffen und tasten oder done an griffen und tasten mit gerich oder ane gericht, wo sy die ankomen und belangen mugen in steden slossen vriheiden dorferen straissen uff wasser und uff lande und die gut lude gelde und pende verkauffen verußern und veranden zu hiren willen auch mit gericht oder ane gericht und daz also lange also dicke und alz vyl biz sy sich gentzelich bekoment aller anspragen irrunge hinderniß koste und schade az ferre uns angeit az vorg. steit, die sy dar vmb hetten vnd lyden vmb sich der gentzelich zu bekomen vnd sullen doch die ander die in gyselschafft komen weren in gyselschaft verliben vnd alle vorg. sachen gentzelich az vor al voluoren vnd die neit die mynre schuldich siy zu halden az ferre vns an geit az vorg. steit vßgescheiden alle argelist vnd geuerde Diese dinge zu vrkunde vnd bester stedichheit han wir heinrich von der veiltz Ritter Johan vnd peter gebroder h're zu der veiltz vorg. sementlich vnße insigel an diesen brieff gehangen vns zu besagen dieser vorg. sachen. Geben in den Jaren vnß's h'ren do man schreiff dusent druhundert dru vnt nuyntzich Jair dez nuynten dagez in dem Aprille.

(Original-Urkunde auf Pergament, deren Siegel zerfallen).

Ein zweiter Kaufbrief betrifft denselben Gegenstand, specificirt aber die Äcker. Eingangs desselben werden genannt: „Heynrich von der Veiltz Ritter, H're zu scheihingen und Katharine von aichtzpach syne eliche hußfrauwe — Thomas h're zu Vttingen vnd Jutte syne eliche haußfrauwe des egen. h'ren heynrichs suster — Johan und peter gebroder h'rn zu der veiltz. — Johann seligen h'ren zu der veiltz und greten von Wiltz eluden" (und Eltern der Brüder Johan und Peter, Herren zu der Fels).

N° 17.

Nicolas, Brullincks Sohn, und seine Ehefrau Elisabeth verkaufen dem Hospitale ein Stück Land gelegen in Vorhelt. 1397.

Wir Clais van lellich Scholtes der zyt vnd thileman van lellich sine broder Bede scheffen zu echternachen gezuge zu disen nageschriben dingen sunderlichen gebeden vnd gerosen dun kunt allen luden dat vor vns sint komen gewerdich in iren eigen personen clais brullinks son vnd else sine ewyff vsser momperschaff gedane vnd hant siche vffentliche erkant vor siche vnd ire gerben dat sy mit gesondem Rade Richtelichs kauffs erffelichen verkauft hant den erbaren luden deme Spedale zü Echternachen in vnd iren nacomen erffelichen vs vnd zü ewigen dagen ire velt geleigen in Vorhelt deme selben Spedale zu neist vnd vff der gemeynden weige zu neist mit alle Syme Recht vmbe ein secher Summe geltz die den vorgen. eluden wale zu yrme noitz Bezalt was ee dieser Brieff gemacht wurde vnd hant deme vorgen. Spedale in vnd iren nacomen dat vorgen. velt vff gedragen vnd hant dar vff lutlichen verzigen mit monde vnd mit halme in iren gerben keine Recht neit me dar ain zu hain nach zu Behalden vnd hant siche ire gerben dar myde interuet vnd hant den vorgen. Spedale sy vnd ire nacomen erffelichen vs dar mide gerbyt in der Besten formen dat myn dat gedone konde oder moicht vnd hant in das geloifft gode werschaff zu done al vs na gewanheit vnd friheit der stede van echternachen Alle argelist zü male vs gescheiden vnd dis zu vrkunde vnd gezuge so hain wir scheffen vorgen. vmbe beden willen dieser vorgen. personen vnse Ingesigel ain disen Brieff gehangen. Datum anno domini Milesimo CCC° LXXXX septimo, IX die mensis Julii.

(Urkunde auf Pergament mit einem Siegel.)

N° 18.

Testament der Sare, Wittwe des Hennekin Proyschinz. 1399.

Wir henrich von der Welscherulez Rychter zur zyt vud thielman von lelche Scholtis zur zyt Beyde scheffen zu Echternachen gezuge zu dießen nageschriuen dingen sunderlich gebeden vnd geroissen Doen kunt allen luden vnd bekennen vns offentlich in dießen brieue dat vur vns komen ist gewerdich in hirer eigen personen mit gesondem lieue vnd mit wale vurdachten moede sare hennekin proyschinz seligen widewe vnßers mytburgers ußer alre momperschaff vnd hait sich offentlich erkant vur sich hire erben vnd nakomen dat vmb sulche gunst fruntschaff vnd gnade as der eirber preister hn. peter von roissport pleger dez spidaelz vnd der siecher zu Echternachen sy vnd hiren man dem got gnade gedaen hait vnd noch doen sal so hait die vurg. sare dar vmb dem ege. hn. peter in dez spidaelz vnd in der siecher wegen erfflich ymerme geben vnd uff gedragen in testamenz wegen onwidersprechelich alle hire guyt dat sy hait yd sy bewelich vnd onbewelich nas vnd drucken cleyne vnd groiß so wie dat gelegen is nit vz gescheiden vnd hait dem vurst. hn. peter allet dat guyt dat sy hait mit monde vnd mit halme geben vnd uffgedragen in dez spidaelz vnd in der siecher wegen vnd hait sy dar uff lutlich verzigen in der bester formen dat sy dat gedoen vnd vollbrengen moichte vnd hait sich hire erben vnd nakommen erfflich da myde inteerfft vnd keyn recht me da an behalden zu suchen noch zu fordern in keynrewys vnd hait den Egenanten spidaele vnd die siechen zu Echternachen erfllich da myde geerfft Alle argelist vnd geuerde zmale vz gescheiden vnd bis zu vrkunde vnd zu gezuge so han wir scheffen vurst. vmb beden wille alle dieser vurgen. personen vnßre ingesigel an dießen brieff gehangen. Datum anno Dei millesimo nonagesimo nono in Crastino thome apostoli.

(Urkunde auf Pergament mit zwei Siegeln.)

N° 19.

Schenkung des Ritters Robin, Herrn zu Fischbach und zu Everlingen und seiner Ehefrau Catherine von Methzich. 1413.

Jch Robin Herre zu vyschbach vnd zu Euerlingen vnd ich katherine von methzych sine elyche huyßfrauwe ußer momperschaff in dießen sachen gedaen Doen sementlichen kund und bekennen vns offentlich in dießen brieue vur vns vnßre erben vnd nakomen dat wir vmb sulche fruntschaff vnd gunst as der Eirbere priester herren peter pleger des spidailz vnd der siecher zu Echternachn vns vnd die vnßre von des spidailz vnd von der siecher wegen bewiest hait vnd auch dat wir vnd alle vnßre erben vnd nakomen vnd andere vnßre vürfaren alle der guder werck die in deme vurg. spidale von missen vigilien vnd gebederen vnd almoßen zu geben begangen werden deilechtich werden. Dar vmb so han wir vur vns vnßre erben vnd nakomen rychtlich vnd redelich erfflich vnd zu erue rechter steder erfflicher gyfft erfflich al vz zu grunde geben vnd uffgedragen deme vurgen. spidale vnd den siechen zu Echternachen erfflich vnd ymerme zu behalden vnd zu gebruchen vnßer velt gelegen uff fele so wie dat gelegen ist intussenter des vurgen. spidaelz velden by des spidaelz houe so wie vns dat da zu behorig was nüßnit vz gescheiden vnd dar zu vnßre wise gelegen by echternachen in der aluen so wie vns die zu behorig was nußnit vz gescheiden so wie hern henrich zyck die wise von vns plach zu halden vmb eyn halff malder rocken jeirlichen pachz dieselbe wise auch gelegen ist zu nest by des vurgen. hrn henrichß zycks wisen in der aluen Vnd also dat der vurgen. spidale vnd die siechen zu Echternachen sullen dat vurgen. erue velt vnd wise erfflich vnd zu ewigen dagen los ledich frey vnd vnbesweirt halden handhauen noitzen gebruchen vnd des geneißen na alle hiren willen as andere hire eigen erffs vnd gütz vz genomen alleyne dat der vurgen. spidale vnd die siechen sullen alle jair hrn henrich von düne deme man sprycht nachthube sine lebendage vz vnd nit langer eyn halff malder rocken iairz von der vurgen. wisen zu zienßen geben vnd nit me vnd so wane vnd so welche zyt dem vurgen. hern henrich nachthube scheffen zu Echternachen lebens gebrycht vnd nit me in ist, so sal auch dat vurgen. halff malder kornis doit sin vnd der vurgen. spidale vnd die siechen sullen dar aichter nymans yd von deme vurgen. erue velde noch wise geben und dat erue sal fry vnd ledig des spidaeilz vnd der siechen sin Und dar vmb allet dat recht, eygentschaff erffschaff nd besytzongen so wie man dat nenen mach dat robin herre zu vyschbach vnd zu Euerlingen vnd Katherine elude vuorgen. vnßere erben oder nakomen an deme vurgen. erue velde vnd wisen hatten oder hauen moichten dat han wir allet erfflich vnd zu erue vür vns vnßre erben vnd nakomen zu ewigen dagen geben vnd uff gedragen deme vurgen. spidale vnd den sichen erfflich zu behalden vnd han wir mit monde vnd mit halme erfflich dar uff verziegen vnd han vns vnßre erben vnd nakomen erfflich an alle deme vurgen. erue erfflich inteerefft vnd keyn recht me da an behalden Vnd han den vurgen. Spidale vnd die sichen zu Echternachen erfflichen da myde geerfft in der bester formen dat wir dat gedoen konden vnd moichten Alle argelist vnd geuerde zemale vz gescheiden vnd dießen dinge zu vrkonde vnd zu gezuge so han wir Robin her zu vyschbach und zu Euerlingen vnd katherine elude vurgen. vnßre beider Ingesiegel sementlich an dießen brieff gehangen Und vmb merre stedichnit willen alre vurgen. sachen vnd vmb dat vurgen. erue in deme banne zu Echternachen gelegen ist vnd burger güt ist so han wir Robin vnd katherina elude vurgen. sementlich gebeden die Eirberen hern Conrayd von monthabur vnd hern Johan yrhel beyde scheffen zu Echternachen dat sy hire Ingesiegele an die vnßere an diesen brieff willen henckin vur vnßre erben vnd nakomen dieße vurgen. sachen zu übersagen. Des wir Conrayd von monthabur vnd Johan yrhel rychter zur zyt beide scheffen zü Echternachen vurgen. bekennen gedaen han vmb beden willen des vurgen. hern Robins hern zu vyschbach vnd zu Euerlingen ritters vnd katherine elude zu gezügen dießer vurgen. sachen. Datum Anno Domini Millesimo Quadringentesimo tredecimo, Crastina festi sanctorum Symonis et Jude Apostolorum.

(Urkunde auf Pergament mit vier Siegeln.)

N° 20.

Schenkung des Johann Würffel aus Echternach, den 10. Februar 1420.

Wir johan irhel vnd johan ioist beide scheffen zo echternachen gezüge zo dießen nageschriuen sachen sunderlich gebeden vnd geroissen. Dun kunt allen luden vnd bekennen uffenclich in diesem brieue dat vur vns komen ist gewerdich in siner eigenen personen mit gesondem lyue vnd mit wail vurbedachten moede, Johan Würffel van echternach vnd hait sich uffenclich erkant, vur sich sinen erben vnd nakomen dat er richtlich vnd redelich vmb got vnd vmb almoiß vnd vmb heil siner selen erfflich vnd zo erue onwidersprechlich geben vnd uffgedragen haue deme Ersamen geistelichen priester hern peter van roisport prouisor des spidails vnd der siechen zo echternach in des spidails vnd in der siechen wegen alsulche erue vnd guyt nemelich herna geschriuen. Ezu wissen eyn velt in Wynne gelegen uff eyne syte by Gobel irhels Wyne und uff dy andere syte by erbe hern Robins von vischbach. It. eyn velt uff fynauwe uff den Wingarden gelegen dat da stoißt uff Johanes hesso. It. eyne Wise in den lischen gelegen an deme steyne uff beiden syten by deme Spidale. It. eynen Wingart uff den eussen gelegen uff eyne syte by deme pastoir van echternach vnd uff dy andere syte by hareman deme Cremer vnd allet dat vurgeß. erue vnd guyt ist lois ledich alre zinse vnd verbuntenisse vnd dar zu so hait der vurgen. Johan deme spidale vnd den siechen vurgen. erfflich vnd zo ewigen dagen geben eyn pont trierscher erfflicher gruntzinse by yme schinende waren alle iare uff Sente Martins dach vßer des kannengussers huß in Wolfgasse dat Welter scherer in hait, vnd da van allet dat recht erffschaff eingentschafft vnd besitzonge dat der vurgeß. Johan an deme vurgeß. erue vnd gude hatte oder hauen moicht dat hait er allet vur sich sine erben vnd nakomen deme vurgeß. hrn peter in des spidails vnd in der siechen wegen erfflich gegeben vnd er hait mit monde vnd mit halme luterlich verzygen dar uff vnd hait sich sine erben vnd nakomen erfflich da an Inteerfft vnd keyn recht me' dar an behalden vnd hait den spidale vnd die siechen vurg. erfflich damyde geerfft in der besten formen dat er dat gedun künde oder moicht. Argelist vnd geuerde zumail vßgescheiden vnd dis zü vrkunde vnd zü gezuge So han wir scheffen vurgeß. vmb beden willen beider vurgen. partien vnbre Ingesigel an dießen brieff gehangen. Datum Anno Dni M°Quadringentesimo Decimo nono, decima die mensis februarii secundum stilum treverensem scribendi.

(Urkunde auf Pergament mit einem ganzen und einem zerbrochenen Siegel.)

N° 21.

Eidesformel des Hospitalmeisters. 1464.

Juramentum Hospitalarii.

In nomine Domini Amen. Per hoc præsens publicum instrumentum cunctis pateat evidenter quod anno Domini 1464 indictione 12, die martis mensis Maji 15, hora post meridiem sexta vel circa, Pontificatus sanctissimi in Christo Patris ac Domini nostri Domini Pii Divina Providentia Papæ secundi anno sexto, coram R^{do} in Christo Patre ac D^{no} Wynando Abbate Epern. meique Notarii publici subscripti testiumque infra scriptorum ad hoc specialiter vocatorum et rogatorum præsentia personaliter constitutus honestus et discretus vir Dominus Petrus Presbyter de Epternaco dictus Engelbrecht promisit, juravit sive præstitit R^{do} Patri ac D^{no} antedicto tali sub forma et effectu.

Ego Petrus juro et promitto obedientiam vobis R^{do} Patri D^{no} Wynando Abbati Epternacensi singulisque successoribus et canonicis Abbatibus Eptern. dare annuatim calculum rationum censuum præhabita requisitione omnium et singulorum proventuum et reddituum Hospitalis Ept. his præsertim vel ei vel cujus interest seclusa omni captione. Et rursum anniversaria fratrum, et sororum fœlicis recordationis defunctorum celebrare cum ecclesiastica sepultura loco ab antiquo desuper deputato in cimeterio Monasterii Eptern. Obligo etiam me ad ordinarias missas Hospitalis; non alienabo aliquid meæ possessionis quocunque vocabulo hoc censeri poterit, quacunque non obstante causa, sive sit testamentaria, vel alia, sed omnia et singula bona mea relinquam usui Hospitalis Eptern. nisi de speciali gratia et licentia petita et obtenta a R^{do} Patre D^{no} Abbate Ept. pro tempore existente; reservabo mihi tamen quædam scripto concessa per honorabilem virum Dominum Johannem Schuol Prædecessorem meum. Nec locabo aut tradam, alicui quicquam nisi hoc fuerit approbatum et confirmatum sigillo et consensu Domini mei Abbatis pro tempore existentis videlicet quod concernat alienationem hæreditatum. Nec mihi aut fratribus aut sororibus particularis sit fruitio sigilli communis Hospitalis, sed nobis conjunctim sit usus et custodia mutua, potero tamen signetum quoddam habere proprium quo utar ad annales causas, locationum seu concessionum, prati, campi et sic de cæteris necessariis non perpetuis. Observabo quoque hospitalitatem ut edocet antiquitas; restaurabo, ædificabo casus et ruinas Hospitalis necessarias pro posse. Cum decenti incessu et habitu incedam. Visitabo chorum Monasterii Ept. in festivitatibus, solemnitatibus ac stationes more antiquo. Confitebor Domino Abbati pro tempore existenti quando opportunum et necessarium fuerit vel de licentia ipsius idoneo sacerdoti. Nec aliquem fratrum aut sororum conveniam præterquam coram R^{do} Patre D^{no} meo Abbate Eptern. Hæc omnia et singula promitto firmiter observare seclusis dolo et fraude. Sic me Deus adjuvet et sancta Dei Evangelia.»

Et omnia prætacta fecit idem D^{us} Petrus in eum finem, quia tum provisor Hospitalis Ept. ab eodem R^{do} Patre et D^{no} antefato rite et legitime creatus est. Super quibus præmissis R^{dus} Pater et D^{nus} antedictus petiit sibi fieri a me Notario Instrumentum publicum, aut quot fuerint necessaria in meliori forma. Acta sunt hæc Anno, Indictione, Mense, Die, Hora et Pontificatu quibus supra in Viridario graminis solarii seu cœnatorio æstivali Abbatiæ Ept. præsentibus venerabili Domino Berichardo Decano Monasterii Eptern. honesto Domino Nicolao de Holtzem Pastore in Cruchten, Johanne de Erfordia Scholarum rectore in Ept. fide dignis testibus ad præmissa vocatis pariter et rogatis sic subscriptum.

Et ego Johannes Smytgen de Geyen clericus Trevirensis Diœcesis publicus sacra imperiali authoritate Notarius quia Juramenti præstationibus promissionibus ac cæteris præmissis, dum sicut præmittitur fierent et agerentur, una cum prænominatis testibus, præsens interfui, eaque omnia et singula sic fieri vidi et audivi, Ideo hoc præsens publicum instrumentum exinde confeci, subscripsi signoque et nomine meis solitis et consuetis signavi, rogatus diligenter pariter et requisitus in fidem et testimonium omnium et singulorum præmissorum.

(Vorfindlich in mehrern sehr alten Abschriften, die mit andern Urkunden ausgefertigt wurden, um in einem Processe das vermeintliche alte Recht der Abtei auf die Leitung des Hospitals zu erweisen.)

N 22.

Hospitals=Reglement von 1689.

Directorium vndt Kurtzer Inhalt, wie sich Ein Hospitals=Verwalter allhier zu Echternach zu verhalten habe, was desso schuldigkeit vnd bestallung seye.

Erstlich Ein Hospitals=Verwalter des Hospitals Sti. Georgii binnent Echternach ist schuldig bey Eintrettung seines Ambts beyden Herren Prouisoren dem Gotteshaus Sti Clementis Willibrordi alhie vndt dann den Stattscheffen vndt Ambtsmeisteren Ein Eydt zu schwehren, dem Hospitall holt vndt trew zu sein vndt alles zu administrieren zu mehrerem Nutzen deß Hospitals.

(2) Beyden Herren Provisoren solle Er genugsamen Bürgen vndt Caution stellen, damit man sich im Nothfahll vndt in Mangell Bezahlung zu Erholen wisse, so solle Er auch alle Provisoren Erkennen yeden nach Standesgebührr, vndt schuldige Ehrbiethsamkeit Erweisen.

(3) Jährlichs soll Er von seiner Verwaltung Rechnung thun.

(4) In nichts solle Er ohne schriftliches Decret der Herren Provisoren disponiren verwenden oder verbawen, in Sonderheit Früchte verkaufen.

(5) Fahls sich einige Frembde ahnmelden vmb Gotteswillen den Nachtläger zu haben: (obwohl das Hospitall alleinig vor Inwohner gestifft), so solle Er gleich woll wofern es durch Einwilligung des Gotteshaus vndt des Altisten Scheffen geschicht, ahngenohmen werden vndt Fahls Es rathsam Erfunden wirdt die Hauskosten mittheilen, davon Ihme Verwalteren in Rechnung Ein Gebührliches nach Beschaffenheit der Zeithen passirt werden solle.

(6) Die zwo Messen, so wochentlich gescheen, sollen an den Tagen gehalten werden, an welchen die Almosen des halb Malter wochentlichen Korn auszutheilen geordtnet. Vndt solle die Meeß vmb neun Uhren gehalten werden, damit vndt Ehe zu Vorn die Armen der Meeß beywohnen vndt derjenigen

Eindenckig seyen so selbes gestifft Ehe Ihnen die Almos Ertheilt werde: davon die Außtheillung ordentlich gescheen, vndt die Portionen förmlich geschnitten werden sollen, daß yedem so sich präsentiert, nach Proportion ein Almos gereicht werde.

(7) Keine Capitalien solle ein Administrator auslegen oder einnehmen, als in Beysein von beiden Herren Provisoren Verordneten, so selbes Empfangen vndt ad Cassam Deponieren oder wo nöthig sonst nützlich wieder auslewen sollen.

(8) Der Verwalter solle ein copeiliges Register in Händen haben von Beständniß der Höff, Beleyde der Guetter, Obligationen vndt Verschreibungen, wovon die Originallen in Cassa woll sollen verwarth liegen, vndt weillen solches nicht Eingericht, solle Er beflissen sein, ohm fleißigstens aller Schriften Nachsuch zu thun, vndt sich zu informiren, damit solches möge in Stand gebracht werden. Auch solle yedesmahls bey Versamblung Herren Provisoren seine Embsigkeit hierein Erzeigt werden, mit Remonstrierung des Jenigen, wie er hierein Gebührr gethan, wo einige Gelder wieder erlegt werden, Pfandzetteln eingelößt, oder sonst etwas verordnet wirdt, soll er solches alsdan anmelden, damit es vf dem Original ausgestrichen werde.

(9) Die Verlassungen der Felder, Berge vndt Wiesen sollen auch gemeldetem copeilichen Register inserirt werden. Item das Inventarium der Hospitals-Mobilien.

(10) Vndt soll das Original in der Kiste liegen mit sambt dem Hospitals-Siegel, den Depositis ahn Geld, allen Brieffschaften, abgelegten Rechnungen

vndt Schlüssel des Speckhauses. Vndt das Orth, worinnen die Kiste steht, soll verschlossen gehalten werden, vndt allein dem Verwalter offen sein.

(11) Die Rentgelder vorigen Rechners so noch möchten ausständig sein, soll der Successor eintreyben vndt in seiner Sorgfältigkeit nichts Ermangeln laßen. Dauon er seine Extraordinarye Impensen nach Billigkeit bei Rechnung einbringen kann.

(12) Der Hospitals-Verwalter soll zu seinem Privatnutzen dem Hospitall keinen Schaden zufuegen, absonderlich durch Verlassung von Scheuer, Speicher oder Stallungen, weill das Hospitall dadurch bauloser wirdt vndt die Reparation kostbahrr; also soll er von dergleichen Verlossungen Rechnung thun, dauon gleichwoll dem Verwalter vor Mühewaltung das dritte Theill zukommen solle.

(13) Er soll des Jahrs Einmahll die Hospitalshöff, die Mühlen vndt das Siechhaus besichtigen vndt dauon Relation thun waß Standt er selbe gefunden.

(14) Die Wohnung so Er im Hospitall hatt vndt die Möbell, so ihm zu gebrauchen erlaubt werden, soll er ahm sorgfältigsten und trewlichst gebrauchen, Vndt Weillen das Hospitall eine geistliche Wohnung ist, muß selbes nicht durch welthliche und verhewrathe Leuth profaniert werden, als welche darin keine Wohnungsplatz haben können.

(15) So ist es auch zierlicher vndt dem Hospitall vortellhafter, daß die drei Malzeiten, so des Jahres mit Belast des Hospitals vndt desso Verwalter gehalten werden, regulirt werden. In Erwegung, daß allein yedes mahls zum wenigsten ad sieben oder

acht daller (Fr. 20 06 oder 22 95) Wein verschenkt worden, benebent was das Jahrr ahn Weitzen, Erbessen, Kapaunen, Hunnen, Zickelen, Eyer, Hammen, Kuchen 2c. von den Hofleuthen wie die Rechnungen ausweisen ausgeben worden, vndt besser ahn Geldt kontte verwendt werden:

(16) So solle yedesmahls denjenigen, so Erscheinen vndt an den Festtagen nemlich Dedicationis, Sti Stephani et Quasimodo beywohnen, einem vom Gotteshaus vor das Malzeit vndt Mühewaltung des Jenigen so Er alda verrichten helfe, vom Hospitall gegeben werden: ... Einem Scheffen: ... Einem Ambtsmeister die halbe Theill.

(17) Damit aber den Hofleuthen vndt dem Werkmeister bei Lieferung der s. v. Schweinen Essen vndt Drincken wie gebührlich gereicht werde, so bekombt Jahres der Verwalter den Schmalz von den ordinarie Schweinen halb, alle Köpf, Rückstreng, die Treip vndt alles Zugehörr, ausserhalb die Treip des zweitten Schweinn, so dem Werkmeister wie brauchig gebührt.

N. B. Sollen mehr nicht als zwey Personen von Hofleuthen vndt Müller zum Maltzeith kommen.

(18) DenJenigen so von Alters Gebrauchs vndt Fundations wegen einige Gaben oder Distributionen gebühren, sollen ordentlich gehalten werden, als nemlich dem Schulmeister, den Schulerknaben, dem Portener, Förstern, Botte, wie Alles die Rechnung ausweiset.

N. B. Die Auswerdige Dörfer sollen darthun, mit was Recht sie befuegt, eine Gabe vom hiesigen Hospital zu suchen in der Faßnacht.

(19) Die Armen so in das Hospitall pro tempore ahngenohmmen sollen yedem wochentlich ahn Speck Ein Halbpfund gegeben werden: das Brod wird ihnen mitgetheilt aus dem halb Malter, so wochentlich distribuiert wirdt. Das Fewer wird ihnen vergünstiget, weillen dem Verwalter Holts von den Hofleuthen zugeführt wird; das Nachtläger Ebenmessig.

(20) Der Verwalter solle auch die Hofleuth nicht vor sein Privatnutzen ahnstellen, Es seye dan gestattet durch die Herren Provisoren, absonderlich den Werkmeister mit welchem er gewohnliche Zeith halten solle, die Einforderungen der Schulden zu thun, vndt nicht vor yeden Debitoren ein besondern Tag ansetzen; Fahls Er ahn Auswendige wegen Schulden-Eintreibungen Ahnmahnungen thun muß, solle ihme sein Gang vndt Reiß bezahlen.

(21) Sonsten ist des Werkmeisters Schuldigkeit bey Versamblungen der Herren Provisoren ahn Hand zu sein, vndt vfzuwarten, absonderlich wan die s. v. Schweine geschlachtet vndt verschnitten werden, alsdan solle Er in Gegenwart einiger Verordneter Provisoren und Metzlermeisters beywohnen, Item vf den Hospitals Büsch Achtung haben, seines Eydes eindenckig sein vndt des Hospitals Nutzen frösten, dauon Er dan Jahres seine Bestallung von anderthalb Malter Korn hatt, vndt eine Treip von obgemeldten Schweinen.

(22) Weillen bey ettlicher Zeith sich Klagen Erfunden, daß die Früchten mit dem Sester Empfangen, vndt bey Ausgab durch Ein Vierzell ausgemessen werden, so bei der Innahme Ein Merckliches

mehr Ertragen vndt die Armen also verkürtzt werden, also wirdt auch hiebey geordtnet daß die Vierzell abgeschafft werden sollen vndt man sich allein einer Maaß bei Einnahm vndt Ausgab gebrauchen solle, welches durch des Gotteshaus Brandt allhie solle gezeichnet sein.

(23) Der beste Zinn vndt Leinwandt sollen in einer apparten Kiste verwahrt vndt verschlossen gehalten werden.

(24) Die sechszehn Kapaunen vndt Hunnen, drei Hammen, fünf Böcklein, fünfhundert Eyer, der assignirte Weizen für die Malzeitten, die Kuchen vndt Alles, was für die Malzeiten vorhinen in Rechnung passirt worden, solle ahnietzo verwendt vndt verrechnet werden, außerhalb hundert Eyer, so vnder die Schüler ausgeben werden.

(25) Folgt was nun Ein Hospitals Verwalter ahn Bestallung hatt:

(a) Erstlich die Wohnung sich deren nach Gebührr zu gebrauchen.

(b) Ahn Weizen Jahrs zwei Malter.

(c) Ahn Korn vier Malter vndt ahnietzo als Schulmeister noch zwei Malter Korn.

(d) Ahn Haber acht Sester.

(e) Ahn Erbessen als Verwalter sechs Sester, als Schnlmeister vier Sester.

(f) It. ahn Geld lauth Rechnung so woll ordinarie als extraordinarie Nihil.

(g) Ahn Schweinen das beste Schwein, Item als Schulmeister ein halbes Schwein.

(h) Die halbe Theill Schmalz von allen Schweinen, die Treippen, Rücksträng, Schnellbratt vndt wass dazugehört.

(i) Eine Ahmm Wein von Euren.

(j) Vier Quarten Olig.

(k) Item hatt der Verwalter alle Aisementen, ettliche Wiesen, tragbar ungefähr . . . Fouder Hewes; Felder . . . Baumgarten, Weingarten wie seine Vorfahren gehabt.

(l) Item die Möbel des Hospitals hat er in Händen.

(m) Item werden ihm das Feld vff dem Adel von ungefehr 3 Morgen, das Feld unter des Höhehofs sieben Morgen vor der Brücken von zween kleinen Morgen, wie das Eine Veldt in der Schwarz Acht von einem Morgen, vndt in der Mühlem Acht von zween Morgen durch den Höhehofman der Gewinnung nach in den Samen gestellt.

(n) Item zween Tage Besserung außgeführt von dem Ernzerhof vndt Munnen.

(o) Item hat er vom Höhehof vier Fuder Holtz.

Item gebraucht Er sich des thodten Holtz im Hospitalsbüsch.

(p) Item von hundert Malter vierr Malter Vor Schrimpf vndt Abgang derJenigen Früchten so effective sich vff dem Speicher Erfinden.

Ahm vierten Februarii 1689 seint Vorgeschriebene Puncta bey Versamblung sambtlicher Herren Provisoren, als nemlich von wegen des Gotteshaus Sti Clementis Willibrordi des woll Ehrwürdigen Herrn Sebastiani Siewenborn vorgen. Gotteshauf Kelneren, sambt Scheffen vndt Ambtsmeistern In hiesigem Sti

Georgii Hospitall publiciert, vndt mit Vorbehalt was dabey zuzusetzen confirmiert vndt bestättigt worden.

Auf Beladung sämbtlicher Herren Provisoren.

(Gez.) J. F. Hartman, Stadtschreiber.

N° 23.

Vertrag zwischen dem Echternacher Hospital und den Barmherzigen Schwestern vom hl. Karl zu Nanzig. 1840.

Traité entre l'administration de l'hospice d'Echternach et la congrégation des sœurs de St.-Charles.

Entre les membres de l'administration de l'hospice d'Echternach, stipulant sous l'autorisation de la députation provinciale datée du 19 novembre 1821, et 1° Monseigneur Alexis-Basile Mengaud, évêque de Joppé, coadjuteur de Nancy et de Toul, supérieur de la congrégation de St.-Charles, 2° sœur Marie Bellanger, supérieure générale, 3° sœur Marie-Hyacinthe Merdier, assistante, 4° Marie-Ludovine Vayeur, procureuse, 5° Marie-Euphémie Fervel, maîtresse des novices,

A été convenu et arrêté ce qui suit :

Art. 1er. Madame la supérieure générale enverra audit lieu d'Echternach cinq sœurs, dont la plupart seront instruites dans les deux langues, pour le service intérieur de l'Hôpital. Une d'elles se chargera spécialement de la pharmacie de la maison.

Art. 2. Les sœurs qui seront envoyées audit Hospice y seront nourries saines et malades aux frais de la maison de l'établissement, conformément aux statuts de leur congrégation ; elles seront soulagées dans leurs maladies et en cas de décès elles seront inhumées et leurs obsèques faites aux dépens de ladite maison, dans laquelle elles seront logées dans un appartement convenable et séparées de toute autre personne ; elles y auront chacune un lit garni et les autres ameublements convenables à leur état.

Art. 3. Il sera fourni aux susdites sœurs et à leur choix des servantes pour les aider et seconder dans leur service et ce aux frais de la maison.

Art. 4. Les frais de voyage des sœurs qui seront envoyées en exécution du présent traité, et de celles qui seront données en remplacement des sœurs qui viendraient à décéder, seront à charge de la maison.

Art. 5. Madame la supérieure générale pourra changer et rappeler, quand elle le jugera à propos, les sœurs qu'elle aura envoyées. Mais dans ce cas, elle sera tenue de les remplacer par d'autres sœurs et audit cas les frais de voyage seront à la charge de la congrégation.

Art. 6. Si par la suite le nombre des sœurs ne pouvait suffire, il sera au choix de l'administration de ladite maison d'en augmenter le nombre.

Art. 7. Il sera payé annuellement à chacune des dites sœurs la somme de cent cinquante francs pour leurs vestiaires et autres effets d'habillements à leur usage, ladite somme payable de six en six mois sur les quittances desdites sœurs.

Art. 8. Au moyen de la pension ci-dessus, tous

profits que pourront faire lesdites sœurs, tourneront au bénéfice de la maison.

Art. 9. Il sera fourni par le receveur de l'hospice à l'économe chargée du détail de la maison les sommes nécessaires pour les dépenses du ménage, desquelles sommes elle rendra compte à l'administration tous les trois mois.

Art. 10. Lors de l'entrée desdites sœurs dans la maison, il sera dressé un inventaire de tous les meubles et effets qui se trouveront appartenir à ladite maison; cet inventaire sera renouvelé aussi souvent qu'il sera trouvé nécessaire.

Art. 11. Ne seront tenues les sœurs de soulager les femmes en couches, ni les personnes attaquées par des maladies honteuses, non plus de découcher jamais de ladite maison.

Art. 12. Les sœurs qui seront envoyées resteront toujours soumises à l'autorité et jurididtion de Mgr. l'évêque de Nancy et du supérieur ecclésiastique de ladite congrégation.

Art. 13. Lesdites sœurs reconnaîtront toujours pour leur supérieure légitime madame la supérieure générale de St-Charles de Nancy, sans qu'elles puissent se soustraire à l'obéissance qu'elles lui ont vouée. Elles se conformeront en tout au règlement fait et à faire par le bureau de l'administration, sauf ce qui pourrait être contraire aux règles et statuts de la congrégation de St-Charles.

Fait en double à Nancy le . . . et à Echternach le 1er juin 1840.

Jos. Baldauff, M[as] Coner, Doyen, B. Fœhr, Rollmann, Merjai et Wagner.

SÉANCE DU 3 JUIN 1840.

LE CONSEIL COMMUNAL,

Vu le traité ci-dessus et attendu que les parties contractantes n'ont pas eu l'intention de changer la marche d'administration et la méthode de comptabilité suivies depuis 1832 et sanctionnées par l'autorité supérieure; qu'il n'y a rien de contraire aux principes généraux de l'administration des établissements de bienfaisance dans les légères modifications convenues verbalement et qui consistent en ce

1° qu'à l'avenir la dame Économe, au lieu d'un membre de la Commission, sera nantie des imprimés de déclarations des marchands, et fera, après avoir entendu la Commission, les achats des objets d'habillement et d'ameublement ainsi que des objets de consommation, les grains exceptés;

2° que la dame Économe aura la direction de tous les ouvriers à employer, après en avoir entendu la commission, dans l'intérieur de la maison ainsi que dans le jardin de l'établissement, et qu'aux fins des paiements à effectuer par le receveur d'après la méthode existante, la dame Économe fournira à l'expiation de chaque semaine une note des ouvriersr employés, de l'objet de leurs travaux et du salaire mérité; enfin que la dame Économe recevra les deniers comptants qui seront reconnus nécessaires, d'accord avec la Commission, pour menues dépenses;

Déclare y donner son adhésion.

Fait à Echternach à l'Hôtel de ville, le 3 juin 1840. (*Suivent les signatures.*)

Pour copie conforme destinée à être déposée dans les archives de l'hospice d'Echternach.

Echternach, *le* 24 *mars* 1841.

Pour le Président :

(Gez.) NAMUR, 1er échevin.

N° 24.

Büdget des Echternacher Bürger-Hospitals für das Rechnungs-Jahr 1864.

Budget de l'Hospice civil d'Echternach pour l'Exercice 1864.

TITRE Ier. — RECETTES.

CHAPITRE Ier.

RECETTES EXTRAORDINAIRES.

	Sommes proposées par la commission administrative ou fixées par l'Autorité supérieure.	
§ 1er. *Reprise de la comptabilité des années antérieures et complément du budget de l'exercice* 1863.		
1. Excédant du compte de 1862 (présumé)	41862	98
2. Recettes portées au budget de 1863.	32981	72
3. Recettes du même exercice, non portées à ce budget ou qui ont excédé les sommes y renseignées ; savoir :		
15) Remboursement de capitaux 520 90		
13) Vente de terrains . . . 20 80		
17) Vente d'écorces et de ramilles 2321 88		

25) Vente de bétail	44 75	
26) Ventes de grains et de légumes superflus . . .	562 90	
29) Loyers et fermages de terres hors mains	32 »	
30) Dommages-intérêts en matière forestière . . .	9 50	
35) Produit des carrières de pierres et de tufs . .	67 50	
		3580 33
4. Dépenses du même exercice qui ne seront pas effectuées		2525 42
5. Total		80950 35

A déduire :

6. Ajournements de dépenses et forcements de recettes à régulariser.

7. Recettes effectuées en moins sur les prévisions du budget de 1863, savoir :

22) Fermages et loyers en nature	57 72
24) Vente d'herbes et de regain	1787 40
27) Vente de menus bois et de menus objets . . .	1 15
28) Vente d'herbes et récoltes et fruits verts hors mains	4 »
31) Droits et valeurs délégués par des individus admis à l'hospice	17 67

	32) Recouvr[t] de frais d'actes etc.	174 97	
	34) Intérêts des sommes dépensées en améliorations des biens dits *Beim Manertgen*.	4 05	
			2046 91
8.	Dépenses de 1863 ayant surpassé les allocations du Budget de cet exercice		2768 32
9.	Total des dépenses qui ont été autorisées spécialement, ou qui ont été ajournées au dernier compte seulement pour défaut de crédit au Budget		3031 44
10.	Dépenses d'exercice antérieurs restant à solder après la clôture du compte de 1862		» »
11.	Dépenses autorisées par le Budget de 1863		31347 17
12.	Total. . . .		39193 84
13.	Boni présumé, fin de l'exercice 1863		41756 51

§ 2: *Recettes extraordinaires de* 1864.

14.	Excédant présumé, fin de l'exercice 1863 (report du N° 13). . . .	41756 51
15.	Remboursement de capitaux . . .	1000 »
16.	Dons, legs, secours et subsides . .	» »
17.	Vente d'écorce et de ramilles dans la haie dite *Schoosheck*.	2000 »
18.	Total des recettes extraordinaires.	44756 51

CHAPITRE II.

RECETTES ORDINAIRES.

19.	Rente de toute nature, en numéraire	2531	39
20.	Rente de toute nature, en nature .	179	90
21.	Fermages et loyers, en numéraire .	17737	69
22.	» » en nature . .	534	28
23.	Produit de la vente de la coupe . .	1335	95
24.	» » d'herbes et de regrain	3812	60
	Produits accidentels, savoir :		
25.	Vente de bétail	350	»
26.	» de grains et de légumes superflus.	50	»
27.	» de menus bois et menus objets	100	«
28.	» d'herbes, de récoltes et fruits verts, hors mains	10	«
29.	Loyers et fermages de bâtiments et terres hors mains	100	»
30.	Dommages-intérêts en matière forestière et rurale	34	51
31.	Droits et valeurs délégués à l'Hospice par des individus y admis . . .	50	»
32.	Recouvrement de frais d'actes, d'inscriptions hypothécaires et de poursuites, avancés contre des débiteurs.	200	»
33.	Restitution des primes payées pour assurances contre l'incendie . .	18	»

34.	Intérêts des sommes dépensées par l'Hospice en amélioration des biens *beim Manertgen*	144	42
35.	Produit des carrières de pierres et de tufs.	60	»
40.	Évaluation du bois de chauffage et de construction que l'administration livre annuellement des coupes de l'établissement pour usage de la maison	480	»
41.	*Idem* des bâtiments de l'établissement et des terres dont la maison de l'Hospice a la jouissance . .	1650	»
42.	Total des recettes ordinaires. .	29381	74
43.	Report des recettes extraordinaires.	44756	51
44.	Total général des recettes . .	74138	25

TITRE II. — Dépenses.

CHAPITRE Ier.

DÉPENSES ORDINAIRES.

Administration.

45.	Traitement des religieuses . . .	900	»
46.	» du secrétaire	365	»
47.	Remises du receveur, à 2 et 5 pCt.	140218	
48.	Indemnité allouée à un membre délégué pour des extraordinaires .	50	»
49.	Traitement du surveillant de l'Hospice	600	»
50.	Frais de bureau de l'administration.	10	»

51.	Frais de timbre, impressions et reliures	50	»
52.	Port de lettres et de paquets . . .	20	»
55.	Entretien et réparation de bâtiments.	800	»
56.	Primes d'assurances contre l'incendie	70	65
57.	Mobilier. Renouvellement et entretien.	400	»
58.	Literie. Renouvellement et entretien	2000	»
59.	Habillement. Renouvellement et entretien		

Service alimentaire.

61.	Fourniture de pain et de farine . .	5000	»
62.	» de viande et de graisse .	1400	»
63.	» de pois, fèves et lentilles	350	»
64.	» de café, chicorée, riz, orge, sucre et sel . .	800	»
65.	» de pommes de terre . .	1200	»
66.	» d'éclairage	300	»
67.	» de lessive	500	»
68.	» d'ustensiles de ménage et autres petites dépenses de ménage . .	600	»
69.	Acquisition de bestiaux	600	»
70.	Nourriture de bestiaux	400	»
71.	Gages des domestiques attachés au service alimentaire	484	»
72.	Menues dépenses dans l'intérêt du ménage de la maison à verser à la dame Supérieure.	150	»
73.	Remploi des valeurs renseignées en recettes aux Nos 40 et 41	2130	»

Service sanitaire.

76. Traitement des médecins et chirurgiens . . . . 600 »
77. Indemnité aux sages-femmes, pour accouchements des femmes pauvres 175 »
78. Provisions, médicaments et entretien de la pharmacie . . . . 600 »
79. Versement à faire à la Sœur chargée de visiter les pauvres malades de la ville. . . . . 230 »

Contributions.

80. Contribution de l'État et communales }
81. Chemins vicinaux . . . . } 1710 47

Instruction.

82. Traitement des instituteurs . . . 160 »
83. » des institutrices . . . 160 »
84. Livres, papiers, plumes, etc. aux enfants de l'Hospice. . . . . 60 »

Bois et biens.

86. Frais inhérents de gardiennat . . 147 90
87. Traitement de gardes-bois en Prusse 80 87
88. Frais d'arpentage de coupes . . . 10 »
89. Frais d'exploitation et autres des coupes. . . . . 250 »
90. Travaux de culture et autres pour l'amélioration des bois . . . . 100 »
91. Frais de vente des coupes, herbes, regain, et de baux . . . . . 500 »
92. Indemnité au garde-coupe . . . 20 »

93. Frais de régie des biens administrés par la Commission	2000	»
94. Indemnité au surveillant des biens de l'Hospice à Osweiler . . .	55	»
95. Chauffage pour l'Hospice	450	»

Assistance pécuniaire.

97. Secours à domicile, remise et modération de rentes et fermages . .	2000	»

Charges diverses.

98. Services religieux fondés dans la chapelle de l'Hospice	266	50
99. Services religieux fondés dans la chapelle de Girst	8	»
100. Frais relatif au culte dans la chapelle de l'Hospice	50	»
101. Indemnité au sacristain pour soins religieux à donner aux pauvres de l'établissement	10	»
102. Frais d'inhumations et autres y relatifs	150	»
103. Dépenses imprévues à la disposition de la Commission	300	»
104. Frais d'actes, d'inscriptions hypothécaires et de poursuites, avancés contre des débiteurs, et à recouvrer à charge de ceux-ci (recettes N° 32)	200	»
105. Total des dépenses ordinaires . .	30876	53

CHAPITRE II.

DÉPENSES EXTRAORDINAIRES.

106.	Réapplication des capitaux remboursés	6000	»
107.	Dons et legs à l'établissement, placés à intérêts (recettes N° 16). .	»	»
108.	Travaux d'améliorations des biens *beim Manertgen*	100	»
109.	Frais d'exploitation de la haie à écorces au lieu dit Schoosheck, ban d'Ernzen	650	»
117.	TOTAL des dépenses extraordinaires	6750	»
118.	» ordinaires . .	30876	53
119.	TOTAL GÉNÉRAL des dépenses. .	37626	53
120.	» des recettes . .	74138	25
121.	RESTE disponible. . .	36511	72

Ainsi arrêté et proposé par la Commission administrative de l'Hospice civil d'Echternach.

En séance du 22 décembre 1863.

(Gez.) Dr. BECKER, J. WEIWERTZ, ARENDT, THOMAS, B. FOEHR, RUTH.

Ordre du jour N° 8/24.

Le Conseil communal d'Echternach propose d'arrêter le présent Budget de la manière suivante :

En *Recettes* à la somme de soixante-treize mille six cent quatre-vingt-sept francs deux centimes (Fr. 73,687 02),

En *Dépenses* à celle de trente-sept mille quatre

cent soixante-seize francs cinquante-trois centimes (Fr. 34,476 53).

En séance à Echternach, du 23 mars 1864.

(Gez.) BECKER, Président. PRAUS, Secrétaire.

N° 1516/370*bis*/63.

Le Directeur-Général de l'intérieur et des travaux publics du Grand-Duché de Luxembourg arrête le Budget qui précède comme suit, savoir:

Les Recettes ordinaires et extraordinaires à la somme de septante-quatre mille cent trente-huit francs vingt-cinq centimes (Fr. 74,138 25),

Les Dépenses de toute nature à celle de trente-sept mille six cent vingt-six francs cinquante-trois centimes (Fr. 37,626 53),

Et, en conséquence, l'excédant des Recettes à celle de trente-six mille cinq cent onze francs septante-deux centimes (Fr. 36,511 72).

Luxembourg, le 3 mai 1864.

Le Directeur-Général susdit, E. SIMONS.

Pour copie conforme :

Grevenmacher, le 9 mai 1864.

Le Commissaire de District, (Gez.) V. DE ROEBE.

Copie adressée à la Commission administrative de l'Hospice.

10/5/64. (Gez.) PRAUS, secrétaire.

Ende.

CPSIA information can be obtained
at www.ICGtesting.com
Printed in the USA
LVHW110103200422
716647LV00003B/68

9 783752 596618